ÜBERLEBENDE DES UNTERGANGS

Bröckelnde Welt

Dies ist ein fiktives Werk. Namen, Charaktere, Orte und Handlungen sind entweder Produkt der Vorstellungskraft der Autorin oder werden fiktiv verwendet. Jegliche Ähnlichkeit mit realen Personen, ob lebend oder tot, Ereignissen und Orten ist rein zufällig.

RELAY PUBLISHING EDITION, JUNI 2021
Copyright © 2021 Relay Publishing Ltd.

Alle Rechte vorbehalten. Veröffentlicht in Großbritannien von Relay Publishing. Dieses Buch oder ein Teil davon darf ohne die ausdrückliche schriftliche Zustimmung des Herausgebers nicht reproduziert oder verwendet werden, außer für die Verwendung von kurzen Zitaten in einer Buchbesprechung.

Grace Hamilton ist ein Pseudonym, welches von Relay Publishing für gemeinsam verfasste postapokalyptische Projekte erstellt wurde. Relay Publishing arbeitet mit hervorragenden Teams von Autoren und Redakteuren zusammen, um die besten Geschichten für unsere Leser zu erstellen.

www.relaypub.com

ÜBERLEBENDE DES UNTERGANGS: BUCH 1

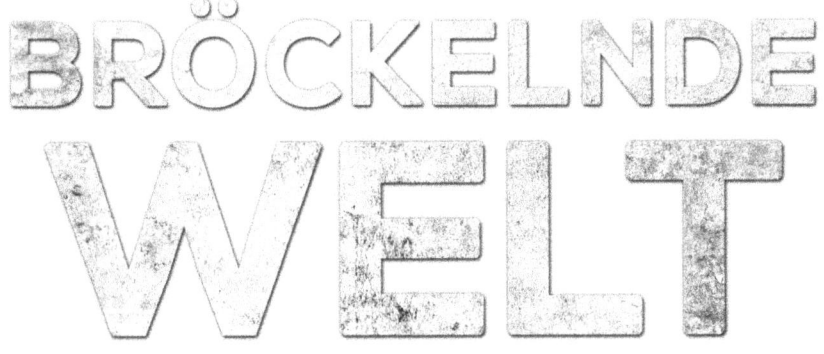

GRACE HAMILTON

KLAPPENTEXT

In einer Welt, die am Abgrund steht, ist die Familie alles, was zählt – und Shane McDonald schreckt vor nichts zurück, um seine Familie zu beschützen.

Als Nuklearingenieur war Shanes Priorität immer die Verhinderung von Katastrophen. Doch als ein Sonnensturm einen globalen Stromausfall auslöst, geht es für ihn ums Überleben. Während die Gesellschaft zusammenbricht, muss Shane seine blinde Tochter Violet durch eine gesetzlose Landschaft führen, um das Haus seiner Schwiegermutter zu erreichen. Doch angesichts der Plünderer, die durch die Straßen ziehen, und des Stillstands der Verkehrsmittel erfordert die Reise mehr als nur Überlebenstalent – sondern auch unerbittliche Entschlossenheit.

Währenddessen muss Shanes Frau Jodi ihre eigenen Probleme bewältigen. Da ihr Bruder noch mit den Folgen seiner Chemotherapie kämpft und ihr Sohn in einem stromlosen Krankenhausaufzug gefangen ist, muss sie einen Weg finden, die Sicherheit ihrer Familie zu gewährleisten. Die Ressourcen schwinden und die Gewalt eskaliert. Dadurch wird jeder Schritt gefährlicher.

Nach dem EMP geht es beim Überleben nicht nur darum, am Leben zu bleiben, sondern auch darum, die Hoffnung aufrechtzuerhalten. Und für die Familie McDonald ist die Hoffnung ihre einzige Rettungsleine.

Tolle Neuigkeiten! Bröckelnde Welt *ist noch besser als zuvor – es wurde im September 2024 überarbeitet und neu aufgelegt!*

INHALT

Kapitel Eins	1
Kapitel Zwei	16
Kapitel Drei	25
Kapitel Vier	36
Kapitel Fünf	46
Kapitel Sechs	54
Kapitel Sieben	65
Kapitel Acht	79
Kapitel Neun	87
Kapitel Zehn	98
Kapitel Elf	109
Kapitel Zwölf	118
Kapitel Dreizehn	132
Kapitel Vierzehn	141
Kapitel Fünfzehn	150
Kapitel Sechzehn	161
Kapitel Siebzehn	170
Kapitel Achtzehn	181
Kapitel Neunzehn	190
Kapitel Zwanzig	200
Kapitel Einundzwanzig	211
Kapitel Zweiundzwanzig	220
Kapitel Dreiundzwanzig	231
Kapitel Vierundzwanzig	238
Kapitel Fünfundzwanzig	248
Kapitel Sechsundzwanzig	257
Kapitel Siebenundzwanzig	272
Kapitel Achtundzwanzig	280
Kapitel Neunundzwanzig	290
Kapitel Dreißig	299
Kapitel Einunddreißig	308
Kapitel Zweiunddreißig	317
Kapitel Dreiunddreißig	327

Ende von Bröckelnde Welt 345
Vielen Dank! 347
Über Grace Hamilton 349
Vorschau : Gefallene Welt 351

KAPITEL EINS

Violet musste die aufgebrachte Menge, die sich vor dem Tor versammelt hatte, irgendwie gespürt haben. Im Rückspiegel sah Shane, wie sie sich aufrechter hinsetzte und ihren Kopf zur Seite neigte. Ruby, ihre schwarze Labrador-Blindenhündin, reagierte auf die plötzliche Veränderung ihrer Körpersprache und blickte sie besorgt an. Etwa zwei Dutzend Leute hatten sich auf dem Gras neben der Zufahrtsstraße zum Kernkraftwerk Sequoyah versammelt. Einige trugen säuberlich schablonierte Plakate, während sie hin und her marschierten. Auf der anderen Straßenseite wurden sie von zwei Polizeibeamten beobachtet, die vor ihrem Streifenwagen standen.

„Dad, was ist denn los?", fragte Violet. „Warum rufen denn da Leute?"

Er hatte ihr von den Demonstranten nichts erzählen wollen, weil er gehofft hatte, dass er es vermeiden konnte, seiner Tochter erklären zu müssen, warum man ausgerechnet am Kinderbesuchstag vor seinem Arbeitsplatz protestierte. Sie war vierzehn, aber auch noch ein bisschen naiv. Shane hatte in ihrer Kindheit vielleicht ein wenig zu sehr auf sie aufgepasst – darauf bedacht, sie vor Gefahren, vor Mobbing und vor so vielen möglichen Problemen zu schützen, gerade wegen ihres Handicaps. Das wurde erst vor Kurzem schwierig, als sie begonnen hatte, sich dagegen zu wehren und zu einer hinterfragenden Jugendlichen heranzuwachsen, die einfache Antworten nicht mehr akzeptierte.

„Da sind nur ein paar Leute", sagte er. „Keine Sorge."

Als das Auto die Demonstranten erreichte, wurden die Worte der Sprechchöre deutlicher.

„Abschalten! Abschalten! Abschalten!"

Ruby hatte sich der Länge nach auf der Rückbank ausgebreitet, erhob sich jetzt aber und legte ihren Kopf auf Violets Schoß. Manche hätten dies fälschlicherweise für ein Zeichen der Zuneigung gehalten. Shane verstand es als Schutzverhalten.

„Warum sagen sie das?", fragte Violet und drückte ihre Sonnenbrille bis auf die Nasenwurzel hoch. „Sie klingen wütend."

Shane versuchte, die hasserfüllten Blicke der Demonstranten zu ignorieren, und fuhr langsamer, als er sich der Wachstation neben dem Eingangstor näherte. Er fummelte in seiner Hemdtasche nach seinem Arbeitsausweis und versuchte, Worte zu finden, um seiner Tochter die Situation zu erklären. Violet neigte dazu, das Beste in den Menschen zu sehen, und er wollte nicht, dass sie diesen Optimismus verlor.

„Sie üben nur ihre Grundrechte aus", sagte er. „Freie Meinungsäußerung ist eine schöne Sache, selbst wenn die Dinge, die gesagt werden, fragwürdig sind."

„Also demonstrieren sie gegen das Kernkraftwerk?", fragte sie.

„Nun … ja", antwortete er und hoffte, dass sie es dabei belassen würde.

„Das passiert ganz schön oft, oder?", fragte sie. „Dass viele Leute demonstrieren?"

„Nein, nur manchmal. Normalerweise, wenn wir aus irgendeinem Grund in den Nachrichten sind."

„Wieso sind sie so wütend?"

„Sie sind sauer, weil darüber gesprochen wird, ob im Kraftwerk ein dritter Reaktor hinzugefügt werden soll. Unser Versorgungsbereich wächst immer weiter und wir könnten einen weiteren Reaktor gut gebrauchen. Aber gleich, als das in den Nachrichten lief, beschwerten sich die Leute in der Gemeinde. Ich schätze, sie haben in den sozialen Medien irgendeine Protestversammlung organisiert und jetzt sind sie hier. Das ist schon in Ordnung. Die Leute haben ja das Recht, ihre Sorgen zu äußern." Er zeigte dem Wachmann seinen Ausweis. Der lächelte beklommen und winkte ihn durch das offene Tor. Der Parkplatz dahinter war leerer als gewöhnlich. Nachmittags um zwei Minuten vor vier waren sie mitten im Schichtwechsel. Hatten die Demonstranten es so geplant und gehofft, den Großteil der zweiten Schichtarbeiter abzufangen, während sie durch das Tor fuhren? Das war zumindest möglich. „Wenn du mich fragst, sind das nur Panikmacher. Solche Leute verstehen es nicht, glaube ich."

„Was verstehen sie nicht?", fragte Violet.

Er wählte seine Worte sorgfältig, bevor er antwortete. Würde seine Tochter schlecht von ihm denken, wenn sie die Brisanz seines Industriezweigs verstand? „Nun, Violet, Schatz, Atomkraft ist die sauberste und sicherste Energieform der Welt – zweifellos, gar keine Frage. Aber das Wort *Atom* macht manche Leute nervös. Sie glauben, dass Strahlung in die Umwelt gelangt und dann dreiäugige Fische im Fluss schwimmen."

Violet lachte darüber. „Tut sie das?"

„Nein, natürlich nicht. Die Strahlung wird vollkommen eingedämmt."

Weiter vorn ragten die riesigen grauen Kühltürme auf jeder Seite eines kuppelförmigen Reaktorsicherheitsbehälters in die Höhe. Aus ihnen stieg Dampf in den frischen Aprilhimmel. Shane konnte den Tennessee River sehen, der hinter dem Kraftwerk in einem großen Bogen verschwand. Es war ein Anblick, der ihn nie enttäuschte, selbst nach diesen vielen Jahren, und er wünschte sich, dass seine Tochter ihn hätte genießen können. Als er in die nächste Parkplatzreihe einbog, überlegte er, wie er ihr die Pracht dieses Ortes vermitteln konnte.

„Dad", sagte sie, „wir haben im Naturkundeunterricht in der Schule über Atomkraft geredet. Unsere Lehrerin hat gesagt, dass Atomkraftwerke gefährlich sind, weil es zu einer Kernschmelze kommen kann, wenn sie überhitzen. Kann das hier auch passieren?"

„Das stimmt zwar. Aber hat deine Lehrerin auch erwähnt, dass viel mehr Leute *jedes Jahr* in Kohleminen sterben als jemals durch Kernschmelzen?"

Violet ließ nicht locker. „Aber eine Kernschmelze könnte hier passieren. Es hat sie doch schon gegeben. In Tschernobyl in der Ukraine und irgendwo in Japan. Es gab sogar eine in Amerika, hat sie gesagt. An einem Ort namens Three Mile Island."

„Mach dir keine Sorgen", sagte er. „So etwas passiert hier nicht. Der Tschernobyl-Unfall wurde hauptsächlich durch schlecht gebaute RBMK-Reaktoren verursacht. Das Problem haben wir hier nicht. Und Fukushima in Japan wurde durch einen Tsunami verursacht, der in den Bergen Tennessees wahrscheinlich nicht auftreten wird. Wir sind sicher."

„Aber woher weißt du das so genau?", fragte Violet.

„Weil ich ein Nuklearingenieur bin", antwortete er. „Es ist mein Job, das zu wissen. Es ist mein Job, auf alle aufzupassen, und genau das werde ich auch tun. Ich werde auf uns aufpassen."

„Versprochen?", fragte Violet.

„Versprochen."

Die Gänge waren wegen des Schichtwechsels leerer als gewöhnlich. Sie trafen Landon außerhalb des Kontrollraums. Er kam gerade aus Richtung des Pausenraums. Sein eleganter, schwarzer Rollstuhl erzeugte ein sanftes Surren. Der Rollstuhl hatte dicke, nach innen geneigte Radspeichen, einen Sitz und eine Rückenlehne, die stark gepolstert waren, sowie einen stabilen Rahmen. Wie Landon in der Vergangenheit erklärt hatte, war es eigentlich ein Sportrollstuhl, denn er hatte diese Art in den Jahren, in denen er Rollstuhlbasketball gespielt hatte, lieben gelernt. Er war breitschultrig und stark, ein ehemaliger Sportler mit einem gutgebauten Oberkörper. Seine Beine waren durch eine Spaltung der Wirbelsäule verkümmert, aber das war bei der Arbeit selten ein Problem.

„Hey Kumpel", sagte Landon, als er Shane um die Ecke kommen sah. „Ich bin normalerweise nicht vor dir bei der Arbeit. Wieso bist du so spät?"

„Ich habe heute einen Gast dabei", sagte Shane. „Halte dich also mit deiner schlüpfrigen Ausdrucksweise zurück."

„Wovon redest du?", erwiderte Landon. „Ich habe heute noch nicht einmal mein erstes Schimpfwort gesagt."

Shane hielt seine Tochter an der Hand und führte sie langsam den Gang hinunter. Sie folgte ein wenig widerwillig und strich mit der anderen Hand an der Wand entlang. Das Passieren der Sicherheitskontrolle hatte sie nervös gemacht – die laut brummenden und zischenden Geräusche des Metalldetektors, des Röntgengeräts und des Strahlenmonitors – und sie fummelte immer wieder an dem kleinen Strahlungsüberwachungsgerät herum, das um ihren Hals hing. Wie den Arbeitern war ihr ein orangefarbener Helm gegeben worden, der ein wenig zu groß für ihren Kopf war und gegen den Rahmen ihrer Sonnenbrille drückte.

Noch viel schlimmer war aber, dass das Sicherheitspersonal darauf bestanden hatte, dass Ruby nicht hineinkommen durfte. Sie hatten für ihre geliebte schwarze Labrador-Hündin eine Ecke im Sicherheitsbüro hergerichtet, aber Violet hatte sich dagegen gesperrt. Es war Shanes Schuld. Er hatte seine Beziehungen spielen lassen, um die Genehmigung zu erhalten, dass Violet mit ihm zur Arbeit kommen durfte – was nicht einfach gewesen war. Aber er hatte vergessen, die Erlaubnis für Ruby einzuholen.

Das wird dem Tag einen Dämpfer versetzen, dachte er.

Zum Glück kannte Violet Landon gut – er war praktisch ein Teil der Familie. Als sie also seine Stimme hörte, entspannte sie sich ein wenig.

„Hey Vivi", sagte Landon. Nur Landon durfte sie Vivi nennen. „Wo ist deine haarige Partnerin? Ich habe euch noch nie getrennt gesehen." Er hatte die Hündin äußerst gern.

„Sie haben mir nicht erlaubt, sie ins Gebäude zu bringen", sagte Violet. „Obwohl sie eine ausgebildete Blindenhündin ist, haben sie gesagt, dass es nicht sicher sei, ein Tier – egal, welches Tier – in das Kraftwerk zu bringen. Also sitzt sie da jetzt ganz allein."

„Nicht allein", sagte Shane einfühlsam. „Das Sicherheitsteam wird gut auf sie aufpassen und wir können ab und zu nach ihr sehen. In meiner Pause bringen wir ihr etwas zu fressen."

„Mach dir deswegen keine Sorgen, Violet", sagte Landon. „Ich werde diese Ungerechtigkeit nicht dulden. Ich werde offiziell Beschwerde einreichen. Es ist nicht nett, ein Kind von seiner loyalen Partnerin zu trennen. Wenn wir damit bis zum Vorstand müssen, dann machen wir das eben so. Die Regeln müssen umgeschrieben werden."

Shane schüttelte über Landon seinen Kopf. „Es ist schon in Ordnung. Und es ist doch nur für ein paar Stunden. Ruby kommt schon klar. Wir sehen später in der Pause nach ihr, bringen ihr etwas zu fressen, gehen kurz mit ihr nach draußen und alles wird gut."

Violet zuckte mit den Achseln und hob ihren Kopf wieder. Als sie das tat, fiel ihr der Helm fast herunter, sodass sie ihn festhalten musste. „Na gut, ich schätze, wir können da nichts weiter machen.

Ich gebe ihr ein Leckerli mehr, wenn wir heute Abend zu Hause sind."

„Na bitte", sagte Shane. „Gute Idee."

„Ich verstehe nicht, warum du überhaupt hierherkommen wolltest, Kleine", sagte Landon. „Du hättest zu deiner Mutter in die CDC gehen sollen. Weißt du nicht, dass der Job deines Vaters unglaublich langweilig ist?"

„Dad sagt, dass es sein Job ist, uns alle zu beschützen", sagte Violet.

„Damit hat er nicht unrecht." Landon drehte sich um, rollte zur Tür des Kontrollraums und bedeutete ihnen, ihm zu folgen. „Du wärst aber überrascht, wie langweilig es ist, uns alle zu beschützen."

„Na, na, na!", sagte Shane und legte seine Hand sanft auf die Schulter seiner Tochter. „Verkauf meine Erfahrung nicht unter Wert, Landon. Sie hat sich hierauf gefreut."

„Ich sage ja nur, dass du zu deiner Mutter hättest gehen sollen", sagte Landon. „Sie arbeitet mit Krankheiten. Sie kämpft jeden Tag gegen tödliche Viren und hält uns alles verschlingende Pandemien vom Leib. Und das alles nur mit Mut und Entschlossenheit."

„Das stimmt nicht ganz", sagte Shane. „Sie hat allerdings eine Menge Mut und Entschlossenheit, das gebe ich zu."

„*Centers for Disease Control and Prevention*. Da arbeitet sie, oder? Seuchenkontrolle und Prävention, Mensch. Sie beschützen uns vor mutierendem Ebola und genmanipulierten Pocken. Das sind die echten Gefahren, nicht irgendein albernes, altes Kernkraftwerk. Hier passiert nichts Aufregendes."

„Dad hat zuerst Ja gesagt", sagte Violet.

„So ist es", sagte Shane. „Außerdem ist deine Mutter eigentlich Statistikerin für die CDC. Sie kämpft nicht gegen genmanipulierte Pocken. Vielmehr arbeitet sie daran, Krankheiten zu verhindern. Damit hat er recht."

„Es ist schon in Ordnung", sagte Violet. „Ich kann Moms Arbeit das nächste Mal besuchen."

Die lange, bogenförmige grüne Konsole nahm fast die gesamte Mitte des Kontrollraums ein. Ihre Oberfläche bestand aus einer komplizierten Anordnung von Anzeigen, Bildschirmen, Schaltern und Knöpfen. Ein tiefes Brummen durchströmte den Raum. Violet reagierte beim Eintreten, indem sie munter wurde und ihren Kopf erst in die eine, dann in die andere Richtung drehte.

„Die Luft hier drinnen ist anders", sagte sie. „Es fühlt sich irgendwie komisch an. Ein bisschen elektrisch. Wisst ihr, was ich meine?"

„Eine ganze Menge warmer elektronischer Geräte", sagte Landon, der zur Konsole rollte und sich zu einem der Monitore lehnte. „Das ist es, was du fühlst. Es riecht auch ein wenig nach Kunststoff, findest du nicht?"

„Ja", antwortete Violet.

Landons Gehhilfen lehnten an der Konsole. Er hatte sie immer in seiner Nähe, aber bevorzugte seinen Rollstuhl. Als Shane sich setzte, rutschten sie zur Seite. Er musste sie auffangen und legte sie dann auf den Boden. Während Landon durch verschiedene Systemmenüs schaltete, bat Shane seine Tochter zu sich, führte sie an der rechten Hand und legte diese auf die Konsole neben seiner Tastatur.

„Fühlst du das?", fragte er. „Das ist mein Computer. Ich habe schon eine Menge Zeit an ihm verbracht."

„Ich kann ihn fast sehen", sagte sie. „Der Bildschirm ist gerade hell, oder?"

„Das stimmt. Der Startbildschirm ist hellblau."

Obwohl Violet sehbehindert war, wusste Shane, dass sie Licht wahrnehmen konnte. Sie war in der Lage, helle Lichter als schwache, entfernte Kleckse zu erkennen. Außerdem konnte sie auch feststellen, wenn sie sich in einem komplett dunklen Zimmer befand. Darüber hinaus war es ihr allerdings nicht möglich, Formen oder Farben zu identifizieren.

„Wir überwachen jedes System im Werk von diesem Raum aus." Shane drehte sich zu Landon. „Tatsächlich können wir von hier aus so ziemlich alles beobachten, was passiert, und wir können andere Abteilungen anrufen, wenn wir mit ihnen reden müssen."

„In seltenen Fällen verlassen wir sogar mal den Raum", sagte Landon.

„Das stimmt", sagte Shane. „Ich hatte sogar wirklich darüber nachgedacht, sie durch die Anlage zu führen, wenn der Rest der Belegschaft hier ist. Sie könnte einige der Abteilungsleiter kennenlernen und hören, was sie so tun. Was denkst du?"

„Tut mir leid, Kumpel", erwiderte Landon. „Nach der Software-Aktualisierung müssen wir heute die restlichen Szenarios durchlaufen. Die Besichtigungstour muss bis nach der Pause warten."

„O Mann, ich dachte, dass wir die gestern fertig gemacht haben."

„Nicht einmal annähernd", sagte Landon. „Sie sind diesmal ziemlich umfassend."

Shane führte seine Tochter zu dem Stuhl neben sich und sie setzte sich hin.

„Tut mir leid, mein Schatz, ich führe dich ein wenig später herum", sagte Shane. „Bleib hier einfach ein bisschen sitzen, während wir etwas Arbeit erledigen. Möchtest du etwas trinken oder irgendetwas anderes? Ich könnte zum Pausenraum gehen und dir etwas besorgen."

„Nein, danke, alles gut, Dad", antwortete Violet, die die Kante der Konsole betastete und ihre Unterarme an einer Stelle ohne Schalter, Anzeigen und Knöpfe abstützte. „Mach dir keine Sorgen um mich. Arbeite einfach. Ich will euch nicht stören."

„Du störst nie", sagte er.

„Mach dich bereit, Vivi", sagte Landon. „Weltuntergangsszenarios durchzuspielen, während man vorgibt, dass sie niemals passieren können, wird nach ein paar Stunden langweilig."

Shane hätte seinem Freund fast gesagt, er solle den Mund halten, aber da war es schon zu spät. Die Worte waren ausgesprochen. Violet drückte ihre Sonnenbrille höher auf die Nase und runzelte die Stirn.

„Weltuntergang?", fragte sie. „Was meinst du damit?"

„Nur Szenarios", sagte Shane. „Das ist nicht echt. Wir überprüfen nur eine neue Software-Aktualisierung, indem wir beobachten, wie sie sich in theoretischen Situationen verhält."

„Was für Situationen?", fragte Violet.

Doch in diesem Moment kam ein greller Ton aus einem der kleinen Lautsprecher neben Shanes Computerkonsole, während ein Fenster auf seinem Bildschirm erschien. Eine rote Meldung leuchtete hell auf: BEVORSTEHENDER KORONALER MASSENAUSWURF IN ZWEI MINUTEN. Sie blinkte ein paar Mal, bevor er verstand, was er da las.

„Koronaler Massenauswurf", sagte er. „Landon, hast du die Simulation schon gestartet?"

Landon lehnte sich in seinem Stuhl zurück, um auf Shanes Bildschirm zu blicken. „Ich habe gar nichts gemacht", sagte er. „Ich habe noch keinen einzigen Knopf gedrückt." Ein Handfunkgerät lag auf dem Rand der Konsole und er griff danach. „Lass mich mal versuchen, ob ich herausfinden kann, was los ist. Vielleicht führen sie irgendeine ferngesteuerte Bohrung durch. Kann das sein? Ich meine, das kann nicht stimmen."

„Wenn das stimmt, hätten sie uns viel mehr als zwei Minuten Vorwarnzeit gegeben", sagte Shane, doch trotz seiner Worte spürte er einen Anflug von Angst. „Es muss eine Art Test sein."

„Okay, lass mich sehen, ob ich jemanden erreichen kann", sagte Landon. „Wenn es eine ungeplante Simulation von oben ist, raste ich aus. Wir haben genug Szenarios, die wir durchgehen müssen, ohne dass die da oben herumalbern. Manchmal sind sie schlauer, als ihnen guttut."

„Dad?"

Violet brachte das eine schwermütige Wort heraus, bevor der Strom ausfiel. Jedes Licht und jeder Bildschirm wurde schwarz und Shane hörte, wie die Kühllüfter ausgingen.

„Okay, das ist nicht gut", sagte Landon. „Wir haben gerade alles verloren."

Shane war ausgebildet, solch ein Szenario zu bewältigen – er kannte die Schritte. Doch dass seine Tochter anwesend war, änderte alles. Er konnte ihr panisches Atmen und das Quietschen ihres Stuhles hören, auf dem sie hin und her rutschte. Es lenkte ihn ab. Er wollte sie beruhigen, aber er wusste auch, dass sie schnell handeln mussten.

„Dad, was passiert hier? Was ist ein koronaler ... was auch immer?"

„Koronaler Massenauswurf, kurz CME", sagte Landon. „Ein massiver Plasma-Ausstoß der Sonne. Er verursacht einen elektromagnetischen Impuls, der das Stromnetz ausschaltet, elektrische Geräte durchbrennen lässt und für eine Menge weiterer richtig übler Dinge sorgen kann. Ich rate mal ins Blaue und sage, dass das hier keine Simulation ist."

Der Kontrollraum war still. Zu still. Aber Shane hörte im Gang Rufe – Panik im Gebäude, als gerade die zweite Schicht ankam. Ein furchtbares Timing.

„Der Notstrom geht nicht an", sagte er. „Könnte der CME die Aggregate ausgeschaltet haben?"

„Das bezweifle ich", sagte Landon in die Dunkelheit. Er klang außer Atem. „Wenn es ein CME ist, dann müssten die Notstromaggregate intakt sein. Sie bestehen aus altmodischen Dieselmotoren. Keine Elektronik darin, die durchbrennen könnte. Wir müssen sie aber wahrscheinlich manuell starten."

Shane dachte immer noch irgendwie, dass es ein Test war, aber er mochte den nervösen Klang in Landons Stimme nicht. Der Mann war normalerweise so ruhig und gefasst.

„Ich kümmere mich darum", sagte Shane. Er versuchte, von seinem Stuhl aufzustehen, aber Violets Hand klammerte sich um seinen Arm.

„Nein, Dad. Geh nicht. Ich habe Angst."

„Es ist alles in Ordnung, Süße. Ich muss nur –"

Er hörte das Surren von Landons Rollstuhl. „Ich mache das schon. Ihr beide bleibt hier. Ich kenne den Weg und ich kann mich schneller bewegen als ihr. Wir müssen schnell handeln."

„Nein, ich komme mit dir", sagte Shane. „Es kann sein, dass wir zwei Leute brauchen, um die Aggregate anzustellen. Violet, du kannst auch mitkommen. Ich lasse dich hier nicht allein."

„Sind wir in Schwierigkeiten?", fragte sie. „Was passiert, wenn ihr sie nicht zum Laufen bekommt?"

„Wenn der Hauptstrom ausgeht, fallen die Kontrollstäbe in den Kern und der Reaktor wird mit Wasser geflutet, damit die Temperatur heruntergefahren wird", sagte Shane. „Das kann aber nicht passieren, bis wir die Notstromaggregate angestellt haben. Aber das werden wir tun. Es dauert nur eine Minute."

„Du redest von einer Kernschmelze", sagte Violet mit zitternder Stimme. Ihre Hand drückte seinen Arm noch fester. „Oder etwa nicht?"

„Nein, nein, wir haben … eine Menge Zeit, um alles unter Kontrolle zu bekommen." Er musste sich zwingen, die Worte auszusprechen. *Aber es ist doch nur ein Test, oder? Das muss es doch sein. Wenn es ein echter CME wäre, hätten sie uns doch viel früher gewarnt.*

Shane hörte das Zischen der Kontrollraumtür, als Landon sie aufstieß und in den Gang rollte. Shane erhob sich und griff nach Violets Hand. Dann folgte er Landon.

Er wollte glauben, dass sie noch eine Menge Zeit hatten. Er hielt es auch fast für wahr, aber er hatte noch nie erlebt, dass Landon so ängstlich klang.

KAPITEL ZWEI

Mike setzte sich auf seinem Stuhl aufrecht hin und versuchte, die erdrückende Übelkeit nicht in seinem Gesicht zu zeigen. Sie überkam ihn wie eine Flutwelle und tauchte seinen gesamten Körper in unerträglichen Schmerz. Es tat weh, mit dem riesigen Verband an seinen Hals gerade zu sitzen. Er hatte sich nicht getraut, den Schnitt anzusehen, also wusste er nicht, wie viel von seinem Hals sie herausgeschnitten hatten, um den Tumor zu entfernen. Ehrlich gesagt wollte er es auch nicht wissen. Darum konnte er sich später kümmern. Fürs Erste wollte er diese letzte Chemo-Runde hinter sich bringen.

Aber es war nicht alles schlecht. Obwohl er wusste, dass er mit seinem lichten Haar und den dicken Wangen nicht gut aussah, reagierte die attraktive Krankenschwester der Onkologie auf seine besten Geschichten und Witze. Das war das Unwohlsein fast wert.

„Habe ich Ihnen schon einmal von der Zeit erzählt, als ich eine

Möwe am fünften Loch im Orchid Island Golf Club in Florida mit einem Golfball kupiert habe?", fragte er.

Erica überprüfte den Infusionsbeutel, der fast leer war. „Nicht absichtlich, hoffe ich", sagte sie lächelnd. Sie war etwa sein Alter, vielleicht ein paar Jahre jünger. Vierzig hätte er geschätzt, aber er war nicht so dumm, sie zu fragen. Ihre blonden Haare waren auf eine Weise kurz geschnitten, die ihr Gesicht noch schöner machte. Außerdem hing Mike an ihrem heiteren Wesen wie an einer Rettungsleine, während er diese schreckliche Chemotherapie durchstehen musste.

„Nein, nicht absichtlich", antwortete er. „Die Möwe hat überlebt. Es ist eigentlich eine längere Geschichte. Ich glaube, sie hat mein Spiel besser gemacht. Ich kam näher aufs Grün und schließlich schlug ich eine 88 auf einem Par-72-Platz. Gar nicht mal so schlecht, wenn ich das mal so sagen darf."

„O ja? Ich kenne mich mit Golf nicht so aus. Ist das gut?"

„Es ist in Ordnung. Also für die PGA Tour qualifiziere ich mich damit nicht, aber ich habe den Blödmann geschlagen, der mit mir gespielt hat und dreimal in der Sandgrube feststeckte. Die Möwe war nur der Höhepunkt eines großartigen Tages. Ich muss Ihnen davon irgendwann einmal erzählen."

„Es klingt so, als hätten Sie mir die ganze Geschichte bereits erzählt", sagte sie. „Wie viel gehört denn noch dazu?"

„Sie wären überrascht", sagte Mike. „Ich schätze, wir haben dafür jetzt keine Zeit. Es scheint, als ob der Chemo-Beutel fast leer ist." Mit gesammeltem Mut fasste er sich ein Herz: „Eigentlich ist es eine Geschichte, die man am besten bei einem gemeinsamen Kaffee erzählt."

„So eine Art Geschichte, hm?" Sie überprüfte die Tropfkammer und den Port seines Infusionsbeutels. „Bei einem Kaffee, sagen Sie? Nicht bei einem kalten Bier?"

„Nun ja, ich nehme natürlich schon lieber ein Bier als einen Kaffee. Ich dachte nur, ein Café wäre besser …"

Mikes Worte verloren sich, als die Übelkeit ihn erneut überfiel. Er stöhnte und lehnte sich auf die Seite. Erica griff nach einer Nierenschale aus Edelstahl auf einem Tisch in der Nähe und legte sie unter sein Kinn auf die Armlehne des Stuhls. Die Wunde an seinem Hals erschwerte es ihm sich vorzubeugen, sodass er seinen Kopf gegen seine Hand stützte und darauf wartete, dass die Wellen des magenumdrehenden Schmerzes nachließen. Sein gesamter Oberkörper tat weh, in seinem Kopf hämmerte es, sogar seine Füße schmerzten.

Seine Schwester Jodi beobachtete ihn mit sorgenvollem Gesicht von einem Stuhl an der anderen Seite des Zimmers. Während Mike mit seinem alten Polohemd und der Jogginghose schludrig gekleidet war, wirkte Jodis Äußeres so perfekt und professionell wie eh und je. Sie war Statistikerin für die CDC und so sah sie auch stets aus. Ihre Körperhaltung war anstrengend steif. Mike zog sie oft damit auf. „Du siehst aus, als ob du auf einer Heftzwecke sitzt", sagte er gern, aber jetzt sprach er lieber nicht.

Jodi hatte ihren jugendlichen Sohn Owen in die Kantine im Keller geschickt, um ein paar Snacks zu besorgen. Owen war ein guter Junge, fürsorglich gegenüber seiner Familie, aber weder Jodi noch Mike wollten, dass er die harte Realität der Krebsbehandlung miterlebte. Tatsächlich hatte er darauf bestanden, heute trotz der ablehnenden Haltung seiner Mutter mitzukommen. Auch wenn Owen wusste, warum er in die Kantine geschickt worden war, beklagte er sich darüber nicht. Mike hatte um eine Tüte einfacher Chips gebeten, weil er dachte, dass etwas Mildes seinem Magen helfen könnte. Doch jetzt hatte er seinen Appetit verloren. Im Moment war der Gedanke an sämtliches Essen nur abstoßend. Er hoffte fast, dass der Junge auf dem Weg zurück verloren ging, damit er das Essen nicht sehen musste.

„Das ist ja schlimmer als letztes Mal", sagte Mike stöhnend. „Ich hätte nicht gedacht, dass es möglich ist, dass mir noch schlechter wird, aber es geht. Erica, befreien Sie mich aus diesem Elend. Es ist, als ob mein Bauch mit heißem Tod gefüllt ist. Ich kann nicht mehr."

„Es geht vorüber", sagte die Krankenschwester. „Halten Sie nur durch. Wir haben es fast geschafft. Sie machen das prima."

„Wenn ich auf den Boden falle, lassen Sie mich liegen", sagte er. „Machen Sie sich nicht die Mühe, mich aufzuheben. Ich will einfach nur schmelzen, mich in eine Pfütze verwandeln und durch die Ritzen sickern."

„Sagen Sie so etwas nicht. Sie fallen nicht auf den Boden und ganz sicher werden Sie nicht schmelzen. Sie schaffen das schon. Halten Sie nur noch etwas länger durch. Denken Sie daran, wie weit Sie schon gekommen sind. Das ist ihre letzte Behandlung. Denken Sie an die Zukunft."

„Die Zukunft …", sagte Mike krächzend. „Kann sie mir nicht wirklich … vorstellen …"

Hinter Erica war ein großes Fenster, das einen Ausblick auf den Parkplatz des Personals hinter dem Krankenhaus bot. Er schmiegte sich an den Fuß einer graswachsenen Hügelkette und oberhalb der Hügel liefen hohe Stromleitungen über den klaren blauen

Himmel. Mike starrte in diese Richtung und versuchte sich eine kühle Brise in seinem Gesicht vorzustellen.

Das muss die Letzte sein, dachte er. *Ich kann das nicht noch einmal machen. Gott, lass es die letzte Behandlung dieser Chemo für den Rest meines Lebens sein.*

Es war theoretisch die letzte Behandlung seiner Chemo, aber der Arzt wollte ihn nicht krebsfrei erklären, bis sie eine PET gemacht hatten. Mike hatte oft von diesem Wort geträumt: krebsfrei. Die ganze Übelkeit, der Haarverlust und dass sie ihm einen Großteil seines Halses herausgeschnitten hatten – all das war es wert gewesen, wenn er seinen Arzt nur dieses Wort sagen hörte.

„Sie machen das prima, Mike", sagte Erica. „Sie sind viel stärker, als sie denken. Wir sind hier fast fertig."

„Ja, ich fühle mich auch ziemlich fertig", sagte Mike und versuchte ein Lachen, das zu einem Stöhnen wurde. „Wie heißt es so schön? ‚Stech mich mit einer Gabel, ich bin …'"

Er betrachtete gerade einen der Sendemasten, als er sah, wie ein gewaltiger Funkenregen daraus flog. Er hätte fast etwas darüber gesagt, aber alle Lichter und Computerbildschirme in dem Zimmer gingen plötzlich aus.

„Hey, was war das?"

Jodi stand sofort auf. „Das ist nicht gut."

Erica sah sich um. „Bitte entschuldigen Sie das. Machen Sie sich aber keine Sorgen. Die Notstromaggregate werden gleich angehen."

„Das war ein ziemliches Feuerwerk da draußen", sagte Mike. „Habt ihr das gesehen?"

„Du hast etwas gesehen?", fragte Jodi.

„Riesige Funken an dem Sendemast auf dem Hügel da", sagte er und zeigte in Richtung Fenster. „Ganz plötzlich. Fast wie eine Explosion. Ich habe keinen Blitz gesehen, der den Mast getroffen hat. Ich frage mich, was das verursacht hat."

Erica drehte sich, um zu sehen, wovon er sprach, aber die Funken flogen nicht mehr. Jodi ging zur Tür und linste in den Gang. Stimmen kamen aus den anderen Zimmern. Noch klang niemand sonderlich besorgt, aber Mike hörte jemanden den Gang hinunterlaufen.

„Ich hoffe, Owen bekommt keine Angst", sagte Jodi. „Was ist, wenn er im Fahrstuhl ist? Was, wenn er darin gefangen ist?"

„Unwahrscheinlich", sagte Mike. „Ich wette, er hat gerade vor den Automaten gestanden und sich überlegt, ob er die Mini-Donuts oder die Zimtschnecken nehmen soll. Er drückt wahrscheinlich noch immer auf die Tasten, während wir jetzt sprechen."

„Ich habe ihn losgeschickt, um *Essen* zu holen", sagte Jodi, „kein Junkfood."

„Na ja, was auch immer, es geht ihm bestimmt gut."

„Ich will sichergehen."

Mike blickte flüchtig auf den Infusionsschlauch, der mit dem Port in seinem Arm verbunden war. An einer Maschine ohne Strom zu hängen, machte ihn nervös. „Hey, Erica, wir können dieses Ding vermutlich nicht einfach entfernen, oder? Es stört mich, seit Sie es mir drangemacht haben", sagte Mike und klopfte leicht auf die Kunststoffscheibe, die in seinen Arm gesteckt worden war. Es war dazu da, die Kanüle leichter hineinzustechen, doch er fand es unangenehm, das Ding ständig an sich befestigt zu haben.

Es dauerte einige Sekunden, bis Erica antwortete. Sie starrte an die Decke. Mit einem zweifelnden Murmeln zuckte sie die Achseln und begann damit, den Schlauch zu entfernen. „Wir sind sowieso fertig. Ich bin sicher, dass der Arzt in einer Minute hier sein wird. Er wird uns erlauben, den Port zu entfernen."

Sie entfernte langsam arbeitend den Schlauch, ganz offensichtlich, um Zeit zu schinden. Jodi schritt auf und ab. Mike war durch die Übelkeitsschübe, die durch seine Eingeweide fuhren, und den durchgehenden Hauch von Kraftlosigkeit in seinen Gliedern noch immer zu geistesabwesend, um sich wegen des ausgefallenen Stroms Sorgen zu machen. Das Schlimmste war, dass er wusste, dass die heftigste Übelkeit noch nicht eingesetzt hatte. Das Schlimmste kam normalerweise erst einen Tag nach der Chemo. Denn dann begann das unaufhörliche Erbrechen.

„Wie hoch sind die Chancen, dass wir heute noch die PET machen können, damit der Arzt mich entlassen kann?"

„Ich weiß es nicht", war alles, was die Krankenschwester sagte.

Wie immer nach der Chemo-Behandlung überprüfte sie seinen Blutdruck und nahm seine Temperatur. Jodi schritt weiterhin auf und ab und sah immer mal wieder durch die Tür. Nach einer vollen Minute war der Strom nach wie vor weg und die Notstromaggregate waren noch nicht angesprungen. Die Stimmen im Gang klangen jetzt allmählich sorgenvoller. Irgendwo in einem entfernten Zimmer rief jemand nach einem Arzt.

„Owen ist noch nicht zurück", sagte Jodi, als sie auf die Uhr an der Wand sah. „Er weiß wahrscheinlich nicht, was er tun soll."

„Schwesterherz, Owen ist sechzehn", erinnerte Mike sie, „und ein schlauer Junge. Der Strom ist ausgefallen. Das passiert. Ein Trafo ist durchgebrannt. Das Gebäude ist nicht eingestürzt. Ihm wird es gut gehen."

Erica schob den Infusionsständer von Mikes Stuhl weg und starrte auf den toten Computerbildschirm daneben. Sie tippte ein paar Mal darauf, als ob das helfen würde. „Der Notstrom sollte eigentlich mittlerweile an sein. Vielleicht noch eine weitere Minute."

Jodi ging noch ein paar Mal auf und ab, was Mike nur noch nervöser machte. Es war nur ein Stromausfall, keine große Sache, aber irgendetwas an dieser Situation stimmte nicht. Die wachsende Flut an Stimmen aus dem Gang half dabei nicht. Mike meinte, jemanden weinen zu hören.

Schließlich blieb Jodi stehen, als wäre sie zu einer Entscheidung gekommen, nickte und nahm ihre Handtasche vom Stuhl. „Ich suche ihn. Ich bin sicher, dass es Owen gut geht, aber … Ich will einfach nur sichergehen, dass er den Weg zurückfindet."

Als sie sich zur Tür bewegte, spürte Mike einen Anflug von Angst. „Pass auf dich auf da draußen."

Jodi hielt inne, richtete den Riemen ihrer Handtasche auf ihrer Schulter und lächelte ihm zu. „Keine Sorge. Ich gebe mir Mühe, keine Leute umzurennen oder die Treppe herunterzufallen."

Er wusste, dass das ein Witz sein sollte, aber er nickte nur. Nein, irgendetwas an dieser Situation stimmte nicht, aber er konnte nicht genau sagen, was es war. Erica kaute an ihrem Fingernagel. Plötzlich jedoch ging sie zu einem der Schränke und öffnete eine Schublade.

„Hier, das brauchen sie bestimmt", sagte sie zu Jodi, als sie eine kleine Taschenlampe aus der Schublade holte. „Es gibt keine Fenster im Treppenhaus. Ich bin sicher, dass der Strom zurück ist, bevor Sie wiederkommen, aber … na ja, sicher ist sicher."

Jodi nahm die Taschenlampe von ihr und machte sie an. Hell leuchtendes, weißes LED-Licht warf einen grellen Strahl auf die Wand neben Mikes Stuhl.

„Danke", sagte sie. Sie nickte Mike zu, wobei ihr Lächeln verschwand, und ging hinaus.

Das laute Zufallen der Tür riss Mike aus seiner Ablenkung. Er blickte wieder aus dem Fenster. Unten auf dem Parkplatz stieg ein Arzt, der noch seinen Kittel trug, aus einem schönen, grauen BMW X2. Er stand einen Moment neben der Tür, wollte dann offenbar wieder einsteigen, änderte aber seine Meinung und hob beide Hände über den Kopf. Schließlich haute er auf das Dach seines Autos und schien zu fluchen.

„Was ist hier los?", flüsterte Mike, aber die Übelkeit und die Angst trafen sich in der Mitte und verursachten einen magenumdrehenden Albtraum. Er beugte sich über die Nierenschale und kniff seine Augen zu.

KAPITEL DREI

Ein einsames Fenster am Ende des Ganges warf ein gespenstisches Licht auf die Türen rechts von ihr. Es war mitten am Nachmittag und das Sonnenlicht war schwächer geworden. Jodi sah in angsterfüllte Gesichter, die aus den Zimmern spähten. Sie hörte ein Kind weinen, eine Mutter, die versuchte, es zu trösten. Krankenschwestern sprachen ermutigende Worte.

„Keine Sorge. Der Strom ist in einer Minute zurück."

„Ich bin sicher, dass es nichts Schlimmes ist. Sie haben es bald wieder im Griff."

„Wahrscheinlich nur ein Blitzeinschlag oder so."

Aber einige Minuten waren vergangen und es gab noch immer keinen Strom, kein Notstromaggregat, das angesprungen war, nur Schatten in jedem Gang, in jedem Zimmer und in jeder Ecke. Jodi schaltete die Taschenlampe wieder ein und folgte den schummrigen Gängen, bis sie den Fahrstuhl erreicht hatte. Ein Pärchen stand dort, starrte auf die Fahrstuhltür, als ob sie darauf warteten, dass sie sich öffnete. Doch Jodi ging weiter zu den Treppen.

Irgendetwas an diesem Stromausfall stimmte nicht. Jodi war von Natur aus analytisch – es war schließlich ihr Beruf –, doch sie verstand nicht, warum diese Situation sie so umtrieb.

Funken an einem Sendemast an einem sonnigen Tag. Ja, vielleicht war es das.

Hinter dem schmalen Strahl der Taschenlampe lagen die Treppen in kompletter Dunkelheit und die wandernden Schatten machten sie nervös, als sie hinunterging. Sie bewegte sich, so schnell wie sie sich traute, und öffnete die Tür zum Erdgeschoss. Kaum hatte sie das getan, hörte sie Tumult in der Nähe – angespannte Stimmen, eine Art mechanisches Reiben und Geräusche, als würden mehrere Leute eine große Anstrengung ausüben. Sie betrat die Lobby des Erdgeschosses und sah einige Wartungsarbeiter in Uniformen, die sich um die Fahrstuhltür versammelt hatten. Einer von ihnen leuchtete mit einer Taschenlampe auf die Tür. Sie hatten Funkgeräte an ihren Gürteln und viele verzerrte Stimmen sprachen, während die Probleme sich im Gebäude ausbreiteten.

Als Jodi näher kam, drehte sich einer der Arbeiter, ein älterer, stark schwitzender Herr, zu ihr um.

„Kommen Sie nicht zu nahe, gute Frau", sagte er. „Der Fahrstuhl steckt zwischen den Geschossen fest. Einige Leute sind darin gefangen."

Jodi beobachtete, wie zwei der Arbeiter die Tür aufstemmten, und sie sah die untere Hälfte des Fahrstuhls auf Höhe der Decke. Eine schmale Öffnung erlaubte einen Blick auf den dunklen Innenraum, und als sie ihre Taschenlampe in jene Richtung leuchtete, sah sie sich bewegende Schuhsohlen. Ein unangenehmes Gefühl machte sich in ihrer Magengegend breit.

„Owen, bist du da drinnen?", rief sie, als sie sich an dem Wartungsarbeiter vorbeischob. „Ich bin's. Deine Mom."

Nach einer Sekunde hörte sie eine panische Antwort. „Mom, wir sind hier eingeschlossen. Der Fahrstuhl hat plötzlich einfach ohne Grund angehalten." Sie hörte an seiner Stimmlage, dass er sich kaum noch zusammenreißen konnte.

„Es ist alles in Ordnung", sagte sie und versuchte, ihre Stimme ruhig klingen zu lassen. Eigentlich war sie sogar erleichtert, dass sie wusste, wo er war. Wenigstens war er sicher. „Wir holen dich da heraus."

Einer der Wartungsarbeiter winkte sie zurück, damit sie aus dem Weg ging. Sie schaltete die Taschenlampe aus – durch die Lobbyfenster kam genug Licht – und holte ihr Handy aus ihrer Handtasche.

Einen Moment lang hatte sie das seltsame Gefühl, dass es nicht funktionieren würde, aber als sie den Bildschirm antippte, leuchtete er auf. Sie entsperrte ihn und wählte Shanes Nummer. Er hob nicht ab. Sie überlegte, ob sie ihm eine Sprachnachricht hinterlassen sollte, aber versuchte ihn stattdessen noch einmal anzurufen. Er hob noch immer nicht ab, also versuchte sie es bei Violet.

Ihre Tochter antwortete beim ersten Läuten.

„Hallo?"

„Schätzchen, wo seid ihr? Geht es euch gut?"

„Mom, der Strom ist ausgefallen", sagte Violet. Sie klang verängstigt, den Tränen nah. Jodi spürte ihren ersten Anflug von echter

Panik. War dieser Stromausfall wirklich so großflächig? „Der Strom ist im ganzen Kraftwerk ausgefallen."

„Ich verstehe, Schätzchen. Hier im Krankenhaus ist er auch weg", sagte Jodi. „Aber dir und Dad geht es gut?"

Violet zögerte eine Sekunde, bevor sie antwortete. Jodi hörte Geräusche im Hintergrund – Rennen und Schreien –, aber sie konnte nicht ausmachen, was sie sagten.

„Mom, es ist wirklich schlimm", sagte Violet. „Wenn sie den Notstrom nicht bald anstellen, wird hier alles in die Luft fliegen. Dad sagt, dass sie etwas mit dem Kern tun müssen, damit er nicht überhitzt, aber dafür müssen sie den Notstrom anschalten."

„*Was?*"

„Es könnte in die Luft fliegen", sagte Violet noch einmal und jetzt klang sie, als würde sie *wirklich* weinen. „Die Stäbe könnten überhitzen und schmelzen und dann fliegt alles in die Luft."

„Violet. Violet, Schätzchen, beruhig dich." Jodi spürte, wie die Angst ihr tief und eisig in die Eingeweide stach. Sie hörte zu, wie ihre Tochter langsam ihr Weinen in den Griff bekam. „Ist dein Vater da?"

„J-ja", sagte Violet. „Wir sind mit Landon auf dem Weg, um die Aggregate anzuschalten. Sie haben gesagt, dass der Kern innerhalb von *Minuten* überhitzen kann. Minuten, Mom."

„Pass auf, ich lege jetzt auf, aber ich möchte, dass dein Vater mich anruft, sobald er kann, in Ordnung?" Sie kämpfte mit den Tränen. In die Luft gehen? Das hatte Violet bestimmt nicht so gemeint. Sie hatte es sicherlich missverstanden, aber Jodi fühlte sich vollkommen hilflos. „Kannst du das machen, Violet? Sag deinem Vater, er soll mich anrufen."

„Das mache ich", antwortete Violet mit stark zitternder Stimme.

„Es … es wird alles gut", sagte Jodi.

„Nein, wird es nicht. Ich habe gehört, was sie gesagt haben."

Es war das Letzte, was Violet sagte, bevor sie auflegte. Jodi war versucht, noch einmal anzurufen, aber sie wusste, dass es nichts bringen würde. Das Kernkraftwerk Sequoyah war in Soddy-Daisy in Tennessee, mindestens 270 Meilen vom Krankenhaus in Augusta entfernt. Es war daher ein immens großer Stromausfall, und das bedeutete, dass die Möglichkeit bestand, dass das Haus von Jodis Mutter außerhalb von Macon ebenfalls betroffen war.

Mit zitternden Händen rief Jodi ihre Mutter an. Wenn irgendjemand diese Situation mit Ruhe und zielführender Kraft meistern konnte, dann war es Beth Bevin. Sie war ein harter alter Knochen und sie lebte dafür, auf alle möglichen Katastrophen vorbereitet zu sein.

Jodi erreichte nur den Anrufbeantworter.

Sie überlegte, ob sie noch einmal anrufen sollte, aber in dem Moment gingen die Lichter an und der Fahrstuhl begann damit, sich zu bewegen. Die Wartungsarbeiter traten zurück, als die Tür sich von selbst öffnete.

„Oh, Gott sei Dank", murmelte Jodi und steckte ihr Telefon wieder in ihre Handtasche.

Die Lichter waren dunkler als zuvor, aber es war viel besser als die unheilvollen Schatten. Das Kommunikationssystem des Krankenhauses piepste, als es ansprang, und eine Stimme sprach.

„Sehr geehrte Damen und Herren, bitte entschuldigen Sie die Unannehmlichkeiten", sagte sie. „Wir hatten eine kleine Störung an unseren Notstromaggregaten, aber jetzt funktioniert alles wieder. Es gibt noch immer einen großflächigen Stromausfall in der Region. Bitte sparen Sie Strom und verwenden Sie nicht die Fahrstühle."

Owen sprang aus dem Fahrstuhl, als er das Erdgeschoss erreicht hatte, und rannte zu seiner Mutter. Er umarmte sie nicht – er war in diesem Alter –, aber sie konnte die Erleichterung in seinem Gesicht sehen.

„Geht es dir gut?", fragte sie.

„Alles in Ordnung", sagte er. „Das war wirklich schlechtes Timing von mir, oder? Ich hatte keine Zeit, die Snacks zu besorgen." Er war mit seinem zugeknöpften Hemd und der Khakihose für einen Sechzehnjährigen schick gekleidet. Fleißig und klug, so gefiel er ihr, sowohl im Aussehen als auch im Temperament.

Sobald der Fahrstuhl leer war, klebten die Wartungsarbeiter ein großes ‚Außer Betrieb'-Schild an die Tür. Während sie das taten, unterhielten sie sich und Jodi versuchte mitzuhören, ohne dass es ihnen auffiel. Owen machte ein paar Schritte in Richtung Treppenhaus, bemerkte, dass sie ihm nicht folgte, und kam zurück. Sie waren zu dritt: der ältere Herr, ein jüngerer Mann mit einem wirren, rötlichen Haarschopf und ein stämmiger Kerl mit wachsamen Augen.

Der Rothaarige sprach und gestikulierte dabei theatralisch. „Irgendetwas in den Stromkreisen ist durchgebrannt und hat die elektronischen Kontrollsysteme der Notstromaggregate kurzgeschlossen", sagte er. „Ihr habt sie doch gehört. Sie mussten die

Kontrollsysteme überbrücken, um sie zum Laufen zu bekommen. Das ist kein normaler Stromausfall, Leute."

„Oh, jetzt geht das schon wieder los", sagte der stämmige Kerl. „Was war es denn? Mondstrahlen oder so etwas?"

„Keine Mondstrahlen", antwortete er, „aber es *gibt* etwas, das einen Stromausfall auslösen kann *und* die Elektronik durchbrennen lässt."

„Ich kann es kaum erwarten", sagte der ältere Herr mit offensichtlichem Sarkasmus. „Apokalypse-Daryl, erzähl uns alles darüber."

„Ja", sagte der stämmige Kerl schmunzelnd. „Erzähl es uns, Apokalypse-Daryl. Erzähl uns, was du im Internet gelesen hast."

„Ein koronaler Massenauswurf", sagte Daryl und zeigte mit einem Finger auf den stämmigen Mann. „Weißt du, was das ist?"

„Klingt wie eine Krankheit", sagte der stämmige Kerl. „Etwas, was man bekommt, wenn man verschmutztes Wasser trinkt."

„Es ist eine gewaltige Plasmawolke von der Sonne", sagte Daryl, seine Augen weit aufgerissen und emotionsgeladen. „Es funktioniert wie ein EMP. Die Stoßwelle erzeugt einen geomagnetischen Sturm, der mehrere Terrawatt Energie freisetzt, die Stromkreise, Satelliten und Übertragungsleitungen durchbrennen kann. Wir reden über langfristige, vielleicht sogar anhaltende Schäden, Leute. Habt ihr je davon geträumt, *dauerhaft* ins Viktorianische Zeitalter zurückzukehren? Staubt eure Zylinderhüte und Korsette ab, denn das ist eure Chance. Wir sollten überprüfen, ob die anderen Gebäude in der Region auch betroffen sind. Ich wette, sie sind es. Ich wette, die ganze Region ist betroffen."

„Klingt für mich, wie eine andere Form von Mondstrahlen", erwiderte der stämmige Kerl, als er den Werkzeugkasten aufhob und sich zum Gehen umdrehte. „Verschwörungskram. Du hast dir damit schon deinen Verstand zerstört."

„Ja, irgendetwas, was du auf einer deiner komischen Webseiten gelesen hast", stimmte der andere Arbeiter kopfschüttelnd zu.

„Na gut, dann erzählt mir doch mal, ob ihr jemals von einem Stromausfall gehört habt, der die Stromkreise derart durchbrennt", sagte Daryl mit einer ausladenden Handbewegung. „Ich meine, *alle* Stromkreise im gesamten Gebäude?"

Doch die anderen Arbeiter lachten nur wieder und gingen langsam davon. Daryl blickte finster, folgte ihnen nicht und verschränkte seine Arme über der Brust. „Es ist noch nie passiert", rief er ihnen hinterher.

Jodi hatte der Unterhaltung mit steigender Beunruhigung zugehört. Sie bemerkte, dass Owen die Arbeiter anstarrte und dabei das Gesicht verzog. Dann hob sie einen Finger und sagte: „Eine Sekunde." Schließlich ging sie zu dem Mann, den sie Apokalypse-Daryl genannt hatten.

„Entschuldigung", sagte sie. „Verzeihen Sie, wenn ich Sie störe, aber ich habe zufällig Ihre Unterhaltung mitbekommen und mich gefragt –"

„Ich bin nicht verrückt", erwiderte er, während er sich schnell zu ihr umdrehte. „Ich weiß, was Sie denken, aber ich habe alles darüber gelesen. Ich habe recherchiert. Das ist kein Verschwörungskram, sondern echte Wissenschaft."

„Ich glaube nicht, dass Sie verrückt sind", sagte Jodi. „Was können Sie mir über diesen ... wie haben Sie es genannt?"

„Ein koronaler Massenauswurf", sagte er. „Das ist schon einmal passiert, wissen Sie? 1989 hat ein CME einen riesigen geomagnetischen Sturm verursacht, der den ganzen Strom in Quebec ausgeschaltet und Funkstörungen verursacht hat. Es passierte so schnell, dass sie es nicht kommen gesehen haben. Wenn ich richtig liege, dann wurde auch alles außerhalb dieses Krankenhauses davon betroffen. Kommen Sie, wir sehen nach."

Er deutete ihr an, ihm zu folgen, und eilte zu den Fenstern auf der anderen Seite der Lobby. Jodi signalisierte Owen, dass er bleiben sollte, wo er war, und folgte Daryl. Von hier aus hatten sie einen weiten Blick über einen Parkplatz auf eine nahe Straßenkreuzung.

„Sehen Sie irgendwelche Lichter da draußen?", fragte er. „Scheinwerfer? Lichter in Gebäuden? Irgendetwas?"

Das Erste, was Jodi bemerkte, war, dass die Ampeln an der Kreuzung nicht funktionierten. Fahrzeuge standen dort herum, als ob das Fehlen der Ampellichter den Fahrern den Zweck und die Richtung geraubt hätte.

„Aber natürlich funktionieren die Ampeln nicht", sagte sie.

„Gehen Sie hinaus und sie werden sehen, dass die meisten Autos nicht fahren", sagte Daryl, der seinen recht irren Blick über die Stadt schweifen ließ. „Besonders die neuen. Ein Sonnen-EMP würde dafür sorgen. Es gab keinen Blitz im Himmel, also war es keine Atombombe. Es passierte ganz plötzlich. Gute Frau, es ist schlimmer, als Sie denken. Es ist schlimmer, als irgendjemand denkt."

Der Schrecken, der als kleines Flattern in ihrem Bauch begonnen hatte, erstickte sie jetzt. Was würde es bedeuten, wenn die Stromleitungen von Augusta bis Soddy-Daisy überall durchgebrannt waren? Sie konnte es sich nicht vorstellen. Wie würden sie zurechtkommen? Keine Lichter, kein Strom, keine Elektronik. Sie wollte nicht einmal darüber nachdenken.

„Aber warten Sie mal", sagte Jodi. Sie kramte in ihrer Handtasche und holte ihr Handy heraus, aktivierte den Bildschirm und zeigte es ihm. „Wenn das ein EMP war, warum funktioniert dann das Telefonnetz noch? Ich konnte meine Tochter anrufen. Ich habe mit ihr gesprochen. Wenn der Mobilfunkanbieter den Dienst noch bereitstellen kann, können Sie nicht recht haben."

„Ein weitverbreiteter Irrtum", sagte Daryl und wedelte mit einem Finger vor ihrem Gesicht. „Wissen Sie, ein EMP dieser Größenordnung brennt nicht alles durch. Einige Handyanbieter arbeiten nicht über das Stromnetz. Sie haben eigene Notstromaggregate, was heißt, dass Ihre Telefonverbindung zumindest für eine Weile noch funktioniert. Aber es wird unregelmäßig. Ich bin sicher, dass es eine Netzwerküberladung geben wird, und schließlich wird es komplett aufhören zu funktionieren. Also genießen Sie es, solange Sie es noch können. Ich sage es Ihnen, gute Frau, ich kenne mich aus. Das geht nicht weg. Alles hat sich geändert – Sie wissen es nur noch nicht."

Jodi wusste nicht, was sie noch sagen sollte. Sie wollte ihn widerlegen, aber sie hatte keine Antwort. Also wandte sie sich zu ihrem Sohn, sah sein erschrecktes Gesicht und ging zurück zum Treppenhaus. Daryl blieb an den Lobbyfenstern stehen und starrte wie irre über die tote Stadt.

„Er hat unrecht, Mom", sagte Owen. „Er kann nicht ... oder?"

Sie wollte ihm sagen, dass Apokalypse-Daryl nichts weiter war als ein Weltuntergangsspinner. Es hätte Owen beruhigt, aber sie konnte sich nicht dazu durchringen, es zu sagen.

„Mach dir keine Sorgen", sagte sie. Es war das Beste, was sie sagen konnte, ohne ihr Gewissen zu sehr zu überstrecken. „Lass uns zur Onkologie zurückgehen und sehen, wie es Mike geht."

Doch als sie die Treppe langsam in den schwachen Lichtern hinaufstiegen, konnte sie nicht vergessen, was Daryl gesagt hatte.

Alles hat sich geändert – Sie wissen es nur noch nicht.

Sie schauderte. Was auch immer passiert war, sie mussten zu Mike gehen und ihn aus dem Krankenhaus bringen. Jetzt.

KAPITEL VIER

Beths übellauniger, kleiner Schnauzer Bauer versuchte gerade, die Stellung gegen eine große Wolfsspinne zu halten, die es gewagt hatte, durch die Reihen der Kohlköpfe am Rande des Gartens zu laufen. Sein Bellen entsprach dem heiseren Rufen eines alten Mannes: „Verschwindet von meinem Rasen, ihr verdammten Kinder!" Beth wusste, dass er die Spinne nicht wirklich angreifen würde. Wenn sie zu nahe kam, würde er zurückweichen und aus sicherer Distanz weiter bellen.

„Grammy, da ist eine große Spinne", sagte Kaylee. „Ist sie giftig?"

Beths Garten war vielfältig, gut sortiert und gepflegt, aber benötigte ständige Zuwendung. Sie baute Gemüse für alle Jahreszeiten an und im Moment im späten April jätete sie das Unkraut beim Frühlingsgemüse, das sie erst vor ein paar Wochen gepflanzt hatte: Kohlköpfe, Erbsen, Spinat, Rüben, Karotten, Kartoffeln, Zwiebeln und Radieschen.

„Die Spinne tut dir nicht weh, wenn du ihr nicht wehtust", erklärte Beth ihrer Enkelin, während sie die Wurzeln der widerspenstigen Fingerhirse ausgrub. „Sie sind gut für den Garten. Spinnen fressen Käfer, die die Kohlköpfe mampfen wollen."

„Ich mag keinen Kohl", sagte Kaylee. „Pfui!"

Bauer gab auf, ließ die Spinne in Ruhe, kehrte zu Kaylee zurück und schnüffelte in der Luft. Kaylee kicherte und streichelte unbeholfen den Rücken des Hundes.

„Du magst keinen Kohl, aber Kohl mag dich", sagte Beth, stand auf und zuckte, als ihr Rücken knackte. „Es hält dich gesund und munter."

„Ich mag Karotten und Erbsen", sagte Kaylee. „Kohl ist eklig und Spinat ist widerlich."

Beth betrachtete ihren Garten und dachte nicht zum ersten Mal: *Ich bin fertig.* Mit so vielen Dosen und Einweckgläsern in ihrem Keller und einem Dutzend Reihen voll gesunder, wachsender Gemüsesorten, die sie noch ergänzen würden, hatten sie und ihre Lieben genug zu essen – was auch immer kommen mochte. Zufrieden drehte sie sich zu ihrer Enkelin. Kaylee war sechs und sie liebte es, ihrer Großmutter im Garten zu helfen – und Beth störte es nicht, wenn sie gelegentlich heimlich ein Gemüse direkt aus dem Boden nahm und daran knabberte.

Kaylees Hände waren schmutzig und sie hatte Dreck auf den Wangen und der Stirn. Beth umarmte sie und drehte sie in Richtung Haus.

„Lass uns hineingehen und uns waschen", sagte sie.

Ihr Heim war ein bescheidenes, typisches Ranch-Haus inmitten eines hübschen Grundstücks in einer ruhigen Nachbarschaft. Niemand hätte vermutet, in was für eine Festung sie es verwandelt hatte. Dosen und Einweckgläser und Wasser, Waffen und Kraftstoff, um Jahre zu überstehen. Ihr Ehemann Mitch, nun beinahe fünf Jahre tot, hatte sie für ein wenig übergeschnappt gehalten. Er hatte es nicht als Vorsorge, sondern als Paranoia angesehen. Doch jetzt war er ja fort. Sie war frei. Sie gingen durch die Tür hinter dem Esszimmer, während Bauer neben ihnen her tappte und weiterhin in der Luft schnüffelte, als ob er einen seltsamen Geruch wahrnahm. Er bellte wegen irgendetwas, kurz bevor er Kaylee durch die Tür folgte.

Beth betätigte den Lichtschalter, aber der kleine Leuchter über dem Esszimmertisch blieb dunkel. Sie versuchte es noch einmal. Nichts. Sie bemerkte, dass alle Lichter im Haus aus waren.

„Hoppla, der Strom ist weg", sagte sie.

„Ist er kaputt?", fragte Kaylee und stellte sich neben Bauer.

„Ich bin sicher, dass er in Ordnung ist", sagte Beth zu ihrer Enkelin. „Ich überprüfe den Sicherungskasten und sehe, ob eine Sicherung herausgeflogen ist. Du gehst duschen, Mäuschen. Lass die Tür offen. Ich bin in einer Minute da, um dir zu helfen."

Das Gästebadezimmer war direkt neben dem Wohnzimmer hinter der ersten Tür im Flur. Als Kaylee sich der offenen Badezimmertür näherte, blieb sie stehen, setzte ihre Füße fest auf den Boden und verschränkte die Arme in ihrer kindlichen Art über der Brust.

„Grammy, es ist zu dunkel", jammerte sie. „Ich will da nicht hinein."

Es gab in fast jedem Zimmer Taschenlampen, Batterien, Kerzen und Streichhölzer. Beth nahm zwei Taschenlampen von einem Regal in einer Ecke neben dem Esszimmertisch, schaltete eine an und brachte sie zu Kaylee. Dann begleitete sie ihre Enkelin ins Badezimmer und setzte sie auf den gepolsterten Toilettendeckel.

„Du bleibst jetzt hier mit deinem Licht sitzen", sagte sie. „Ich bin in einer Sekunde zurück." Bauer tappte hinter ihr hinein und winselte. „Bauer ist hier bei dir."

„In Ordnung", sagte Kaylee leise, während sie mit der Taschenlampe in ihre eigenen Augen leuchtete.

Beth ließ ihre Enkelin dort, achtete darauf, dass die Badezimmertür auch weit geöffnet war, und ging zum Sicherungskasten in der Abstellkammer. Jeder Schalter war deutlich markiert – darauf hatte sie geachtet. Aufgrund ihrer sorgfältigen Natur überprüfte sie nacheinander jeden einzelnen Schalter. Obwohl keine Sicherung herausgeflogen war, wollte sie sichergehen.

Sie schloss den Sicherungskasten und ging zu ihrem Telefon in der Küche. Dort hatte sie eine Liste von wichtigen Telefonnummern auf einem laminierten Notizblockzettel auf dem Schränkchen neben dem Telefon geklebt. Eine davon war für Georgia Power, ihr Stromversorger. Sie nahm den Hörer ab, um zu wählen. Das Telefon war ein altes, robustes Stück Plastik mit einer echten Schnur – nicht etwas, das Batterien benötigte oder kaputtgehen konnte, wenn es auf den Boden fiel. Beth liebte stabile und zuverlässige Dinge. Doch als sie das Telefon abnahm, war es tot – keine Verbindung, kein Freizeichen.

Das war der Moment, in dem sie den ersten Anflug von echter Sorge spürte. Sie legte den Hörer auf und nahm ihr Handy aus ihrer Hosentasche, in die sie die Taschenlampe steckte. Als sie den Bildschirm entsperrt hatte, sah sie, dass ihre Tochter Jodi zweimal versucht hatte sie anzurufen.

Sie rief zurück. Es klingelte ein paar Mal, bevor eine Stimme sprach: „Alle Netze sind gerade überlastet. Bitte versuchen Sie es später noch einmal." Der Anruf wurde getrennt.

„Grammy, ist es etwas Schlimmes?"

Kaylee stand im Strahl ihrer eigenen Taschenlampe in der Badezimmertür. Bauer lugte zwischen ihren Beinen hervor und bellte wieder ohne ersichtlichen Grund. Beths erster Instinkt war es, ihre Enkelin zu beruhigen, aber sie lehnte es ab zu lügen. Sie hatte die Wahrheit nie schöngeredet. Stattdessen winkte sie Kaylee zu sich und zeigte auf den Esszimmertisch. Kaylee schlurfte durch den Flur, kletterte auf einen der Stühle mit den hohen Rückenlehnen und drückte ihre noch immer schmutzigen Hände auf die Tischplatte. Der Schnauzer folgte ihr und kroch unter den Stuhl.

„Wir finden heraus, was los ist", sagte Beth und streichelte durch Kaylees Haare, „und dann finden wir heraus, wie wir damit fertig werden, ja? Das machen wir."

„In Ordnung." Kaylee schien diese Antwort zu akzeptieren und begann damit, die Holzmaserung auf der polierten Tischplatte mit ihren Fingern nachzuziehen.

Beth setzte sich neben sie und versuchte erneut Jodi anzurufen. Zum Glück war ihr Handyakku fast vollständig geladen – sie lud es so oft wie möglich auf. Es kam immer wieder dieselbe Nachricht, aber Beth war hartnäckig. Schließlich holte sie ein paar Buntstifte und ein Heft für Kaylee und brachte sie nach draußen auf die Veranda.

„Setz dich hierhin und male ein bisschen", sagte Beth.

„Grammy, versuchst du, die Lichter zu reparieren?", fragte Kaylee, die sich auf die Veranda setzte und ihre Stifte vor sich ausbreitete. „Ich will es nicht mehr dunkel im Haus haben."

„Ich weiß, Mäuschen."

Beth ging auf und ab, während sie weiter versuchte, Jodi anzurufen. *Alle Netze überlastet. Alle Netze überlastet.* Während sie die Nachricht immer wieder hörte, blickte sie in Richtung des Nachbarhauses. Mrs. Eddies lebte dort. Sie war fast neunzig und brauchte Sauerstoff. Alle Fenster in ihrem Haus waren dunkel.

Ich sollte nach ihr sehen, dachte Beth.

Aber dann wurde sie verbunden und hörte die hektische Stimme ihrer Tochter am anderen Ende der Leitung.

„Mom, bist du das? Wo bist du? Was machst du?"

„Jodi, mir geht es gut. Ich bin zu Hause." Beth beruhigte ihre Stimme. Kayleesah auf, als sie den Namen ihrer Mutter hörte, und lächelte. „Beruhige dich, Schatz. Was ist denn los?"

„Ein massiver Stromausfall", sagte Jodi. „Ich bin mit Owen und Mike im Krankenhaus in Augusta. Mom, hier war ein Kerl, der glaubt, dass es einen EMP gegeben hat."

„Ah", sagte Beth. Das erklärte eine Menge, nicht wahr? In ihrem Kopf fügten sich all die Puzzleteile zusammen. Es half ihr auch dabei, einen Plan für das weitere Vorgehen zu formulieren. Sie wusste jetzt, womit sie es zu tun hatte. „Was hat ihn ausgelöst? Sag mir nicht, dass wir im Krieg sind."

„Ein koronaler Massenauswurf. Weißt du, was das ist?"

„Ja", antwortete Beth. „Seid ihr sicher?"

„Ja, fürs Erste", antwortete Jodi. „Aber, Mom, Shane und Violet sind in Sequoyah. Der Strom ist auch dort ausgefallen und sie können die Notstromaggregate nicht einschalten. Violet sagte etwas von einer Explosion." Jodis Stimme wurde lauter und war am Rande der Panik.

„Ich bin sicher, dass sie das nicht ernst gemeint hat", antwortete Beth. „Jedenfalls wird Shane sein Bestes tun, um das zu verhindern. Hör zu, Schatz, wir haben über solche Situationen geredet. Ich weiß, dass ihr manchmal nur halb zugehört habt, aber wir wussten immer, dass so ein großes Ereignis möglich war. Was habe ich euch immer gesagt? Der Schlüssel zum Überleben ist, ruhig und fokussiert zu bleiben."

„Ruhig und fokussiert bleiben", sagte Jodi atemlos. „Mom, das ist viel leichter gesagt als getan."

„Erinnerst du dich an den Plan?"

„Im Falle einer Katastrophe sollen wir zu dir nach Hause kommen", sagte Jodi.

„Das stimmt. Kommt her, sobald ihr könnt. Wir haben hier alles, was wir brauchen. Wir sind *vorbereitet*."

„In Ordnung." Beth wusste, dass ihre Tochter damit kämpfte, sich zu beruhigen. „In Ordnung, wir sind vorbereitet. Du hast recht, Mom. Ruhig und fokussiert."

Glücklicherweise malte Kaylee weiter, kritzelte wie verrückt über mehrere Zettel. Sollte sie verstehen, worum es in der Unterhaltung ihrer Grammy ging, machte sie dahin gehend jedenfalls keine Andeutungen.

„Mom, wir machen uns direkt auf den Weg", sagte Jodi. „Wir sind da, sobald es geht."

„Glaubst du, Shane folgt dem Plan?"

„Ja, ich denke schon. Wenn ich mit ihm spreche, werde ich dafür sorgen."

„Gut", sagte Beth. „Hör zu, du bist doch in einem Krankenhaus. Nimm ein paar medizinische Vorräte mit, bevor ihr geht. Alles, was ihr bekommen könnt, und *so viel,* wie ihr bekommen könnt."

„Wie soll ich das denn anstellen?", fragte Jodi. „Sie werden mir die Sachen nicht einfach geben."

„Du bist einfallsreich. Du findest schon einen Weg. Also kommt her, so schnell es geht. Shane und Violet werden auch kommen. Trödelt nicht herum. Die Dinge könnten sehr schlimm werden, sobald die Leute herausfinden, wie ernst das Problem ist. Wenn Menschen Angst haben, treffen sie gefährliche Entscheidungen, selbst wenn sie es gut meinen."

„In Ordnung, Mom. Wir beeilen uns. Ich habe dich lieb."

„Ich habe dich auch lieb. Bis bald."

Beth legte auf, prüfte noch einmal die Akkudauer und ließ das Telefon wieder in ihre Tasche gleiten. Sie konnte sich nicht auf das Telefonnetz verlassen. Wenn ihr Handyanbieter seine Notstromaggregate verlor, würde es das gewesen sein. Hoffentlich hatte sie alles gesagt, was sie sagen musste, damit Jodi und Shane die richtige Richtung einschlugen.

Sie atmete tief ein und beruhigte sich. „Das ist es", murmelte sie. „Darum ging es all die Jahre der Vorbereitung."

„Kommt Mommy her?", fragte Kaylee.

„Das stimmt", sagte Beth. „Kaylee, du bleibst für eine Sekunde hier. Ich muss ein paar Dinge überprüfen."

Kaylee machte das nichts aus und malte direkt weiter. Bauer saß neben ihr. Beth ging in die Küche und öffnete die Speisekammer. Die Kammer hatte mit sieben tiefen Regalen viel Platz und war voll, quoll fast über. Alle Grundnahrungsmittel waren da, sorgfältig gelagert, nach Kategorien sortiert und leicht zugänglich.

Direkt neben der Speisekammer führte eine Tür in den Keller. Beth nahm ihre Taschenlampe aus der Hosentasche, schaltete sie ein und ging hinunter. Der breite Keller war mit Teppich ausgelegt und enthielt ein paar Betten, einige Klappstühle in der Ecke und ein Regal mit Werkzeugen. Doch Beth wurde von der hinteren Ecke angezogen, wo eine Naht im Teppich erkennbar war. Sie kniete sich nieder und zog eine Ecke des Teppichs zurück, sodass ein kleiner eingelassener Griff sichtbar wurde.

Als sie an ihm zog, schwang ein Teil des Bodens an versteckten Scharnieren auf und offenbarte eine weitere Treppe, die in ein zweites Kellergeschoss unter dem falschen Boden führte. Beth leuchtete mit ihrer Taschenlampe in den Raum, wo sich eine weitere große Vorratskammer befand. Sie kletterte hinunter und schnappte sich unterwegs ein Klemmbrett von einem Nagel. Mit der Taschenlampe zwischen ihren Zähnen nahm sie sich einen kleinen Bleistift, der an dem Klemmbrett befestigt war, und begann damit, den Bestand der Vorräte aufzunehmen, indem sie die Liste sorgfältig nacheinander durchging.

Alles war an seinem Platz. Sie hatte Essen, Wasser, Kraftstoff, Werkzeuge, sogar Samen, genug für ihre Familie, um mindestens drei Jahre zu überleben. Die Samen konnten ihnen helfen, sogar noch länger durchzuhalten. Obwohl sie hoffte, dass der Stromverlust nur vorübergehend war, ein kleiner Stromausfall, der bald behoben wurde, betrachtete sie die Häkchen ihrer Inventarliste und fühlte sich beruhigt. Sie steckte den Bleistift zurück und nahm die Taschenlampe aus dem Mund.

„Wir sind bereit", sagte sie.

Solange ihre Familie herkommen konnte, würden sie überleben.

KAPITEL FÜNF

Die Notstromaggregate befanden sich in einer Reihe riesiger gelber Metallkisten auf schwarzen Podesten in einem großen Technikraum. Shane machte die flüsterleise Stille des nicht isolierten Raums nervös. Er wusste, dass nur ein Gebäude weiter die Reaktorkerntemperatur gerade rasch außer Kontrolle geriet.

Landon rollte voraus, öffnete die Tür mit seinen Knien und raste zum nächstliegenden Aggregat, während Shane die zufallende Tür auffing und sie für Violet offenhielt. Er konnte hinter sich Menschen den Gang in beide Richtungen hinunterrennen hören. Die zweite Schicht war gerade erst angekommen und jetzt waren alle hektisch und verängstigt. Landon hatte sein Funkgerät an seinem Rollstuhl festgeschnallt und im Rauschen erstickende Stimmen brachen durch die Stille.

„Dad, wir müssen Ruby holen. Sie hat bestimmt Angst und ist durcheinander so ganz allein."

„Sie ist jetzt erst einmal sicherer, wo sie ist", sagte Shane und führte Violet behutsam durch die Tür. „Wir müssen erst den Strom anschalten. Bleib hier. Ich brauche nur eine Minute."

Violet sagte nichts, lehnte sich an die Wand und senkte den Kopf. Landon hatte das Bedienfeld am Aggregat bereits geöffnet, seine große Kunststofftaschenlampe steckte zwischen seiner Hüfte und der Seitenwand seines Rollstuhls.

„Irgendeine Idee, was los ist?", fragte Shane.

„Ich sehe keine offensichtlichen Probleme", antwortete Landon. „Was denkst du?"

Shane überprüfte die Messgeräte. Der Öl- und der Kraftstoffstand waren gut. Er vergewisserte sich, dass die Hebel alle in der richtigen Position waren.

Eine hastige Stimme sprach aus dem Funkgerät. „Bringt die Aggregate jetzt zum Laufen! Was dauert denn so lange? Seid ihr schon da unten?"

Landon murrte leise und antwortete nicht. Er fummelte im Schaltkreis hinter dem Bedienfeld herum.

„Wer auch immer bei den Aggregaten ist, wir brauchen den Strom jetzt", sprach die Stimme weiter. „Ist da jemand? Wir brauchen den Strom *jetzt*."

„Wenn das alles vorbei ist, finde ich heraus, welcher mittlere Managertrottel das ist", knurrte Landon, „und dann schlag ich ihm ins Gesicht."

„Du nimmst die linke Wange, ich die rechte", sagte Shane.

Shane fand das Problem zuerst. Ein kleiner Wassersensor hinter dem Bedienfeld. Er schien durchgebrannt zu sein. Er tippte ihn an.

„Ich glaube, das hier ist unser Übeltäter", sagte er.

„Gutes Auge", sagte Landon. „Geh mal zur Seite und lass mich das machen. Ich überbrücke das dumme Ding."

Shane trat zurück neben Violet. Sie hatte kein Wort gesprochen, während sie an dem Aggregat gearbeitet hatten. Shane rieb ihr über den Rücken, um sie zu beruhigen, aber sie reagierte nicht.

„Das war es, Leute", rief Landon. „Ich glaube, wir haben es. Die Show kann weitergehen."

Die Aggregate erwachten polternd zum Leben, schnell füllte jedes den Raum nacheinander mit einem tief dröhnenden Brummen. Die Lichter folgten eine Sekunde später und dann ein Schreien aus dem Funkgerät, wobei es sich um Jubel von einem anderen Ort im Gebäude handeln musste.

Shane und Landon hatten kaum Zeit zum Feiern. Sie hetzten, so schnell sie konnten, zum Kontrollraum zurück, wobei sie lediglich durch Violet verlangsamt wurden, die sich an der Wand festhielt, während sie ging. Einige Angestellte jubelten ihnen beim Vorbeigehen zu und Landon verbeugte sich im Gegenzug theatralisch.

„Ja, ja, wir haben den Tag gerettet", sagte er. „Schickt eine Nachricht an die Personalabteilung."

Als Shane zurück an seiner Konsole im Kontrollraum war, überprüfte er sofort die Kerntemperatur und stellte fest, dass sie zwar noch nicht bedeutend gefallen war, aber dass das Kühlmittel floss. Fürs Erste waren sie sicher. Aber die Aggregate würden nicht ewig halten.

Währenddessen nahm Landon den Telefonhörer an seiner Konsole und versuchte, einen Anruf zu tätigen.

„Kein Netz", sagte er nach einem Moment und legte das Telefon wieder zurück.

Shane öffnete einen Browser in seinem Handy und navigierte zu einer Nachrichtenseite. Es funktionierte nicht, also versuchte er es bei einer anderen. Diese öffnete sich zwar, aber sehr langsam. Er war überrascht, dass das Handynetz überhaupt noch funktionierte. Doch als er die Seite sah, wurde ihm schwer ums Herz und sein ganzer Körper kalt. Fett auf der Startseite war ein Bild von Nordamerika, komplett in rote Farbe getaucht, und zwei Worte: *Landesweiter Stromausfall!* Er klickte auf den Artikel und begann zu lesen.

„Landon, hier steht, dass der Strom im kompletten Land ausgefallen ist", sagte er, während er damit kämpfte, Luft zu holen. „Ein großer Teil von Europas Infrastruktur ist auch schwer getroffen."

Er versuchte auf die zweite Seite des Artikels zu klicken, aber die Webseite fror ein. Als er sie neu lud, kam er nicht auf die Webseite, und nach ein paar Sekunden, in denen er es auf anderen Seiten versuchte, wurde ihm klar, dass das komplette Internet nicht mehr erreichbar war. Er wandte sich an Landon, der in seinem Stuhl kauerte und auf sein eigenes Handy starrte. Langsam drehte er sich zu Shane und traf seinen Blick.

„Ich schätze, das mit dem CME war kein Scherz", sagte Landon.

„Ja, aber er muss riesig gewesen sein, um so einen großen Bereich zu beeinträchtigen", sagte Shane. „Landon, wir sind auf so etwas Großes nicht vorbereitet. Ich meine, das Land ist nicht vorbereitet."

„Das musst du mir nicht sagen", erwiderte Landon. „Wahrscheinlich hat es das gesamte Stromnetz ausgelöscht, Satelliten außer Betrieb gesetzt und alle möglichen elektrischen Geräte und Anlagen vernichtet. Weißt du, wie lange es dauert, das Netz wieder aufzubauen und zum Laufen zu bringen? Bestenfalls Monate. Wahrscheinlich Jahre. Zum Teufel, sie bekommen es wahrscheinlich *niemals* wieder aufgebaut und zum Laufen." Er schlug sich auf die Stirn. „Das ist schlecht. So schlecht. Pass auf, ich werde besser mal nach den anderen Abteilungen sehen und ich brülle nicht in das Funkgerät wie diese anderen Idioten. Wir müssen uns abstimmen, wenn wir diesen Ort am Laufen halten wollen."

Shane nickte, als Landon auf dem Weg zur Tür war. Während Shane ihn den Raum verlassen sah, fielen seine Augen auf Violet. Sie hatte hinter der Konsole auf einem Stuhl Platz genommen, aber sie war ruhig. Shane bemerkte, dass ihr Gesicht extrem blass geworden war, und sie biss fortwährend und wild auf ihrer Unterlippe herum. Ihre Sonnenbrille war ihr wieder von der Nasenwurzel gerutscht und sie hatte sich nicht die Mühe gemacht, sie wieder hochzuschieben. Ihr orangefarbener Sicherheitshelm war zu weit nach hinten gekippt, sodass er ihr fast vom Kopf rutschte.

Shane schob seinen Stuhl zurück, ging zu ihr und nahm eine ihrer Hände. Sie war kalt und feucht und zitterte in seinem Griff.

„Schatz, es ist alles in Ordnung", sagte er.

Doch ihr Zittern wurde nur noch schlimmer und ihre Atemzüge waren schnell und flach. Ein dünner Schweißfilm erschien über ihrer Oberlippe.

„Violet, es geht uns gut." Er richtete ihren Helm. „Hör mir zu. Wir sind jetzt sicher. Der Strom ist wieder an. Das Kraftwerk ist sicher."

Als sie nicht antwortete, umarmte er sie und streichelte ihren Rücken.

„Es ist viel schlimmer, als du sagst", sagte sie schließlich mit leiser Stimme. „Ich weiß, was passieren kann. Ich weiß, dass dieser ganze Ort explodieren kann, wenn der Kern überhitzt."

„Nein, nein, das passiert nicht. Wir senken gerade die Temperatur. Alles ist in Ordnung, ich verspreche es dir. Glaubst du mir?"

„Ich denke schon."

Ihr Zittern hatte so weit aufgehört, sodass er es wagte, sie loszulassen.

„Du musst mit Mom reden", sagte sie. „Sie wollte, dass du anrufst. Ich habe es dir vorhin nicht gesagt, weil du beschäftigt warst, und ich hatte Angst, dich zu unterbrechen, falls du … falls du … du weißt schon."

Als er sein Handy aus der Jacke zog, schob sie ihre Sonnenbrille zurück auf die Nase.

„In Ordnung, Schatz. Ich rufe sie jetzt an."

Shane machte ein paar Schritte zurück und wählte Jodis Nummer. Es funktionierte beim ersten Mal.

„Shane, na endlich", sagte sie. Die Verbindung war nicht gut. Ihre Stimme klang weit entfernt. „Was ist passiert? Ich war ganz krank vor Sorge. Violet sagte, das Kraftwerk würde *in die Luft fliegen*."

„Es ist alles wieder gut", sagte er. „Sie war nur etwas verwirrt. Das Kraftwerk ist nicht in Gefahr. Es gibt keine Kernschmelze. Wir haben den Notstrom aktiviert. Hast du die Nachrichten gesehen?

Der Stromausfall ist überall, auf dem ganzen Kontinent und sogar in Europa."

„O mein Gott, Shane, ist es so schlimm?", erwiderte Jodi und hielt einen Moment inne, als ob sie Probleme hatte, das alles aufzunehmen. „Ihr müsst zum Haus meiner Mom kommen. Wir machen uns auf den Weg dahin. Ich weiß nicht, ob Mike dem standhält. Ihm geht es nach der Chemo nicht so gut, und das Schlimmste steht ihm wahrscheinlich noch bevor. Er ist erschöpft und ihm ist schlecht. Und er sagt, dass seine Füße anfangen zu schmerzen. All diese Symptome, die er schon einmal hatte, aber dieses Mal ist es schlimmer."

„Hast du versucht, das Auto zu starten?", fragte Shane.

„Noch nicht", antwortete Jodi. „Ich hoffe, es funktioniert."

„Du denkst, dass es sicher ist, auf dem Highway zu fahren."

„Das muss es sein. Wir müssen zu meiner Mom. Das Ganze könnte … eine lange Zeit dauern."

„Ja", sagte Shane und fühlte wieder sein schweres Herz. *Was war, wenn eine lange Zeit für immer war?* „Ist Owen bei dir? Lass mich mit ihm reden."

Er hörte ein Rascheln, als Jodi das Handy an ihren Sohn gab, und dann sprach Owen. „Dad, Ich habe in einem Fahrstuhl festgesteckt, als der Strom ausfiel."

„Bist du in Ordnung?"

„Mir geht es gut. Violet hat uns aber echt Angst gemacht."

„Ich weiß", sagte Shane. „Hör mir zu, Junge. Das wird nicht so einfach wie eine normale Fahrt zu eurer Großmutter. Unmöglich zu sagen, auf welche Probleme ihr vielleicht stoßt. Du musst deiner Mom helfen und auf deinen Onkel Mike aufpassen, alles klar?"

„Wie kann ich schon irgendwem helfen?", fragte Owen.

„Du kannst das. Du bist ein schlauer Bursche. Pass auf euch auf."

„Ich versuche es, Dad."

„Lass mich noch einmal mit deiner Mom reden."

Owen gab Jodi das Telefon zurück.

„Jodi, passt auf euch auf. Wo möchtest du lang fahren?"

„Wir nehmen den Highway 1 direkt nach Macon", sagte sie. „Sollte schnell gehen. Es ist keine Fernstraße, also werden dort weniger Leute unterwegs sein. Was ist mit euch?"

„Interstate 75 runter nach Atlanta. Ich werde auf dem Weg wahrscheinlich zu Hause vorbeifahren, um Kleidung und Vorräte zu besorgen, nur für den Fall, dass wir länger bei deiner Mom bleiben. Ihr werdet vor uns da sein. Wann fahrt ihr los?"

„Jetzt gleich", antwortete sie. „Bitte, Shane, kommt, sobald ihr könnt."

„Das werden wir. Ich liebe dich."

„Ich liebe dich auch."

Er legte auf, blickte auf den Bildschirm seines Handys und fragte sich, wie viel länger das Telefonnetz noch halten würde. *Was, wenn das der letzte Anruf war?* Er versuchte den Gedanken aus seinem Kopf zu kriegen und ging zu seiner Tochter.

KAPITEL SECHS

Shane klickte sich durch die Menüs und überprüfte, ob alles in Ordnung war. Die Temperatur im Kern fiel weiter, wenn auch nicht so schnell, wie er gehofft hatte. Violet wartete an der Tür auf ihn, ihr Rücken an die Wand gepresst, eine Hand hielt den orangefarbenen Helm fest.

„Du hast gesagt, dass wir auf Probleme stoßen könnten, Dad. Was hast du damit gemeint? Du hast Owen gesagt, dass es keine einfache Fahrt wird."

„Na ja, ich bin mir nicht sicher", antwortete Shane, während er das Menü schloss und von der Konsole trat. „Ich will nur, dass sie vorsichtig sind, das ist alles. Apropos, wir sollten auch mal los."

„Aber du kannst doch das Kraftwerk nicht einfach verlassen", sagte Violet. „Das ist dein Job. Was passiert, wenn du nicht hier bist, um ein Auge darauf zu werfen?"

„Das finden wir schon heraus. Lass das meine Sorge sein."

„Was ist mit Landon? Sollen wir ihn einladen, mit uns zu kommen? Er hat doch selbst keine richtige Familie."

Shane nahm die Hand seiner Tochter im Vorbeigehen vom Helm und ging zur Tür. „Finden wir ihn."

„Er hat doch keine Frau oder Kinder", erinnerte Violet ihn. „Er hat noch nicht einmal mehr seine Eltern."

„Ja, Schatz, er kann mit uns kommen, wenn er will."

Sie fanden Landon in einem Aktenraum direkt neben der Haupteingangshalle. Der größte Teil des Raums bestand aus großen Regalen aus Metall, die mit Büchern und dicken Kunststoffordnern gefüllt waren. Hier verwahrte das Unternehmen Karten, Diagramme der Anlage und Papierkopien der gesamten Dokumentation. Einer der Ordner lag offen auf Landons Schoß. Als Shane und Violet von hinten an ihn herankamen, blätterte er wütend durch die Seiten.

„Wir gehen", sagte Shane.

Landon schlug den Ordner zu, stopfte ihn wieder in das Regal und drehte seinen Rollstuhl zu ihnen.

„Meine Schwiegermutter hat ein Haus kurz vor Macon", sprach Shane weiter. „Sie ist eine Prepperin – immer gewesen. Wir dachten immer, dass sie ein bisschen … übertrieb, aber jetzt sieht es so aus, als ob sie die Kluge war. Wir können eine ganze Weile in dem Haus aushalten, egal was passiert."

„Klingt nach einer hervorragenden Idee", sagte Landon. „Violet muss hier nicht bleiben, während alle panisch durch die Gegend rennen."

„Du kannst mit uns kommen", sagte Shane. „Du würdest dich nicht aufdrängen."

„Grandma hat eine Menge Essen", fügte Violet hinzu, „und es würde ihr nichts ausmachen. Kaylee und ich können in einem Zimmer schlafen, dann kannst du das Gästezimmer haben. Außerdem kennt und mag Ruby dich."

Landon nickte – auf eine traurige Art und Weise, dachte Shane – und machte eine ausladende Geste mit seiner Hand. „Wir können das Kraftwerk nicht ohne Aufsicht lassen. Selbst wenn wir es vernünftig herunterfahren, muss eine Notbesetzung zurückbleiben, um eine Weile lang ein Auge auf alles zu werfen und die Systeme zu überwachen. Ich fürchte, dass ein Großteil des Teams nach Hause gehen wird, wenn sie bemerken, wie schlimm es da draußen ist." Er nahm einen anderen dicken Ordner und zerrte ihn auf seinen Schoß.

„Landon, das ist nicht deine Verantwortung", erinnerte Shane ihn. „Sollen sich doch unsere Vorgesetzten um die langfristigen Sicherheitsprotokolle kümmern. Komm mit uns."

Landon schüttelte seinen Kopf, während er durch den Ordner blätterte. „Das kann ich nicht. Ich traue diesen Anzügen nicht zu, den Job vernünftig zu machen. Wir brauchen hier jemanden, der die Ausrüstung kennt, jemanden, der jeden Tag hautnah und persönlich damit arbeitet ... jemanden, der keine Familie hat, um die er sich kümmern muss. Ich bleibe. Ich bin die beste Wahl."

„Bist du sicher?"

„Ja", sagte er. „Hey, ich meine, das komplette Gebäude ist ziemlich rollstuhlgerecht, sodass es für mich hier einfacher ist als irgendwo anders. Aber du kannst mir einen Gefallen tun, wenn du willst." Er sah zu Shane hoch und grinste. „Ich bin selbst ein kleiner Prepper. Ich habe eine ganze Menge Zeug im hinteren Schlafzimmer gebunkert. Würde es dir etwas ausmachen, in mein Haus zu gehen und mir so viel davon mitbringen, wie du in meinen Volkswagen packen kannst?"

„Du musst nicht hier bleiben", sagte Violet.

„Doch, das muss ich, Kleine", sagte er. „Sorge dich nicht um mich. Shane, es ist ein '72er Volkswagen. Der EMP sollte auf ihn keinen Einfluss haben." Er wühlte in seiner Hemdtasche, holte ein paar alte Schlüssel an einem übergroßen Schlüsselring hervor und warf ihn zu Shane. „Alles ist in Kunststoffbehältern verpackt und beschriftet. Du musst es also nicht durchsehen. Lade es einfach in den Wagen und komm zurück. Du weißt ja, wo mein Haus ist. Es ist nicht weit."

Shane hielt die Schlüssel fest. Er hasste es, Landon hier zurückzulassen. Was, wenn die Dinge schlimmer wurden, viel schlimmer? Doch es war eindeutig, dass man es ihm nicht ausreden konnte.

„Na gut, Landon. Wenn es das ist, was du willst. Wir sorgen dafür, dass dein Wagen vollgepackt wird, sodass du eine lange Zeit durchhältst. Wenn du deine Meinung änderst –"

„Danke", unterbrach Landon ihn. Er widmete seine Aufmerksamkeit wieder dem Ordner und blätterte durch die Seiten. „Viel Glück, ihr beiden. Ich komme schon klar. Alles wird gut."

Er klang nicht so, als ob er es meinte, aber Shane nahm Violets Hand und ging.

Ruby war nervöser, als Shane sie je gesehen hatte, aber das lag zum Teil daran, dass Violet nicht aufhörte, sie zu umarmen. Die Blindenhündin sah sich ständig um, um aus allen Fenstern des

Wagens gleichzeitig zu blicken, als ob sie eine unsichtbare Gefahr witterte.

„Erdrücke sie nicht", sagte Shane.

„Die Arme. Sie war ganz allein, als der Strom ausfiel", sagte Violet. „Die Sicherheitsleute sind aus dem Büro gelaufen und haben sie dort gelassen. Sie hat wahrscheinlich gedacht, dass ich sie zurückgelassen habe."

„Ich bin mir sicher, dass es ihr gut ging, aber du machst sie gerade nervös."

„Ich kann es nicht ändern, Dad."

Der Parkplatz war halb leer, aber Shane erblickte einige Angestellte, die unter der Motorhaube ihrer Fahrzeuge herumfummelten. Wie Landon gesagt hatte, war sein alter '72er Volkswagen Westfalia vom EMP unberührt geblieben. Es war ein robustes, altes Ding, ein Bulli aus einer anderen Zeit mit verblichener roter Farbe und einem weißen Dach. Landon hatte für seine eigenen Zwecke einige Umbauten vorgenommen, einschließlich einer Handbedienung für die Bremse und das Gaspedal, die Shane abgemacht und nach hinten gelegt hatte.

Der hintere Teil des Bullis hatte eine Rollstuhlfixierung mit Gurten, die aus Schlitzen im mit Teppich belegten Boden ragten. Es war genug Platz, um Vorräte für Landon einzuladen. Landon konnte so lange aushalten, wie er wollte, obwohl Shane hoffte, dass er sich nicht einleben musste. Das Kernkraftwerk sollte in Ordnung sein, wenn es heruntergefahren und die Reaktoren gekühlt waren. Dennoch hasste Shane den Gedanken, seinen Freund zurückzulassen. Es war nicht richtig.

„Lassen wir ihn wirklich dort?", fragte Violet, als ob sie seine Gedanken lesen konnte. „Der arme Landon. Er hat doch niemanden."

„Wir können ihn nicht zwingen mitzukommen", erwiderte Shane. „Wenn Landon sich etwas in den Kopf gesetzt hat, kann man es ihm nicht ausreden. Glaub mir. Das Beste, was wir tun können, ist dafür zu sorgen, dass er auf jede Situation so gut wie möglich vorbereitet ist."

„Also ich bin dagegen", brummte Violet, lehnte sich in ihrem Sitz zurück und löste sich endlich von Rubys pelzigem Hals. Sie hatten die Helme im Kraftwerk gelassen und Violet hob verärgert die Hand, um ihren Pony von der Stirn zu wischen. „Menschen wissen nicht immer, was für sie das Beste ist."

„Er will alle beschützen", sagte Shane. „Es ist sehr mutig von ihm. Findest du nicht?"

„Ich denke schon", gab sie schließlich nach.

Die meisten Demonstranten waren weg. Entweder hatten sie sich verstreut, als der Strom ausging – wahrscheinlich, weil sie wie Violet eine Kernschmelze erwarteten, – oder sie waren von der Polizei vertrieben worden. Einige waren noch immer hier, aber sie hatten ihre Plakate weggeworfen und liefen verwirrt umher.

Hinter dem Tor bemerkte Shane eine Reihe von stehengebliebenen Autos, die die Straßen verstopften. Landon lebte nur ein paar Meilen vom Kraftwerk entfernt, aber es sah nicht so aus, als ob es eine einfache Fahrt werden würde. Einige Menschen versuchten am Straßenrand per Anhalter weiterzukommen, doch Shane vermied Augenkontakt. Er hasste es, irgendjemanden zurückzulassen, selbst Fremde, aber er war auf einer Mission.

Tut mir leid, Leute, dachte er. *Viel Glück.*

Die Sequoyah Access Road führte direkt durch das Herz von Soddy-Daisy und hier war es nicht allzu schlimm. Als sie jedoch den Innenstadtbereich erreichten und auf den Highway abbogen, sah er überall stehengebliebene Fahrzeuge. Er verließ den Highway und benutzte Dayton Pike, eine viel kleinere Straße, die durch die Stadt führte. Das erwies sich als Fehler. Er blieb in der Nähe der Innenstadt fast stecken, als ein Pick-up sich an einer blockierten Straßenkreuzung hinter ihn setzte. Während die gestrandeten Autofahrer ihn vom Gehweg aus anblickten, winkte er dem Pick-up, damit dieser zurücksetzte, und wendete in drei Zügen.

„Das ist vielleicht ein Chaos", murmelte er. „Die CME hat fast alle neueren Automodelle getroffen. Das sind jetzt nur noch zwei Tonnen schwere Hindernisse."

„Stecken wir fest?", fragte Violet.

„Nein, aber es ist ein wenig komplizierter geworden irgendwo hinzukommen. Wir werden wahrscheinlich viel länger brauchen, irgendwohin zu kommen." Auch zu Beth würde es einige Zeit dauern, wenn sie erst einmal auf dem Weg dahin waren.

Schließlich entschied er sich dazu, durch Straßen in Wohngebieten zu fahren. Landons Haus war am Ende einer langen, bewaldeten Straße in der Nähe der Stadt Falling Water. Als sie jedoch in die Straße einbogen, sah Shane einen brandneuen 2019er Blazer, ein schönes blaues Geländefahrzeug, das quer auf der Straße über beide Spuren zum Erliegen gekommen war. Die Fahrertür stand weit offen. Vom Fahrer war nichts zu sehen.

„Halt dich fest", sagte er Violet. „Das wird jetzt vielleicht etwas ruckeln."

Violet griff mit einer Hand Rubys Geschirr, mit der anderen die Armlehne. Shane zögerte einen Moment, bevor er auf den Gehweg fuhr. Der alte Volkswagen fuhr ohnehin schon recht holprig, sodass es ihn fast aus dem Sitz warf, als er auf den Bordstein fuhr. Der Beckengurt hielt ihn am Platz, aber er fühlte, wie sein Kopf die Decke streifte.

Er versuchte, den Bulli wieder auf die Straße zu lenken, doch da stand noch ein zweites Auto hinter dem Geländewagen. Sie fuhren genau auf einen Briefkasten zu, der auf einer kleinen Standsäule aus Ziegelsteinen befestigt war, also lenke er den Bulli stattdessen noch weiter von der Straße herunter. Der Bulli ratterte wild durch ein kleines Blumenbeet, vernichtete ein paar Reihen hübscher Petunien und überquerte dann eine Einfahrt.

Im Rückspiegel sah er die Überreste des zerstörten Blumenbeets und fühlte sich ein wenig schuldig. Glücklicherweise war die Straße wieder offen, und er knallte von der Bordsteinkante zurück auf die Spur.

„Wenn ich hier irgendwann noch einmal vorbeikomme, erinnere mich daran, dass ich diesen Leuten Geld für ein neues Blumenbeet schulde", sagte er.

„Dad, ich glaube nicht, dass ich mich an so etwas Unwichtiges erinnern werde, nach allem was hier vor sich geht."

Shane schnaubte. In der Mittelkonsole befand sich ein Zigarettenanzünder. Neuere Autos hatten so etwas nicht mehr. Er drückte auf den Schalter, doch er blieb nur einen Moment eingerastet. Also zog er den Einsatz heraus. Hätte es funktioniert, hätte der Draht darin rot geglüht und wäre heiß genug gewesen, um eine Zigarette anzuzünden. Doch er blieb kalt. Offensichtlich funktionierte die Buchse nicht. Selbst wenn sie also einen Adapter fanden, um ihre Handys aufzuladen, würde es nicht funktionieren.

Die Fahrbahn war für den Rest des Weges zu Landons Haus frei. Landon hatte ein großes Grundstück, das von drei Seiten von Bäumen umgeben war. Der Rasen war ordentlich geschnitten und zwischen der Einfahrt, dem Haus und einem großen Lagerschuppen dahinter hatte Landon breite Asphaltwege angelegt. Das Grundstück war natürlich vollständig rollstuhlgerecht. Es gab niedrige Rampen an jeder Tür und extra breite Durchgänge.

Shane parkte nahe am Haus und ging um den Wagen herum, um sicherzugehen, dass er die Reifen und die Stoßstangen nicht beschädigt hatte. Ihm fielen aber nur Überreste von Gras und Blumen in den Trittstufen auf.

„Wir haben Landons Wagen jedenfalls nicht kaputt gemacht", sagte Shane. „Das ist eine gute Nachricht."

Violet stieg allein aus dem Wagen. Ruby übernahm instinktiv die Führung und führte sie zur Eingangstür. Sie waren in den letzten Jahren bereits ein paar Male bei Landon gewesen. Die Hündin erinnerte sich offenbar daran. Shane schloss die Eingangstür auf und ließ sie ins Haus. Das Wohnzimmer war aufgeräumt und nur spärlich dekoriert, aber an den Wänden hingen lauter Regale und Schränke. Von Ruby geführt erfühlte sich Violet ihren Weg zur Couch und setzte sich.

„Ich brauche nur ein paar Minuten", sagte Shane zu ihr. „Warte hier auf mich."

Shane ging den kleinen Flur zum hinteren Schlafzimmer entlang. Obwohl er schon einmal in diesem Haus gewesen war, hatte er dieses Zimmer noch nie betreten, und als er die Tür öffnete, schnappte er nach Luft. Die Wände waren mit versiegelten Kunststoffbehältern gesäumt, die sich fast bis unter die Decke stapelten. Landon hatte den Inhalt mitsamt Verpackungsdatum mit Permanentmarker auf die Seite jedes Behälters gekritzelt: Nahrungsmittel, Wasser, Erste-Hilfe-Vorräte, Wasserreinigungstabletten, Werkzeuge und noch viel mehr.

Er hätte mehr Zeit mit meiner Schwiegermutter verbringen sollen, dachte Shane. *Sie hätten eine Menge miteinander zu besprechen. Sie haben sich beide auf das Ende der Zivilisation vorbereitet.*

Während Violet geduldig im Wohnzimmer wartete und Ruby sich in den Kissen neben ihr zusammenrollte, begann Shane die Vorräte einzuladen. Er konnte nicht mehr als zwei Behälter gleichzeitig tragen – Landon hatte viel mehr Kraft im Oberkörper und er hatte sie ja für sich selbst gepackt. Als Shane die vierte Ladung im Bulli hatte, protestierten seine Arme. Er nahm sich einen Moment, um jeden Arm zu massieren, dann ging er zurück ins Haus.

„Wie lange noch, Dad?", fragte Violet.

Er verharrte kurz am Eingang, um Luft zu holen. „Ein paar Minuten noch. Tut mir leid. Es ist mehr Arbeit, als ich erwartet hatte.

Er atmete aus, drückte sanft seine linke Schulter und ging durch den Flur.

In diesem Moment hörte er den unverwechselbaren Ton einer Schusswaffe, die hinter ihm entsichert wurde. Es war ein lautes Klicken, das von der offenen Eingangstür kam, gefolgt von einem schweren Schritt auf den glatten Fliesenboden. Ruby erhob sich sofort, drehte sich zur Tür, wobei sich ihre Nackenhaare sträubten, und knurrte. Violet griff mit beiden Händen nach ihrem

Geschirr und hielt die Hündin fest, damit sie nicht von der Couch sprang.

Shane hatte kaum einen Moment zum Denken. Instinktiv bewegte er sich zwischen Violet und die Eingangstür.

„Wagen Sie es nicht, sich zu bewegen", kam eine schroffe Stimme von hinten. „Oder ich schwöre bei Gott, ich knalle Sie hier und jetzt ab."

KAPITEL SIEBEN

Obwohl Mikes Chemo-Behandlung beendet war, war Erica nicht von seiner Seite gerückt. Jodi sah sie, als sie ins Onkologie-Zimmer zurückkehrte. Mike hing blass und schwitzend über der Armlehne seines Stuhls, während die Krankenschwester neben ihm hockte. Sie drehten sich beide um, als Jodi und Owen das Zimmer betraten.

„Da sind sie ja", sagte Mike. „Die Lichter sind wiedergekommen, als ihr weg wart, aber es sieht so aus, als hätte jemand die halbe Wattleistung herausgesaugt. Dieses flackernde Halbdunkel ist unheimlicher als vollkommene Dunkelheit. Es fühlt sich irgendwie an, als würde man den Verstand verlieren. Auf jeden Fall sorgt es nicht dafür, dass meine Übelkeit nachlässt."

Owen blieb an der Tür stehen, aber Jodi näherte sich Erica. Es war ihr unangenehm, um Hilfe zu bitten, doch es musste sein. Sie brauchte medizinische Vorräte und die freundliche Krankenschwester war die einzige mögliche Quelle.

„Ich glaube, ich weiß, was den Stromausfall verursacht hat", sagte sie. Etwas in ihrer Stimme musste ihnen aufgefallen sein, denn Erica erhob sich und Mike setzte sich, so gut er konnte, aufrecht in seinen Stuhl. Jodi erzählte ihnen die Geschichte, die Apokalypse-Daryl ihr erzählt hatte. Sie hielt nichts zurück, malte ein düsteres Bild, und während sie sprach, wurde Ericas Blick immer finsterer.

„Der Strom könnte also für Monate ausfallen?", fragte Erica leise und händeringend. „Ist es das, was Sie uns sagen?"

„Sie müssen das komplette Stromnetz wieder aufbauen", sagte Jodi. „Ich habe keine Ahnung, wie lange das dauern wird, aber es wird nicht leicht. Für mich scheint es das Beste zu sein, einen Ort zu finden, der mit Vorräten eingedeckt ist, und abzuwarten." Sie hielt einen Moment inne, bevor sie zum Punkt kam. „Da wir gerade davon reden, wir brauchen Ihre Hilfe, Erica. Ich bringe meine Familie zum Haus meiner Mutter. Sie hat eine Menge Essen und Wasser, aber wir brauchen noch medizinische Vorräte. Besonders für Mike in seiner derzeitigen Verfassung."

„Was für medizinischen Vorräte?", fragte Erica.

„Was auch immer Sie erübrigen können", sagte Jodi. „Verbände, Desinfektionsmittel, Medizin, von allem etwas."

Erica blickte von Jodi zu Mike und dann zurück zu Jodi, während sie an einem Fingernagel kaute. „Ich weiß nicht. Ich kann Ihnen so etwas nicht einfach geben. Ich könnte meinen Job verlieren."

„Vielleicht ja nicht unter den derzeitigen Umständen", sagte Jodi.

„Unter jeglichen Umständen. Ich bezweifle, dass sie die Regeln des Krankenhauses aufheben, nur weil er Strom ausgefallen ist."

„Aber Sie glauben Daryls Geschichte?"

„Na ja, es ist nicht vollkommen verrückt", antwortete Erica, „und ich stimme zu, dass Sie mit Mike in seinem jetzigen Zustand nicht reisen können. Die nächsten Tage werden sehr hart für ihn."

„Ich wusste, dass ich Ihnen nicht egal bin", sagte Mike schwach und versuchte ein Lachen.

„Wenn wir erwischt werden, nehme ich die Schuld auf mich", sagte Jodi. „Ich denke mir etwas aus, um Sie aus der Verantwortung zu nehmen."

Erica betrachtete sie für einen Moment. Schließlich nickte sie und sagte: „Okay, folgen Sie mir. Aber schnell. Vielleicht fällt es niemandem auf."

Sie verließ den Raum. Jodi folgte ihr und tätschelte Owen im Vorbeigehen.

„Verhalten Sie sich einfach, als wäre alles in Ordnung", sagte Erica über ihre Schulter.

„Verstanden", erwiderte Jodi.

Erica führte sie einen langen Gang hinunter und um eine Ecke zur Schwesternstation. Als sie ein paar Krankenhausmitarbeiter grüßte, wimmerte sie regelrecht und hatte ganz offensichtlich Probleme, ihren eigenen Ratschlag zu befolgen. Sie führte Jodi zu einer kleinen Kammer direkt hinter der Schwesternstation. Darin befand sich ein großer Karton mit einem Haufen Kleidung. Jemand hatte mit einem dunklen Filzstift die Worte *Nicht abgeholt* auf die Vorderseite des Kartons geschrieben.

„An so etwas hatte ich nicht gedacht", sagte Jodi in der Tür.

Erica griff in den Haufen, wühlte darin herum und holte eine kleine Reisetasche hervor. „Sie brauchen etwas, um die Vorräte zu transportieren", sagte sie und drückte Jodi die Tasche in die Hand. „Ich kann Sie ebenso gut voll beladen, sodass Ihnen die wichtigsten Erste-Hilfe-Artikel nicht ausgehen. Ich würde mich besser fühlen, Mike hier wegzuschicken, wenn Sie dafür ausgestattet sind, sich um ihn zu kümmern."

Jodi nahm die Tasche von ihr und spähte nach links und rechts in den Gang, um sicherzugehen, dass sie keine unnötige Aufmerksamkeit auf sich gezogen hatten. Alle schienen in ihre eigenen Angelegenheiten vertieft zu sein. Als sie sich wieder zurückdrehte, sah sie, wie Erica mit einem großen Rollkoffer kämpfte, der auf dem Boden des Haufens lag, wobei sie Jacken, Hüte, Hemden und Decken auf dem Boden verteilte. Sie fuhr den Griff heraus und rollte den Koffer zu Jodi.

„Das sollte reichen", sagte sie. „Das war der einfache Teil. Niemand wird sich fragen, warum wir die Sachen aus der Fundgrube nehmen. Der nächste Teil ist knifflig. Ich kann Sie nicht in die Krankenhauspharmazie lassen, aber wir haben Vorratsregale mit Medizin und anderen Artikeln in einem kleinen Lagerraum in der Schwesternstation. Das muss reichen. Ich lasse Sie das Zeug nehmen, während ich die Augen offen halte. Aber Sie haben nur ein paar Minuten. Wissen Sie, was Sie brauchen?"

Jodi arbeitete für die CDC, aber nicht in irgendeiner medizinischen Verantwortung. Dennoch dachte sie, dass sie sich dabei genug Wissen angeeignet hatte, um die grundlegenden medizinischen Versorgungsmittel zu erkennen. „Ich finde es schon heraus."

Erica warf ihr einen prüfenden Blick zu, ihre Lippen waren fest aufeinandergepresst. „Ich mache das nur, weil ich mich um ihren Bruder sorge. Ich mag es nicht, ihn in dieses Chaos zu lassen. Aber ... es ist immer noch eine dumme Idee. Trödeln Sie nicht.

Nehmen Sie, was Sie wollen und kommen Sie schnell wieder heraus."

„Ich weiß", sagte Jodi. „Ich bin Ihnen sehr dankbar. Wirklich. Wenn Sie irgendetwas von uns brauchen … Geld vielleicht …"

„Nein, ich brauche kein Geld. Na gut, *natürlich* brauche ich Geld, aber wenn ich Geld für die Artikel nehme, macht es das nur noch schlimmer. Kommen Sie."

Erica schob sich an ihr vorbei und ging weiter den Gang hinunter. Wie sie gesagt hatte, befand sich der Lagerraum in der Nähe der Schwesternstation und bestand aus ein paar Regalen, die mit Standardmedikamenten und medizinischen Vorräten gefüllt waren.

„Ich bin in zwei Minuten zurück", sagte Erica. „Passen Sie auf, dass man Sie nicht sieht, und machen Sie so wenig Krach wie möglich."

Mit der Reisetasche in der einen Hand und dem Rollkoffer in der anderen näherte sich Jodi den Regalen. Als sie sie entlang lief, schnappte sie sich alles, was nützlich aussah, und stopfte es in die Reisetasche. Sie nahm reichlich Verbände und Mull, Spritzen und Antiseptikum, Schmerzmittel wie Tylenol und Ibuprofen, Mittel gegen Übelkeit, Erkältungsmittel und ausgiebige Mengen antibiotischer Cremes. Als die Reisetasche voll war, begann sie damit, den Koffer zu füllen.

Einmal hörte sie Leute direkt außerhalb des Raums, duckte sich, um nicht gesehen zu werden, und wartete, bis sie weggegangen waren.

Schließlich sprach eine Stimme.

„Alles klar, die Zeit ist um. Sie müssen gehen."

Jodi sah Erica in der Tür stehen, die sie mit beiden Händen zu sich winkte. Mike und Owen waren bei ihr. Mike lehnte schwerfällig am Türrahmen. Jodi kam auf sie zu und gab Owen die Reisetasche.

„Wollen wir eine Apotheke eröffnen?", fragte Owen und warf die Reisetasche über seine Schulter. Sie platzte fast aus den Nähten.

„Müssen wir vielleicht", antwortete Jodi. „Seid ihr bereit zu gehen?"

Blass wie Milch trat Mike von der Tür und stellte sich unter Anstrengungen aufrecht hin. „So bereit, wie ich sein kann."

„Ich bin bereit", sagte Owen. „Lass uns hier bitte verschwinden, Mom."

Erica schloss die Tür des Lagerraums und lehnte sich einen Moment dagegen. Dann drehte sie sich zu ihnen um. Sie sah Mike an, ihre Hände waren auf ihre Hüfte gestemmt.

„Warten Sie nicht auf den Arzt?", fragte sie. „Ich bin sicher, dass er nur spät dran ist. Wir können den PET-Scan machen und uns vergewissern, dass alles in Ordnung ist. Würden Sie sich nicht besser fühlen, wenn Sie das von ihm hören?"

„Angesichts der Lage", sagte Jodi, „denke ich nicht, dass wir warten sollten."

Mike runzelte die Stirn und nickte. „Ja, ich denke, es ist das Beste, nicht noch länger hierzubleiben. Tun wir einfach so, als ob wir wissen, dass ich krebsfrei bin. Sagen Sie mir bitte einfach das Wort."

Erica blickte ihn ratlos an. „Was meinen Sie?"

„Es wäre nett, das Wort zu hören, bevor ich gehe", sagte er.
„*Krebsfrei.* Sagen Sie es einfach, selbst wenn Sie es nicht mit Sicherheit wissen."

„Ähm ... krebsfrei", sagte Erica mit einem Achselzucken. „Sie sind krebsfrei ... wahrscheinlich."

„Toll." Mike grinste. „Das reicht mir. Danke."

„Gern geschehen, wenn es Ihnen hilft", sagte Erica. „Viel Glück, Leute. Passen Sie sich auf."

„Warum kommen Sie nicht mit uns?" Mike versuchte ihre Hand zu greifen, aber dann schwankte er und lehnte sich stützend gegen Owen. „Es könnte sehr übel hier werden. Wenn die Leute durchdrehen und sich verletzen – oder damit anfangen, sich gegenseitig zu verletzen, – kommen sie in Scharen ins Krankenhaus. Sie wollen da doch nicht mittendrin sein, oder? Wo wir hingehen, sind wir auf das Ende der Welt vorbereitet. Wir haben eine Lagerhalle an Essen, Wasser und Vorräten. Es gibt Platz für eine zusätzliche Person im Haus."

„Es tut mir leid, ich kann hier nicht weg", antwortete Erica mit einem traurigen Achselzucken. „Ich muss hierbleiben und helfen. Wenn ich meine Patienten im Stich ließe, würde ich mich schrecklich fühlen."

„Na gut ..." Mike senkte seinen Kopf. „Lassen Sie mich Ihnen wenigstens die Adresse geben, wo wir hingehen, nur für den Fall, dass Sie ihre Meinung später ändern sollten."

Jodi war versucht zu protestieren. Es war keine gute Idee, anderen zu erzählen, wo sie hingingen. Wenn Menschen verzweifelt waren, würden sie diejenigen aufsuchen, die viel Nahrung hatten. Dennoch hatte Erica ihren Job riskiert, um ihnen zu helfen. Mike holte einen Zettel aus seinem Geldbeutel hervor und Erica zog einen Bleistift aus ihrer Tasche. Während er die Adresse des Hauses ihrer Mom aufschrieb, biss sich Jodi auf die Zunge.

„Wenn Sie einen Ort zum Bleiben brauchen, finden Sie uns da", sagte Mike. „Wenn Ihr GPS nicht funktioniert, versuchen Sie nach Macon zu kommen und fragen Sie sich durch. Irgendjemand wird Ihnen die Richtung zeigen."

„Danke", sagte Erica und steckte den Zettel in ihre Tasche. „Vielleicht wird es ja nicht so schlimm."

„Ich hoffe, Sie bekommen unseretwegen keinen Ärger", sagte Jodi.

Erica winkte ab. „Was passiert ist, ist passiert. Es lässt sich nicht mehr ändern. Wenn die Dinge chaotisch genug sind, fällt es vielleicht niemandem auf. Ansonsten werde ich gefeuert und vielleicht komme ich dann zu der Adresse, die Sie mir gegeben haben. Viel Glück da draußen."

Das werden wir brauchen, dachte Jodi.

Im Parkhaus sahen sie einige frustrierte Fahrer, die ihre Autos nicht starten konnten. Ein frühes 80er-Jahre-Modell eines Good-Times-Vans ratterte in die Freiheit, aber das war eine der Ausnahmen. Jodis Wagen war ein neuerer Dodge Durango. Sie mochte ihn recht gern, aber Mike auf den Beifahrersitz zu bekommen, machte etwas Mühe. Er hatte sich auf dem Weg durch das Krankenhaus gegen Owen gelehnt, und als sie das Parkhaus erreicht hatten, war er ziemlich schwach. Schließlich mussten sie ihn wie einen Sack Kartoffeln in den Sitz hieven.

„Bitte brecht mir nichts", sagte er mit schmerzverzerrtem Gesicht. „Ich fühle mich ein wenig spröde."

„Tut mir leid, Onkel Mike", sagte Owen, während er Mike anschnallte. „Geht es dir gut?"

„Ich halte durch, mein Junge. Die Füße schmerzen, der Kopf schmerzt, der Magen schmerzt, der Hals schmerzt und ich habe dieses dumme Kunststoffding in meinem Arm stecken, aber es könnte schlimmer sein. Danke."

Als Mike festgeschnallt war, luden Jodi und Owen die medizinischen Vorräte auf den Rücksitz, dann setzte sich Jodi hinter das Lenkrad.

„Drückt die Daumen, dass das funktioniert", sagte sie und schob den Schlüssel in die Zündung.

Sie drehte den Schlüssel und der Wagen tat nichts. Absolut gar nichts. Sie versuchte es erneut. Als noch immer nichts passierte, zog sie den Schlüssel heraus, holte tief Luft und versuchte es ein drittes Mal.

„Warum funktionieren die Autos alle nicht?", fragte Mike und griff sich an die Stirn.

„Ein EMP beschädigt elektrische Geräte", sagte Jodi. Sie sah sich um. Ein anderes älteres Auto – es schien ein 2002er Pontiac Grand Am zu sein – kurvte glücklich durch das Parkhaus in Richtung Ausgang. „In den meisten wirklich neuen Autos anscheinend."

„Mom, was machen wir jetzt?", fragte Owen. „Wir können nicht den ganzen Weg zu Grandma laufen. Weißt du, wie lange das dauern würde?"

Ein hübscher, neuer, blauer Mustang parkte neben ihnen. Die Motorhaube war offen und ein junger Mann beugte sich über den Motor. Jodi öffnete die Tür, steckte ihren Kopf heraus und räusperte sich, um seine Aufmerksamkeit zu bekommen. Er bemerkte sie. Öl war auf seine Nase geschmiert.

„Entschuldigung", sagte sie. „Wenn Sie mit Ihrem Wagen fertig sind, würden Sie dann bitte auch mal meinen Wagen ansehen? Es scheint, als hätten wir ein ähnliches Problem. Ich bezahle Sie gern für Ihre Zeit."

Der junge Mann stöhnte, schüttelte seinen Kopf und schlug die Haube seines Mustangs zu. „Zwecklos", sagte er. „Er ist tot, so wie meiner. Die ganze Elektronik ist durchgebrannt, als der Strom ausgefallen ist. Wenn Sie kein älteres Modell fahren, kommen Sie nirgendwo hin. Brandneue Autos sind erledigt."

Jodi fühlte, wie jemand an ihrem Ärmel zog. Als sie sich drehte, sah sie Mike aus dem Fenster zeigen. Ein älterer Ford F-150 Pickup fuhr langsam aus der Parklücke auf der anderen Seite. Der Mann hinter dem Steuer sah hager und blass aus und hatte einen gläsernen Blick. Er hatte dünnes Haar auf seinem Kopf und ein kleines Pflaster an der linken Schläfe.

„Ich kenne den Kerl", sagte Mike. „Er hat Chemo-Behandlungen bekommen. Wir haben uns ein paar Mal im Wartezimmer unterhalten. Ich bin sicher, dass er sich an mich erinnert. Mach schnell auf dich aufmerksam!"

Jodi stieg aus, bewegte sich auf den Pick-up zu und wedelte mit beiden Händen, bis der Fahrer in ihre Richtung sah. Er schien desinteressiert zu sein, bis Mike seine Tür öffnete und ihm einen Daumen nach oben zeigte. Dann ließ er das Fenster herunter und lehnte sich hinaus.

„Hey Mike, bist du hier gestrandet wie all die anderen Leute?", fragte er mit einem kränklichen Keuchen in der Stimme.

„Ja, Bill, was für ein Timing, oder?", antwortete Mike. „Ich war gerade dabei, mir die Seele aus dem Leib zu kotzen, als der Strom ausfiel. Darfst du fahren?"

„Mir geht's gut", antwortete Bill mit einem schelmischen Grinsen. „Sag es den Schwestern nicht. Sie denken, ich wurde von einem Freund abgeholt. Ich schätze, ich soll euch mitnehmen?"

„Wir wären echt dankbar", sagte Mike. „Ich verspreche dir, mich nicht auf deinen Sitzen zu übergeben."

Bill zuckte mit den Achseln und bedeutete ihnen einzusteigen. „Beeilt euch und steigt ein, bevor sich noch jemand dazusetzen möchte."

Mike nahm den Beifahrersitz, während sich Jodi mit Owen und den medizinischen Vorräten zwischen ihnen auf die enge Bank im verlängerten Fahrerhaus quetschte. Als Bill losfuhr, bemerkte sie recht viele missmutige Blicke von gestrandeten Fahrern, manche unverhohlen feindlich.

„Wie weit müsst ihr?", fragte Bill.

„Nur so weit, wie Sie uns mitnehmen können", sagte Jodi. „Wir wollen keine Last sein."

Bill sagte nichts dazu und fuhr aus dem Parkhaus auf eine schmale Straße, die das Krankenhaus entlang führte. Die Probleme wurden fast unmittelbar deutlich. Als sie eine Kreuzung erreichten, sahen sie überall stehengebliebene Fahrzeuge. Der Verkehr auf der Kreuzung war zum absoluten Stillstand gekommen. Der Good-Times-Van, den sie zuvor gesehen hatten, bewegte sich langsam auf einem Grasstreifen zwischen der Straße und einem Zaun.

Leise fluchend hielt Bill an, wendete und fuhr durch eine große Wohngegend. Sogar hier mussten sie einmal ausweichen, als sie auf einen großen Sedan trafen, der gegen eine Laterne gerast und sich auf der schmalen Straße quer gelegt hatte. Bill musste einen großen Umweg fahren und schlängelte sich durch die Wohngegend, um das Hindernis zu umfahren.

„Es ist, als ob alle vergessen hätten, wie man fährt", murmelte Bill. „Man kommt fast nirgendwo hin."

Die Straßen leerten sich schließlich, bis sie eine breitere Straße etwa eine halbe Meile vom Krankenhaus entfernt erreichten, die in beide Richtungen mit Autos blockiert war. Bill schaffte es, an einigen über den Gehweg vorbeizufahren, dann bog er in eine weitere Seitenstraße ab. Hier war die Verstopfung nur geringfügig besser, sodass er auf den Bordstein fahren musste, um den Gehweg zu benutzen. Jedes Mal schrien die Stoßdämpfer seines F-150 regelrecht auf, als ob sie litten.

Nach einer halben Stunde schätzte Jodi, dass sie etwa drei Meilen vom Krankenhaus entfernt waren. Bills Pick-up schien schon ruppiger zu fahren. Er war offensichtlich nicht für ständige Stöße geschaffen. Schließlich fuhr Bill auf einen Parkplatz vor einem Schnapsladen und stellte den Motor ab.

„Weiter kann ich euch nicht mitnehmen", sagte er. „Es würde uns den Rest des Nachmittags kosten, durch die Stadt zu fahren."

„Bist du sicher?", fragte Mike. „Kannst du uns wenigstens –?"

„Ich wohne nicht weit weg von hier", unterbrach ihn Bill, „und ich kann es mir nicht leisten, meinen Wagen kaputtzumachen, nur um euch irgendwo hinzufahren. Es tut mir leid; so ist es leider. Ich fürchte, die Fahrt ist zu Ende."

Mit einem mürrischen Gesichtsausdruck versuchte Mike noch etwas zu sagen, aber Jodi lehnte sich nach vorn und legte eine Hand auf seine Schulter. „Das ist schon in Ordnung", sagte sie. „Wenigstens hat er uns so weit gebracht. Danke Bill. Wir kommen dann von hier aus allein weiter."

„Viel Glück", sagte Bill. „Ich bin sicher, dass irgendjemand eine Art Taxidienst anbietet. Ihr findet bestimmt bald eine andere Mitfahrgelegenheit. Haltet euren Daumen heraus und …" Was auch immer er noch sagen wollte, ging in einem Hust- und Würganfall unter, als Bill seinen Bauch umklammerte und sich über dem Steuer wand. Mike beugte sich vor, um ihm zu helfen, aber Bill winkte ihn aus dem Wagen heraus.

Als sie mit ihrem Gepäck aus dem Wagen gestiegen waren, warf Owen seiner Mutter einen angsterfüllten Blick zu. Kaum waren sie draußen, knallte Bill die Beifahrertür zu und fuhr davon. Er ließ sie am Rand des Parkplatzes mitten in Augusta auf einem Fahrzeugfriedhof stehen. Jodi sah Mike an, dann Owen.

„Mein Gott, Jodi, was machen wir jetzt?", fragte Mike. „Wir sind mitten in Augusta ohne Transportmittel außer unseren schmerzenden Füßen."

Jodi klammerte sich fester an den Griff des Koffers. „Wir laufen", sagte sie. „Ich fürchte, dass wir keine andere Wahl haben. Schaffst du das?"

„Meine Füße tun weh, aber sie funktionieren noch", sagte Mike. „Ich schätze, dass wir einfach sehen müssen, wie lange ich durchhalte."

„Es tut mir leid", sagte Jodi.

„Ich gebe dir nicht die Schuld", sagte Mike. „Ich gebe der Sonne die Schuld. Erst gibt sie mir Krebs und jetzt versucht sie, die Welt zu zerstören." Mit einem anscheinend gezwungenen Lächeln drohte er dem Himmel mit der Faust.

„Wenn du eine Pause brauchst, sag Bescheid", sagte Jodi.

Mit dem Koffer, den sie hinter sich herzog, brach sie auf in Richtung des nächstgelegenen Highways, obwohl der weit außer Sichtweite war. Mike, der an Owens Schulter hing, folgte ihr. Jodi versuchte die unheimliche Angst nicht auf ihrem Gesicht zu zeigen. Sie waren mindestens 125 Meilen vom Haus ihrer Mutter entfernt, ohne eine Möglichkeit, dort schnell hinzukommen. Mike war schwach und krank und sie trugen zwei schwere Gepäckstücke mit medizinischen Vorräten.

Das schaffen wir nie, dachte sie.

KAPITEL ACHT

Die arme Mrs. Eddies kam heutzutage nicht mehr oft aus dem Haus und ihr kleiner Skulpturengarten neben der Veranda war mit Unkraut überwuchert. Ein Betonengel wurde langsam vom Grün verschlungen. Das Gesicht blickte aus einem Gewirr aus Ranken hervor. Beth wusste, dass Mrs. Eddies einige Enkel hatte, die in der Nähe wohnten, sie aber selten besuchten. Die ältere Dame beschwerte sich oft über sie, doch Beth war sich nicht sicher, ob es daran lag, dass sie die jüngere Generation nicht verstand oder ob ihre Enkel wirklich eine so große Enttäuschung waren. Ein Pflegedienst kam jeden Tag für ein paar Stunden zu ihr, aber im Moment standen keine Fahrzeuge in der Einfahrt.

Beth hielt Kaylees Hand, als sie sich der Eingangstür näherten. Sie hatten Bauer zu Hause gelassen und Beth konnte ihn in der Ferne wütend bellen hören. Der kleine Schnauzer hasste es, allein gelassen zu werden.

„Kommt Mrs. Ebby zu uns nach Hause?", fragte Kaylee.

„Vielleicht", sagte Beth. „Wenn sie dazu in der Lage ist. Ich dachte, wir sehen einen ihrer Pfleger hier. Man müsste doch meinen, dass der Pflegedienst jemanden schickt, um nach den Kunden zu sehen, besonders diejenigen, die besondere medizinische Bedürfnisse haben.

„Was für Bedürfnisse, Grammy?"

„Nun, Kaylee, Mrs. Eddies hat ein Problem mit ihrer Lunge namens COPD", sagte Beth. „Dadurch kann sie nicht gut atmen."

„Ist das wie Asthma?", fragte Kaylee. „In meiner Schule hat ein Mädchen Asthma und manchmal kann sie in der Pause nicht spielen."

„Ja, so etwas in der Art", sagte Beth. „Mrs. Eddies hat lange geraucht, und obwohl sie aufgehört hat, haben die Zigaretten ihre Lunge beschädigt. Schließlich hat es sie eingeholt."

„Es hat sie eingeholt?", fragte Kaylee, die dieser Ausdruck irritierte. „Ist sie nicht schnell genug gelaufen?"

„Sie hat nicht rechtzeitig aufgehört", korrigierte sich Beth. „Und jetzt muss sie eine Atembehandlung machen. Hoffen wir mal, dass es ihr gut geht."

Eine große ‚Willkommen'-Fußmatte nahm einen Großteil der Veranda in Anspruch. Beth beugte sich, stützte sich an der Eingangstür und hob eine Ecke der Fußmatte hoch, unter der sich ein versteckter Hausschlüssel befand. Sie nahm ihn an sich und entriegelte die Tür. Nachdem sie die Tür geöffnet hatte, steckte sie ihren Kopf ins Haus, und sofort schlug ihr muffige, modrige Luft entgegen. Ein hölzerner Garderobenständer stand in der Ecke des Raums. Daran hing ein staubiger, gelber Regenmantel an einem Haken. Dahinter erstreckte sich der dunkle Flur bis zur anderen

Seite des Hauses. Mrs. Eddies Schlafzimmertür am Ende des Flurs war angelehnt.

„Mrs. Eddies?", rief Beth. „Ich bin es, Beth Bevin. Mrs. Eddies? Sind Sie hier?"

Das ganze Haus war vollkommen still. Beth trat durch die Tür und zog Kaylee mit sich.

„Mrs. Eddies, geht es Ihnen gut?", rief Beth, als sie den Flur entlangging. „Ich wollte nur vorbeikommen, um zu fragen, ob Sie irgendetwas brauchen."

„Es riecht eklig hier", sagte Kaylee. „Wie alte Suppe. Vielleicht hat sie nach dem Mittagessen nicht aufgeräumt."

„Ich weiß nicht, Kaylee. Hoffen wir mal, dass es ihr gut geht."

„Vielleicht braucht sie Hilfe mit dem Geschirr", schlug Kaylee vor. „Wir könnten ihr helfen."

„Ich hoffe, dass das alles ist, was sie braucht", sagte Beth.

Als sie das Ende des Flurs erreicht hatten, drückte Beth die Schlafzimmertür auf, aber sie konnte Mrs. Eddies Bett aus diesem Winkel nicht sehen. Sie betrat den Raum und drehte sich zur Ecke an der anderen Seite. Ein tragbares Sauerstoffgerät stand auf dem Nachtschränkchen neben dem Bett, ein Atemschlauch führte zum Kissen, wo Mrs. Eddies weißer Haarbüschel gerade so unter der Decke hervorblickte. Die Betriebsanzeige des Geräts war dunkel, genau wie der elektrische Wecker daneben.

Als Beth sich dem Bett näherte, duckte sich Kaylee hinter die Schlafzimmertür und lugte über den Rand. Vielleicht spürte sie, dass etwas nicht stimmte. Beth griff nach der Decke, zog sie sachte zurück und stählte sich. Kaylee zuliebe wagte sie es nicht, eine Reaktion zu zeigen.

Sie deckte Mrs. Eddies Gesicht ab und es war sofort klar, dass die ältere Dame tot war. Anhand der gelblichen Farbe in ihrem Gesicht und den halb geschlossenen Augenlidern, war sie schon vor einer ganzen Weile verstorben. Beth legte dennoch einen Finger auf ihren Hals und fühlte ihren Puls. Nichts.

„Macht sie ein Nickerchen?", fragte Kaylee.

Obwohl sie normalerweise die Wahrheit nicht verheimlichte, glaubte Beth nicht, dass es eine gute Idee war, Kaylee zu erzählen, dass sie sich in Gegenwart einer Leiche befand. Ihre Enkelin fühlte sich noch relativ sicher und es schien am besten zu sein, diesen Zustand aufrechtzuerhalten.

„Das stimmt", sagte Beth. „Ein Nickerchen. Lass uns ganz leise sein, damit wir sie nicht wecken."

Kaylee legte einen Finger auf ihre Lippen. „Pst! Ich bin superleise, Grammy. Ich verspreche es."

Ich hätte früher nach ihr sehen sollen, dachte Beth. Aber was hätte sie selbst dann tun können? Sie hatte kein zusätzliches Sauerstoffgerät auf Lager.

Sie nahm ihr Telefon heraus, wählte den Notruf und war überrascht, dass das Telefonnetz noch funktionierte. Es klingelte ein paar Mal, bevor sich eine Frau meldete.

„Notruf Leitzentrale. Was ist ihr Notfall?"

Beth informierte sie über die Situation, wobei sie vorsichtig war, wie sie sich ausdrückte, weil Kaylee zuhörte. „Sie ist seit ein paar

Stunden ohne Sauerstoff. Ich bin nicht sicher, was ich für sie tun kann, aber ich dachte mir, jemand sollte mal nach ihr sehen."

„Es klingt, als ob ihre Freundin bereits tot ist. Aber wenn Sie möchten, können sie versuchen, sie zu reanimieren. Wissen Sie, wie das geht?"

„Ja", sagte Beth, „aber dafür ist es zu spät. Glauben Sie mir, dafür ist es zu spät."

„Es tut mir leid, das zu hören, Ma'am. Wir schicken jemanden vorbei, sobald es geht, aber ich kann ihnen nicht sagen, wie lange das dauern wird. Wir haben im Moment nur wenige funktionierende Fahrzeuge. Keiner unserer neueren Krankenwagen fährt. Es gab zahllose Nachrichten über Elektrobrände in Häusern und Geschäften überall in Macon. Wir versuchen zu jedem zu kommen, aber im Moment müssen wir unsere Einsätze selektieren."

„Ich verstehe", sagte Beth. „Es ist vielleicht niemand hier, wenn sie kommen. Ich lasse den Schlüssel also unter der Fußmatte liegen. Danke sehr."

Sie legte auf und legte sanft eine Hand auf Mrs. Eddies Bauch.

„Es tut mir leid, meine Liebe", sagte sie. „Es tut mir leid, dass Sie hier ganz allein waren. Es tut mir leid, dass ich nicht helfen konnte. Ich will nicht daran denken, wie das gewesen sein musste, aber Sie hätten sicherlich etwas Besseres verdient."

Sie zog die Sonde aus Mrs. Eddies Nase und legte sie auf das Nachtschränkchen neben das Sauerstoffgerät. Dann zog sie die Decke über ihr Gesicht und drehte sich um. Sie verließ den Raum und schnappte sich dabei Kaylees Hand.

„Ich muss kein Nickerchen machen, oder?", fragte Kaylee, als sie zurück durch den Flur liefen. „Ich bin nicht müde."

„Nein, jetzt nicht. Wir schlafen heute Nacht ganz tief." Sie ging an einem eingerahmten Bild von Mrs. Eddies vorbei, das viele Jahre alt war, als sie noch eine robuste und scharfsinnige Frau gewesen war. Beth fühlte einen Moment heftigen Bedauerns – Bedauern und Schuld –, als sie eilig weiterlief.

Sie ging hinaus, schloss die Eingangstür und verriegelte sie. Dann legte sie den Schlüssel zurück unter die Fußmatte.

„Grammy, wen hast du angerufen?", fragte Kaylee.

„Nur ein paar Leute", sagte Beth. Als das Kaylee nicht zufriedenzustellen schien, fügte sie hinzu: „Einige Leute, die später herkommen und nach Mrs. Eddies sehen." Sie kniete sich neben dem Garten hin und riss etwas von dem Unkraut vom Betonengel. Es schien irgendwie angemessen. Laut nachdenkend sagte sie: „Ich frage mich, wie viele Menschen im Land ein ähnliches Schicksal erlebt haben. Wenn man nur mal an die Kranken und Alten denkt, die allein sind und niemanden haben, der ihnen hilft."

„Wovon redest du?", fragte Kaylee.

„Oh, ich denke nur über all die Menschen nach, die Probleme haben", sagte Beth. Sie nahm Kaylees Hand und machte sich auf den Weg zu ihrem Haus. „Wir müssen ihnen helfen. Wenn der Strom nicht funktioniert, gibt es eine Menge Leute, die Hilfe brauchen."

„Wir haben ganz viele Taschenlampen", bot Kaylee an.

„Ja, das stimmt." Beth musste lachen. „Ja, das stimmt wirklich."

„Wir können teilen."

„Du hast recht", sagte Beth und drückte Kaylee. „Es ist eine gute Sache, Menschen in der Not etwas abzugeben. Ich liebe deine Einstellung."

Sie gingen zurück zu Beths Haus und trafen an der hinteren Glasschiebetür auf einen rasenden Bauer. Während Kaylee den Hund streichelte und beruhigte, ging Beth zum Kühlschrank. Sie hatte das ganze Fleisch aus der Tiefkühltruhe in der Garage zusammengesammelt, es auf einem Tablett gestapelt und mit Plastikfolie abgedeckt. Jetzt zog sie das Tablett heraus und kämpfte mit dem Gewicht des vielen Fleisches. Vorsichtig trug sie es zum Gasgrill auf der hinteren Veranda und setzte es ab.

Als sie den Grill öffnete, bemerkte sie, dass Kaylee über den Hof zurück zu Mrs. Eddies Haus starrte. Das kleine Mädchen war offensichtlich tief in Gedanken, als ob sie versuchte, ein Rätsel zu lösen.

„Grammy, was stimmte denn nicht mit ihr?", fragte sie. „Hat Mrs. Ebby sich verletzt? Hast du darum jemanden angerufen? Du hast der Person am Telefon gesagt: ‚Dafür ist es zu spät.' Wofür ist es zu spät?"

Statt ihr zu antworten, winkte Beth sie herbei. „Komm her und hilf mir, das Essen vorzubereiten."

Kaylee blieb hartnäckig. „War es wegen ihrer Lunge? Ist sie so krank geworden, dass ihre Lunge einen Arzt braucht?"

„Mrs. Eddies ist schon seit langer Zeit krank, ja", antwortete Beth. „Jetzt hör auf, dir den Kopf darüber zu zerbrechen und hilf mir."

Das schien sie endlich zufrieden zu stimmen und Kaylee sprang zu ihr auf die Veranda.

„Zieh für mich die Plastikfolie vom Fleisch, ja?", sagte Beth. „Pass auf, dass du das Fleisch nicht auf den Boden fallen lässt."

Während Kaylee damit kämpfte, die Plastikfolie zu entfernen, zündete Beth den Brenner des Grills an. Das Tablett war voller Steaks, Burgerfleisch, Würstchen und Hähnchenflügel. Kaylee sah es an und verzog das Gesicht.

„Das ist ganz schön viel, Grammy", sagte sie. „Das können wir doch nicht alles essen. Das sind hundert Steaks oder so. Nicht einmal Daddy kann so viel essen."

„Nun, mein Mäuschen, ich möchte nicht, dass das Fleisch schlecht wird", erklärte Beth. „Es verdirbt, wenn wir es nicht grillen oder räuchern, und die erste Möglichkeit ist im Moment die einfachste. Es hält länger, wenn es gegart ist. Vielleicht können wir ein großes Abendessen machen, wenn deine Mom und dein Dad hier sind. Wie klingt das?" Sie nahm eine große Zange von einem Haken an der Seite des Grills und begann damit, das Fleisch in ordentlichen Reihen auf den Rost zu legen.

„Es dauert lange, bis das alles fertig ist", sagte Kaylee.

„So ist es", stimmte Beth zu. „Und ich grille es alles. Wir versuchen, so viel wie möglich davon aufzubewahren, bevor es schlecht wird. Das ist alles, was wir machen können, Mäuschen. Einfach so viel, wie wir können, bevor es alles schlecht wird."

KAPITEL NEUN

Shane tat sein Bestes, um ruhig zu bleiben, auch wenn das Geräusch der entsicherten Waffe in seinem Kopf noch nachhallte. Ruby zog an ihrem Geschirr, versuchte über die Armlehne der Couch und zur Eingangstür zu springen. Er hatte noch nie gesehen, dass die Hündin jemanden so verzweifelt angreifen wollte.

„Ruby, bleib ruhig", sagte er. „Es ist alles gut, Mädchen."

In einem letzten verzweifelten Versuch, die Hündin vom Angreifen abzuhalten, schlang Violet ihre Arme um den Hals des Tieres und grub ihr Gesicht in ihren Rücken. Der bislang nicht sichtbare Angreifer sprach erneut. Er klang schroff und halb wahnsinnig, entweder aus Angst oder aus Wut.

„Drehen Sie sich langsam um", sagte er. Der Mann hatte einen ganz leichten näselnden Georgia-Tonfall. „Halten Sie die Hände, wo ich sie sehen kann. Ich habe kein Problem damit, Ihnen in den Rücken zu schießen."

Shane drehte sich um, hielt die Hände weit von sich und versuchte, keine plötzlichen Bewegungen zu machen. Das Herz schlug ihm bis zum Hals, bis zu seinen Schläfen. Wie konnte er Violet sicher aus dieser Situation schaffen?

Gib dem Mann, was auch immer er will, dachte er.

Sein Angreifer war ein knorriger, alter Mann mit feurigen, blauen Augen und einem ungepflegten Bart, der seine Wangen und sein Kinn bedeckte. Trotz seines Alters sah er recht stark aus. Die Oberarme spannten die Ärmel seiner grünen Members-Only-Jacke. Außerdem hielt er eine alte Browning-Schrotflinte mit einem glänzenden, schwarzen Lauf, der direkt auf Shanes Brust gerichtet war.

„Wir wollen keinen Ärger", sagte Shane.

„Sie *haben* Ärger", sagte der alte Mann. „Ich habe gesehen, wie Sie mit dem Wagen vorgefahren sind. Sie haben wohl nicht gedacht, dass es jemand bemerken würde, aber ich wohne direkt nebenan. Sie haben drei Sekunden, um mir zu erzählen, warum Sie Landons Zeug einladen."

„Sie sind ein Nachbar", sagte Shane. Das war besser, als er befürchtet hatte. „Sir, wir rauben das Haus nicht aus. Ich arbeite mit Landon zusammen."

„Beweisen Sie es", sagte er.

Shanes einziger Beweis war sein Arbeitsausweis, der in seinem Geldbeutel war. Würde der verrückte, alte Mann ihn erschießen, wenn er ihn herausholte?

„Ich kann Ihnen meinen Ausweis aus dem Sequoyah-Kraftwerk zeigen", sagte Shane. „Er ist in meiner hinteren Hosentasche. Landon hat uns geschickt, um ihm Vorräte zu besorgen, damit er zurückbleiben kann und eine Weile ein Auge auf das Kraftwerk wirft."

„Zeigen Sie ihn mir", sagte der alte Mann. „Ziehen Sie ihn ganz, ganz langsam heraus. Ich bin auf alle Tricks vorbereitet, also denken Sie nicht, dass Sie mir zuvorkommen können."

Violet flüsterte Ruby beruhigende Worte zu, während das Tier zwischen Knurren und Bellen abwechselte. Langsam und mit Bedacht griff Shane in seine Hosentasche und holte seinen Geldbeutel hervor. Dadurch dass das große schwarze Auge des Schrotflintenlaufs auf seine Brust gerichtet war, bekam er eine Gänsehaut. Er war einen zuckenden Finger davon entfernt, vor den Augen seiner Tochter getötet zu werden.

„Wissen Sie nicht, was da draußen passiert ist?", fragte Shane. „Hat man Ihnen irgendetwas über den Stromausfall erzählt?"

Er öffnete seinen Geldbeutel, um seinen Ausweis zu zeigen. Als er das tat, lehnte sich der Nachbar näher zu ihm nach vorn und drückte mit dem kalten Lauf der Schrotflinte gegen Shanes Brust.

„Niemand hat mir irgendetwas erzählt", antwortete der Nachbar, „aber das scheint mir alles etwas faul. Meine Lichter sind ausgegangen, mein Fernseher ist ausgegangen, sogar mein Laptop ist ausgegangen, und der war im Akkubetrieb. Klingt, als ob die Regierung irgendetwas im Schilde führt. Wer könnte sonst einen Laptop zerstören, der im Akkubetrieb läuft? Irgendeine Satellitenwaffe, schätze ich."

„Es war nicht die Regierung", sagte Shane. „Es war ein geomagnetischer Sturm, den die Sonne verursacht hat. Das ganze Stromnetz ist durchgebrannt."

Der Nachbar grunzte. „Klingt wie eine Geschichte, die die Regierung erzählen würde. Ich persönlich bin eher skeptisch, was das alles angeht. Ihr Ausweis scheint aber echt zu sein", sagte er und senkte die Waffe. „Ich schätze, sie sind in Ordnung."

„Danke für die Genehmigung", sagte Shane verbittert. „Heißt das, dass Sie uns nicht kaltblütig ermorden werden?"

„Hey, ich dachte, Sie plündern das Haus", sagte der Nachbar mit finsterer Miene. „Wir passen hier in der Nachbarschaft aufeinander auf. Es ist eine kleine Stadt und wir dulden keinen Unfug. Fremde fallen hier auf wie ein bunter Hund."

„Sie haben Landons Wagen nicht erkannt?"

„Sie hätten ihn gestohlen haben können."

„Das hätte ich, habe ich aber nicht", sagte Shane, dessen Angst dem Ärger wich. „Was, wenn Sie mich aus Versehen erschossen hätten?"

Der Nachbar schenkte ihm ein beunruhigendes halbes Lächeln. „Es wäre kein Versehen gewesen. Wenn Sie ein linkes Ding gedreht hätten, würde ich Sie bereits im Garten vergraben. Gut, dass Sie ihren Ausweis haben. Jetzt können wir also Freunde werden."

„Okay, von mir aus", sagte Shane. „Wenn es Ihnen nichts ausmacht, ich bin ein wenig beschäftigt. Landon wartet auf uns im Kraftwerk."

Der alte Mann entspannte die Schrotflinte und stellte sie in eine Ecke. „Wenn das alles wirklich von der Sonne verursacht wurde, was bedeutet das im Gesamtbild?"

„Es bedeutet, dass der Strom eine sehr lange Zeit ausfallen wird", sagte Shane. Ruby hatte aufgehört zu bellen, aber Shane konnte an ihrem pfeifenden Atem erkennen, dass sie noch immer angespannt war. „Das Kraftwerk fährt herunter, die Reaktoren werden gekühlt, aber Landon muss zurückbleiben, um ein Auge darauf zu werfen. Wir bringen ihm die Vorräte auf seinen Wunsch. Wir rauben ihn nicht aus."

Der Nachbar reichte Shane die Hand. „In Ordnung, schon gut, ich verstehe. Ich bin Larry. Entschuldigung, wenn ich Sie erschreckt habe."

Ein wenig widerwillig schüttelte Shane seine Hand. „Sie hätten ein paar Fragen stellen können, bevor Sie eine Waffe auf mich richten", sagte er. „Vielleicht sollte Ihre erste Reaktion nicht sein, Leute abzuschießen."

„Was ist mit all den Kunststoffbehältern, die Sie in den Bulli stellen?", fragte Larry, der Shanes Kommentar ignorierte.

„Kommen Sie mit. Ich zeige es Ihnen."

„Dad, sind wir sicher?", fragte Violet.

„Du bist sicher, Mädchen", sagte Larry. „Ihr dürft es mir nicht übel nehmen, dass ich das Schlimmste annehme. Die Leute sind den ganzen Nachmittag schon nervös. Ich habe Menschen auf der Straße schreien hören. Die haben sich gegenseitig angeschrien und alle möglichen Arten von Krach gemacht."

„Bleib hier, Schatz", sagte Shane. „Ich bin gleich zurück."

Shane führte Larry fast den Flur hinunter in das hintere Schlafzimmer, aber dann überlegte er es sich anders. Er wusste nicht, was Landon von diesem Nachbarn hielt. Vielleicht würde er es nicht wollen, dass der verrückte Larry in seinem Haus herumstöberte. Stattdessen schob sich Shane an ihm vorbei, ging zum Bulli und zeigte ihm die Reihen von Kunststoffbehältern, die er hinten hineingestellt hatte. Er deutete auf die ordentliche Beschriftung auf jedem der Behälter.

„Der alte Landon hatte all das in seinem Haus gelagert?", fragte Larry, während er sich in den Wagen lehnte, um einen guten Blick zu bekommen.

„Ja, das und noch mehr", antwortete Shane.

Larry nahm das alles auf und pfiff leise. „Das ist eine ganze Menge Essen." Er begann damit, die Beschriftungen laut vorzulesen. „Reis, Mehl, Weizen, Feldrationen, Wassertabletten, Trockenei … wow, das ist ja schon wieder wie 2000. Mein Großvater hatte damals einen Wandschrank voller Feldrationen, die er nie brauchte. Wir haben das alles weggeworfen, nachdem er gestorben war."

„Sie werden sich noch wünschen, dass Sie einen Wandschrank voller Feldrationen haben wie Ihr Großvater", sagte Shane. „Sie würden sie jetzt garantiert benötigen."

Larry winkte ab. „Ich wusste nicht, dass Landon so ein Hamsterer ist", sagte er. „Sieht aus, als ob er sich auf das Ende der Welt vorbereitet hätte."

„Sieht so aus, als ob alle klugen Leute das gemacht haben", erwiderte Shane.

„Klug? Na ja, ich weiß nicht", sagte Larry. „Der Mann hat keine Frau oder Kinder. Wie viel Essen wird er denn brauchen? Es ist ein bisschen verrückt, dass ein Mann, der allein lebt, so viel hat, finden Sie nicht?"

„Heute Morgen hätte ich Ihnen vielleicht zugestimmt, aber um ehrlich zu sein, erscheint es mir jetzt nicht mehr so verrückt."

„Na gut, wenn Sie meinen", sagte Larry. „Vielleicht hatten die Hamsterer ja die ganze Zeit schon recht. Lassen Sie uns hoffen, dass Landon seinen Reichtum ein wenig verteilt."

„Das muss er entscheiden", sagte Shane.

„Laden Sie den Wagen noch weiter ein?"

„Ja, ich kann hier noch ein paar Behälter unterbringen", sagte Shane und bewegte sich wieder in Richtung Haus. „Ich will so viel mitnehmen, wie ich kann. Wer weiß, wie lange er im Kraftwerk festsitzt."

„Brauchen Sie Hilfe?", fragte Larry. „Es interessiert mich, wie viele Räume er bis obenhin vollgepackt hat."

Shanes Herz raste noch immer. Noch niemals zuvor war eine Waffe auf ihn gerichtet worden und es war nicht leicht das abzuschütteln. Larry schien ihm zu neugierig auf Landons Vorrat zu sein und offen gestanden wollte Shane den Kerl langsam loswerden. Er konnte nicht plötzlich der Kumpel von jemandem sein, der ihm erst vor ein paar Minuten eine Schrotflinte auf die Brust gesetzt hatte.

„Um ehrlich zu sein, Larry, bekomme ich das schon allein hin", sagte Shane. „Sie sollten wahrscheinlich besser nach Hause gehen und sich um sich selbst kümmern. Wir sind hier bald weg. Es tut mir leid wegen des Missverständnisses."

Larry warf ihm einen Blick zu, der zur Hälfte genervt, zur anderen Hälfte enttäuscht war. Er folgte Shane zurück ins Haus und einen Moment lang befürchtete Shane, dass er hineinkommen und trotzdem herumschnüffeln würde. Stattdessen nahm er seine Schrotflinte und klemmte sie unter seinen Arm.

„Wenn Sie Landon wiedersehen, sagen Sie ihm, dass ich ihm viel Glück dabei wünsche, uns nicht alle auszuradieren", sagte Larry. „Wenn irgendjemand dafür sorgen kann, dass die Reaktoren sicher sind, dann wahrscheinlich er. Vielleicht tausche ich später mit ihm gegen etwas Essen, wenn er jemals zurückkommen sollte. Eine meiner antiken Waffen sollte ihm einen Behälter Reis oder so etwas wert sein, schätze ich."

Shane wusste nicht, ob der Mann einen Scherz machte, also nickte er. „Ich sage es ihm, aber ich bin nicht sicher, wann Landon wieder herkommt. Er hat viel Arbeit vor sich."

Offensichtlich enttäuscht drehte sich Larry um und ging davon. Shane sah ihm nach, wie er über den Hof zum Haus nebenan ging. Doch er atmete erst erleichtert auf, als der Nachbar drinnen war.

„Tut mir leid", sagte er zu Violet. „Ich hatte nicht erwartet, dass man uns für Plünderer hält."

„Er hat die Waffe nicht nur auf dich gerichtet", sagte Violet. „Er hatte sie schon gespannt, als ob er dich wirklich erschießen würde. Ich habe es gehört."

„Das hat er", gab Shane zu.

„Werden jetzt alle Leute paranoid?", fragte Violet. Sie hielt Ruby noch immer fest, aber die Hündin hatte aufgehört zu knurren und stattdessen angefangen zu hecheln. „Gehen jetzt alle vom Schlimmsten aus?"

„Ich hoffe nicht, aber ... wir müssen ab jetzt vorsichtiger sein. Ich hätte ihn nicht von hinten anschleichen lassen sollen. Ab jetzt werde ich vorsichtiger sein."

„Dad, bitte beeil dich und belade den Wagen", sagte Violet. „Ich will hier weg. Was ist, wenn noch mehr komische Nachbarn wie er kommen?"

„Ich arbeite, so schnell ich kann", sagte Shane. „Ist mit Ruby alles in Ordnung?"

Violet streichelte Ruby und umarmte sie erneut. „Es geht ihr besser. Sie wollte ihn wirklich beißen. Ich habe sie noch nie so zornig gesehen, noch nicht einmal beim Postboten oder überhaupt jemandem. Ich glaube, sie wusste, dass Larry gefährlich war."

„Ich bin froh, dass sie so gut auf dich aufpasst", sagte Shane, „aber es war noch besser, dass du sie festgehalten hast."

Er eilte ins hintere Schlafzimmer zurück und machte damit weiter, den Bulli zu beladen. Dreimal lief er noch hin und her, um den hinteren Teil des Wagens zu füllen. Zuletzt griff er sich eine kleine Werkzeugkiste, die er hinter den Fahrersitz neben die eingerollte Decke drückte, die Landon dort lagerte. Dann geleitete er Violet und Ruby auf den Beifahrersitz, schloss Landons Haustür ab und setzte sich hinter das Lenkrad. Er zitterte nach der Begegnung mit Larry, sodass es etwas dauerte, bis er es schaffte, den Schlüssel in die Zündung zu stecken.

„Dad, geht es dir gut?", fragte Violet, die sich gerade anschnallte.

„Gleich", antwortete er. „Ich muss nur die Erinnerung an meinen neuen Kumpel Larry abschütteln."

„Er hatte eine unheimliche Stimme", sagte Violet. „Sogar als er versuchte, freundlich zu sein."

„Ja, ich weiß, was du meinst."

Er startete den Bulli und fuhr rückwärts aus der Einfahrt. Als er sich vom Haus entfernte, bemerkte er, wie Larry ihnen aus einem Fenster des Nachbarhauses hinterher starrte, die Schrotflinte noch immer unter seinem Arm.

Auf dem Weg die Straße hinunter, war er wieder gezwungen, den Bordstein zu benutzen, um den stehengebliebenen Autos auszuweichen. Dieses Mal passte er auf, nicht durch das Blumenbeet zu fahren, umfuhr stattdessen den Garten und verschonte das Dutzend Petunien, das seine letzte Durchfahrt überlebt hatte.

Die Fahrt zum Kraftwerk war schlimmer als die Fahrt zu Landons Haus. Mehr Menschen hatten auf die harte Tour gelernt, dass ihre Fahrzeuge nicht funktionierten. Viele beugten sich unter ihre Motorhauben, um herauszufinden, was kaputt war. Andere standen auf den Straßen herum, als ob sie darauf warteten, dass jemand kam und alles wieder in Ordnung brachte.

Shane wusste diesmal genug, sodass er den Highway mied, aber das machte keinen großen Unterschied. Überall waren Menschen und stehengebliebene Fahrzeuge und viele Leute winkten dem Bulli, als er an ihnen vorbeifuhr, um mitgenommen zu werden. Einmal fuhren sie an einer jungen Mutter mit ihrem Baby im Arm und einem Kleinkind, das an ihrem Rock zog, vorbei. Sie standen an der Bordsteinkante und es war offensichtlich, dass sie alle geweint hatten. Die Mutter winkte dem Bulli halbherzig, aber Shane hatte keinen Platz für sie. Der hintere Teil war voller Vorräte.

„Diese armen Leute", murmelte er. „Was sollen sie nur alle machen? Es muss hunderte, wenn nicht sogar tausende geben, die überall in der Region gestrandet sind. Ich kann mir den Dominoeffekt von so etwas nicht vorstellen – Leute, die von der Arbeit nicht nach Hause kommen, Kranke, die es nicht zum Krankenhaus schaffen, Polizei und Krankenwagen, die nirgendwo hinfahren können. Was für ein Chaos."

„Ich kann es nicht erwarten, endlich bei Grandma zu sein", sagte Violet. „Die Welt klingt so … nervös. Das beunruhigt mich."

„Es tut mir leid, Violet. Wir machen uns, sobald es geht, auf den Weg dahin."

Als er endlich das Eingangstor des Kraftwerks erreicht hatte, sah er noch immer einige Demonstranten auf dem Gras herumstehen. All ihre Plakate lagen auf dem Boden. Sie schienen gestrandet zu sein. Einige von ihnen wanderten mitten auf der Straße herum und funkelten Landons Bulli beim Vorbeifahren an. Ein anderer schlug auf sein Handy und fluchte laut schreiend. Wahrscheinlich hatte er kein Netz mehr.

Die Welt war schon schlimm genug, aber Shane fürchtete sich vor einer Welt ohne funktionierende Telefone. Als er vor das Tor fuhr, erkannte ihn der nervöse Wachmann und winkte ihn durch.

Versuche, nicht zu weit vorauszudenken, sagte Shane zu sich selbst. *Konzentriere dich auf das, was als Nächstes kommt.*

Das war einfacher gesagt als getan, wenn die Welt voller verängstigter Leute war.

KAPITEL ZEHN

Die Kühltürme und der Reaktorsicherheitsbehälter, die vor dem Fluss in die Höhe ragten, wirkten mittlerweile Unheil bringend, wie ein riesiges Pulverfass, das von Aggregaten in einem Abstellraum und einem Ingenieur in einem Rollstuhl zusammengehalten wurde. Shane bemerkte ein paar Angestellte auf dem Parkplatz, die noch immer an ihren Autos arbeiteten, während andere allmählich davonzogen. Es beunruhigte ihn, dass er einige Mitglieder des Sicherheitsteams weggehen sah.

Gut zu wissen, dass die meisten Leute ihre Posten verlassen, wenn die Welt auseinanderbricht, dachte er. Doch hatte er nicht dasselbe getan?

Er fuhr an die Rollstuhlrampe vor der zweiflügeligen Eingangstür des Kraftwerks und legte die Parkstellung ein. Einen Moment saß er da, überlegte seinen nächsten Schritt und zog dann den Schlüssel aus der Zündung.

„Violet, ich muss etwas machen, wofür ich unter normalen Umständen bestimmt gefeuert werden würde", sagte er, obwohl er wusste, dass es wahrscheinlich ein Fehler war. „Ich bin gleich zurück. Bleib sitzen."

„Bist du sicher?", fragte Violet. „Du brauchst deinen Job vielleicht noch, wenn das hier alles vorbei ist."

„Ich bezweifle, dass es mir unter den Umständen irgendjemand übel nehmen wird. Ich mache das für Landon. Bin gleich zurück."

Er griff hinter den Fahrersitz, führte seinen Arm an Rubys großem, struppigem Körper entlang, bis er auf die Werkzeugkiste stieß, die er aus Landons Haus mitgenommen hatte. Er öffnete sie und wühlte darin herum, bis er einen Schraubenzieher gefunden hatte. Dann sprang er aus dem Bulli und näherte sich dem Eingang. Normalerweise war nur eine der Türen unverschlossen, aber es gab an beiden Notfall-Türöffner. In seltenen Fällen, wenn sie zum Beispiel große Arbeitsgeräte in das Gebäude hinein- oder herausbringen mussten, öffneten sie beide Türen. Es war eine große Öffnung, sicherlich breit genug für den Bulli.

Direkt hinter dem Eingang war eine große Eingangshalle, in der sich der Sicherheitsbereich befand. Obwohl Shane überall auf dem Parkplatz Mitarbeiter gesehen hatte, erschreckte es ihn dennoch, dass der Bereich nicht besetzt war.

Warum lässt die Geschäftsführung das Sicherheitsteam gehen?, fragte er sich. *Gerade jetzt.*

Vielleicht hatten sie nicht gefragt.

Shane öffnete beide Türen und stellte die Türstopper fest. Ein Mittelpfosten trennte die beiden Öffnungen, aber Shane hatte schon einmal gesehen, wie er entfernt worden war. Glücklicherweise gab es daran kein Schloss und so konnte Shane ihn abmontieren, indem er einige Schrauben löste, wo der Pfosten oben am Türrahmen befestigt war. Während er dies tat, sah er immer wieder über seine Schulter, weil er erwartete, dass irgendjemand aus dem Sicherheitsbüro kam, um ihn schimpfend aufzuhalten. Der Metalldetektor und das Röntgengerät standen jedoch wie Relikte aus einer früheren Zeit verlassen in dem Gang.

Als er die Schrauben entfernt hatte, zog er den Pfosten aus dem Rahmen und legte ihn zur Seite. Dann eilte er zum Bulli zurück.

„Was hast du vor?", fragte Violet. „Ich habe ein Klappern gehört."

Shane startete den Bulli, setzte zurück und fuhr im Kreis. „Ich versuche den Bulli an einen sicheren Ort zu bringen, damit es weniger wahrscheinlich ist, dass man Landon ausplündert oder dass sein Fahrzeug gestohlen wird. Das macht es auch einfacher, die Vorräte auszuladen." Er fuhr rückwärts auf die Rollstuhlrampe zu, setze auf den Gehweg und steuerte dann direkt durch die offenen Türen in die Eingangshalle.

„Fährst du in das Gebäude *hinein*?", fragte Violet. „Darfst du das einfach so machen?"

„Habe ich doch gerade", antwortete er. „Aber normalerweise würde mich die Sicherheit aus dem Gebäude jagen, wenn sie das sehen würden."

„Dad!"

„Wir haben keine andere Wahl. Landon muss wahrscheinlich eine Weile von den Vorräten aus diesem Bulli leben. Es ist außerdem der einzige halbwegs bequeme Ort zum Schlafen. Ich glaube nicht, dass es im Gebäude auch nur einen einzigen gepolsterten Stuhl oder Teppich gibt. Wir können unseren Freund nicht die ganze Nacht auf den kalten Fliesen liegen lassen."

„Du hast wahrscheinlich recht", sagte Violet. „Wir hätten ihm ein Kissen aus seinem Haus mitbringen sollen. Worauf soll er seinen Kopf legen?"

„Daran habe ich nicht gedacht", sagte Shane. „Vielleicht kann er einen der großen Kunststoffordner aus dem Aktenraum nehmen."

„Das ist nicht dasselbe."

Er fuhr rückwärts durch die gesamte Eingangshalle und manövrierte den Wagen in eine Ecke in der Nähe des Ganges. Dort stellte er den Motor ab und ging zu den Türen zurück, um sie wieder zu schließen. Als er den Mittelpfosten wieder festschraubte, bemerkte er, wie ihn einige Leute vom Parkplatz aus beobachteten, einige der Demonstranten, die untätig dort herumstanden. Er schloss die Türen und ging zum Bulli zurück.

Als er die Schiebetür an der Seite des Wagens öffnete, hörte er den unverwechselbaren metallischen Klang von Rädern aus dem Gang herauskommen. Als Shane um den Fahrzeug herumgegangen war, sah er, wie Landon durch den Sicherheitsbereich rollte.

„Hey, Kumpel. Ich wusste doch, dass ich seltsame Geräusche gehört habe", sagte Landon. Dann fiel ihm der Bulli auf und er riss erstaunt den Mund auf. „Wow, du hast das ganze Ding hier hereingefahren. Beeindruckend. Sieht fast aus, wie der Ausstellungsraum eines Gebrauchtwagenhändlers. Ich gebe dir fünfzig Mäuse für die alte Schrottkarre."

„Hey, diese Schrottkarre ist eines der wenigen funktionierenden Fahrzeuge auf der Straße", sagte Shane. „Da hast du eine weise Wahl getroffen."

„Ich brauchte nur etwas, womit ich den Rollstuhl transportieren kann", sagte Landon, „und ich wollte keinen riesengroßen Van."

„Wie auch immer. Es ist ziemlich schlimm da draußen", sagte Shane. „Die Leute sind überall gestrandet."

„Ja, ich habe von einigen Kollegen ein paar Gerüchte gehört, die Kontakt mit ihren Familien hatten. Klingt, als ob die Dinge sich schnell in ein großes und elendiges Chaos entwickeln."

Shane begann damit, die Behälter auszuladen, und reihte sie entlang der Wand der Eingangshalle nebeneinander auf. Während er das tat, holte Landon einen flachen Handwagen aus einer Kammer neben dem Sicherheitsbüro und schob ihn in seinem Rollstuhl vor sich her.

„Du hast noch viel mehr Vorräte in deinem Haus", sagte Shane. „Ich kann dir eine zweite Ladung bringen, wenn du willst. Du brauchst sie vielleicht."

„Nein, das hier wird eine ganze Weile reichen", sagte Landon, als er begann, die Behälter auf den Handwagen zu hieven. „Wenn sich das alles nicht erledigt hat, bis mir das Essen ausgeht, dann haben wir deutlich größere Probleme hier im Kraftwerk. Mehr Essen würde mir dann nicht mehr helfen. Ich sage dir was: Ich will, dass ihr zurück zu meinem Haus fahrt und den Rest der Vorräte für euch mitnehmt. Dann bringst du Violet irgendwohin, wo es sicher ist. Eure Familie kann das Zeug gut gebrauchen und ich möchte nicht, dass es verdirbt."

„Ich kann doch nicht deine Notfallvorräte nehmen", sagte Shane und begann damit, ihm beim Beladen des Handwagens zu helfen. „Warum kommst du nicht mit uns? Es gibt keinen Grund, hierzubleiben. Warum musst du das ganze Risiko auf dich nehmen? Es scheint, als ob alle anderen geflohen sind."

„Die meisten, ja", sagte Landon und hob den letzten Behälter auf den Handwagen. „Die Geschäftsführung hat eine spontane Sitzung einberufen und die meisten Kollegen haben geklagt, dass sie nach Hause wollten, um nach ihren Familien und Haustieren zu sehen. Es gab fast eine Meuterei, also haben sie sich dazu entschlossen, dass eine Notbesetzung hierbleibt und der Rest gehen durfte …, nur dass dann auch die meisten aus der Notbesetzung gegangen sind. Wie du siehst, ist es wichtiger als vorher, dass ich bleibe. Außerdem ist die Welt da draußen, wie ich dir bereits gesagt habe, ein ungeeigneter Ort für einen Kerl im Rollstuhl. Ich muss diesen Ort hier schmeißen. Das ist mein Platz."

Shane warf seinem Freund einen besorgten Blick zu. Er hasste es, ihn hierzulassen. Sich vorzustellen, wie Landon allein durch die Gänge streifte und dabei das gesamte Kraftwerk unter Kontrolle hielt, war beunruhigend. Doch es schien nun unvermeidlich. Schließlich schüttelte er Landons Hand.

„Pass gut auf dich auf", sagte er.

„Gleichfalls", erwiderte Landon. „Violet hat Vorrang, mein Freund. Verstanden?"

„Ja. Ich lasse dich wirklich nicht gern allein hier zurück."

Landon schüttelte den Kopf. „Ich will das machen. Du lässt mich nicht zurück. Jetzt hör auf, dich wegen etwas schuldig zu fühlen, was nicht deine Entscheidung ist, und verschwinde von hier."

Schweren Herzens ging Shane zum Bulli und öffnete den Beifahrersitz. Violet streichelte Rubys Kopf und schaukelte vor und zurück. Es war deutlich, dass sie wieder nervös wurde. Shane nahm ihre Hände in seine.

„Er will noch immer nicht mit uns mitkommen", sagte sie.

„Nein, aber ihm wird es gut gehen", sagte Shane. „Er hat genug Nahrung, Wasser und Vorräte, die viele Monate halten werden. Und dann wird der Strom wieder laufen."

„Viele Monate", flüsterte Violet kopfschüttelnd.

Ihre Sonnenbrille rutschte ihr wieder von der Nase und Shane drückte sie sanft zurück. Dann zog er sie aus dem Bulli. Ruby trottete gehorsam neben ihnen her, als sie das Gebäude verließen. Shane hatte sein Auto, einen hübschen, glänzenden Jeep Cherokee in der ersten Reihe des Parkplatzes zwischen zwei Dutzend anderen hübschen, glänzenden Fahrzeugen geparkt, die zurückgelassen worden waren. Als er Violet und Ruby auf die Rückbank des Autos steigen lassen wollte, bemerkte er ein Problem – beim Öffnen der Tür sprangen die Innenlichter nicht an.

Er versuchte dennoch, das Fahrzeug zu starten, kletterte hinter den Fahrersitz und drehte den Schlüssel in der Zündung. Nichts passierte, aber er versuchte es trotzdem noch ein paar Mal, um sicherzugehen. Er dachte darüber nach, unter der Motorhaube nachzusehen, aber er wusste, dass das zwecklos war. Sein Auto war mausetot.

„Wenn ich das nächste Mal ein Auto kaufe, erinnere mich daran, eine alte Klapperkiste zu nehmen", sagte er und schlug frustriert gegen das Lenkrad. „Ich glaube nicht, dass wir mit dem Cherokee irgendwohin kommen."

„Wenn wir nicht verschwinden können", sagte Violet, „müssen wir dann mit Landon im Kraftwerk bleiben?"

Shane dachte über ihr Dilemma nach. Leider gab es nur eine andere Wahl, aber er tat es nicht gern. Doch er musste Violet in Sicherheit bringen und er hatte Jodi versprochen, dass sie nach Macon aufbrechen würden. Sie verschwendeten bereits Zeit, denn die Welt war schon nach ein paar Stunden ohne Strom unsicherer geworden.

„Wir sitzen hier nicht fest", sagte er schließlich. „Komm. Ich weiß, was wir machen."

Er führte Violet und Ruby ins Gebäude zurück. Landon richtete gerade den Handwagen aus, damit er ihn durch den Sicherheitsbereich schieben konnte, als sie in die Eingangshalle kamen.

„Lass mich raten", sagte Landon. „Dein Auto hat den Geist aufgegeben und ihr braucht ein Fahrzeug."

„So sieht es aus", erwiderte Shane. Er führte Violet zum Bulli zurück, ließ sie einsteigen und schloss die Tür.

Landon drehte den Rollstuhl um und grinste ihn an. „Nun, ich erspare dir die Unannehmlichkeit, fragen zu müssen, alter Kumpel. Du kannst den Bulli haben. Ich *will*, dass ihr ihn nehmt. Aber nur unter einer Bedingung."

„Welche?"

„Versprich mir, dass ihr bei mir zu Hause vorbeifahrt und den Rest der Vorräte mit euch nehmt", sagte Landon. „Jemand muss sie verwenden. Wenn sie nur im Haus herumliegen, werden sie früher oder später gestohlen."

Shane dachte an den knorrigen, alten Nachbarn Larry und erschauderte.

„In Ordnung", sagte er. „Das machen wir. Es tut mir leid. Ich hasse es, dich hier ohne Fahrzeug zurücklassen zu müssen."

„Hey, ich fahre sowieso nirgendwohin", sagte Landon.

„Wo schläfst du nachts?", fragte Shane. „Ich hatte gedacht, dass du den Bulli benutzt."

Landon rollte zum Fahrzeug und öffnete die Seitentür. „Dafür habe ich schon eine Lösung." Er lehnte sich hinein, griff zwischen den Fahrersitz und die Werkzeugkiste und holte die zusammengerollte Decke heraus. Er breitete sie aus, sodass tatsächlich zwei Decken sichtbar wurden. Sie waren handgewebt und aus einem groben Stoff, wahrscheinlich ein Souvenir von einer Reise über die südliche Grenze. Eine von ihnen legte er über die Lehne seines Rollstuhls, die andere stopfte er wieder zurück hinter den Fahrersitz.

„Das ist alles, was ich für eine gute Nachtruhe brauche", sagte Landon. „Glaub mir, es ist nicht das erste Mal, dass ich unter extremen Bedingungen schlafe. Jetzt macht euch auf den Weg." Er kramte in seiner Hosentasche, zog seine Geldbeutel hervor und nahm daraus einen kleinen, gefalteten Zettel. Mit einem Blick in Violets Richtung sprach er leise: „Hier, das wirst du brauchen. Es ist die Kombination für den Waffenschrank in meinem Schlafzimmer. Nimm alles heraus. Lass nicht zu, dass irgendein Drecksack einbricht und meine Waffen klaut."

„Ich bringe dir ein paar hierher zurück", sagte Shane, als er den Zettel nahm. „Du musst dich verteidigen können."

„Ich bin schon bewaffnet." Landon rollte zum hinteren Teil des Bullis und öffnete die Tür. Dann griff er eine Ecke des Teppichs und rollte ihn zurück, sodass darunter ein zusätzlicher Stauraum zum Vorschein kam. Er war leer. „Als ihr draußen wart, habe ich das hier bereits geleert." Er schloss die Hintertür wieder und zeigte mit einem Daumen zurück zum Handwagen. Shane konnte den Lauf eines Gewehres zwischen den Behältern herausragen sehen und deutete Landon an, seine Stimme zu senken. Er wollte nicht, dass Violet hörte, wie sie über Waffen redeten.

„Ich habe eine AR-15, eine Glock 19 und meine geliebte Schrotflinte mitsamt genug Munition", sagte Landon leise. „Eine Armee könnte das Kraftwerk stürmen und ich würde sie hier in der Eingangshalle in Schach halten. Belade den Stauraum einfach mit den Waffen aus dem Schrank."

„Wow, ich wusste nicht, dass du diese Preppersache so ernst genommen hast", sagte Shane. „Ich muss sagen, Landon, ich weiß eigentlich nicht, wie man schießt. Ich habe nicht viel Waffenerfahrung. Ich bin bestimmt ein schrecklicher Schütze."

„Nun, dann komm mal mit." Landon rollte zum Handwagen zurück. „Ich habe noch zwei weitere AR-15 und eine Glock 17 im Waffenschrank. Ich zeige dir die Grundlagen von dem Gewehr und der Pistole, bevor ihr fahrt."

Landon nahm die Glock in die Hand und ließ das Magazin herausfallen, als sich Shane zögerlich näherte. Tatsächlich machten ihn die Waffen ein wenig nervös. Er hatte noch nie eine Pistole in der Hand gehalten. Er kannte sie nur aus Filmen. Landon zog den Schlitten, um die letzte Kugel auszuwerfen, dann überreichte er Shane die Waffe.

„Die Glock 17 ist ein bisschen größer", sagte Landon, „und sie hat ein paar Schuss mehr. Ansonsten sind sie etwa gleich. Ich habe auch ein Holster dafür im Schrank, sodass du sie die ganze Zeit griffbereit tragen kannst. Nimm auf jeden Fall die Munitionsschachteln mit. Für die Glock brauchst du 9 mm und für die AR-15 brauchst du 223 Remington. Ich weiß nicht, ob du das weißt."

„Jetzt schon." Shane hielt die Waffe locker, der Griff war kalt in seiner Hand. Es fühlte sich schwer und unbeholfen an. „Um ehrlich zu sein, bin ich mir nicht so sicher. Ich kann mich nicht an das letzte Mal erinnern, als ich eine Waffe in meiner Hand gehalten habe. Ich könnte mir aus Versehen in den Fuß schießen."

„Mein Freund, es ist Zeit, dass du dich mit Waffen vertraut machst", sagte Landon ernst. „Wenn das Plündern noch nicht angefangen hat, wird es das bald. Du weißt doch, wie die Leute sind. Das ist jetzt unsere Welt, in Ordnung? Und du musst dafür bereit sein. Eine Waffe griffbereit zu haben, könnte dir dein Leben und das deiner Lieben retten."

Shane brummte noch immer unbehaglich, aber er verstand die Wahrheit. „Du hast recht. Zeig mir, was ich wissen muss."

KAPITEL ELF

„Worüber habt ihr geredet?", fragte Violet. „Landon klang ernst."

Shane atmete beruhigt auf, weil sie nicht gehört hatte, dass sie über Waffen geredet hatten. Er hatte versucht, nicht laut zu sprechen, selbst als Landon ihm zeigte, wie man eine Pistole und ein Gewehr lud und entlud, zusammensetzte und wieder auseinandernahm.

„Wir haben nur über Landons restliche Vorräte diskutiert", sagte Shane. „Wir fahren zurück zu seinem Haus und holen die anderen Behälter, um sie mit zu deiner Großmutter zu nehmen. Landon möchte nicht, dass all das Essen verdirbt."

„Wir müssen zurück zu diesem gruseligen Nachbarn?"

„Mach dir keine Sorgen um Larry. Er wird uns dieses Mal nicht belästigen. Und wenn doch, dann bin ich auf ihn vorbereitet."

Violet verzog ihre Lippen auf einer Seite, sodass ihr Gesichtsausdruck ihm verriet, dass sie ihm nicht glaubte. Shane holte den

Schraubenzieher aus seiner Tasche und begann damit, den Mittelpfosten wieder festzuschrauben. In der Zwischenzeit hatte Landon die Vorräte in sein Büro gebracht und war wieder zurückgekehrt. Er winkte Shane ein letztes Mal zu.

„Viel Glück da draußen, Kumpel", sagte er. „Bleib wachsam. Sei für alles bereit."

„Das werde ich", sagte Shane. „Danke für deine Hilfe. Pass auf dich auf, Landon, während du auf diesen Ort aufpasst."

„Das mache ich immer."

Shane schloss die Türen und ging zum Bulli zurück. Er fragte sich, ob er seinen Freund jemals wiedersehen würde, während er auf den Fahrersitz kletterte und den Bulli zurücksetzte. Zumindest kannte er jetzt den besten Weg zu Landons Haus, obwohl es ihn sorgte, dass er viele derselben Leute an denselben Orten wie zuvor warten sah. Alle schienen so verloren, unsicher, was sie als Nächstes in einer Welt ohne schnelle Transportmöglichkeiten tun sollten. Sie saßen auf den Bordsteinen oder den Fahrzeugen, streiften umher oder standen herum, während sie ins Leere starrten.

Als Shane in Falling Water hineinfuhr, fiel ihm die Tankanzeige auf – nur etwa Dreiviertel des Tanks war gefüllt. Würde es reichen, um das Haus seiner Schwiegermutter zu erreichen? Er war sich nicht sicher. Er konnte sich nicht vorstellen, dass Landons Volkswagenbulli einen geringen Kraftstoffverbrauch hatte. Es waren etwas mehr als 200 Meilen bis zum Haus seiner Schwiegermutter, aber die Verkehrssituation war schlecht und sie benötigten vielleicht mehr Benzin als gewöhnlich, besonders wenn sie noch das Gewicht von einem Haufen schwerer Vorräte hinzuaddierten. Der Gedanke, zum Tanken anzuhalten, wirkte auf ihn abschreckend. Die einzige Tankstelle passierten sie außerhalb von Soddy-Daisy und sie war voller Fahrzeuge und Menschen, die Benzinkanister trugen.

Er bog in Landons Straße ein und fuhr ein drittes Mal durch denselben Vorgarten der Nachbarn. Die Räder drehten sich für eine Sekunde in den Spuren seiner vorherigen Durchfahrt und Shane ließ den Motor aufheulen, damit sie nicht steckenblieben. Als sie wieder auf die Straße holperten, blickte er in den Rückspiegel und sah, dass die Räder das Gras tief in die Erde darunter gegraben hatten.

Es wird nicht viel von dem Garten übrig bleiben, wenn ich hier fertig bin, dachte er.

Er näherte sich Landons Haus, fuhr in die Einfahrt und war erleichtert, dass alles noch so aussah, wie sie es verlassen hatten. Erst als er ausstieg, bemerkte er ein Problem – die Eingangstür war angelehnt. Hatte er die Tür offen gelassen? Wenn er zurückdachte, war er sich sehr sicher, dass er sie abgeschlossen hatten. Als er sich der Tür näherte, sah er zersplittertes und zerbrochenes Holz entlang des Türrahmens. Jemand hatte die Tür gewaltsam geöffnet und dabei den Riegel aus dem Rahmen gerissen.

Shane ging zur Beifahrertür und öffnete sie. „Violet, bleib hier", sagte er. „Ich bin gleich zurück."

„Warum?", fragte sie und nahm sofort den Griff an Rubys Geschirr in die Hand. „Was ist passiert?"

„Nichts ist passiert", sagte er. „Bleib einfach hier."

„Ich möchte nicht hier draußen im Bulli sitzen."

„Ruby ist bei dir", erinnerte Shane sie.

„Ich kann dir doch helfen."

Shane wusste nicht, ob es gefährlicher war, sie hier draußen im Bulli zu lassen oder sie mit ins Haus zu nehmen. So oder so musste er erst das Haus überprüfen, um sicherzustellen, ob Larry nicht herumschlich.

„Na gut, du kannst mir helfen", sagte er. „Aber zuerst werfe ich einen kurzen Blick ins Haus."

„Ist da jemand im Haus?"

„Ich hoffe nicht. Ich will nur sichergehen."

Sie runzelte die Stirn. Shane schloss ihre Tür, näherte sich dann allmählich dem Haus und horchte angespannt nach irgendwelchen ungewöhnlichen Geräuschen. Als er die Eingangstür erreichte, lehnte er sich hinein, doch das Haus schien vollkommen ruhig. Er schob die Tür so langsam wie möglich auf und schlich hinein, jederzeit bereit, beim ersten Anzeichen von Problemen zu flüchten. Im trüben Licht wirkte das Wohnzimmer so, wie er es verlassen hatte. Shane bewegte sich mit leisen Schritten durch den Raum und den Flur hinunter.

Die Tür des hinteren Schlafzimmers war weit geöffnet. Er konnte sich nicht daran erinnern, ob er sie geschlossen hatte. Er spähte um den Türrahmen in den Raum hinein. Zuerst bemerkte er einen umgekippten Behälter neben einem Stapel, der offensichtlich bewegt worden war. Der Großteil der übrigen Vorräte war offenbar gestohlen worden.

Ich schätze, dass Larry sich dazu entschlossen hat, sich zu bedienen, sobald wir weg waren, dachte er.

Was, wenn er noch irgendwo im Haus war? Was, wenn er den Bulli in der Einfahrt sah und zurückkam? Beide Gedanken waren beunruhigend. Shane wollte nicht länger herumtrödeln. Es war das

Risiko nicht wert. Er machte sich auf den Weg zum großen Schlafzimmer und fischte den gefalteten Zettel aus seiner Hosentasche. Langsam öffnete er die Tür. Die Vorhänge vor den Fenstern des Schlafzimmers waren zugezogen und erzeugten tiefe Schatten um ein Doppelbett herum. Er erspähte eine große Kommode, einen Schreibtisch mit einem Laptop in der Ecke und schließlich den Waffenschrank neben dem Bett.

Shane zögerte einen Moment, bevor er eintrat, nur für den Fall, dass ein wild gewordener Larry aus der Dunkelheit hervorsprang. Als die Stille andauerte, ging er zum Waffenschrank. Es war ein stabiler Stahlschrank. Der Griff war durch ein schweres Kombinationsvorhängeschloss gesichert. Er drehte die Zahlen, so schnell er konnte, stellte sich aber etwas ungeschickt an und musste einige Male von vorn beginnen. Schließlich öffnete er das Schloss und warf es aufs Bett. Als er die Schranktür aufzog, sah er zwei AR-15 aufrecht neben mehreren Regalfächern stehen. Die Glock war im obersten Fach. Die anderen waren mit Munitionsschachteln, Lederholstern und anderem Zubehör, das er nicht identifizieren konnte, gefüllt.

Er nahm zuerst die Glock 17 und überprüfte das Magazin. Sie war nicht geladen, also griff er nach einer 9 mm-Munitionsschachtel, öffnete sie und warf sie auf das Bett. Dann lud er unbeholfen das Magazin und zählte dabei mit. Er schaffte es, dreizehn Kugeln in das Magazin zu laden, dann schob er es in den Handgriff.

Im Schrank fand er ein passendes Lederholster und ließ die Pistole hineingleiten. Mit einer Klammer konnte er es an seinem Gürtel befestigen, auch wenn es ihn ein paar Sekunden kostete, um herauszufinden, wie das funktionierte. So war die Pistole sichtbar.

Breche ich das Gesetz, wenn ich offen eine Pistole mit mir herumtrage?, fragte er sich. Er hatte von Gesetzen zum offenen Tragen von Waffen gehört, aber er war sich nicht sicher, ob Tennessee ein Staat war, in dem es erlaubt war. Bisher hatte er nie einen Grund gehabt, Waffengesetzen Aufmerksamkeit schenken zu müssen.

Die Pistole fühlte sich schwer und seltsam an seiner Hüfte an, und wenn er versuchte, sie zu ziehen, stellte er sich ungeschickt an. Doch Landon hatte ihm die Grundlagen gezeigt. Er hoffte, dass das reichen würde.

Als Nächstes schnappte er sich die beiden Gewehre und hängte sie sich um seine Schulter. Dann nahm er so viele Munitionsschachteln, wie er tragen konnte – 9 mm für die Glock, 223 Remington für die Gewehre. Schließlich machte er sich wieder auf den Weg zum Bulli.

„Dad?", fragte Violet, die ihr Fenster herunterkurbelte. „Ich sitze hier schon ziemlich lange. Was ist, wenn der gruselige Nachbar wiederkommt?"

„Du kannst mir helfen", erwiderte Shane. „Wenn der gruselige Nachbar zurückkommt, kümmere ich mich um ihn. Er überrascht uns diesmal nicht." Er hoffte, dass es dazu nicht kommen würde. Könnte er tatsächlich jemanden erschießen, wenn er es musste? Er war sich nicht sicher, aber er würde es auf jeden Fall versuchen, wenn Violets Sicherheit davon abhing.

Schnell lud er die Gewehre und die Munition in den verborgenen Stauraum unter dem Teppich und öffnete Violets Tür. Ruby sprang zuerst heraus und führte sie zum Haus. Als Shane hinter ihnen herkam, warf er einen Blick zu Larrys Haus nebenan, aber er war nirgendwo zu sehen.

Ruby drückte sich durch die Eingangstür und führte Violet hinein. Sie stieß gegen den Türrahmen, fühlte die gesplitterte Kante und hielt inne. Für einen Moment sah es so aus, als ob sie etwas sagen wollte. Ihre Miene wurde finster, doch sie ging weiter in das Haus hinein.

Shane bewegte sich an ihr vorbei und ging zum hinteren Schlafzimmer zurück. Der gierige Larry hatte nur fünf Behälter übriggelassen. Offenbar hatte er großen Appetit auf getrocknete Nahrungsmittel und Feldrationen. Shane brachte einen der Behälter zu Violet und bat sie, ihn zum Bulli zu tragen.

„Uff, das ist schwer", sagte sie, als sie ihn hielt. „Was ist denn da drin? Es fühlt sich an, wie eine Kiste voll Blei."

„Der ist mit Reis gefüllt", las Shane von der Beschriftung an der Seite ab. „Es scheint genug Reis zu sein, um ein Dorf drei Tage lang zu ernähren."

„Ich mag Reis nicht so gern", sagte Violet.

„Ja, aber er hält sich lange. Darum geht es ja."

Violet konnte den Behälter immer nur für ein paar Schritte tragen, zog ihn zwischendurch den Flur hinunter, während Ruby sie zur Eingangstür zurückführte. Shane half ihr nicht. Er wusste, dass sie selbst etwas tun wollte. Während er den Rest der Behälter in den Bulli lud, brachte Violet ihren einzelnen Behälter langsam zum Fahrzeug und hievte ihn hinein. Als sie damit fertig war, lächelte sie und schüttelte ihre schmerzende Hand.

„Ich habe ihn nicht fallen lassen", sagte sie stolz. „Die Griffe haben sich angefühlt, als ob sie mir die Finger abschnitten, aber ich habe nicht losgelassen."

„Gute Arbeit, mein Schatz", sagte Shane. „Danke für deine Hilfe."

„Brauchst du für noch etwas meine Hilfe?"

„Jetzt gerade nicht. Wir sind hier fast fertig."

Shane lud die restlichen Behälter in den Bulli und versuchte dabei, jederzeit bereit zu sein, einen Behälter loszulassen und die Glock zu ziehen. Als er fertig war, ging er noch ein letztes Mal durch das Haus. Er bemerkte, dass in der Küche einige Schränke und im Badezimmer eine Schublade offen standen und auch die Kühlschranktür angelehnt war.

Er hasste es, dass er das Haus nicht wieder abschließen konnte. Schließlich ging er hinaus, zog die Eingangstür zu – obwohl sie nicht mehr richtig in den zersplitterten Türrahmen passte – und setzte sich in den Bulli. Violet saß bereits auf ihrem Platz und hatte sich angeschnallt.

„Fahren wir jetzt?", fragte sie.

„Wir sind schon unterwegs", sagte Shane. Der nächste Halt wird unser Haus in Resaca sein und dann geht es zu Grandma."

„Gut. Ich kann es kaum erwarten."

Er startete den Bulli und fuhr rückwärts aus der Einfahrt. Als sie davonfuhren, bemerkte er in den Augenwinkeln eine Bewegung. Im Rückspiegel sah er eine gebückte Form in einer Members-Only-Jacke, die wie ein urzeitliches Wesen mit großen Schritten durch den Garten lief. In Larrys rechter Hand baumelte ein schwarzer Kunststoffmüllsack, als er zur Eingangstür rannte.

„Dieser hinterhältige, kleine Drecksack", sagte Shane.

„Ist es Larry?", fragte Violet.

„Ja, er hat nicht einmal gewartet, bis wir außer Sichtweite sind", sagte Shane. Er beobachtete, wie Larry die ruinierte Eingangstür auftrat und den Müllsack hinter sich her schleifend ins Haus ging. „Er scheint seine Schrotflinte nicht bei sich zu haben. Ich bin versucht, zurückzufahren und ihn zu davonzujagen. Der arme Landon."

„Lass das", sagte Violet. „Es ist das Risiko nicht wert, Dad. Erzähl Landon einfach davon und er kann Larry bei der Polizei anzeigen."

„Ich bezweifle, dass die Polizei Einbrüchen Vorrang gibt", sagte Shane. „Ich kann mir vorstellen, dass sie inzwischen von viel größeren Problemen überwältigt sind."

„Wenn die Polizei den Menschen nicht hilft, wenn sie ausgeraubt werden, dann sind wir alle in großen Schwierigkeiten", sagte Violet.

Shanes rechte Hand glitt zum Holster an seiner Hüfte, seine Finger strichen über das kalte Metall der Glock. „Das ist vielleicht so. Aber mach dir keine Sorgen. Wenigstens haben wir jetzt den letzten Rest vom Essen."

Und die Waffen, dachte er, sagte es aber nicht.

KAPITEL ZWÖLF

Mike schaffte es vom Schnapsladen aus zwei Blocks, bevor er heftig würgen musste. Sie hatten im Schnapsladen eine Flasche Wasser gekauft und sie knisterte, als er sie in seiner Hand zerdrückte. Schließlich schaffte er es, sich zu übergeben. Dann nahm er von dem Wasser, schluckte es aber nicht hinunter, sondern spuckte es vor seine Füße. Jodi stand mit einer Hand auf seinem Rücken neben ihm, doch sie wusste, dass sie nicht viel machen konnte. Ihm wurde nach seiner Chemo-Behandlung immer so schlecht, sogar wenn er sich zu Hause ausruhte.

„Gebt mir eine Minute, Leute", sagte Mike und tupfte sein Gesicht mit dem Saum seines Hemdes trocken. Er nahm noch etwas von dem Wasser, spülte seinen Mund und spuckte es aus. „Ich kann noch nicht einmal schlucken. Dann muss ich nur wieder kotzen."

„Ganz ruhig, Mikey", sagte Jodi. „Versuch dich zu entspannen."

„Entspannen, sagt sie. Ich glaube, ich könnte mich nicht einmal entspannen, wenn ich tief unter der Erde in einer Kiste begraben wäre."

„Sag so etwas nicht", sagte Jodi.

Owen holte schließlich zu ihnen auf. Seine Aufmerksamkeit war auf sein Handy gerichtet. „Ich verliere ständig das Signal", sagte er. „Manchmal kann ich eine Nachricht senden und manchmal nicht." Die Reisetasche hing von seinem Unterarm herab, sodass er sein Telefon leicht bedienen konnte.

Mike erhob sich endlich und signalisierte Jodi, dass sie weitergehen konnten. „Ich denke, ich habe das Kotzen fürs Erste hinter mir. Ich habe mich eigentlich sogar schon über das Übergeben hinaus zum Ohnmächtigwerden bewegt, aber sehen wir erst einmal, ob wir es einen oder zwei Blocks weiter schaffen."

„Geh einfach in deinem eigenen Tempo", sagte Jodi. „Ich will nicht, dass du zusammenbrichst."

„Mein eigenes Tempo wäre stillstehen", sagte Mike. „Aber das geht nicht. Erinnerst du dich, als wir Kinder waren und ich sportlich war und du klug? Das Blatt hat sich gewendet. Na ja, nein, mein Blatt ist heruntergefallen. Du bist immer noch die Kluge. Ich bin jetzt nur noch der Unnütze."

„Mike, hör auf", sagte Jodi. „Hör auf damit, dich selbst kleinzumachen. Es ist in Ordnung."

Sie bewegten sich im Schneckentempo an einem Einkaufszentrum vorbei. Jodi konnte sich nicht vorstellen, wie sie so weitermachen konnten. Es war unmöglich, dass Mike den ganzen Weg nach Macon zu Fuß lief. Oder dass Owen und sie das überhaupt konnten. Darüber hinaus wurde sie langsam hungrig. Owen war dabei gewesen, Snacks zu besorgen, als der Strom ausfiel, aber jetzt näherten sie sich der Abendessenszeit.

„Wenn ihr mich zurücklassen müsst ...", begann Mike.

„Schlag das nicht einmal vor", erwiderte Jodi. „Niemand wird zurückgelassen. Du musst aufhören, so zu reden."

„Ich schaffe es einfach nicht viel weiter", sagte er. „Darauf will ich hinaus, Schwesterherz. Alles tut weh. Ich kenne keinen Teil meines Körpers, der nicht irgendeine Art von Beschwerden hat."

Weiter vorn erspähte Jodi ein Walmart-Supercenter. Es war offen und Leute schienen sich dort zu versammeln. Laut einem Schild außerhalb des Gebäudes gab es im Eingangsbereich ein kleines Fast-Food-Restaurant. Jodi zeigte in die Richtung.

„Ich sage dir was", sagte sie. „Lass uns in den Walmart gehen. Du kannst dich eine Weile ausruhen, während Owen und ich etwas Essbares auftreiben. Dann sehen wir, wie wir weiterkommen, wenn du bereit bist."

„Bringt mich zum Campingbedarf im hinteren Teil des Ladens, legt mich in einen Schlafsack und lasst mich da liegen", murmelte Mike.

„Hör auf", erwiderte sie. „Wir finden schon eine Lösung, bei der wir dich nicht zurücklassen."

„Das sagst du jetzt ..." Mike ließ den Gedanken unvollendet.

„Ich hätte Bill bestechen sollen, damit er uns weiter mitnimmt", sagte Jodi. „Das war mein Fehler. Ich wette, er hatte seinen Preis und ich habe das Geld."

„Bill war sowieso keine gute Gesellschaft", sagte Mike abwinkend. „Selbst als wir im Wartezimmer geredet haben, tat er nichts anderes, als über dumme Dinge in seinem Leben zu jammern."

„Ich ertrage schlechte Gesellschaft, wenn sie mich zu Moms Haus bringt."

Sie blieb stehen und drehte sich in Richtung Geschäft. Als sie das tat, hörte sie Owen verzweifelt zur Seite springen, als ob er jemandem auswich. Eine Sekunde später raste ein junger Mann auf einem Fahrrad an ihnen vorbei, was Jodi dazu zwang, Mike zu greifen und ihn aus der Bahn zu ziehen. Der Fahrradfahrer sagte nichts. Er verfehlte Mike um Zentimeter und fuhr in Windeseile weiter. Jodi sah, wie er dasselbe mit zahlreichen anderen Fußgängern tat, als er davonradelte.

„Das war unhöflich", sagte Owen.

„Ja, aber ich glaube, es ist eine gute Idee", sagte Mike.

Sie machten sich auf den langsamen und qualvollen Weg zum Walmart-Eingang und drückten sich durch die Menge. Vor dem Restaurant waren viele Wartende, aber ein Angestellter bewegte sich mit einem hastig gekritzelten Schild in seiner Hand die Schlange entlang, auf dem stand: „Nur Bargeld – keine Kreditkarten – keine Schecks – eingeschränkte Speisekarte." Den Koffer hinter sich herziehend, stellte sich Jodi an das Ende der Schlange.

„Mike, ist es für dich hier in Ordnung?", fragte sie. „Ich dachte nur, wenn wir etwas zu essen bekommen, könnten wir uns hinsetzen und eine Weile entspannen, damit du wieder Kraft tanken kannst."

„Ich bin überhaupt nicht hungrig", erwiderte er und stellte sich zu ihr in die Schlange. „Aber ich hätte nichts dagegen, mich für ein paar hundert Jahre hinzusetzen. Ich bin fix und fertig. Ehrlich gesagt bin ich überrascht, dass die Leute in solch einer Schlange geduldig warten. Auf dem Gehweg fahren sie sich gegenseitig über den Haufen, aber – Überraschung – im hiesigen Walmart hält sich der letzte Rest der Zivilisation noch am seidenen Faden fest." Er lachte schwach.

Als Jodi an den Fahrradfahrer dachte, hatte sie eine Idee. „Wir sollten uns Fahrräder besorgen, wenn wir schon hier sind", sagte sie. „Das wäre auf jeden Fall besser als zu laufen. Mikey, glaubst du, du kannst Rad fahren?"

„Ich werde es versuchen", sagte Mike. „Es ist ein paar Jahre her, dass ich auf einem Fahrrad saß, aber man sagt ja, dass man das nicht vergisst."

„Ich meinte, ob du das in deinem jetzigen Zustand kannst."

„In meinem jetzigen Zustand sind Blinzeln und Atmen eine Herausforderung", sagte er. „Aber Radfahren ist wahrscheinlich leichter als Laufen. Es wäre gut, das Gewicht von meinen Füßen zu bekommen."

Owen versuchte noch immer, sein Handy zum Funktionieren zu bringen, aber hob bei dem Vorschlag den Kopf. „Können wir uns denn Fahrräder leisten, Mom? Selbst ein günstiges kostet über hundert Dollar. Für mein Mountainbike haben wir fast dreihundert bezahlt."

„Ich habe nicht mehr als vierzig Dollar bei mir", sagte Mike. „Dafür bekomme ich vielleicht einen Reifen."

Jodi klopfte leicht auf ihre Handtasche, die von ihrer rechten Schulter hing. „Ich habe genug Bargeld für drei Fahrräder", sagte sie leise genug, damit die Person vor ihnen in der Schlange es nicht hören konnte.

„Warum trägst du hunderte Dollar in deiner Tasche?", fragte Mike.

„Tausende", sagte Jodi. „Ich habe tausende Dollar bei mir."

Mike blickte Owen an und schüttelte ungläubig seinen Kopf. „Schleppst du immer so unvernünftige Summen Bargeld mit dir herum? Das erscheint mir recht unsicher."

Jodi zögerte einen Moment, bevor sie antwortete. Natürlich konnte sie ihm die Wahrheit jetzt genauso gut erzählen. Das Geld hatte seinen Grund, aber nun schienen sich ihre Prioritäten geändert zu haben. „Ich will ja nur ungern eine Überraschung verderben, aber Shane und ich wollten dir ein gebrauchtes Auto kaufen, damit du zu deinen Arztterminen fahren kannst. Wir wissen, dass das Geld bei dir knapp ist, während du dich behandeln lässt und ständig für Uber bezahlen musst."

Mike starrte sie mit offenem Mund an. „Schwesterherz, das wäre doch nicht nötig gewesen. Es tut weh, für die Fahrten zu bezahlen, aber das ist nichts gegen die Krankenhausrechnungen, die sich auftürmen."

„Wir haben gestern Abend einen Verkäufer über Craigslist gefunden", erzählte Jodi weiter. „Ich wollte dich überraschen, indem wir ihn nach deiner Behandlung heute treffen."

Kopfschüttelnd wollte Mike noch etwas sagen, aber es kamen keine Worte heraus. Er schien den Tränen nahe.

„Dafür sind wir doch eine Familie, Onkel Mike", sagte Owen.

„Nun, in dem Fall", sagte Mike, „vergessen wir die Restaurantgeschichte und kaufen wir uns ein paar Fahrräder." Er umarmte Jodi schwach, klopfte Owen herzlich auf den Rücken und verließ die Schlange. „Ihr könnt später kalte Hamburger essen."

Sie stellten fest, dass die Menschen im Geschäft sich weniger zivilisiert verhielten. Regale wurden schnell geleert, Einkaufswagen hoch mit Nahrung und Getränken gestapelt. Der Gang, in dem sich das Brot befand, war das Epizentrum des schlimmsten Benehmens. Jodi sah, wie zwei Frauen wegen eines Brotlaibes miteinander rangen, sich gegenseitig anschrien und beschimpften und das Brot dabei zerdrückten, dass es nur noch aus Krümeln bestand. Die Limonadenregale waren ebenfalls leer geräumt.

„Man kann dem Ende der Zivilisation nicht ohne genug Brot und Cola entgegentreten", sagte Mike schmunzelnd.

Jodi fand es weniger amüsant. Wussten die Leute nicht, dass es besser war, nährstoffreiches Essen mit langem Haltbarkeitsdatum zu nehmen? Getrocknete Körner und Bohnen, Fleisch und Gemüse in Konserven sowie Reis würden sich länger halten und waren förderlicher als Brot und Limonade. Jodi war keine Überlebensexpertin, aber sie hatte im Laufe der Jahre ein wenig von ihrer Mutter gelernt.

Etwas später kamen sie an einer aggressiven Gruppe vorbei, die sich in der Schuhabteilung prügelte, und Jodi versuchte einen großen Bogen um sie zu machen. Ein alter Mann lag auf dem Boden und schützte seinen Kopf mit einem Schuhkarton, während ein Kaufhausmitarbeiter die Leute anflehte, sich zu beruhigen. Es kämpften sogar Menschen wegen Handyzubehör in der Elektroabteilung.

„Die Leute müssen ihre Prioritäten überdenken", sagte Jodi. „Langfristiges Überleben steht über kurzzeitigem Vergnügen."

„Wenn sie sich wegen Elektrogeräten streiten", sagte Mike, „haben sie noch nicht akzeptiert, dass es ein langfristiges Problem ist."

„Sie denken nur an unmittelbare Möglichkeiten als an anhaltende Bedürfnisse", sagte sie. „Darum werden die Dinge immer schlimmer. Sie haben Schuhe, Handyanschlüsse und verschimmeltes Brot und dann stellt sich die Verzweiflung ein."

Als sie die Fahrräder erreichten, stellte Jodi fest, dass der Gang relativ vernachlässigt wurde. Owen zeigte auf die Zehngangfahrräder hinter den Kinderrädern. Als sie die verschiedenen Modelle begutachteten, kam eine entnervte Mitarbeiterin, die sich mit den Händen Luft zufächelte, um die Ecke.

„Kann ich Ihnen helfen?", fragte sie.

„Wäre es möglich, einige dieser Fahrräder direkt aus dem Regal zu kaufen?", fragte Jodi. „Wir brauchen auch drei Helme."

„Na ja, zunächst einmal sollten Sie wissen, dass erstens unsere Kreditkartenleser nicht funktionieren", sagte die Mitarbeiterin. Sie klang halb tot vor Erschöpfung.

„Das ist in Ordnung", sagte Jodi. „Wir zahlen bar."

„Wundervoll", erwiderte die Mitarbeiterin, „aber zweitens: Wir verkaufen keine vormontierten Fahrräder. Es sind verschiedene Teile in einem Karton, die Sie selbst zusammenbauen müssen. Sie können Werkzeuge in der Eisenwarenabteilung bekommen."

„Das weiß ich", sagte Jodi. Sie öffnete ihre Handtasche und wühlte darin herum. „Ich bitte Sie, eine Ausnahme zu machen." Sie fand ihre Geldklammer am Boden der Tasche und holte einen Schein hervor, den sie der Mitarbeiterin hinhielt.

„Einhundert Dollar?", fragte die Mitarbeiterin und warf Jodi einen verwirrten Blick zu. „Wofür sind die? Drei Fahrräder kosten viel mehr."

„Das ist ein Trinkgeld", sagte Jodi. „Nur für Sie. Wenn Sie uns entgegenkommen."

„Wow, ein gutes Trinkgeld", murmelte Mike.

Die Mitarbeiterin verzog das Gesicht, als ob sie innerlich mit sich debattierte, dann schnappte sie sich das Geld und stopfte es in ihre Hosentasche. „Ich denke, das kann ich nicht ablehnen, aber erzählen Sie niemandem davon. Ich bekomme einen Riesenärger. Na gut, nehmen Sie sich, was Sie wollen und ich lasse Sie sie vom Regal nehmen. Beeilen Sie sich, bevor mein Chef es sieht."

Jodi folgte Owens Empfehlung, wählte drei Schwinn-Mountainbikes und zog sie vom Regal. Dann nahmen sie sich drei Fahrradhelme. Die Mitarbeiterin, die sich immer wieder nervös umblickte, führte sie zu den Kassen. Da die Kasse nicht funktionierte, rechnete sie die Gesamtsumme mit einem Taschenrechner zusammen, nahm ein großes Bündel Scheine von Jodi und schrieb ihnen eine Quittung (die das Trinkgeld von hundert Dollar nicht aufführte).

„Danke", sagte Jodi.

„Viel Glück", erwiderte die Mitarbeiterin. „Und erzählen Sie niemandem von den hundert Dollar. Keinem Kollegen, keinem Kunden, niemandem. In diesem Geschäft spricht es sich schnell herum."

„Ich sage kein Wort."

Es war eine Herausforderung, die Fahrräder zurück durch den Laden zu schieben. Zunächst liefen sie nebeneinander, aber die Menschen gingen nicht aus dem Weg. Sie zogen einige verärgerte Blicke aus der immer aggressiver werdenden Menge auf sich, und „Entschuldigung" zu sagen, machte die Situation nicht besser. Schließlich bewegten sie sich hintereinander, Jodi voraus, Owen am Ende.

Das Handyzubehör war noch immer Kriegsgebiet, während Angestellte verzweifelt versuchten, die Situation zu entschärfen, sodass Jodi den Weg durch die Bekleidungsabteilung wählte. Dort war es nicht viel besser. Die Kinderkleidung war der Nullpunkt für eine Gruppe kreischender Kunden.

„O Mann, die Leute brauchen nicht lange, um sich wegen Belanglosigkeiten an den Kragen zu gehen", sagte Mike.

„Vermeidet Augenkontakt und geht weiter", sagte Jodi.

Es dauerte einen Moment, bis Jodi bemerkte, dass das Kreischen sehr nahe gekommen war. Von hinten hörte sie jemanden verärgert fluchen. Als sie sich umdrehte, sah sie, wie Owen mit einem Fremden rang. Ein bärtiger Kerl in einem alten Heavy-Metal-T-Shirt war an ihn herangetreten, hatte sich das Fahrrad geschnappt und war gerade dabei, damit loszufahren. Owen griff nach dem Lenker und hielt ihn verzweifelt fest.

„Ich nehme es", sagte der Fremde wütend knurrend. „Lass los! Ich brauche es! Ich habe gesagt, lass los!"

Owen war offensichtlich überrumpelt worden. Er wurde von seinen Füßen nach vorn gerissen. Jodi trat hinter Mike, um ihm zu helfen.

„Aufhören!", rief Owen. „Wir haben schon dafür bezahlt."

„Mir doch egal", sagte der Fremde. „Ich brauche es. Lass los, bevor ich dir eine klebe."

„Sie können es nicht haben!" Owen ließ das Fahrrad mit der rechten Hand los, holte aus, schlug, so kräftig er konnte, nach dem Mann und traf ihn genau auf den Mund.

Jodi konnte die Stärke ihres sechzehnjährigen Sohnes nicht fassen. Der Fremde flog mit rudernden Armen zurück. Er fiel auf den Rücken, sein Kopf knallte auf den harten Boden und er rollte in Bauchlage.

„Wow, der Junge hat einen fiesen rechten Haken", sagte Mike. „Ich glaube nicht, dass der Dreckskerl wieder aufsteht."

Owens Augen waren vor Erstaunen weit aufgerissen. Jodi war versucht, ihn zu maßregeln – *Du hättest ihn nicht schlagen müssen. Es ist nur ein Fahrrad. Das ist nicht das Leben eines Menschen wert* –, aber unter den gegebenen Umständen schien das nicht richtig. Sie starrte auf den Fremden, der nun mit dem Gesicht nach unten auf dem Boden lag. Seine Beine waren durch den Fall seltsam überkreuzt, die Schultern hoben und senkten sich – er atmete noch –, aber er war bewusstlos. Blut tropfte aus seinen Nasenlöchern auf den Boden.

Jodi überlegte, ob sie dem Mann helfen sollte oder nicht. Die Leute sahen schon in ihre Richtung. Schließlich stellte sie Augenkontakt mit einem Mitarbeiter her, winkte ihn herbei und zeigte auf den Mann am Boden. Das musste reichen. Sie wollte nicht riskieren, noch mehr Zeit zu verlieren. Als der Mitarbeiter näher kam, schob sie ihr Fahrrad weiter.

„Wir verschwinden besser von hier", sagte sie zu Mike und Owen. „Die Mitarbeiter werden sich um ihn kümmern müssen."

„Ich wollte ihn nicht umbringen", sagte Owen. „Er hat gesagt, er wollte mich schlagen."

„Es ist nicht falsch, sich zu verteidigen", sagte Mike. „Er hat es verdient, Junge. Ich hasse solche Dreckskerle. Ich bin Typen wie dem schon häufiger über den Weg gelaufen. Eine gezielte Faust auf den Kiefer ist mehr, als sie verdienen."

Sie eilten so schnell wie möglich aus dem Geschäft und hielten dabei die Augen nach weiteren Möchtegern-Dieben auf. Als sie zurück auf den Parkplatz gekommen waren, setzten sie ihre Helme auf und bestiegen ihre Fahrräder. Jodi war zuerst nicht sicher, was sie mit dem Koffer machen sollte, schaffte es dann aber, ihn auf den Rahmen vor sich zu stellen und mit den Armen festzuhalten, während sie das Lenkrad des Fahrrads griff.

„Es ist ein paar Jahre her, seit ich das letzte Mal ein Fahrrad gefahren bin", sagte Mike. „Um ehrlich zu sein, bevorzuge ich die motorisierte Variante. Eine große Harley wäre nicht schlecht. Die Leute würden garantiert aus dem Weg gehen."

„Gewöhnliche Fahrräder werden reichen müssen", sagte Jodi. „Sag Bescheid, wenn du Probleme hast."

Als sie sich schließlich bewegten, schien Mike das Fahrrad im Griff zu haben. Trotzdem behielt Jodi ihn genau im Auge, als sie den Parkplatz diagonal überquerten.

„Wohin geht es als Nächstes?", rief Mike.

„Macon, denke ich", antwortete Jodi.

„Meine Wohnung ist um einiges näher", erinnerte er sie. „Wir könnten uns sammeln und vielleicht noch einmal rasten. Eventuell geht es mir dann wieder besser."

Jodi sagte fast Nein. Sie verspürte den Drang, sich auf den Weg zu machen und einfach nur direkt nach Macon zu radeln. Aber das waren über 130 Meilen. Wie sollten sie das schaffen?

„In Ordnung, wir fahren zu dir", sagte sie.

Mikes kleine Wohnung war nur wenige Meilen vom Walmart entfernt. Sie schlugen diese Richtung ein.

Nach etwa einer Meile hielt Mike neben einer Straßenlaterne an und erbrach sich erneut, als ob seine Eingeweide seinen Körper verlassen wollten. Dann fiel er vom Fahrrad und auf seine Knie und hielt sich an dem Pfosten der Laterne fest. Er keuchte heftig, jeder Atemzug war heiser und feucht. Jodi und Owen hielten an.

Als Jodi über ihm stand, hörte sie von allen Seiten den größer werdenden Strom panischer Leute. Menschenmengen hatten sich auf freien Flächen überall in der Stadt versammelt. Viele schienen sich zu beklagen oder zu streiten. Als der Nachmittag voranschritt, änderte sich das Licht und Augusta begann nicht nur, wie ein schauriger Ort auszusehen, sondern auch sich so anzufühlen. Jodi konnte sich nicht vorstellen, wie es werden würde, wenn es Nacht wurde.

„Wie weit ist es noch bis zu Mikes Wohnung?", fragte Owen, der einen beginnenden Kampf auf der anderen Straßenseite beobachtete.

„Ein paar Blocks", antwortete Mike. Er klang furchtbar und hielt sich mit beiden Händen seinen Bauch. „Höchstens noch eine Meile."

„Wir müssen von der Straße herunter", sagte Jodi. „Mike, kannst du die Schmerzen noch etwas ertragen? Wenn du es zu deiner Wohnung schaffst, können wir einen Plan schmieden, wie wir zu Mom kommen."

„Eine Sekunde", sagte Mike. „Gebt mir nur eine Sekunde."

Dann traf ihn eine neue Runde heftigen Würgens.

KAPITEL DREIZEHN

„Müssen wir zu Hause anhalten?", fragte Violet. „Können wir nicht direkt zu Grandma fahren?"

„Wir brauchen Kleidung und andere persönliche Dinge", sagte Shane. „Ruby braucht auch ihre Sachen. Wir bleiben vielleicht eine lange Zeit bei Grandma. Du willst doch nicht ein Jahr lang jeden Tag dasselbe T-Shirt tragen, oder?"

„Nein, eher nicht", räumte Violet ein, während sie Rubys Kopf streichelte. „Ruby schläft besser, wenn sie ihr Bett hat. Sonst ist sie irgendwie unruhig nachts."

„Eben. Außerdem haben wir eine Menge Essen in unserer Speisekammer, das sonst nur verdirbt. Das können wir genauso gut mitnehmen. Es dauert nicht lange. Keine Sorge."

Es waren etwa 60 Meilen vom Kernkraftwerk Sequoyah bis zu ihrem Haus, dann ungefähr weitere 70 bis nach Atlanta und schließlich noch rund 85 nach Macon. Es war nicht ideal, so weit von seiner Arbeit entfernt zu leben, aber es war ein notwendiger Kompromiss, da Jodi in den Zentren für Krankheitskontrolle in Atlanta arbeitete. Shane glaubte, dass der Bulli sie bis nach Macon bringen würde, aber er war sich nicht sicher. Sie fuhren an einigen Tankstellen vorbei, aber an jeder gab es wahnsinnig lange Schlangen und Shane fürchtete, in der Menge steckenzubleiben.

Er folgte der Hixson Pike südlich vom Kraftwerk, aber überall waren stehengebliebene Autos. Shane musste das Tempo immer wieder extrem drosseln, um sie zu umfahren. Es wurde schlimmer, als sie den Highway außerhalb von Chattanooga erreichten. Überall waren tote Autos auf der Straße wie Konfetti nach einer Silvesterfeier verteilt und gestrandete Fahrer und deren Passagiere füllten den Seitenstreifen – einige liefen, einige hielten den Daumen heraus, andere saßen, als ob sie bereits die Hoffnung aufgegeben hatten. Shane sah auch zahlreiche Wracks und an einigen Stellen waren die Fahrstreifen durch verstreute Trümmerteile und beschädigte Fahrzeuge blockiert.

Violet musste das Chaos gespürt haben, denn sie richtete sich hin und wieder auf und legte ihren Kopf auf die Seite, wie sie es tat, wenn sie ein seltsames Geräusch hörte. In der Nähe des Flughafens von Chattanooga erspähte Shane eine Gruppe von Leuten, die sich um eine ernsthaft verletzte Frau kümmerte, die auf dem Seitenstreifen neben einem umgedrehten Geländewagen lag. Etwas weiter die Straße hinunter humpelte eine andere Frau mit einem notdürftigen Verband um ihren Unterarm. Direkt hinter ihr hatte es eine Massenkarambolage gegeben, die wahrscheinlich von einem Lkw verursacht worden war, der beim Fahrstreifenwechsel in eine Autoreihe gerast war. Eines der Fahrzeuge war nur noch eine geschwärzte Hülle und Rauch stieg noch immer aus dem Wrack.

„Was für ein Chaos", sagte er. „Wer soll das jemals wieder aufräumen?"

„Es muss schlimm da draußen sein", bemerkte Violet.

„Nur eine Menge stehengebliebener Autos", sagte Shane, „und ein paar Wracks. Ich bin froh, dass wir nicht auf dem Highway waren, als es passiert ist. Ich hoffe, es gibt noch immer irgendeine Art von Notrufeinsätzen, weil ich mich schlecht fühle, dass ich nicht anhalten kann, um jemandem zu helfen."

„Können wir das nicht?", fragte Violet.

„Jedenfalls sollten wir das nicht", erwiderte Shane. „Deine Grandma erwartet uns und es ist noch ein weiter Weg." *Und ich will dich nicht in Gefahr bringen*, dachte er. *Du bist meine Priorität.*

Shane bemerkte einige funktionierende Fahrzeuge auf der Straße. Als sie auf die Interstate 75 bogen, sah er einen Chevy Caprice aus den mittleren 80ern, der etwa die Größe eines kleinen Panzers hatte und sich ratternd seinen Weg Richtung Norden bahnte. Eine der Schweinwerferabdeckungen war zerbrochen und die Motorhaube war verrostet, aber das Auto fuhr. Die Ironie, dass eine rostige Schrottkiste an all den schönen, unbrauchbaren Fahrzeugen vorbeirollte, entging ihm nicht. Etwas später sah er einen Mann mit einem gewaltigen, grünen Militärseesack auf seinen Schultern, der auf einem uralten Roller die Straße entlangtuckerte.

Nicht jedes funktionierende Fahrzeug war alt. Er sah einige neuere Modelle, die zu laufen schienen, und er fragte sich, was an ihnen anders war. Warum hatten einige überlebt und andere nicht? Es war, als ob der EMP einfach für jedes Fahrzeug auf der Straße eine Münze geworfen hatte.

Als sie kurz vor der Ausfahrt East Ridge um eine Kurve bogen, kamen sie an einen Bereich des Highways, der unpassierbar schien. Zwei Lkws hatten sich quer über die Fahrbahnen Richtung Süden ausgebreitet, ein großer Sedan blockierte den rechten Seitenstreifen, ein umgekipptes Coupé den linken. Leitplanken liefen auf beiden Seiten des Highways, sodass Shane den Mittelstreifen nicht verwenden konnte. Eine große Menschenmenge hatte sich hier versammelt, manche unterhielten sich, einige hantierten mit ihren Handys, andere machten es sich gemütlich, als ob sie erwarteten, dass sie hier eine lange Zeit bleiben würden.

Shane hielt weit vor dem Hindernis an. Sofort begann ein Mann in einem ärmellosen Hemd auf dem Seitenstreifen, seine Aufmerksamkeit auf eine recht aggressive Art und Weise zu erlangen, indem er mit beiden Daumen über seinem Kopf wackelte, als ob er per Anhalter mitfahren wollte.

„Stecken wir fest?", fragte Violet.

„Ja, für den Moment."

Der Anhalter kam auf sie zu und näherte sich der Seite des Bullis, auf der Violet saß. Er rief etwas, aber Shane konnte ihn nicht verstehen. Er überprüfte im Rückspiegel, ob die Spur hinter ihnen frei war, und legte den Rückwärtsgang ein.

Als er rückwärts vom Anhalter wegfuhr, hörte der Mann auf zu winken und zeigte ihm stattdessen den Mittelfinger.

„Jemand schreit uns an", sagte Violet. „Ich kann ihn hören."

„Ich weiß, Schatz", sagte Shane. „Ich weiß."

„Er klingt wütend."

„Ja, er sieht auch wütend aus", sagte Shane.

„Er sollte nicht wütend auf uns sein", sagte Violet. „Wir haben ihm doch nichts getan."

„Ich bin sicher, dass er nur frustriert ist."

Shane fuhr zurück, bis er einen Punkt erreichte, wo es auf der linken Seite keine Leitplanken gab. Dann schaltete er in den Vorwärtsgang und fuhr über den Mittelstreifen. Der Bulli holperte über das hohe Gras und den unebenen Boden, sodass die Kunststoffbehälter hinten klapperten. Shane bog auf den inneren Seitenstreifen der Fahrbahn Richtung Norden, bewegte sich aber südlich gegen den Verkehr. Als Geisterfahrer unterwegs zu sein, erschien ihm unklug, aber er sah keine andere Möglichkeit. Der Seitenstreifen Richtung Norden war frei hinter dem Stau. Dennoch fuhr er langsam und heftete seinen Blick fest in die Ferne.

Viele Leute in der Menge drehten sich zu ihnen um, als sie vorbeifuhren, einige zeigten mit den Fingern auf sie. Manche versuchten, seine Aufmerksamkeit zu erregen, aber er fuhr einfach weiter. Als sie weit hinter dem Hindernis waren, fuhr er über den Mittelstreifen zurück auf die Fahrbahn Richtung Süden. Er wagte es, etwas mehr Gas zu geben, um der Menschenmenge zu entkommen.

„Holprige Fahrt", sagte Violet.

„Es tut mir leid, ich musste um das Hindernis herummanövrieren", sagte er.

„Hoffentlich machen wir Landons Bulli nicht kaputt. Er fühlt sich übel an. Ich dachte, ich hätte irgendetwas Metallisches abfallen hören."

Sie hatte recht, auch wenn er es nicht gern zugab. Dem Bulli wurde ganz schön zugesetzt. Landon hielt den Wagen in gutem Zustand, aber Shane war nicht sicher, wie es um die Stoßdämpfer aussah. Er war nicht für diese grobe Handhabung gemacht. Der Gedanke daran, mit Violet und Ruby meilenweit von zu Hause auf dem Highway gestrandet zu sein, erschreckte ihn. Was würde er nur tun? Sie konnten sich eine Weile im Bulli versteckt halten. Wenigstens hatten sie hier Nahrung und Wasser, aber es schien nicht sicher mit all den herumirrenden Leuten.

Nach ein paar Meilen kamen sie kurz vor der Stadt Ringgold, Georgia, zu einem weiteren blockierten Bereich auf dem Highway. Es sah aus, als ob ein Camaro seine Spur verlassen, einen älteren Impala seitlich getroffen und ihn gegen die Leitplanken geschleudert hatte. Dadurch waren beide Fahrzeuge umgekippt und hatten sich quer über den Seiten- und die Fahrstreifen platziert. Andere Fahrzeuge hatten dahinter angehalten. Nur der innere Seitenstreifen war frei, sodass Shane abbremste und langsam an ihn heranfuhr.

„Dad, Ruby braucht bald mal eine Pause", sagte Violet. Die Hündin erhob sich immer wieder vom Boden und blickte einige Sekunden aus dem Fenster, ehe sie sich wieder hinsetzte. „Ich glaube, sie muss mal."

„In Ordnung, aber lass uns erst einen …" Er hätte fast *einen sicheren Ort finden* gesagt, konnte sich aber gerade noch zurückhalten. „Lass uns erst einen freien Platz finden."

„Sie ist ein braves Mädchen", sagte Violet. „Sie wird sich nicht beschweren, aber sie muss wirklich dringend. Irgendwann pinkelt sie einfach auf den Boden."

„Ich weiß. Ich halte meine Augen offen. Vielleicht, wenn wir diesen nächsten kleinen Bereich hinter uns haben."

Ein altes Motorrad raste an ihnen vorbei, schlängelte sich von der linken auf die rechte Spur und fuhr dann in erschreckendem Tempo über den Seitenstreifen an den stehengebliebenen Autos vorbei. Shane erschrak und hielt für eine Sekunde an, bevor er wieder weiterfuhr. Er beobachtete, wie der Motorradfahrer in der Ferne verschwand, während er die Fahrzeuge umkurvte.

„Was war das für ein Geräusch?", fragte Violet.

„Ein Verrückter, der es verdammt eilig hat", antwortete Shane.

Nach einem Moment nahm er den Fuß vom Gas und bog auf den Seitenstreifen, wobei er im Rückspiegel sicherstellte, dass niemand von hinten kam. Als er wieder nach vorn blickte, bemerkte er einen Mann und eine Frau, die hinter einem Camaro hervortraten. Sie sahen wie ein verwegenes Paar aus, jung, aber abgemagert und kränklich. Der Mann trug eine Kunstlederjacke und eine umgedrehte Baseballkappe auf dem Kopf. Die Frau hatte ein schlecht sitzendes Tube-Top und zerrissene Jeans an.

Der Mann hielt seine Hände hoch, zeigte seine Handflächen, als ob er ein Polizist wäre, der den Verkehr regelte. Die Frau machte ein gequältes Gesicht, als ob sie Schmerzen hatte. Waren sie vielleicht bei dem Unfall verletzt worden? Shane wäre an ihnen vorbei geschwenkt, doch er war durch stehengebliebene Fahrzeuge auf der rechten und der Leitplanke auf der linken Seite blockiert. Er kam nicht an ihnen vorbei. Der Mann begann zu winken und formte mit den Lippen die Worte: „Hilfe! Hilfe!" Als Shane abbremste, kam das Pärchen auf sie zu. Die Frau fasste sich an die Seite, während sie ging, und zuckte bei jedem Schritt.

„Da rufen noch mehr Leute", bemerkte Violet. „Haben sie Schwierigkeiten?"

„Sie *machen* Schwierigkeiten", antwortete Shane.

Er erwog, zurückzusetzen, aber er wollte nicht anhalten und ihnen Zeit geben, den Bulli zu erreichen.

„Haltet an", sagte der Mann ernst. „Wir brauchen dringend Hilfe!"

Shane überlegte, ob er anhalten und helfen sollte – vielleicht brauchten sie ein paar Erste-Hilfe-Mittel –, aber nur kurz. Er war bereits so weit, dass er Leuten misstraute, und obwohl er es nicht gern zugab, wusste er, was er zu tun hatte. Während er das Lenkrad fester griff, drückte er das Gaspedal durch und beschleunigte.

„Tut mir leid, Leute", murmelte er. „Es geht nicht anders."

Der Bulli raste auf sie zu, doch sie wichen nicht aus, der Mann begann nun sogar auf- und abzuspringen, während er rief.

„Bitte bewegt euch", sagte Shane leise. „Bitte bewegt euch."

„Dad."

„Bitte bewegt euch."

Die Frau, die noch immer ihre Seite hielt, stolperte aus dem Weg, fiel gegen die Seite des Camaros und auf die Motorhaube. Der Mann blieb eine Sekunde länger stehen und Shane stellte sich darauf ein, dass er ihn rammen würde. Als er nur noch eineinhalb Meter von ihm entfernt war, hechtete der Mann über die Leitplanke und landete auf dem Gras. Der Bulli brauste an ihm vorbei und beschleunigte noch immer. Shane meinte, dass er hören konnte, wie sie ihn schreiend verfluchten, während sie hinter ihnen verschwanden.

„Wir haben sie fast überfahren, oder?", fragte Violet.

„Ja, aber es geht ihnen gut", antwortete er. Er hasste das schwache Zittern in seiner Stimme. Hatte er gerade fast zwei verzweifelte, wahrscheinlich verletzte Leute überfahren? Ihm wurde ganz übel im Magen. „Ich wusste nicht, was ich sonst tun sollte", sagte er und sprach dabei ebenso zu sich wie zu seiner Tochter.

Violet schwieg für einige Minuten, bevor sie sagte: „Können wir jetzt anhalten und Ruby pinkeln lassen?"

„Lass mich noch etwas mehr Abstand gewinnen."

Er wollte noch nicht auf die Seite fahren. Zu viele verzweifelte Menschen waren auf dem Highway. Aber er wusste, dass er Violet nicht ewig vertrösten konnte.

Nur noch ein wenig weiter, dachte er.

KAPITEL VIERZEHN

Ihr Haus befand sich in der kleinen Gemeinde Resaca. Als sie die Ausfahrt erreicht hatten und den Highway verließen, wurde Shane klar, dass sie Macon heute nicht mehr erreichen würden. Sie waren langsamer vorangekommen, als er erwartet hatte, und es waren noch immer über 150 Meilen zu Beths Haus. Die Sonne ging bereits unter und das Licht schwand allmählich. Shane wollte nicht die ganze Nacht versuchen, stehengebliebenen Fahrzeugen und Wracks auszuweichen. Außerdem hatte der Bulli viel mehr Kraftstoff verbraucht, als er angenommen hatte. Im besten Falle, so schätzte er, war der Verbrauch im mittleren Zehnerbereich.

Nach einem kurzen Stopp am Straßenrand war Ruby zwischen den Sitzen eingeschlafen, aber Violet war hellwach und fummelte ständig an ihrer Sonnenbrille herum. Irgendwie wusste sie es, als sie ihre Nachbarschaft erreicht hatten, und setzte sich schließlich auf. Ihr Haus war ein hübsches, gutbürgerliches Heim mit zwei Stockwerken und üppigen Gärten vorn und hinten. Als Shane jedoch in die Einfahrt fuhr, wirkten die dunklen Fenster des vertrauten Ortes nicht gerade einladend.

„Wir sind zu Hause", bemerkte Violet.

Shane fand es immer wieder erstaunlich, dass sie ihre eigene Einfahrt nur am Klang erkennen konnte. „Ja, endlich", sagte Shane. „Wir müssen die Nacht hier verbringen. Die Sonne geht bereits unter. Am Morgen werde ich versuchen, etwas Diesel für den Bulli aufzutreiben, und dann fahren wir zu deiner Großmutter. So ist es sicherer."

„Ist es das?", fragte Violet.

Er beantwortete die Frage nicht und stieg aus dem Bulli. Ganz sicher war er nicht. Es war ganz bestimmt nicht sicher, in der Nacht zu reisen, aber die Leute wurden am Morgen vielleicht verzweifelter. Nachdem er das Garagentor von Hand geöffnet hatte, setzte er sich wieder hinter das Steuer und fuhr den Bulli hinein.

Es gibt so wenige funktionierende Fahrzeuge, dass dieser alte Bulli eine zu große Verlockung ist, dachte er, als er das Garagentor wieder schloss. *Selbst in dieser Nachbarschaft.*

Im Haus wirkte die Küche zu ruhig und zu dunkel. Shane holte eine Taschenlampe aus einer Kramschublade, schaltete sie ein und legte sie auf die Arbeitsfläche. Violet war sich der Dunkelheit bewusst und führte zögerlich eine schläfrige Ruby.

„Was ist, wenn jemand wie Larry in unser Haus gekommen ist?", fragte sie. „Was ist, wenn sich jemand in unseren Schlafzimmern oder Schränken versteckt?"

Shane legte seine Hand näher an den Pistolengriff an seiner Hüfte und schlich durch die Küche. Hinter der Kochinsel hatte er einen guten Blick durch das Esszimmer in den Flur. Alle Türen waren geschlossen, das Haus lag in vollkommener Stille.

„Bist du sicher, dass wir den Bulli nicht nehmen und zu Grandma fahren können?", fragte Violet.

„Heute Abend nicht mehr, Violet. Es tut mir leid. Wir fahren gleich sofort morgen früh."

„Können wir wenigstens Mom anrufen, damit sie weiß, dass wir nicht kommen?"

„Ich glaube nicht, dass das Handynetz geht", sagte Shane, „aber ich werde es versuchen, wenn du dich dann besser fühlst."

„Ja bitte, Dad. Danke."

Shane zog sein Handy heraus und entsperrte den Bildschirm. Der Akku war noch mehr als halb voll. Er machte den Lautsprecher an, damit Violet hören konnte, wie er Jodis Nummer wählte. Es klingelte einige Male, aber Jodi hob nicht ab.

Er wollte sich gerade bei Violet entschuldigen, aber entschied sich dann kurzfristig seine Schwiegermutter anzurufen. Er wählte ihre Nummer, sodass seine Tochter es hörte. Zu seiner Überraschung ging Beth beim dritten Klingeln ans Telefon.

„Shane!" Sie rief seinen Namen regelrecht. Shane konnte im Hintergrund ihren kleinen Schnauzer wie verrückt bellen hören. „Wo seid ihr? Seid ihr auf dem Weg? Sag mir, dass Violet bei dir ist."

Er war so geschockt, dass er eine Verbindung hatte, dass er nicht direkt antwortete. Einige peinliche Sekunden des Schweigens gingen vorbei, bevor er sagte: „Beth, wir haben es zu unserem Haus in Resaca geschafft. Die Straßen sind schlimmer, als ich gedacht hatte. Aber wir bleiben heute Nacht hier. Ja, Violet ist hier und es geht ihr gut."

„Ist es sicher in Resaca?", fragte Beth.

„Ich denke schon. Wir versuchen am Morgen, an Diesel zu kommen, damit wir weiterfahren können. Vielleicht ist der Highway dann ein wenig freier. Was ist mit euch?"

„Ich werde die ganze Nacht wach sein, um das Gemüse aus dem Garten zu konservieren", antwortete sie. „Ich versuche so viel Nahrung zu retten, wie ich kann. Es wird zu unseren Reserven kommen. Hör zu, du füllst jetzt als Erstes eure Badewanne mit Wasser. Du weißt nicht, wann die Wasserversorgung zusammenbricht."

„Gute Idee", sagte Shane. „Danke. Hey, warum redest du nicht eine Minute mit Violet? Sie hatte einen harten Tag."

Er gab Violet das Telefon, die es energisch an sich nahm und an ihr Ohr presste. „Grandma, es ist so gut, deine Stimme zu hören! So viele schlimme Dinge sind passiert."

Während sie mit ihrer Großmutter sprach, nahm Shane die Taschenlampe und ging durch den Flur ins Badezimmer, drehte den Wasserhahn der Badewanne auf, um sie zu füllen, und drückte den Stöpsel in den Abfluss. Es gab natürlich kein warmes Wasser, es war eiskalt. Er füllte die Wanne zur Sicherheit fast vollständig bis zum Rand. Dann ging er zurück in die Küche. Violet beendete gerade ihre Unterhaltung mit Beth und klang bereits besser.

„Du hast recht, Grandma", sagte sie. „Ich werde daran denken. In Ordnung, gute Nacht. Bis morgen."

Sie hielt Shane das Handy hin. Er nahm es und steckte es zurück in seine Hosentasche.

„Grandma hat mir gesagt, dass das Wichtigste in so einer Situation ist, unsere Emotionen unter Kontrolle zu halten", sagte Violet. „Sie hat gesagt, dass man nicht panisch werden darf, damit man klar denken kann."

„Das klingt nach einem guten Ratschlag", sagte Shane. „Warum macht ihr beide es euch nicht gemütlich? Ich packe einige unserer Sachen zusammen, damit wir morgen direkt losfahren können."

„In Ordnung, Dad."

Violet kannte das Haus gut genug, um sich sicher von Raum zu Raum zu bewegen. Sie nahm den Griff von Rubys Geschirr und ging mit ihr durch die Esszimmertür den Flur hinunter. Einen Moment später hörte Shane ihre Schlafzimmertür.

Als sie weg war, begann Shane damit, sich durch die Schränke und die Speisekammer zu arbeiten, schnappte sich alles, wovon er dachte, dass sie es gebrauchen konnten. Er stapelte Dosen auf der Arbeitsfläche und zog dann den halb vollen Sack mit Rubys Lieblingshundefutter unter der Spüle hervor. Schließlich griff er nach der Kühlschranktür, um zu sehen, was er darin noch retten konnte, als er einen spitzen Schrei hörte.

Violet! Ruby bellte. Shane stolperte zurück, stieß gegen die Kochinsel und griff nach der Glock. Er fummelte am Holster, um den Verschluss zu öffnen, aber der Schock, den Violets Schrei ihm verpasst hatte, führte bei ihm zu ungeschickten Bewegungen. Er nahm die Taschenlampe und rannte mit pochendem Herz aus der Küche.

Ich hätte erst das ganze Haus überprüfen sollen, dachte er und verfluchte sich selbst. *Ich hätte sichergehen sollen, dass niemand hier ist.*

Als er den Flur erreicht hatte, sah er, dass die Badezimmertür weit offen stand. Endlich bekam er die Glock aus dem Holster und ließ sie dabei fast fallen. Er hielt sie Richtung Boden, während er seitlich an die Tür herantrat und mit der Lampe hineinleuchtete. Er war bereit dazu, jedem gesichtslosen Feind gegenüberzutreten, der sie attackierte.

Im Badezimmer sah er Violet in ihrem Schlafanzug stehen, ihre Arme um sich selbst geschlungen, ein nackter Fuß auf der Kante der Badewanne. Ruby stand mit nach oben zeigenden Ohren vor der Toilette.

„Was ist passiert?", fragte er. „Bist du in Ordnung? Wurdest du angegriffen? Wo ist er?"

Seine laute Stimme erschreckte sie, sodass sie ein Kreischen von sich gab und sich zu ihm umdrehte. „Dad! Das Wasser ist *so* kalt. Ich wollte duschen, aber als ich in die Badewanne steigen wollte, war es wie *Eis*."

„Meine Güte", sagte Shane kopfschüttelnd. „Ich dachte ... na ja, es ist ja auch egal, was ich dachte." Er steckte die Pistole zurück ins Holster. „Es tut mir leid. Die Warmwasserreserven sind wahrscheinlich inzwischen leer. Kaltes Wasser ist alles, was wir haben."

„Vielleicht wasche ich dann nur mein Gesicht und gehe ins Bett", sagte Violet.

„Das ist in Ordnung. Am besten versuchen wir nur zu schreien, wenn es ein echtes Problem gibt."

„Ich hatte das nicht geplant", sagte sie.

„Ich weiß." Er atmete tief ein und langsam wieder aus. „Würdest du gern erst etwas essen? Wir hatten noch kein Abendessen."

„Ich habe keinen Hunger", sagte sie. „Ich bin nur müde."

„Na gut, dann schlaf gut", sagte er.

Er begann sich umzudrehen, als sie hinzufügte: „Das war vielleicht ein Kinderbesuchstag, oder?"

„Nicht ganz, was du erwartet hattest?", fragte er.

„Nein, ich dachte, es wäre langweiliger", sagte sie. „Tut mir leid, aber so ist es."

„Ich wünschte, so wäre es gewesen", erwiderte er.

Er verließ das Badezimmer und versuchte, sein rasendes Herz zu beruhigen. Nach allem, was er heute gesehen hatte, fühlte er sich schreckhaft und unruhig. Schließlich ging er ins Esszimmer, legte die Taschenlampe auf den Tisch, öffnete die Glasschiebetür und ging in den hinteren Garten, um ein wenig frische Luft zu schnappen. Shane und Jodi hatten eine geziegelte Veranda mit Petroleumfackeln, die in den hinteren Ecken platziert waren. Er wusste, dass sich in einer Metalltruhe neben dem Grill ein Feuerzeug befand, also holte er es heraus, um eine der Fackeln anzuzünden. Die einsame Flamme schaffte es kaum, die Dunkelheit zu vertreiben.

Er schritt eine Weile auf und ab, um sich noch weiter zu beruhigen. Die ganze Welt fühlte sich auf einmal bedrohlich an, war gefüllt mit gefährlichen Leuten, die seiner Familie wehtun wollten. Er hasste es, das Schlimmste von den Menschen anzunehmen, aber er hatte an diesem Tag genug gesehen. Das Hin-und-her-Gehen half ihm nur wenig dabei, sich besser zu fühlen, sodass er letztlich ein wenig Zeit damit verbrachte, das zu üben, was Landon ihm über die Waffe beigebracht hatte. Dabei war die größte Herausforderung, die Glock zusammen- und auseinanderzubauen. Es war ein bisschen so, wie ein Puzzle zusammenzusetzen.

Er versuchte es einige Male, bis er es halbwegs anständig konnte. Er entfernte das Magazin und holte die letzte Kugel aus der Kammer, damit er die Waffe nicht aus Versehen entlud. Dann übte er wiederholt, die Pistole aus dem Holster zu ziehen. Er konnte es nur nicht reibungslos – es dauerte immer ein paar Sekunden, um die Pistole fest zu greifen. Wie viel schlimmer wäre es, wenn er es mit einer echten Gefahr zu tun bekam?

Gute dreißig Minuten lang übte er, die Waffe zu ziehen, sie richtig zu greifen, im Dunkeln zu zielen und sie dann wieder ins Holster zu stecken. Schließlich begann es, sich ein wenig natürlicher anzufühlen. Das musste reichen. Er vermutete, dass die Verzweiflung bei den Leuten am nächsten Tag einsetzen würde, wenn sie in einer Welt ohne Strom aufwachten.

Ich muss das Zielen üben, dachte er. Er traute sich nicht, das Schießen zu üben. Die ganze Nachbarschaft würde bei dem Geräusch in Panik verfallen.

Er steckte das Magazin zurück in den Pistolengriff. Als er die Fackel ausblies, war er über die Tiefe der Dunkelheit erstaunt, die das Gelände um das Haus herum füllte. Keine Straßenlaternen, keine Lichter in den Häusern, keine Autoscheinwerfer, nur glänzende Sternflecken am Nachthimmel. Obwohl er wusste, dass es lange dauern würde, bis er einschlief, entschied er sich dazu, hineinzugehen und es zu versuchen. Es schien ihm mehr als sinnvoll, so ausgeruht wie möglich zu sein.

Er steckte das Feuerzeug in seine Hosentasche und griff nach der Glasschiebetür. Als er gerade eintreten wollte, bemerkte er etwas – ein schwacher Lichtschimmer in seinem Augenwinkel. Er suchte danach und sein Blick fiel auf den Nordhimmel. Dort schwebten über dem Horizont verschwommene, weiße Lichter, die beinahe ins Grün wechselten, über dem dunklen Land. Shane fand es gespenstisch, wie große Schwaden, die zu den Sternen trieben.

Obwohl er sie nie leibhaftig gesehen hatte, wusste er, was sie waren – Nordlichter. Sie waren nicht ganz so grün, wie auf den Fotos, die er von ihnen gesehen hatte, aber sie boten trotzdem einen erstaunlichen Anblick. Warum füllten sie den Himmel hier unten in Georgia? Was bedeutete das?

„Nichts Gutes, befürchte ich", sagte er.

Trotzdem war es atemberaubend und er stand eine Weile da, um sie zu betrachten. Sie ließen die Welt wie einen außerirdischen Ort wirken.

Wer hätte gedacht, dass das Ende der Zivilisation, wie wir sie kennen, so schön aussehen würde?, dachte er.

KAPITEL FÜNFZEHN

Mikes Wohnung befand sich in einer heruntergekommenen Anlage in einer eher zweifelhaften Nachbarschaft. Er hatte sich nach seiner Krebsdiagnose wegen der Nähe zum Universitätskrankenhaus dafür entschieden. Jodi hatte die Lage damals nicht beanstandet, doch jetzt, als während mit ihren Fahrrädern in seine Straße einbogen, wirkte es auf sie ziemlich bedrohlich. Eine größere Menschenmenge hatte sich auf der Straße versammelt. Zwei Männer schienen kurz davor zu sein, sich zu prügeln, während die Leute um sie herum schrien, lachten und sie anstachelten.

Jodi steuerte ihr Fahrrad über die Straße, bevor sie die Gruppe erreichte, und hielt so viel Abstand zu ihnen, wie sie konnte. Sie bremste ab, damit Mike aufholen konnte. Owen war die ganze Zeit bei seinem Onkel geblieben. Sie bogen auf den Parkplatz des Mietshauses ab und hielten neben dem ersten Gebäude an. Jodis Arme schmerzten davon, den Koffer auf dem Rahmen ihres Fahrrads zu stützen, und als sie vom Fahrrad stieg, hatte sie keine Kraft mehr, den Koffer festzuhalten, bevor er hinunterfiel.

„So kannst du doch nicht mit unseren medizinischen Vorräten umgehen", sagte Mike, der hinter ihr anhielt. Er hatte eine kränkliche Blässe im Gesicht, seine Augen waren trübe. Die relativ kurze Fahrt vom Walmart hierher war brutal. Sie mussten oft eine Pause einlegen und er sah jetzt viel schlimmer aus. Verschwitzte Haare klebten an seiner Stirn und am Schädel und sein Hemd war durchnässt.

Glücklicherweise war seine Wohnung im ersten Stockwerk. Jodi zeigte auf die Treppe. „Glaubst du, dass du das schaffst?"

„Weiß nicht", antwortete Mike. „Ich muss wohl. Ich habe versucht eine Erdgeschosswohnung zu bekommen, als ich einzog. Wirklich, aber nichts war frei."

„Ich helfe dir", sagte Owen. Die Reisetasche hing über seinem Lenker. Jetzt zog er sie ab und warf sie über seine Schulter. „Lehne dich an mich, Onkel Mike. Wir kriegen dich da schon hoch."

„Was für ein hilfsbereiter Junge", sagte Mike. „Ich erinnere mich noch daran, wie ich dich festgehalten hab, als du noch ein winzig kleiner Kerl warst. Hätte nie gedacht, dass du mich eines Tages wie Schlachtvieh durch die Gegend schleppen musst."

„Kein Problem", sagte Owen.

„Wir sollten die Fahrräder nicht hier draußen lassen", sagte Jodi. „Nicht in dieser Gegend."

„Schwesterherz, du beleidigst meine Nachbarschaft", sagte Mike mit einem erschöpften Grinsen. „Ich wünschte, ich könnte dir widersprechen, aber die Leute hier würden dir die Schuhe von den Füßen klauen, während du in ihnen herumläufst."

„Ja, und unter den Umständen stehlen sie wahrscheinlich die Person, die sie trägt, gleich mit. Owen, hilf Mike nach oben und dann komm wieder herunter und hilf mir mit den Fahrrädern. Wir sollten sie in der Wohnung lagern, während wir eine Pause einlegen."

Während Jodi den Griff ihres Koffers ausfuhr, spähte sie zu den Müllcontainern der Wohnungen, wo sich eine Gruppe junger Männer zusammendrängte. Sie schienen ins Gespräch vertieft zu sein und warfen hin und wieder verstohlene Blicke in alle Richtungen. Unter anderen Bedingungen hätte Jodi angenommen, dass sie einfach nur herumhingen und sich unterhielten, doch im Moment konnte sie nicht anders, als anzunehmen, dass sie irgendein Verbrechen planten.

Ist es falsch, dass jede Menschengruppe für mich wie ein Problem aussieht?, fragte sie sich. *Nehme ich bei jedem jetzt nur noch das Schlimmste an?*

Owen half Mike dabei, die Treppe hochzuhumpeln. Jodi hörte ihren Bruder bei jeder Stufe nach Luft schnappen und zwischendurch fluchen. Owen half ihm in die Wohnung, dann kam er wieder zurück, um Jodi mit den Fahrrädern zu helfen. Er nahm jeweils ein Fahrrad unter jeden Arm und rannte die Stufen regelrecht hoch. Sie wunderte sich über seine Energie. Wie konnte er nicht am Rande eines vollständigen Zusammenbruchs stehen? Sie folgte ihm die Treppen hinauf, musste dabei aber ihr Fahrrad umständlich hinaufrollen. Sie hatte nicht mehr genug Kraft, um es zu tragen, und sie trug noch immer den Koffer hinter sich her, der hinter ihr gegen die Stufen polterte.

Als sie die bescheidene Wohnung betrat, sah sie, dass Mike auf die Couch gefallen war.

„Tut mir leid, Leute, ich bin so gut wie nutzlos", sagte er. „Das nächste Mal, wenn die Sonne sich dazu entscheidet, das Leben, wie wir es kennen, zu vernichten, sollten wir sie fragen, ob sie nicht einen Tag wählen kann, an dem ich keine Chemo habe."

„Ruh dich einfach eine Weile aus", sagte Jodi, während sie ihr Fahrrad an die Wand lehnte. „Wir brechen in einer Stunde oder so auf und sehen, ob wir es heute nicht noch etwas weiter schaffen."

„Mom", sagte Owen und stellte die Fahrräder aneinander. „Onkel Mike kann heute nicht mehr weiterfahren. Sieh ihn dir nur an. Wenn wir ihn weiter treiben, wird er wieder zurück im Krankenhaus landen und dann stecken wir in Augusta, wer weiß wie lange, fest. Sollten wir die Nacht nicht hier in der Wohnung verbringen, damit wir uns ausruhen können? Wir können am Morgen aufbrechen und dann fahren wir nicht in der Dunkelheit."

Jodi tat es nicht gern, aber an Mikes kränklichem Gesicht konnte sie feststellen, dass sie kaum eine andere Wahl hatten. „Ich schätze, du hast recht. Ich wünschte nur ..." *Ich wünschte nur, wir wären nicht in dieser Gegend.* Sie fühlte sich schlecht, dass sie so dachte, noch schlechter, es zu sagen, also änderte sie das Thema. „Weißt du, wenn das ein normaler Tag wäre, wären wir alle jetzt zu Hause. Shane wäre schon von der Arbeit zurück. Violet und Kaylee wären da."

„Nur ein weiterer Tag, Mom. Mehr nicht."

„Du hast recht", sagte Jodi nickend. „Ein weiterer Tag."

„Hey", sagte Mike und erhob sich. „Arbeitest du nicht für die

CDC? Ruf deine Kollegen an und frag, was in der Welt los ist. Sie sind inzwischen bestimmt alle zu Hause."

„Mike, die Zentren für Krankheitskontrolle und Prävention kümmern sich um biologische Probleme", erinnerte sie ihn. „Meine Kollegen werden über das Stromnetz nichts wissen."

„Ach, stimmt. Aber ihr seid eine Bundesbehörde", sagte er, „mit einer Menge Verbindungen zu höheren Ebenen. Jemand wird etwas wissen."

„Sollte das Handynetz noch funktionieren", sagte sie.

„Der Apokalypse-Typ im Krankenhaus hat dir doch erzählt, dass die Handybetreiber eine Weile weitermachen können, weil sie ihre eigenen Notstromaggregate haben", sagte Mike. „Nun, es sind doch erst ein paar Stunden vergangen. Versuch es einfach. Das ist es doch wert, wenn wir herausfinden, wie lange diese schreckliche Situation anhalten wird, oder? Ich persönlich finde es bereits ziemlich stickig hier in dieser Wohnung. Ich würde liebend gern die Klimaanlage laufen lassen. Es ist echt Mist, hier schwitzend und elendig herumzuliegen."

„In Ordnung, ich sehe, was ich herausfinden kann", sagte Jodi.

Sie legte ihre Handtasche auf einen Tisch in der Ecke und holte ihr Handy heraus. Als sie durch ihre Kontakte scrollte, blieb sie bei dem Namen ihres Chefs Dr. Emmett hängen. Wenn irgendjemand bedeutende Regierungskontakte hatte, dann war er es. Sie war überrascht, als es klingelte, und noch überraschter, als er antwortete. Seine profunde Bassstimme kam deutlich durch die Leitung.

„Jodi, von wo rufen Sie an?", fragte er. „Geht es Ihnen gut?"

„Ich bin in Augusta", antwortete sie. „Ich bin bei meiner Familie und im Moment geht es mir gut. Dr. Emmett, wir haben ein grundsätzliches Verständnis davon, was die Situation verursacht hat, aber wusste vielleicht jemand, das es kam? Gab es irgendeine Warnung? Es scheint, als hätte es alle überraschend getroffen."

Dr. Emmett zögerte einen Moment mit seiner Antwort. „Ich hatte Kontakt mit einigen Schlüsselpersonen, aber ich sage nicht wer. Ja, wir haben vorher eine Warnung hier im Büro erhalten, und dieselbe Warnung ging an die meisten Bundesbehörden und verbundenen Unternehmen heraus. Sie haben wahrscheinlich schon gehört, dass es eine Sonneneruption gab – ein sogenannter koronaler Massenauswurf – und während ähnliche Ereignisse in der Vergangenheit bereits geschehen sind, war dies bei Weitem das schlimmste. Ein CME hat 1859 die Telegrafenleitungen durchgebrannt, aber dieser hier scheint die Elektronik des halben Planeten ausgeschaltet zu haben."

„Gibt es irgendeine Prognose, wann der Strom wieder laufen soll?", fragte Jodi.

„Ich bin ehrlich, weil ich weiß, dass Sie damit umgehen können", antwortete Dr. Emmett. „Es wird *Jahre* dauern, bis die Welt sich davon erholt hat. Und modernere und elektronikgestützte Länder werden noch weiter zurückliegen."

„Kann man das beschädigte Stromnetz nicht einfach reparieren?"

Mike beobachtete sie konzentriert von der Couch. Owen ging im Wohnzimmer auf und ab. Sie warteten auf gute Nachrichten, vielleicht machten sie sich auch auf Schlimmeres gefasst.

„Jodi, bei allem, was ich so höre", redete Dr. Emmett weiter, „wird jede große Stadt mehrere neue Transformatoren benötigen.

Die Energieunternehmen haben normalerweise einen Ersatztransformer in Reserve, wenn überhaupt. Und der Rest? Es dauert zehn bis zwanzig Monate, um einen Transformator herzustellen, und das passiert normalerweise in Übersee. Frachter würden sie eigentlich liefern und die meisten dieser Schiffe sind auf elektronische Systeme angewiesen, die irgendwie ersetzt oder überbrückt werden müssen. Verstehen Sie, wie lange das dauern wird?"

„Es ist also, wie ich befürchtet habe", sagte sie. „Wir werden eine Weile in dieser Lage stecken."

„Und wir erholen uns wahrscheinlich niemals vollständig davon", sagte er. „Es gibt wirtschaftliche, soziale und politische Konsequenzen, die weitreichend und schwierig hervorzusagen sein werden. Ich erzähle Ihnen, was ich allen anderen Mitarbeitern, mit denen ich gesprochen habe, erzählt habe: Finden Sie vorerst einen sicheren Ort, an dem Sie bleiben können, während wir abwarten, um zu sehen, wie sich die Dinge entwickeln."

„Ich bin gerade auf dem Weg zu einem Ort", sagte sie. *Wenn ich da nur hinkomme.* „Wie sieht es bei Ihnen aus?"

„Meine Frau und ich besitzen eine Hütte in der Nähe des Black Rock Mountain. Ich werde dort so schnell wie möglich mit meiner Familie hinreisen, wenn ich das Büro verlasse", sagte er. „Leider kann ich noch nicht weg. Die CDC implementieren ein Abschaltprotokoll, um all die biologischen Proben zu zerstören, bevor der Notstrom ausgeht. Ich bin nicht sicher, wie lange das dauert, aber bis dahin kann ich nicht gehen."

Der Gedanke daran, dass all die Forschung zerstört wurde, machte Jodi richtig krank. Eine Menge Daten würden wahrscheinlich nie wiederbeschafft werden können. So viele Jahre der Arbeit für nichts! Sie brauchte einen Moment, um sich zu sammeln, bevor sie sprach.

„Auf den Straßen ist es schlimm", sagte sie. „Seien sie da draußen vorsichtig."

„Das werde ich. Danke. Viel Glück, Jodi."

„Ihnen auch viel Glück, Dr. Emmett. Hoffentlich sehen wir uns bald wieder."

Sie legte auf und warf das Handy zurück in ihre offene Handtasche. Dann wandte sie sich an Owen und Mike und gab ihnen die Informationen weiter, die sie gerade bekommen hatte. Owen hörte auf, hin und her zu gehen, und ließ sich mit dem Kopf in seinen Händen auf die Couch neben Mike fallen.

„Er sagte, wir sollen an einen sicheren Ort gehen", sagte Owen. „Das hier fühlt sich nicht wie ein sicherer Ort an. Tut mir leid, wenn ich das sagen muss, Onkel Mike."

„Du hast nicht unrecht", erwiderte Mike. „Aber es ist dennoch besser, über Nacht hier zu bleiben, als da draußen irgendwo im Dunkeln auf unseren Fahrrädern festzustecken. Die Wölfe werden herauskommen, wenn die Sonne untergeht."

„Plünderer meinst du?", fragte Owen.

„Ja, und Schlimmeres."

Jodi musste sich zurückhalten, um nicht mit ihm zu streiten. Es fühlte sich noch immer wie Zeitverschwendung an, die Nacht hier zu verbringen. Je eher sie das Haus ihrer Mutter in Macon erreichten, desto besser. Außerdem erschien es ihr ratsam, dort anzukommen, bevor es zu gefährlich wurde. Dennoch hatte Mike recht, wenn er von *Plünderern und Schlimmerem* sprach.

„Dann lasst uns heute Nacht gut ausruhen", sagte sie. „Wir brechen so früh wie möglich auf, sofern du dich danach fühlst, Mike. Wenn wir direkt nach Sonnenaufgang wieder auf der Straße sind, werden wir vielleicht einer Menge Probleme ausweichen können."

„Ich schlafe nach der Chemo nie gut", sagte Mike, „aber ich werde es versuchen. Ich würde ein warmes Bier aus dem Kühlschrank holen, wenn ich irgendetwas bei mir halten könnte. Vielleicht hole ich trotzdem eins. Dann kann ich es für die wenigen Minuten genießen, die es in meinem Bauch bleibt."

„Es ist keine schlechte Idee, etwas zu essen und zu trinken", sagte sie. „Sag mir, dass du hier etwas Essbares hast."

„Cornflakes, Wasser, Milch, Bier, ein paar Snacks", sagte er. „Nichts, was man kochen muss. Ich gebe zu, dass ich normalerweise Fast Food esse. Ich weiß, dass das nicht gut für mich ist, aber es ist praktisch."

Während Jodi den Schrank durchsuchte, den Mike als Speisekammer verwendete, zog es Owen in die Küche. Mike hatte ein altes batteriebetriebenes UKW-Radio auf dem Fensterbrett stehen. Owen nahm es und spielte daran herum. Er schaltete es ein und bekam nur Radiorauschen, also drehte er am Knopf.

„Schalte es auf 106.3", sagte Mike. „Classic Rock. Das ist mein Sender."

„Daran bin ich schon vorbei", sagte Owen. „Da ist nichts."

„Verdammt. Ich kann mir eine Welt ohne Radiosender für klassische Rockmusik nicht vorstellen."

Plötzlich ertönte laut und deutlich ein Sender, aber kein Classic

Rock – oder irgendeine andere Musikrichtung. Stattdessen hörten sie eine unverwechselbare Stimme, die in ernstem Ton sprach.

„Leute, das ist unser geschätzter Präsident", sagte Mike. „Er gibt uns die offizielle Version der schlechten Nachrichten, schätze ich."

„Ich empfehle Ihnen allen, ruhig zu bleiben", sagte der Präsident. „Die nächsten Tage werden ein bisschen hart, also arbeiten Sie mit anderen in Ihren Gemeinden zusammen. Helfen Sie sich gegenseitig und wir werden das durchstehen. Lassen Sie sich nicht von der Angst überwältigen. Treffen Sie keine Entscheidungen aus Frustration oder Wut. Erinnern Sie sich daran, dass wir alle in einem Boot sitzen. Während ich spreche, arbeiten alle Bundesbehörden daran, Lösungen für die aktuelle Krise zu finden."

„Das ist eine ganze Menge klischeehafter Aufmunterung", bemerkte Mike, „und sehr wenige nützliche Informationen."

Ein bisschen hart, hatte er gesagt. Das war eine so große Untertreibung, dass es Jodi schlecht wurde. Dennoch verstand sie, warum sie die Größenordnung des Problems nicht zugaben. Natürlich würde die Regierung versuchen wollen, dass alle Ruhe bewahrten.

„Geben Sie sich nicht dem Pessimismus hin und glauben Sie keinen Verschwörungstheorien", sprach der Präsident weiter. „Das ist nicht das Ende der Welt. Wir werden wiederaufbauen und stärker als zuvor daraus hervorkommen. Wenn Sie können, gehen Sie zur Arbeit, leben Sie Ihr normales Leben weiter, so gut es geht, und gehen Sie der Versuchung aus dem Weg, überzureagieren oder in Panik zu verfallen. All das hilft der Erholung und wird zum Seelenfrieden beitragen. Liebe Mitbürger, das ist nicht das Ende der Welt. Ich verspreche es Ihnen. Wir werden unsere Nation besser, als Sie je zuvor war, wiederaufbauen."

„Leben Sie Ihr normales Leben weiter", wiederholte Mike mit einem verbitterten Lachen. „Ist er einmal nach draußen gegangen und hat einen Blick auf die Straßen geworfen? Die Welt sieht ungefähr so normal aus wie in einem Fiebertraum. Wer kann denn seiner Arbeit nachgehen, wenn es keinen Strom und keine funktionierenden Autos gibt?"

„Aber was soll er denn sonst sagen?", fragte Owen. „Er hat versucht, die Leute zu beruhigen. Er ist der Präsident. Das ist sein Job."

„Wenn morgen alle aufwachen und versuchen, zur Arbeit zu kommen, als ob es ein gewöhnlicher Tag wäre", sagte Mike, „bringt das keinen Seelenfrieden. Das macht es meiner bescheidenen Meinung nach nur schlimmer."

Sie hörten sich die komplette Ansprache an und keiner von ihnen fühlte sich danach besser. Dann bat Jodi Owen darum, das Radio auszustellen, um die Batterie zu sparen. Sie mussten es vielleicht später noch einmal einschalten, um weitere Informationen zu erhalten, sofern der Radiosender dann noch irgendwie funktionierte.

Jodi packte das Radio zusammen mit etwas von Mikes Essen ein. Dann aßen sie und Mike trank tatsächlich ein warmes Bier aus dem Kühlschrank. Wider Erwarten musste er sich nicht übergeben, zumindest nicht sofort. Jodi versuchte während des Abends einige Male, Shane und Violet zu erreichen, kam aber nicht durch. Sie hoffte und betete, dass sie besser durch die Straßen kamen. Die arme Violet. Sie war ein liebes und sanftmütiges Mädchen und nahm für gewöhnlich von jedem das Beste an. Wie würde sie auf diese neue Welt reagieren, die sich um sie herum entfaltete?

KAPITEL SECHZEHN

Violet erwachte, als sie das Licht spürte, und wusste, dass es Morgen war. Sie setzte sich in ihrem Bett auf, warf die Decke von sich und griff sich an die Stirn. Der schlechte Schlaf hatte ihr rasende Kopfschmerzen beschert. Ruby rührte sich in der Nähe und Violet streckte eine Hand aus, damit die Hündin sie finden konnte. Dann kraulte sie Ruby hinter den Ohren.

„Guten Morgen, Mädchen", sagte sie. „Ich hoffe, du hast besser geschlafen als ich. Ich habe sehr schlecht geträumt. Du musst wahrscheinlich nach draußen, oder?"

Der gesamte schreckliche Tag fiel ihr dann wieder ein. War die Welt noch immer kaputt? Vielleicht hatte sie jemand über Nacht repariert. Sie hatte einen kleinen Ventilator auf dem Nachttisch neben ihrem Bett und sie griff hinüber, um ihn anzustellen. Der Einschaltknopf klickte, aber der Ventilator sprang nicht an.

Nein, die Welt ist noch immer kaputt, dachte sie und bekam ein flaues Gefühl im Magen.

Sie beugte sich vor, suchte auf dem Boden ihre Socken, bis sie sie fand. Nacheinander zog sie sie an. Dann stolperte sie aus dem Bett und bewegte sich durch den Raum, während Ruby neben ihr hertrottete. Die Einrichtung und der Grundriss des Hauses waren in ihrem Gedächtnis verankert. Zwar konnte sie sich daher ohne Rubys Hilfe von Raum zu Raum bewegen, doch sie ließ sich trotzdem von der Hündin führen.

Sie nahm das Geschirr von der Kommode, legte es dem Tier an und befestigte die Gurte unterhalb des Bauches. Dann nahm sie den Griff und ließ sich von Ruby zur Schlafzimmertür geleiten. Sie hörte Krach aus der Küche und erkannte ihn als Gegenstände, die aus den Schränken geräumt wurden, sowie auch das vertraute leise Murmeln ihres Vaters. Es klang, als ob er Dinge in Kartons packte.

„Hallo, Violet", sagte er, als sie sich durch das Esszimmer bewegte. „Hast du genug Schlaf bekommen heute Nacht?"

„Eigentlich nicht", antwortete sie. „Ich habe schlecht geträumt von Leuten, die uns anschreien und in den Bulli einbrechen wollen. Das hat mich ständig aufgeweckt. Ich fühle mich heute Morgen nicht so gut."

„Es tut mir leid, das zu hören", sagte ihr Vater. „Ich habe auch nicht gut geschlafen. Ohne den Strom ist es viel zu ruhig im Haus. Ich kann es nicht abwarten, deine Mom heute Abend zu sehen. Ihr Schnarchen wird ausnahmsweise mal schön sein."

„Ja, Mom schnarcht", sagte Violet. „Ich höre sie manchmal sogar in meinem Zimmer."

„Na ja, du schnarchst ja auch."

„Tu ich nicht", protestierte Violet.

„Ein bisschen nur."

Violet ging zur Hintertür und ließ Ruby im Garten laufen. Die pflichtbewusste Labrador-Hündin rannte zum Gras, um sich zu erleichtern, dann direkt zurück zu Violet und setzte sich so hin, dass der Griff des Geschirrs gegen die ausgestreckte Hand streifte.

„Braves Mädchen", sagte Violet. „Dad, kann ich dir helfen?"

„Sicher", sagte er. „Ich leere die Speisekammer und packe alles ein, was es wert ist, mitgenommen zu werden. Hier ist eine leere Kiste. Du kannst das untere Regal ausräumen."

Sie hörte, wie er auf die Seite eines Kartons klopfte, also kam sie näher, fühlte nach der Kante der Speisekammertür und setzte sich. Während sie den Karton zu sich zog, griff sie in das untere Regal. Als sie das tat, hörte sie, wie ihr Vater einen gefüllten Karton über den Küchenboden zum Wäscheraum schob.

„Ich stand gestern auf der hinteren Veranda, nachdem du ins Bett gegangen bist", sagte er, „und ich habe die Nordlichter gesehen."

„Aurora borealis", sagte Violet. „Davon habe ich gehört."

„Das stimmt", sagte ihr Vater und kam zurück zur Speisekammer.

„Sollten die nicht oben am Nordpol erscheinen?", fragte sie. Sie fühlte kleine Schachteln auf dem unteren Regal. Als sie die nächstgelegene schüttelte, klang es, als wäre sie voller Instantreis, also zog sie sie heraus und legte sie in den Karton.

„Ja, normalerweise schon", sagte er. „Ich habe jedenfalls noch nie gehört, dass jemand sie so weit im Süden gesehen hätte. Ich bin sicher, dass es etwas mit der Sonneneruption zu tun hat, aber ich weiß nicht, was das genau bedeutet."

„Du könntest online nachsehen", schlug sie vor und griff nach einer zweiten Schachtel. Diese klang nach Instant-Kartoffelflocken. Also legte sie sie in den Karton.

„Das habe ich schon versucht", sagte ihr Vater. „Kein Internet."

„Bist du sicher?", sagte sie. „Ich dachte, dass das Internet noch funktionieren würde. Wir haben in der Schule gelernt, dass das Internet alle möglichen Katastrophen überleben würde, weil es sich nicht an einem einzigen Ort befindet. Unsere Lehrerin nannte es *verteiltes Netzwerk.*"

„Na ja, technisch gesehen stimmt das", sagte er und schob einen weiteren Karton zum Wäscheraum. „Das Internet wurde ja tatsächlich vom Verteidigungsministerium entwickelt, um einen Atomkrieg zu überleben, aber ich schätze, dass genug der Infrastruktur zerstört wurde, sodass es unmöglich ist, sich zu verbinden. Das Netz ist noch immer da. Wir können nur nicht hinein."

„Es muss eine Möglichkeit geben, sich zu verbinden", sagte Violet, zog eine Tüte mit Bohnen aus der Speisekammer und legte sie in den Karton. „Ich wette, Landon würde es wissen."

„Da hast du wahrscheinlich recht", erwiderte ihr Vater, „aber wir lassen ihn lieber seine Arbeit machen. Er hat genug zu tun."

„Kein Internet, keine Lichter, keine Geräte", sagte Violet. „Bald werden wir wie in der Steinzeit leben."

„Nicht ganz", sagte ihr Vater. „Es wird mehr wie in der frühen Industrialisierung."

„Nun, beides ist schlecht." Sie holte einen Sack Kartoffeln aus dem untersten Regal und legte ihn in den Karton, schloss ihn dann und faltete die Klappen so, dass er geschlossen blieb. „Was passiert, wenn wir heute nicht tanken können?"

„Kümmern wir uns um ein Problem nach dem anderen."

Sie hörte, wie er den schweren Karton durch die Küche schob, also erhob sie sich und erfühlte sich ihren Weg zum Esszimmertisch.

„Ich sage dir etwas", sagte ihr Vater. „Lass uns ein bisschen frühstücken. Das Essen im Kühlschrank verdirbt sowieso, also können wir das Beste daraus machen. Wie klingt gegrillter Speck?"

„Ich weiß nicht", antwortete Violet. „Ich hatte noch nie gegrillten Speck. Das klingt nicht besonders gut."

„Na gut, lass mich sehen, was wir sonst so haben."

Sie hörte, wie er im Kühlschrank herumwühlte, Flaschen klimperten gegeneinander, als er Dinge herausnahm. Er legte einige Sachen auf die Arbeitsfläche.

„Wir haben auch ein bisschen Schinken", sagte er. „Orangensaft. Die Milch ist ziemlich warm, da bin ich mir also nicht so sicher. Aber hier sind noch einige Bagels und Frischkäse."

„Ich bin nicht sonderlich hungrig, um ehrlich zu sein", sagte Violet.

„Du solltest trotzdem etwas essen", sagte er. „Danach fühlst du dich besser."

„In Ordnung, aber keinen Schinken oder warme Milch. Ich würde einen Bagel nehmen, denke ich, und Orangensaft wäre gut."

„Kommt sofort."

Einen Moment später hörte Violet, wie der Orangensaft in ein Glas gegossen wurde. Also fühlte sie nach dem Glas und griff danach. Sie nahm einen Schluck und schmeckte Orangensaft mit Fruchtfleisch, wie ihre Eltern ihn bevorzugten. Sie mochte die Struktur nicht sonderlich. Doch statt sich zu beschweren, stellte sie das Glas ab und schob es langsam von sich weg.

„Wie spät am Morgen ist es eigentlich?", fragte sie.

„Etwa eine Stunde nach Sonnenaufgang", sagte er. „Iss bitte etwas. Wir wissen nicht, was der Tag bringen wird."

Sie hörte, wie ein Teller über die Tischdecke geschoben wurde, sodass sie danach griff und entlang der Kante fühlte. Es war ein Teller mit Bagels. Als sie einen nahm, bemerkte sie, dass ihr Vater bereits Frischkäse darauf gestrichen hatte. Sie wünschte, er hätte das nicht getan. Obwohl sie wusste, dass er hilfsbereit sein wollte, machte sie die kleinen Dinge lieber selbst.

„Nachdem du gegessen hast, möchte ich, dass du alles aus dem Haus zusammensuchst, das du behalten möchtest", sagte ihr Vater. „Wir bleiben bei Grandma vielleicht für … eine lange Zeit."

Sie hörte am Klang seiner Stimme und am kurzen Zögern, dass er eigentlich etwas anderes sagen wollte. *Er glaubt nicht, dass wir jemals wieder zurückkommen*, dachte sie. Ein grauenhafter Gedanke, aber sie fragte nicht weiter. Sie wollte nicht, dass er es laut aussprach.

Nachdem sie sich gezwungen hatte, den Großteil ihres Bagels zu essen, ging sie in ihr Zimmer, um sich umzuziehen. Dann begann sie, ihre Sachen zusammenzusuchen. Es gab so viel, was sie nicht zurücklassen wollte, dass sie nicht einmal wusste, wo sie anfangen sollte. Zunächst schnappte sie sich Rubys Hundebett. Als sie das tat, streifte Ruby gegen sie und begann damit, am Bett zu schnuppern, als ob sie fragen wollte: „Wo willst du damit hin?" Nachdem sie das Hundebett auf ihre Kommode gelegt hatte, ging sie durch ihre Kleidung und holte ihre Lieblingsshirts, Jeans, Shorts und Pyjamas sowie einige Röcke und Blusen aus dem Schrank. Sie faltete alles und stapelte die Sachen ordentlich auf dem Hundebett.

Anschließend nahm sie einige Sonnenbrillen von ihrem Nachttisch. Die Kinder in der Schule hatten in der Vergangenheit dafür gesorgt, dass sie sich wegen der Bewegungen, die ihre Augen machten, gehemmt fühlte, sodass sie oft Sonnenbrillen trug, wenn sie in der Öffentlichkeit war. Sie fand sie nicht unbedingt bequem – sie hasste es, wie sie gegen ihr Nasenbein drückten –, aber sie hatte Probleme damit, eine zu finden, die ihr gut passte. Dennoch trug sie lieber unbequeme Brillen, als dass sie sich ständig darüber sorgen musste, ob die Leute sie anstarrten oder nicht.

Sie schnappte sich auch ihren Blindenstock aus der Ecke. Zwar brauchte sie ihn nicht an bekannten Orten und meistens auch nicht irgendwo anders, wenn Ruby bei ihr war. Trotzdem erschien es ihr wie ein guter Zeitpunkt, an alles zu denken. Sie faltete ihn zusammen und steckte ihn in ihre hintere Hosentasche.

Schließlich nahm sie noch einige ihrer Braillebücher, ein paar Andenken von Familienausflügen und sogar einige Spielzeuge aus ihrer Kindheit. Es gab noch immer so viele Gegenstände, die sie nicht zurücklassen wollte. Sogar das Haus selbst, das für sie so heimisch geworden war. Die Vertrautheit des Gebäudes gab ihr ein Gefühl von Geborgenheit und Sicherheit. In ihren Augen fühlte sie die Tränen brennen, also schnappte sie sich all ihre Sachen und trug sie ins Esszimmer, wo sie sie auf den Tisch legte.

Ihr Vater war dabei, sich zwischen dem Wäscheraum und der Garage hin und her zu bewegen und, so schätzte sie, die Kartons herauszutragen. Nach dem fünften oder sechsten Gang kam er atemlos ins Esszimmer.

„Ist das alles, was du mitnehmen willst?", fragte er.

„Nein, aber ich denke, das reicht", antwortete sie. „Wir können nicht mein ganzes Zimmer mitnehmen. Ich wünschte, wir könnten es. Es ist nicht so, dass ich hierbleiben will. Wirklich nicht. Ich würde mich lieber beeilen und nach Macon kommen, damit wir bei Grandma und Mom und Kaylee sind, aber … weißt du, es ist doch mein Zimmer."

„Es tut mir leid, Schatz." Sie hörte, wie er die Gegenstände umräumte, wahrscheinlich um es besser auf dem Hundebett zu stapeln. „Willst du deinen digitalen Hörbuch-Player nicht mitnehmen?"

„Wozu?", fragte sie. „Er hängt an der Steckdose. Selbst wenn Grandma Batterien hat, gibt es wahrscheinlich wichtigere Dinge dafür. Braille reicht mir."

Sie hörte, wie er den großen Haufen ihrer Habseligkeiten vom Tisch hob. Als er in die Küche zurückging, fiel ihr etwas ein.

„Dad, sollten wir unsere Fotoalben mitnehmen?", fragte sie. „Du und Mom wollen sie vielleicht irgendwann ansehen und … na ja, wir können uns die Fotos nicht mehr in den sozialen Medien ansehen."

„Das ist eine hervorragende Idee", antwortete er. „Sehr klug von dir."

Nur für den Fall, dass sie rot wurde, kniete sie sich neben Ruby und tat so, als ob sie mit dem Geschirr hantierte. Die Hündin schnüffelte in ihrem Gesicht und berührte ihre Wange mit der feuchten Nase.

„Laden wir alles ein, Violet", rief ihr Vater aus dem Wäscheraum. „Ich hole die Fotoalben und dann machen wir uns auf den Weg."

Violet bewegte sich durch das Esszimmer und die Küche und versuchte, ihre letzten Momente in dem Haus zu genießen. Als sie die kalte Garage erreichte, erfühlte sie sich den Weg zum Bulli. Ruby stoppte sie in letzter Sekunde, damit sie nicht gegen das Fahrzeug stieß. Schließlich schaffte sie es zur Beifahrertür und öffnete sie. Sie zog den gefalteten Stock aus ihrer Hosentasche und steckte ihn unter den Sitz. Danach kletterte sie hinein. Ruby hüpfte auf ihren Schoß und legte sich dann auf den Boden neben ihr.

Sie saß für eine Minute still da und fühlte eine tiefe, zitternde Angst vor dem Tag, der ihnen bevorstand. Wenn sie doch nur nicht noch so viele Meilen fahren mussten. Violet hatte immer gedacht, dass ihre Grandma in der Nähe wohnte, aber jetzt schien es, als ob sie genauso gut auf der anderen Seite des Ozeans leben könnte. Als sie hörte, wie das Garagentor laut quietschend geöffnet wurde, zuckte sie zusammen.

Wie viel schlimmer konnte es da draußen nur sein?, fragte sie sich und wusste, dass sie es bald herausfinden würde.

KAPITEL SIEBZEHN

Es stellte sich heraus, dass die Schlange an der Tankstelle länger war, als sie befürchtet hatten. Durch die Art, wie sein Atmen sich änderte, wusste Violet es, bevor ihr Vater es ihr sagte. Er fluchte so leise, dass es fast nicht hörbar war, als er den Bulli stoppte.

„Wie schlimm ist es, Dad?"

„Ich hätte nicht gedacht, dass es noch so viele funktionierende Fahrzeuge auf der Straße gibt. Ich glaube, sie sind alle hier. Die Schlange läuft über den Parkplatz und fast einen Block die Straße hinunter. Das ist vielleicht ein Chaos, aber ich sehe keine andere Möglichkeit. Wenn wir den Tank nicht füllen, werden wir Macon nicht erreichen. Das Letzte, was ich will, ist, dass wir irgendwo auf dem Highway liegenbleiben."

Ruby hatte sich von ihrem Platz erhoben und legte ihren Kopf auf Violets Schoß.

„Dad, Ruby muss mal", sagte sie.

„Ich dachte, sie war schon zu Hause", sagte ihr Vater.

„Das war klein. Ich glaube, jetzt muss sie groß. Sie macht morgens immer beides, aber sie macht es nicht gern zur selben Zeit. Da ist Ruby ein bisschen komisch."

„Kann sie warten, bis wir etwas weiter vorn sind?", fragte er.

„Ich denke schon."

Sie krochen eine Fahrzeuglänge nach der anderen vorwärts, während Shane ungeduldig auf dem Lenkrad trommelte. Ruby erhob sich schließlich, legte ihre Pfoten auf Violets Bein und schnüffelte in ihrem Gesicht.

„Dad, sie muss wirklich dringend", sagte Violet.

„In Ordnung, wir fahren gleich auf den Parkplatz", sagte er. „Da ist dann eine große Rasenfläche direkt vor deiner Tür. Lass dich von Ruby führen, aber sei vorsichtig. Betrete nicht den Gehweg. Es sind auf beiden Seiten Autos."

„Verstanden", sagte Violet. „Wir schaffen das schon. Ruby passt auf mich auf."

Sie spürte, wie der Bulli auf den Parkplatz bog. Sobald er anhielt, öffnete sie ihre Tür, nahm ihren Stock vom Boden und faltete ihn auseinander, indem sie das Ende nach außen schnellen ließ. Sie erfühlte sich ihren Weg hinunter zum Gras, bevor Ruby über den Sitz sprang und neben ihr landete. Die Hündin begann hin und her zu laufen, wie sie es tat, wenn sie einen Ort suchte, um ihr Geschäft zu erledigen. Violet schnappte sich den Griff ihres Geschirrs mit der freien Hand und ließ sich von Ruby führen, wobei sie den Stock benutzte, um sicherzugehen, dass sie nicht auf die Straße gingen.

„Bleib bei Ruby", sagte ihr Vater. „Ich komme dich holen, wenn ich getankt habe."

„In Ordnung", erwiderte sie. „Wir gehen nicht weit weg."

Ruby fing an, sich in eine Richtung zu bewegen, die Violet weiter von der Straße wegführte. Violet konnte erkennen, dass sie sich hinter ein Gebäude bewegten. Während sie gingen, kamen sie an einigen Leuten vorbei, die entweder im Gras knieten oder saßen. Sie hörte, wie sie leise miteinander redeten. Ruby war gut darin, durch Menschenmengen zu manövrieren, aber Violet stieß trotzdem einen von ihnen mit ihrem Stock. Sie entschuldigte sich.

„Pass doch auf", sagte ein Mann mit unfreundlicher Stimme.

Schließlich fand Ruby einen Ort, den sie mochte, und hielt an. Violet berührte ihre Seite und spürte, wie sie sich hinhockte. Sie hatte nicht daran gedacht, eine Tüte mitzubringen, um Rubys Geschäft wegzuräumen. Gerade als sie überlegte, ob sie zur Tankstelle gehen und ein paar Papiertücher holen sollte, hörte sie seltsame, verstohlene Bewegungen hinter sich. Weil es ihr an Sehvermögen mangelte, hatte sie gelernt auf jegliche Geräusche zu reagieren, die ungewöhnlich waren, besonders wenn sie aus der Nähe kamen.

Als sie begann, sich zu der Quelle des Geräusches umzudrehen, fasste sie jemand an der Schulter. Ruby war sofort alarmiert und zog am Geschirr, um sich der Person entgegenzustellen. Violet hörte sie knurren.

„Hey, pass auf, wohin du den Stock schwingst, du dumme Nuss", sagte der Mann. Er klang wie derjenige, den sie mit dem Stock berührt hatte. „Du könntest jemandem mit dem Ding ein Auge ausstechen."

Sie riss sich von der Hand los, die nach ihr gegriffen hatte, und die Männer – es waren zwei – begannen zu lachen. Dieses Geräusch kannte sie – das spottende Lachen von jungen Männern.

„Es war ein Versehen", sagte sie. „Es tut mir leid."

„Für mich sah es nach Absicht aus", sagte der zweite Mann. Er hatte eine höhere, schärfere Stimme.

„Ich glaube, du hast recht", sagte der Erste. „Sie hat ihn genau auf meinen Kopf geschwungen. Was für ein unhöflicher, kleiner Zwerg."

„Hey", protestierte Violet. „Ich bin kein *Zwerg*."

Einer der Männer trat gegen ihren Stock und riss ihn fast aus ihrer Hand. Der andere stupste ihr mit einem Finger in den Bauch. Sie schlug die Hand weg, woraufhin einer der Männer noch lauter lachte. Die Situation wirkte unwirklich. Sie standen an einem belebten Ort, umgeben von Autos und Kunden. Warum sollten völlig Fremde sie hier belästigen?

„Bitte lassen Sie mich allein", sagte sie. „Mein Dad ist gleich da drüben." Sie zeigte in Richtung Bulli.

„Uh, ihr Daddy ist gleich da drüben", sagte der erste Mann mit höhnischer Stimme. Er klang irgendwie komisch. War er betrunken? Auf Drogen? „Hast du das gehört? Ihr Daddy ist gleich da drüben."

„Gleich da drüben", sagte der Zweite. Definitiv auf Drogen. „Hilf mir, Daddy. Bitte Daddy, ich kann nichts sehen! Ich habe solche Angst, Daddy."

Ruby knurrte und fletschte die Zähne. Violet hörte einen der Männer zurücktänzeln, offenbar um einem Biss auszuweichen. Sein Lachen wurde zu einem kurzzeitigen erschreckten Schrei. Violet hielt den Griff des Geschirrs fester und versuchte Ruby zurückzuhalten, denn die Hündin wollte ihnen an die Kehlen springen.

„Platz, Mädchen", sagte sie. „Platz. Du weißt, dass du keine Leute beißen darfst. Hör auf."

„Der verdammte Hund hat mir fast den Finger abgebissen", sagte einer der Männer. Er lachte noch immer, aber es klang jetzt gezwungen. „Hast du das gesehen? Das Ding sieht tollwütig aus, Mann."

„Bitte gehen Sie", sagte Violet, während sie mit Ruby kämpfte, die das Geschirr stramm zog. „Sie machen sie wütend."

Und dann hörte Violet, wie ein harter Schuh Rubys Rippen traf, dem plötzlichen Ausstoß von Atemluft folgte einen Moment später ein gequältes *Jaulen* der Hündin.

„Ich bringe den dummen Hund um", sagte der Mann. „Er hat versucht, mich zu beißen. Das ist ein gefährliches, wildes Tier."

„Sie hat es nicht so gemeint", sagte Violet. „Sie machen sie nervös."

„Aber *ich* meine es so", erwiderte der Mann.

Ein Schuss durchschnitt die Luft, so nahe und so laut, dass Violet einen Augenblick lang taub wurde. Ihre Ohren klingelten, sie sank hinunter neben Ruby und warf ihre Arme um die Hündin, um sie zu beschützen.

„Nein, nein, bitte", wimmerte sie. „Lassen Sie sie in Ruhe. Tun Sie uns nichts."

Doch durch das Rauschen hörte sie die Männer verängstigt rufen, während sie sich zurückzogen. Sie lachten nicht länger, klangen panisch und schon betraten ihre Schuhe den Gehweg und flohen über den Parkplatz.

„Dad, bist du das?", fragte Violet. „Hast du geschossen?"

Eine Sekunde verging, bevor jemand antwortete. Nicht ihr Vater, aber die Stimme einer Frau. „Nein, ich bin nicht dein Dad. Bist du in Ordnung?"

Violet fühlte eine Hand auf ihrem Rücken und sie zuckte zusammen.

„Keine Angst", sagte die Frau. „Ich tue dir nichts. Ich habe sie davongejagt. In die Luft geschossen. Das waren ein paar übel aussehende Mistkerle, das sage ich dir, aber jetzt bist du sicher. Sie flüchten die Straße entlang. Man muss wissen, wie man mit solchen Leuten umgeht – man muss ihre Sprache sprechen."

Während sie Rubys Seite streichelte, um sie zu beruhigen, erhob Violet sich und drehte sich zu der Frau um. „Wer sind Sie?"

„Mein Name ist Debra", sagte sie.

„Ich bin Violet. Ich weiß nicht, warum die Männer mich belästigt haben."

„Das waren nur ein paar Speed-Junkies, die Ärger gesucht haben", sagte Debra. „Und sie haben ihn gefunden. Violet, du hast gesagt, dass dein Dad in der Nähe ist. Wo ist er?"

„Er tankt", sagte Violet. Sie zitterte noch immer wegen der Begegnung und kämpfte mit den Tränen. „Er ist in dem Volkswagenbulli."

„Komm mit", sagte Debra. „Ich bringe dich zu ihm. Weine nicht, Süße. Diese Verlierer sind schon lange weg, und wenn sie zurückkommen, habe ich kein Problem damit, das nächste Mal zwischen ihre Augen zu zielen."

Debra klang selbst ein wenig grob, aber in diesem Moment war Violet darüber ganz froh. Eine liebenswürdigere Person hätte sich den Männern wahrscheinlich nicht entgegengestellt. Als Debra nach ihrem Arm griff, ließ sich Violet vom Gras ziehen und über den Parkplatz geleiten. Ihr Vater musste sie kommen gesehen haben, denn er rief aus der Ferne ihren Namen.

„Violet, was ist passiert?", fragte er. „Ich habe einen Schuss gehört. Bist du in Ordnung?"

„Ein paar Junkie-Verlierer haben sie drangsaliert", sagte Debra. „Ich habe sie davongejagt. Keine Angst. Niemand wurde verletzt."

„Meine Güte, Violet, es tut mir so leid", sagte ihr Vater und umarmte sie. „Ich hätte dich nicht allein gehen lassen sollen."

„Ich war nicht allein", sagte Violet. „Ruby war bei mir."

„Trotzdem muss ich vorsichtiger sein", sagte Shane und wandte sich an Debra. „Ich danke Ihnen. Wenn meiner Tochter etwas passiert wäre, hätte ich es mir nie verziehen."

„Gern geschehen", sagte Debra. „Es hat mir Spaß gemacht, sie zu erschrecken. Sie sahen wie Abschaum aus."

„Mein Name ist Shane McDonald." Violet hörte, wie ihr Dad und Debra Hände schüttelten. „Ich schulde Ihnen etwas."

„Duzen wir uns doch. Ich bin Debra", erwiderte die Frau. „Ich bin ehrlich mit dir, Shane McDonald. Ich lebe hier in dieser Stadt, aber ich kam zur Tankstelle, um eine Mitfahrgelegenheit nach Sandy Springs zu bekommen. Mein Sohn ist dort in einem Lager. Ihr fahrt nicht zufällig in die Richtung?"

„Sandy Springs", sagte Shane. „Das ist irgendwo in der Nähe von Atlanta, oder?"

„Nördlich davon", sagte Debra.

„Das ist kein großer Umweg, denke ich. In Ordnung, wir nehmen dich mit. Es ist das Mindeste, was wir tun können, nach dem, was du für Violet getan hast."

Violet wusste nicht, was sie davon halten sollte. Während ihr Vater und Debra die Strecke diskutierten, die sie nach Sandy Springs bringen sollte, bekämpfte sie den Drang, etwas dagegen einzuwenden. Ihr erschien es nicht klug, über eine andere Stadt zu fahren, und Debra war ja praktisch eine Fremde. Es machte Violet nervös, wie Fremde und neue Situationen es oft taten. Dennoch hatte Debra wahrscheinlich Rubys Leben gerettet. Wie konnte Violet sich weigern, ihr zu helfen?

Debra und Shane einigten sich schließlich auf eine Strecke, die sie um Atlanta herumführen würde, und dann tankte Shane den Bulli.

„Keine Sorge, ich werde euch nicht zur Last fallen", sagte Debra zu Violet. „Ich wette, ihr hattet eine harte Zeit, seit der Strom ausgefallen ist, oder?"

„Ja, es war ein bisschen beängstigend, über den Highway zu fahren", sagte Violet. „So viele stehengebliebene Autos und wir haben fast ein paar Leute überfahren."

„Absichtlich?"

„Irgendwie schon. Sie haben versucht, uns zum Anhalten zu zwingen."

Debra lachte. „Manchmal muss man tun, was man tun muss."

Violet hörte, wie ihr Dad mit dem Tankwart redete und verstummte. Ihr Vater klang genervt.

„Nur Bargeld?", sagte er. „Es ist nicht so, als könnte ich Geld aus einem Automaten ziehen."

„Es tut mir leid, Sir, wir haben keine andere Wahl", sagte der jung klingende Mann. „Mein Chef traut Schecks nicht und unser Kartenlesegerät funktioniert nicht."

„Ihr verlangt fast drei Dollar für einen Liter Diesel", sagte Shane. „Das ist gewissermaßen Betrug. Ihr nutzt die Leute in einer Krisensituation aus."

„Nein, Sir", erwiderte der Tankwart. „Die Preise sind höher, weil wir härter arbeiten müssen. Wir müssen den Kraftstoff von Hand pumpen, also ist es arbeitsintensiver. Es ist nur fair, dass wir ein wenig mehr Geld für die Mühe bekommen."

„Ich habe meinen Sprit selbst gepumpt, als Sie anderen Kunden geholfen haben", sagte Shane.

„Aber der Preis ist nun einmal der Preis, Sir. Ich habe ihn nicht gemacht und ich kann ihn nicht ändern."

„Nun, ich habe nur dreißig Dollar in meinem Geldbeutel", sagte Shane. „Ich weiß also nicht, was Sie jetzt von mir erwarten."

„Sir, Sie müssen bezahlen", sagte der Tankwart. „Es haben bereits einige Leute versucht, einfach davonzufahren. Darum haben wir hier Sicherheitsleute."

Debra räusperte sich. „Junger Mann, es gibt doch gar kein Problem. Ich kümmere mich darum." Violet hörte, wie durch neue Geldscheine geblättert wurde. „Wie viel schuldet er Ihnen?"

„Wo zum Teufel hast du so viel Geld her?", fragte Shane.

„Bis gestern war ich Barfrau", antwortete Debra. „Bevor ich die Arbeit verließ, habe ich die Kasse und die Trinkgelddose geplündert. Oh, sehen Sie mich nicht so an. Es war niemand sonst da. Das Geld wäre ohnehin von einem anderen Angestellten oder Kunden irgendwann gestohlen worden. Alle Bars werden geplündert werden, lassen Sie sich das gesagt sein. Regale voll mit kostenlosem Alkohol – ängstliche Leute wollen ihren Schnaps."

„Stehlen ist falsch", sagte Violet. Sie sagte es laut, bevor sie sich zurückhalten konnte.

„Verzweifelte Situationen erfordern verzweifelte Maßnahmen", sagte Debra. „Ich muss zu meinem Sohn und, hey, ich habe gerade euren Sprit damit bezahlt. Also haben wir alle profitiert, oder?"

Der Tankwart nahm das Geld und bedankte sich.

„Hast du vollgetankt?", fragte Debra.

„Nicht ganz", gab Shane zu.

„Tanke voll", sagte sie. „Ich bezahle das."

„Danke", sagte er.

„Es ist mir ein Vergnügen", sagte Debra, „und das Mindeste, was ich für die Mitfahrt tun kann. Ihr scheint mir nette Leute zu sein.

Ich hatte schon Angst, dass ich bei irgendeinem dreckigen Widerling mitfahren müsste. Du weißt, wie das ausgegangen wäre."

Violet fühlte sich nicht wohl dabei, dass sie gestohlenes Geld verwendeten. Und es störte sie, dass ihr Vater dabei mitmachte. Ein weiteres Zeichen, dass die Welt sich verschlimmert hatte. Sie biss sich auf die Zunge, damit sie nicht noch mehr sagte, und kletterte in den Bulli.

KAPITEL ACHTZEHN

Während sie an der Arbeitsplatte stand und sich über eine Reihe Dosen mit Würstchen und Gemüse beugte, schlief Beth fast ein. Sie war kurz davor, ihre Knie knickten bereits ein, doch ihr eigenes Schnauben weckte sie. Sie richtete sich auf, rieb ihr Gesicht und ging zur Spüle. Stundenlang hatte sie damit verbracht, Lebensmittel zu konservieren. Dann hatte sie ein wenig geschlafen und war wieder aufgestanden, um noch mehr einzukochen. Nun litt sie an Schlafentzug, ihre Gedanken waren diffus und ihr gesamter Körper schmerzte, doch sie war der Meinung, dass sie den Schlaf später nachholen konnte. Für den Moment musste sie sich vorbereiten und sie war entschlossen, so viel Essen wie möglich einzumachen, bevor alles verdarb.

Sie hatte die Spüle mit Wasser aus der Leitung gefüllt. Jetzt schöpfte sie etwas davon in ihre Hände und warf es sich ins Gesicht, dann trocknete sie es mit einem Handtuch ab. Während sie das tat, sah sie durch das kleine Fenster über der Spüle eine Bewegung in einiger Entfernung. Zwei Männer auf Motorrädern fuhren auf die Einfahrt von Mrs. Eddies Haus. Die Fahrer waren magere Kerle mit schlechter Haut, einer trug eine Jeansjacke, der andere ein schäbiges, altes T-Shirt.

Soweit Beth wusste, waren keine Rettungssanitäter zum Haus gekommen, was bedeutete, dass niemand die Leiche abgeholt hatte. Diese Kerle sahen jedenfalls nicht aus, als wären sie vom hiesigen Bestattungsinstitut. Der Mann in der Jeansjacke stieg von seinem Motorrad, näherte sich dem kleinen Skulpturengarten und trat durch das Unkraut, als ob er sehen wollte, was dort versteckt war. Der andere ging zur Eingangstür und klopfte mit der Faust dagegen.

Beth wollte sich die beiden näher ansehen, ging hinaus und beobachtete die Männer durch eine Lücke im Zaun. Der Mann in der Jeansjacke hob eine der kleinen Statuen, einen dickbäuchigen Engel mit Schimmelflecken, aus dem Garten hoch. Er drehte ihn in der Hand, untersuchte ihn und ließ ihn dann ohne viel Federlesen zurück ins Unkraut fallen. Der Kerl im T-Shirt hörte auf, an der Tür zu klopfen, ging stattdessen zum Garagentor und lugte durch eine der verstaubten Fensterscheiben.

Offensichtlich waren sie auf der Suche nach einem Weg ins Haus. Beth überlegte, ob sie wieder hineingehen und ihre Waffe holen sollte, aber sie hielt sich zurück. Es würde die Angelegenheit wahrscheinlich verschlimmern, wenn sie bewaffnet war. Besser war es, zunächst einen freundlichen Ansatz zu versuchen. Sie ging durch das Tor und durchquerte ihren Garten. Als der Mann in dem T-Shirt sie sah, winkte sie ihm nachbarschaftlich zu.

„Hallo, meine Herren", sagte sie. „Guten Morgen."

Der Jeansjackenkerl hörte auf, durch das Unkraut zu trampeln und trat neben den anderen. Als sie Seite an Seite standen, sah Beth deutlich die Ähnlichkeit zwischen ihnen. Sie hatten beide lange, hagere Gesichter und eine hohe Stirn. Ein paar Sekunden lang erwiderten sie ihren Gruß nicht und sie überlegte schon, wieder in ihren Garten zurückzukehren.

„Hallo", sagte der Mann in der Jeansjacke schließlich.

„Guten Morgen", sagte der andere.

Sie dachte darüber nach, sich ihnen zu nähern und ihnen die Hand zu geben. Wenn sie das akzeptierten, würde das die Situation ein wenig mehr entspannen. Jedoch erschien es ihr nicht sicher, also blieb sie am Rand des Grundstücks stehen und begegnete ihnen lediglich mit einem Lächeln im Gesicht.

„Ich bin froh, dass endlich jemand nach Mrs. Eddies sieht", sagte sie. „Ich habe den Notruf schon gestern gewählt, aber ich glaube nicht, dass sie jemals gekommen sind. Es gibt sicher eine Menge Notfälle, um die sie sich kümmern müssen, aber dennoch ... Ich hatte gehofft, dass doch jemand am Ende hier herausfahren würde."

„Es kam ja jemand", sagte der T-Shirt-Träger und klopfte auf seine Brust. „Wir."

„Ich heiße Beth Bevin", sagte sie. „Schön sie beide kennenzulernen. Sind Sie Freunde oder Familie? Vielleicht kann ich Ihnen bei irgendetwas helfen."

„Familie", sagte der Jeansjackenkerl mit einer seltsamen Bewegung seines Kinns. „Ich bin Greg. Greg *Eddies*. Und das ist mein Bruder Travis. Das ist das Haus unserer Grandma."

„Wir sind nur zu Besuch", sagte Travis. Als er sprach, bemerkte Beth, dass ihm einer seiner Eckzähne fehlte. „Wir dachten, jemand sollte nach ihr sehen und sie fragen, ob sie irgendetwas braucht."

Das waren also ihre berüchtigten Enkel. Beth verstand, warum Mrs. Eddies enttäuscht von ihnen war. Aber immerhin waren sie hergekommen, um nach ihrer Großmutter zu sehen. Das konnte man von den Rettungskräften nicht behaupten.

„Greg und Travis", sagte Beth. „Jungs, ich bin nur ungern die Überbringerin von schlechten Nachrichten, aber eure Grandma ist gestern verstorben. Ich habe nach ihr gesehen und fand sie in ihrem Bett. Es tut mir sehr leid."

Greg und Travis sahen einander stirnrunzelnd an. Dann ließ Travis seinen Blick zu Boden senken und stieß mit der Spitze seiner Turnschuhe gegen den Beton.

„Das ist wirklich sehr schade", sagte Greg, der seine Arme über der Brust verschränkte. „Das ist wirklich verdammt schade. Grandma war eine nette, alte Dame. Sie hat uns immer geholfen, wenn wir etwas brauchten, und sie war eine gute Köchin. Sogar wenn sie sich nicht danach fühlte, hat sie sich in die Küche geschleppt und hat uns gemacht, was immer wir haben wollten. Wir hätten früher herkommen sollen, schätze ich, aber wir mussten uns um unsere eigenen Probleme kümmern. Außerdem ist es nicht leicht, an Benzin zu kommen, und es ist richtig teuer. Halsabschneiderei ist das."

„Arme Grandma", sagte Travis. „Wir haben gehofft, eine nette … eine nette Unterhaltung über hausgemachte Mahlzeiten zu führen."

„Jeder kümmert sich um seine eigenen Probleme", sagte Beth. „Ich verstehe das schon. Da bisher keine Sanitäter zum Haus gekommen sind, fürchte ich, dass sie noch immer im Bett liegt."

Travis machte ein angewidertes Gesicht und ging hinüber zu seinem Motorrad, aber Greg wurde mit dieser Nachricht gut fertig.

„Danke, dass Sie uns das sagen", sagte er. „Wir kümmern uns um sie. Wissen Sie, ob es einen Ersatzhausschlüssel gibt? Sie hatte für gewöhnlich einen falschen Stein mit einem Fach in ihrem Garten, aber ich habe ihn nicht gefunden. Vielleicht hat sie ihn woanders hingelegt. Ich weiß es nicht."

Beth zögerte einen Moment, bevor sie es ihnen erzählte. Doch sie hatte Angst, dass sie sich sonst gewaltsam Zutritt verschafften. Außerdem gehörten sie zu Mrs. Eddies' Familie. Sie würden sich um den Leichnam kümmern. „Unter der Fußmatte."

„Danke", sagte Greg und ging schnurstracks auf die Eingangstür zu. „Das ist so offensichtlich, dass ich nicht darauf gekommen bin."

Travis trat wieder mit seinem Turnschuh in den Boden und folgte seinem Bruder. Beth blieb nicht stehen. Es gab keinen Grund, irgendeine freundschaftliche Beziehung zu den beiden aufzubauen. Sie ging in ihr eigenes Haus zurück, aber wartete kurz am Zaun ab, um sie für eine Minute zu beobachten. Anstatt eine Ecke der Fußmatte hochzuziehen, hob Greg sie komplett auf, warf sie in den verunkrauteten Garten und verhüllte so einen Engel wie mit einem Schleier. Travis bückte sich nach dem freigelegten Schlüssel, aber Greg schubste ihn zur Seite und nahm ihn selbst an sich. Während Beth sie beobachtete, entriegelten sie die Eingangstür und Greg warf sie so hart auf, dass sie mit einem lauten Schlag gegen den Türstopper knallte.

Die Brüder sahen einander an und Greg sagte etwas zu Travis, dass Beth nicht verstehen konnte. Was auch immer es war, Travis lachte laut, schüttelte den Kopf und betrat das Haus. Greg folgte ihm.

Sie scheinen jedenfalls keine trauernden Enkel zu sein. Sie werden das Haus nur auf der Suche nach Wertsachen demolieren, dachte sie. Vielleicht hatte sie unrecht – sie hoffte es zumindest –, aber sie fühlte sich nervös in ihrer Nähe.Beth ging zurück in ihr Haus und sah Kaylee am Küchentisch sitzen, während Bauer in der Nähe mit dem Schwanz wedelte. Kaylee hatte noch ganz zerzauste Haare, die auf einer Seite in die Höhe ragten und an ihrer Wange klebten. Sie hatte Buntstifte und ein altes Malbuch gefunden und war gerade dabei, Leute und Gegenstände in falschen Farben auszumalen.

„Guten Morgen, Mäuschen", sagte Beth und versuchte die Haare ihrer Enkelin mit den Fingern zu kämmen. Es brachte nicht viel und Kaylee begann damit, sich zu winden. „Wie geht es dir heute?"

„Die Lichter gehen immer noch nicht", sagte Kaylee. „Ich habe es schon versucht. Sie gehen in meinem Zimmer nicht und sie gehen im Flur nicht und sie gehen im Badezimmer nicht."

„Ich weiß", sagte Beth und führte Bauer in die Küche. „Sie werden eine ganze Zeit kaputt sein, aber das ist in Ordnung. Wir kommen schon zurecht."

„Müssen wir jetzt immer Kerzen und Taschenlampen benutzen?", fragte sie.

„Nur nachts", sagte Beth. „Du gewöhnst dich schon daran."

„Na gut, aber ich glaube nicht."

Beth schüttete ein wenig Trockenfutter in Bauers Edelstahlschüssel und der Hund begann, geräuschvoll zu essen. Sie füllte auch seine Wasserschale mit dem Wasser aus der Spüle auf. Dann zog sie ihr Handy aus der Tasche.

Kann ich noch einen Anruf aus diesem Ding quetschen?, fragte sie sich. Wenn ja, wusste sie, wen sie anrufen sollte. Sie ging durch die Liste neben ihrem Festnetztelefon und suchte nach der Nummer des örtlichen Sheriffs. Zwar stand auch die Nummer der Polizeiwache auf der Liste, aber sie wollte mit ihm direkt reden. Über die Jahre hatte sie die Beziehungen zu den Gesetzeshütern gut gepflegt. Es machte viele Dinge einfacher.

So wählte sie seine Privatnummer. Sheriff Cooley nahm beim ersten Klingeln ab.

„Beth Bevin", sagte er. „Schön von dir zu hören. Wo bist du? Was ist los?" Die Verbindung war schlecht und seine Stimme kam abgehackt durch die Leitung.

„Sheriff Cooley, ich bin froh, dass ich Sie erreiche", sagte sie. „Sie sind sicherlich beschäftigt."

„Nenn mich bitte James", sagte er. „Ich wünschte, ich müsste das nicht jedes Mal sagen. Wir kennen uns doch lange genug, oder nicht?"

„Wahrscheinlich schon", sagte Beth. „James."

Aus irgendeinem Grund gluckste er. „Um deine Frage zu beantworten, ja, ich bin unheimlich beschäftigt. Du würdest nicht glauben, wie viele Probleme die Leute haben, wenn der Strom ausfällt. Nichts als jammern, jammern, jammern. Alle denken, es sei das Ende der Welt. Ich ermutige sie, sich gegenseitig zu helfen. Nachbarn müssen Nachbarn unterstützen, sonst versinken wir alle im Chaos."

„Nun, ich möchte dich nicht von deinen Pflichten abhalten", sagte Beth.

„Ach was, für dich habe ich doch immer Zeit", sagte er. „Was ist los?"

„Wo wir schon davon sprechen, dass Nachbarn sich unterstützen sollten", antwortete Beth. „Ich fürchte, die liebe Frau, die neben mir wohnt, ist gestern Abend gestorben."

„Mrs. Eddies?", fragte er. „Das tut mir leid. Soll ich vorbeikommen und mich um die … ähm, sterblichen Überresten kümmern?"

„Tatsächlich sind ihre Enkel gerade aufgetaucht", sagte Beth. „Ich habe sie ins Haus gelassen. Ich bin nicht sicher, ob das ein Fehler war oder nicht. Sie machen mich nervös. Eigentlich haben sie nichts Unrechtes gemacht, aber sie haben etwas an sich, das mir nicht gefällt."

„Reden wir über Kinder? Jugendliche?", fragte er.

„Mittzwanziger vielleicht", sagte sie. „Ihre Namen sind Greg und Travis. Ich nehme nicht an, dass du von ihnen gehört hast?"

„Die Namen sagen mir nichts", erwiderte er. „Bist du sicher, dass sie von hier sind?"

„Ich weiß ehrlich gesagt nicht, woher sie sind. Sie sind heute Morgen auf ihren Motorrädern aufgetaucht. Würdest du sie bitte mal überprüfen und sehen, ob sie irgendwelche Vorstrafen oder so haben?"

„Wenn ich könnte, würde ich es tun", sagte er, „aber ich kann keine Datenbanken abrufen, wenn die Systeme ausgefallen sind. Ich mache dir einen Vorschlag. Ich komme selbst vorbei und sehe sie mir an. Schließlich habe ich es schon mit allen möglichen

Menschen zu tun bekommen. Dadurch habe ich einen Sinn dafür, wenn es Probleme gibt, das versichere ich dir."

„Danke Sheriff …, ich meine, James", sagte sie. „Ich weiß das zu schätzen."

„Und ich hoffe, dass du nichts dagegen hast, wenn ich vorbeikomme und Hallo sage, Beth. Ich will keine Plage sein, aber es ist immer schön, ein freundliches Gesicht zu sehen."

„Das wäre absolut in Ordnung", sagte sie.

„Ich hätte fast gesagt, setz schon einmal Wasser für Tee auf, aber ich schätze, der Herd wird nicht funktionieren."

„Ich kann Tee und Kaffee auch auf dem Grill machen", sagte Beth.

„In dem Fall bin ich da, ehe du dich versiehst. Bis bald, Beth."

„In Ordnung, James. Bis bald."

Sie legte auf und steckte das Telefon zurück in ihre Hosentasche. Dann blickte sie durch das Küchenfenster. Greg und Travis waren nirgendwo zu sehen, aber die Eingangstür stand weit offen.

Enkel, die ihrer Großmutter einen Besuch abstatten, würden die Tür nicht so weit offen stehen lassen, dachte sie. *So etwas machen nur Einbrecher.*

KAPITEL NEUNZEHN

Jodi hatte nicht vor, den blöden Koffer für über einhundert Meilen auf dem Rahmen ihres Fahrrads zu balancieren, also bastelte sie ein paar provisorische Träger aus Klebeband und zwei alten T-Shirts von Mike. Das Endprodukt war hässlich, aber passte über ihre Schultern und fühlte sich nicht vollkommen unangenehm an. Während sie daran arbeitete, die Träger zu sichern, half Owen Mike dabei, einige seiner Kleidungsstücke, etwas unverderbliches Essen und ein paar persönliche Gegenstände in einen JanSport-Rucksack zu packen.

Mike nahm sich auch einen Moment, um den alten Verband von seinem Hals zu entfernen. Als er das tat, erhaschte Jodi einen kurzen Blick auf den Schnitt. Er war länger, als sie gedacht hatte, vielleicht 15 Zentimeter, und verlief senkrecht an der Seite seines Halses hinauf bis zum Ohrläppchen. Er reinigte die Wunde behutsam über der Küchenspüle, rieb die Kruste ab, die sich darüber gebildet hatte, und trocknete dann seine Hände mit Papiertüchern ab.

„Tut es noch weh?", fragte sie.

„Dafür, dass sie mir ein riesiges Stück abgehackt haben, ist es ehrlich gesagt nicht der schlimmste Schmerz", sagte er, als er einen neuen Verband öffnete. „Die Übelkeit ist viel schlimmer."

„Na gut, vergiss nicht, dich darum zu kümmern", sagte Jodi. „Wir wollen nicht, dass es sich infiziert. In unserer momentanen Situation wäre das besonders gefährlich."

„Das musst du mir nicht erzählen", sagte Mike und presste einen neuen gelartigen Verband auf die Wunde. „Glücklicherweise ist das andauernd stechende Gefühl eine gute Erinnerung dafür, dass die Wunde da ist."

Er nutzte die Zeit auch, um den Bereich um den Kunststoffport in seinem Arm mit einem Desinfektionstuch abzuwischen. Als er damit fertig war, hob er den Rucksack auf, als ob er ihn sich um die Schultern werfen wollte.

„Lass mich ihn tragen", sagte Owen. „Du brauchst die zusätzliche Belastung nicht auch noch, Onkel Mike."

„Bist du sicher, Junge?", erwiderte Mike. „Du schleppst doch schon genug herum mit der großen Reisetasche."

„Ja, ich bin sicher", sagte Owen und nahm ihm den Rucksack ab. „Ich schaffe das schon."

„Bestimmt. Danke dir." Mike stolperte hinüber zur Couch und setzte sich. „Ich muss zugeben, Leute, obwohl ich mich besser als gestern Abend fühle, geht es mir immer noch ziemlich dreckig. Ich werde ohne Pausen nicht weit kommen."

„Das wissen wir", sagte Jodi. „Wir fahren in deinem Tempo."

Sie meinte es zwar so, aber in Wahrheit war sie frustriert. Der Gedanke daran, alle paar Minuten anhalten zu müssen, ließ den bevorstehenden Tag wie eine unmögliche Schinderei erscheinen. Doch was hatten sie für eine Wahl? Sie schnappte sich den Lenker ihres Fahrrads und schob es zur Tür von Mikes Wohnung.

„Fahren wir los", sagte sie. „Wir haben heute einen langen Weg vor uns."

Sie öffnete die Tür und steckte den Kopf nach draußen. Es war kurz nach Sonnenaufgang und die Welt schien viel leerer zu sein als am vorherigen Abend. Auf dem Parkplatz oder der Straße dahinter war niemand – noch nicht. Es gab nur eine Ansammlung kaputter Fahrzeuge und das bemerkenswerte Fehlen von Stadtgeräuschen. Sie zog ihr Fahrrad die Treppe hinunter und wartete auf die anderen. Trotz des Rucksacks auf seinen Schultern und der Reisetasche, die an seinem Oberarm hing, hob Owen die anderen beiden Fahrräder hoch und trug sie die Stufen nach unten. Mike schloss seine Wohnung ab, bevor er ihnen folgte.

Sie stiegen am Rand des Parkplatzes auf ihre Räder und fuhren hintereinander los, Jodi voraus, Owen am Ende. Jodi überprüfte immer wieder die Träger am Koffer. Sie hatte eine unglaubliche Menge an Klebeband verwendet, aber war trotzdem besorgt, dass sie irgendwie reißen würden. Die Träger fühlten sich ein bisschen lose an, weshalb der Koffer hin und her geworfen wurde, was nicht unbedingt angenehm war.

Während sie durch Mikes Nachbarschaft radelten, kamen sie an einigen Leuten vorbei, die sich draußen aufhielten: Ein älterer Mann, der auf einer Veranda saß und eine Zigarre rauchte, ein paar Jugendliche, die im langen Schatten einer Eiche standen, eine Frau, die mit ihrem Hund Gassi ging. Alle sahen etwas benommen aus, taten sich noch immer schwer, diese neue Welt zu begreifen. Es schien, als ob manche der stehengebliebenen Fahrzeuge geplündert worden waren. Sie sah Türen, die geöffnet worden waren, einige zerschlagene Fenster und ein Auto mit einem offenbar aufgebrochenen Kofferraum.

Als sie eine größere Straße erreichten, sah sie einige Fahrzeuge, die sich ihren Weg durch den stillen Verkehr bahnten. An einer Tankstelle an einer der nächsten Ecken hatte sich eine Schlange aus Autos und Lkws gebildet, die sich die Straße hinunter erstreckte. Jodi war versucht, jemanden nach einer Mitfahrt nach Macon zu fragen, aber sie trugen mittlerweile viel Gepäck und daher hielt sie es für unwahrscheinlich, dass sie jemand mitnehmen würde.

Nach einigen Meilen begann Mike, langsamer zu werden, und Owen rief, dass sie Halt machen mussten. Jodi fuhr auf den Rasen vor einer Grundschule und hielt an. Mike und Owen kamen ein paar Sekunden später dazu. Mike war blass und verschwitzt, schnappte nach Luft und als er stoppte, strauchelte er vom Fahrrad und sank auf seine Knie.

„Nur eine Sekunde … nur eine Sekunde", sagte er mit einer erhobenen Hand. „Lasst mich Luft holen. Mir wird schwindlig."

„Kein Problem", sagte Jodi und kämpfte damit, die Schärfe in ihrer Stimme zu unterdrücken.

Sie tauschte einen Blick mit ihrem Sohn aus, aber Owen störte die Pause offenbar kein bisschen. Er wirkte nur besorgt um seinen Onkel. Noch immer außer Atem wischte sich Mike mit dem Kragen seines T-Shirts den Schweiß weg und erhob sich wieder, wobei sein Gesicht sich vor Anstrengung verzerrte.

„Ich wärme mich nur auf", sagte er. „Jeden Moment kommt meine zweite Luft und dann überhole ich euch beide. Wartet nur ab. Ich war Crossläufer in der Schule. So schnell gebe ich nicht auf."

Er kletterte wieder auf das Fahrrad, richtete sich aus und deutete Jodi an, dass es weiterging.

„Bist du sicher?", fragte Jodi.

„So sicher, wie ich sein kann."

Sie radelten vom Gras und an der Schule vorbei. Mittlerweile waren sie in einer besseren Gegend angekommen und fuhren ungefähr in Richtung des State Highway 1, von dem Jodi wusste, dass er sie nach Macon bringen würde. Als sie den Highways sehen konnten, fuhr Mike schon wieder langsamer und atmete so laut, dass Jodi ihn hören konnte.

Schließlich hielten sie ungefähr fünf Meilen von der Grundschule entfernt wieder an. Dieses Mal fuhren sie auf einen Parkplatz einer kleinen katholischen Kirche, die sich direkt neben dem Highway befand. Mike war von Schweiß durchnässt, sodass Jodi ein paar große Kiefern neben der Kirche ansteuerte und dort anhielt. Mike rutschte von seinem Fahrrad und hielt sich am Stamm eines Baumes fest, bevor er sich ins Gras setzte.

„So viel zur zweiten Luft", sagte er, während er den Verband an seinem Hals anfasste. „Sie hat nicht lange angehalten. Vielleicht habe ich irgendwo in mir noch eine dritte Luft."

Obwohl sie den Innenstadtbereich hinter sich gelassen hatten, lag Augusta noch lange nicht hinter ihnen. Jodi wurde langsam ungeduldig, sodass es sie an den Rand des Wahnsinns trieb. Während Mike damit rang, zu Atem zu kommen, und sich dabei Wasser aus einer Flasche, die er aus seinem Rucksack geholt hatte, ins Gesicht goss, versuchte sie auszurechnen, wie lange sie zum Haus ihrer Mutter brauchen würden. Das Ergebnis war düster.

Es sind 125 Meilen. Unter perfekten Umständen bräuchten wir vielleicht zwei Tage, dachte sie. *Aber mit Mike in seiner derzeitigen Verfassung können wir von Glück sprechen, wenn wir heute über 20 Meilen schaffen.*

Owen hockte sich neben seinen Onkel und tauschte die leere Wasserflasche gegen eine neue aus. Das Wasser würde ihnen nicht einen Tag reichen, wenn sie bei jeder Pause eine Flasche verbrauchten, aber das wollte Jodi nicht laut aussprechen. Sie brachte es nicht übers Herz, Mike zu sagen, was sie dachte. Es war nicht seine Schuld, dass er so schwach war. Sie sah auf den Verband an seinem Hals. Er hatte ihn am Morgen gewechselt, aber er war jetzt schon blutbefleckt.

Das war ein Fehler, dachte sie. *Warum habe ich jemals gedacht, dass es eine gute Idee wäre, mit dem Fahrrad nach Macon zu fahren?*

„Mike, gibt es irgendetwas, was ich für dich tun kann?", fragte sie. „Ich will dich nicht über das hinaustreiben, was du aushalten kannst."

„Die dritte Luft kommt", sagte er. „Ich weiß es einfach. Ich fühle mich schon besser als heute Morgen."

„Ist das auch wahr?", fragte sie.

Er blickte sie kurz an und dann wieder weg. „Nein, eigentlich nicht", sagte er nach einem Moment. „Ich bin ein menschliches Wrack, aber ich kämpfe mich durch den Schmerz."

Er begann aufzustehen, aber sie winkte ihn wieder auf den Boden zurück. „Warum ruhst du dich dieses Mal nicht ein wenig länger aus?", sagte sie. „Vielleicht kommen wir dann etwas weiter."

„Es geht mir gut", sagte er. „Ich schaffe das schon."

„Du kannst dich nicht bis zum Zusammenbruch verausgaben", sagte sie. *Dann haben wir richtige Probleme.*

„Sie hat recht, Onkel Mike", sagte Owen. „Geh es ruhig an."

Mike nahm etwas Wasser, spülte seinen Mund und spuckte es aus. „Na gut, in Ordnung, noch eine oder zwei Minuten. Es tut mir leid, Leute. Ich weiß, dass ich richtig nerve."

„Es gibt keinen Grund, weshalb du dich entschuldigen müsstest", sagte Owen. „Du kannst ja nichts dafür."

Jodi unterdrückte einen Seufzer, stellte ihr Fahrrad ab und setzte sich neben Mike. Sie bewunderte die Geduld ihres Sohnes, während sie gleichzeitig damit rang, nicht genervt zu reagieren. So funktionierte das nicht. Sie musste es sich eingestehen. Mike würde es einfach nicht schaffen.

„Ich weiß nicht, warum ich so schwach bin", sagte Mike. „Ich dachte heute Morgen, dass ich ein wenig mehr Kraft hätte."

Obwohl Jodi ihre wahren Gedanken nicht teilte, wusste sie, dass ihr Bruder ihre Laune bemerkte. Schließlich überfiel sie alle eine bedrückende Stille. Als Jodi in die Ferne blickte, sah sie einige funktionierende Fahrzeuge, die auf dem nahegelegenen Highway fuhren.

Wenn ein halbwegs anständiger Mensch in einem Pick-up uns hinten hineinquetschen würde, hätten wir keine Probleme, dachte sie. Andererseits trugen sie eine Menge Zeug: Ihre Handtasche, die

Reisetasche, den Koffer, den JanSport-Rucksack und drei Fahrräder. Selbst für einen Pick-up wäre das eng. *Wir müssen die Fahrräder vielleicht zurücklassen.*

Sie setzte den Helm ab, stellte ihn zur Seite und legte ihre Haare hinter die Ohren.

„Mom, gibt es keine Möglichkeit, dass Onkel Mike vielleicht auf meinem Fahrrad mitfährt?", fragte Owen.

„Ich glaube nicht, dass das sicher wäre", antwortete sie. „Er könnte herunterfallen oder sein Fuß könnte sich in den Speichen verfangen."

„Das würden wir auf keinen Fall hinkriegen", sagte Mike, „aber es ist trotzdem eine gute Idee, Junge."

Ein Fahrzeug fiel Jodi ins Auge. Es war viel kleiner als die anderen, und als es näher kam, brauchte sie einen Moment, um zu erkennen, was es war. Kein kleines Auto. Es war eines der kleinen grauen Fahrradtaxis, die in der Innenstadt von Augusta üblich waren. Normalerweise sah man sie, wie sie Paare durch Parks in der Nähe des Savannah River transportierten. Dieses hier war weit außerhalb seines gewöhnlichen Einsatzbereiches. Derzeit gab es keinen Passagier, nur einen stämmigen Fahrer mit einer roten Mütze auf dem Kopf und einer Brille mit dicken Gläsern, die die späte Morgensonne einfingen.

„Wartet hier", sagte Jodi zu Mike und Owen. „Ich habe vielleicht eine Lösung."

Sie erhob sich, setzte den Fahrradhelm wieder auf und ging zum Gehweg, während der Fahrradtaxifahrer sich näherte. Sie winkte ihm und er winkte zurück. Das war ein gutes Zeichen. Als er in Hörweite war, rief sie: „Hey, nehmen Sie heute Passagiere auf?"

Das Fahrradtaxi war im Wesentlichen ein Fahrrad, an dem eine Bank für zwei Personen befestigt war. Sie dachte, dass sie es damit schaffen könnten, wenn sie das Gepäck auf die eine und Mike auf die andere Seite setzten. Der Fahrer hielt neben ihr an.

„O ja, ich hatte eine Menge Passagiere", sagte er. „Wir befördern die Leute überallhin, besonders jetzt mit den ganzen kaputten Autos. Wo wollen Sie denn hin?"

„Ehrlich gesagt möchte ich ihr Fahrradtaxi kaufen", sagte sie und öffnete ihre Handtasche, die noch immer von ihrer Schulter hing. Sie wühlte darin nach ihrer Geldklammer. „Ich tausche es gegen eines unserer brandneuen Mountainbikes und ..." Sie zog ein Geldbündel heraus. „200 Dollar."

Der Fahrradtaxifahrer starrte sie ungläubig an. „Gute Frau, das Fahrradtaxi gehört dem Unternehmen", sagte er. „Sie haben Peilsender installiert, damit sie jederzeit wissen, wo sie sind. Ich kann es nicht verkaufen."

„Der Peilsender ist bestimmt wie alles andere durchgebrannt", sagte Jodi. „Sagen sie dem Unternehmen einfach, dass ihnen das Fahrradtaxi gestohlen wurde. Hören Sie, ich versetze sie nur ungern in diese Lage, aber wir sind verzweifelt." Sie hob das Geld hoch. „Sie müssen ihrem Unternehmen nichts von den 200 Dollar erzählen. Behalten Sie sie einfach."

Der Fahrer blickte von Jodi zum Geld und dann zu den Fahrrädern. „Sagen wir 250, ein Fahrrad und ... ähm, was tragen Sie sonst noch in ihren Taschen da herum?"

Schließlich einigten sie sich auf 250 Dollar plus Mikes Fahrrad und einige Erste-Hilfe-Vorräte aus der Reisetasche. Als der Fahrradtaxifahrer auf dem Mountainbike davonfuhr, dachte Jodi, dass sie hörte, wie er eine Melodie pfiff. Mike setzte sich auf die Rückbank. Koffer, Rucksack und Reisetasche stapelten sie neben ihm. Jodi ließ ihr Fahrrad neben einem Baum stehen und setzte sich auf den Fahrersitz des Fahrradtaxis.

Vielleicht hätte ich ihm zwei Fahrräder geben sollen, dachte sie und blickte mit Bedauern zum Mountainbike, das am Baum lehnte. *Es fühlt sich wie eine Verschwendung an, es zurückzulassen.*

„Das war eine gute Idee, Mom", sagte Owen. „Ich hoffe, der Kerl bekommt keinen Ärger mit seinem Chef."

„Das bezweifle ich", erwiderte Jodi. „Es hat sich für ihn ziemlich gelohnt. Ehrlich gesagt hat er ein wirklich gutes Geschäft gemacht."

Das Fahrradtaxi war etwas schwieriger und anstrengender zu fahren als das Mountainbike, doch jetzt, da Mike nicht mehr pausieren musste, kamen sie schneller voran. Owen folgte ihnen, und obwohl er nichts sagte, schien er erleichtert, dass er die Reisetasche nicht mehr schleppen musste. Sie fuhren auf den Highway 1 und machten sich auf den langsamen aber sicheren Weg durch Augusta. Am späten Nachmittag hatten sie den Stadtrand erreicht. Die Gebäude machten endlosen Bäumen Platz, die sich auf beiden Seiten der Straße säumten, so weit das Auge sehen konnte.

Jodi versuchte nicht daran zu denken, wie viel weiter sie noch fahren mussten.

KAPITEL ZWANZIG

Sandy Springs war kein großer Umweg, wofür Shane dankbar war. Debra hätte ihn darum bitten können, sie nach Athens zu bringen, und er hätte schwerlich nein sagen können, nachdem sie Violet geholfen hatte. Tatsächlich kamen sie nur einige Meilen von ihrer Route ab. Es gab keinen Sitz für Debra, weshalb sie einen der Behälter direkt hinter den Platz schob, wo Ruby gern lag, und setzte sich auf ihn.

Die Frau roch sehr stark nach Schweiß und dreckiger Kleidung, doch sie erwies sich als angenehme Gesellschaft für Violet. Sie plauderte, stellte Fragen und erzählte lustige Geschichten, sodass Shane sich darauf konzentrieren konnte, Fahrzeugen und Anhaltern auf der Straße auszuweichen.

„Also, Violet, was sind deine Hobbys?", fragte Debra. „Was macht dir Spaß?"

„Ich lese gern", sagte Violet. „Ich mag vor allem historische Romane."

„Mensch, du kannst lesen? Ich bin beeindruckt."

„Ich höre sie meistens über meinen Hörbuch-Player", erklärte sie. „Aber ich kann Braille lesen."

„Das ist ja interessant", sagte Debra. „Ich kann nicht so gut lesen, darum bist du wahrscheinlich schlauer als ich. Am meisten lese ich vielleicht Textnachrichten von Freunden."

Je weiter sie sich von Resaca entfernten, desto mehr Probleme begegneten Shane auf dem Highway. Direkt hinter der Ausfahrt nach Calhoun stießen sie auf einen riesigen Auffahrunfall, der offenbar durch einen umgekippten Tanklaster verursacht worden war. Er war seitlich in zwei andere Fahrzeuge gerutscht und hatte Feuer gefangen, was den umliegenden Straßenbelag im Umkreis von 20 Metern geschwärzt hatte. Shane bemerkte einige leblose Körper auf dem Seitenstreifen, die mit Tüchern abgedeckt worden waren.

Er wäre auf die Spuren Richtung Norden gewechselt und hätte es riskiert, gegen den Verkehr zu fahren, aber der Mittelstreifen war hier tief abgesenkt, was es, soweit er sehen konnte, unmöglich machte. So war er gezwungen anzuhalten, doch er sah sich vorsichtig um, um sicherzugehen, dass ihnen niemand auflauerte. Es gab einen Grasstreifen neben dem äußeren Seitenstreifen, der aber in einen Graben abfiel, welcher entlang der Baumgrenze lief.

Ohne es zu wollen, stieß Shane einen leisen Fluch aus, sodass Violet sofort aufhörte zu sprechen und sich zu ihm drehte, während sie ihre Sonnenbrille auf die Nasenwurzel schob.

„Wir stecken wieder fest, oder?", fragte sie.

„Na ja, es gibt einen Weg vorbei", sagte er. „Aber der ist nicht schön. Da sind ein paar ... ähm, Leute auf der Straße."

„Tote Leute?", fragte Violet laut.

„Sieht so aus."

„Wie viel Bodenfreiheit hat dieser Bulli?", fragte Debra, während sie sich vorlehnte, um die Leichen durch die Windschutzscheibe anzusehen.

„Bodenfreiheit ist nicht das Problem", sagte er. „Ich denke nicht, dass der Radstand des Bullis groß genug ist. Ich glaube, ich muss aussteigen und diese ... Leute ... in den Graben legen."

„Lass das lieber", sagte Debra. „In den Bäumen oder hinter den Fahrzeugen könnte sich jemand versteckt haben und nur darauf warten herauszuspringen. Ihr habt eine Menge gutes Zeug in diesem Bulli, soweit ich das beurteilen kann. Ihr seid ein ideales Ziel."

Shane erschauderte und erinnerte sich an die aggressiven Anhalter vom vorherigen Tag. Er konnte sich nicht entscheiden, was schlimmer war: einen Hinterhalt riskieren, indem er aus dem Bulli stieg, oder über die Leichen fahren.

„Ich glaube, du kommst an ihnen vorbei", sagte Debra. „Los geht's."

„Und wenn nicht?"

„Bodenschwellen", sagte sie mit einem seltsamen Unterton. „Überrolle sie einfach. Es ist ihnen egal – sie sind tot. Du musst an deine Tochter denken. Geh keine unnötigen Risiken ein."

Shane gab einen angewiderten Laut von sich.

„Dad, bitte steig nicht aus", sagte Violet.

Damit war es entschieden. Mit zusammengebissenen Zähnen legte er den Vorwärtsgang ein und fuhr vorsichtig auf den Seitenstreifen. „In Ordnung. Aber drückt eure Daumen, dass wir nicht stecken bleiben."

„Werden wir nicht", sagte Debra, „wenn du schnell genug fährst. Hör mal, es ist schneller vorbei, als du denkst. Du wirst ihre Gefühle nicht verletzen."

„O Gott", stöhnte er.

Er drückte auf das Gaspedal und beschleunigte, als er sich den Leichen näherte. Drei von ihnen lagen nebeneinander. Vielleicht war es eine ganze Familie.

Es tut mir so leid, dachte er. *Vergebt mir.*

Kurz bevor er sie traf, spannte er sich an, beugte sich über das Lenkrad und festigte seinen Griff. Der Bulli fuhr viel leichter über sie hinweg, als er erwartet hatte – *bumm, bumm, bumm*. Tatsächlich war es, wie Debra gesagt hatte, als ob er etwas schneller als gewöhnlich über Bodenschwellen fuhr. Hinten klapperten die Behälter und Debra hüpfte auf ihrem provisorischen Sitz auf und ab. Ruby heulte und Violet schnappte nach Luft.

Und dann waren die Leichen hinter ihnen und der Bulli bewegte sich wieder Richtung Süden.

„Siehst du?", sagte Debra. „Kein Problem."

Sie trafen auf ein zweites und ernsthafteres Hindernis außerhalb von Emerson. Gleich hinter einer Brücke fuhren sie einen Hügel hinauf und erreichten einen gewaltigen Haufen Schutt, der sich über alle vier Spuren des Highways und auf dem Mittelstreifen verteilte, sodass nur der rechte Seitenstreifen frei war. Als Shane sich näherte, begann der Haufen so auszusehen, als wäre er vorsätzlich gebaut worden, eine Festung aus Reifen, Holz, Müll, sogar Möbeln und Betonsteinen. Er bemerkte ein umgedrehtes Fahrzeug in einem Graben hinter dem Schutt und war relativ sicher, dass es sich um einen blauen Streifenwagen der Staatspolizei von Georgia handelte.

„Was ist hier denn passiert?", murmelte er.

Warum hatte jemand alle Spuren blockiert und dann nur einen Seitenstreifen frei gelassen? Es sah aus, als ob es erst kürzlich gebaut worden war, wahrscheinlich erst heute Morgen, aber Shane sah nirgendwo Anzeichen von irgendwelchen Leuten. Das hieß jedoch nicht viel, denn die Bäume entlang des Grabens waren dicht und boten viel Schatten, in dem man sich verstecken konnte.

„Das sieht schlecht aus", sagte Debra.

„Ja, ich werde nicht abbremsen", erwiderte Shane. „Haltet euch fest."

„Gib Gas", sagte Debra.

Sie hielt sich an Violets Rückenlehne fest und Violet schnappte sich mit beiden Händen den Griff von Rubys Geschirr. Shane gab Gas und flog durch die Lücke der improvisierten Mauer. Während er das tat, bemerkte er im Augenwinkel eine Bewegung. Menschen rannten aus den Bäumen hinter dem Graben. Als er an ihnen vorbeiflitzte, hörte er einen laut knallenden Schuss. Er drückte das Gaspedal bis zum Boden durch und raste den bekiesten Seitenstreifen in wahnsinniger Geschwindigkeit entlang. Das Lenkrad in seinen Händen fühlte sich ganz lose an, seine

Kontrolle über den Bulli konnte im besten Falle als zitterig bezeichnet werden.

Als sie sich einer Kurve auf dem Highway näherten, zog er wieder auf den rechten Fahrstreifen. Ein zweiter Schuss verfolgte sie um die Kurve und Shane wagte es, einen Blick auf Violet zu werfen, um sicherzugehen, dass sie nicht getroffen worden war. Sie war über Ruby gebeugt und hielt sich verzweifelt fest.

„Seid ihr in Ordnung?", fragte er.

„Mir geht es gut", sagte Violet.

„In Ordnung", sagte Debra.

Erst als sie weit außer Sichtweite der Wand waren, traute er sich, die Geschwindigkeit zu drosseln.

„Der Strom ist *gestern* ausgegangen", sagte er, „und die Leute drehen jetzt schon durch."

„Die Zivilisation war anscheinend deutlich zerbrechlicher, als irgendjemand vermutet hätte", sagte Debra. „Man muss blitzschnell bereit sein, für sich und seine Familie zu kämpfen."

„Wo ist die Regierung?", fragte sich Shane laut. „Tun sie denn gar nichts dagegen?"

Niemand hatte darauf eine Antwort, aber Debra machte ein unglückliches Gesicht und lehnte sich auf ihrem Behälter zurück.

Als sie den Stadtrand von Atlanta erreichten, begann Debra, ihn Richtung Sandy Springs zu leiten. Sie verließen die Interstate 75 in Cumberland und fuhren Richtung Osten auf der I-285. Nachdem sie den Tag damit verbracht hatten, Wracks zu umfahren, lagen Shanes Nerven blank, und er trommelte mit den Fingern auf dem Lenkrad herum. Er fing an, diesen kurzen Umweg zu hassen, selbst wenn es nur einige Meilen waren. Jede Verzögerung fühlte sich mittlerweile gefährlich an.

Nach ein paar Minuten lehnte sich Debra plötzlich vor und begann damit, heftig in Richtung der nächsten Ausfahrt zu winken.

„Die Ausfahrt dort", sagte sie. „Da müssen wir abfahren."

Shane sah nichts Bemerkenswertes in dieser Richtung, aber fuhr dennoch auf die Ausfahrtspur und zog dabei kurz auf den Seitenstreifen, um einem umgekippten Motorrad auszuweichen. Als sie auf der Zufahrtsstraße waren, leitete Debra ihn eine schmale Straße hinunter, die durch einen dichten Wald führte.

„Bist du sicher, dass das der richtige Weg ist?", fragte Shane.

„Sehr sicher", antwortete Debra. Sie schien angespannt, zog ständig ihre Augenbrauen zusammen und rieb sich die Hände. „Ich habe es doppelt und dreifach überprüft. Man müsste gleich ein Schild des Lagers sehen."

Tatsächlich entdeckte Shane, kurz nachdem sie es gesagt hatte, ein kleines, grünes Schild neben der Straße. Als sie näher kamen, wurden die Worte deutlich: „Fulton County Erziehungslager für Jugendliche." In kleinen Buchstaben darunter stand: „Stopp voraus."

„Erziehungslager für Jugendliche", sagte Shane. „Was heißt das?"

„Es ist ein Ort, wo das Gericht Kinder mit Problemen hinschickt", sagte Debra. „Eine Alternative zur Jugendhaft für Jungen, bei denen der Richter denkt, dass sie … nun, *rehabilitationsfähig* sind."

„Und hier ist dein Sohn?"

„Ja", antwortete sie. „Aber er ist kein schlechter Junge. Er ist nur in einige Schwierigkeiten geraten. Niemand ist gestorben oder so."

„Wird es für uns nicht schwierig hineinzukommen, um ihn zu sehen?", fragte Shane.

„Nein, ich denke nicht. Ich bin seine Mutter. Wie wollen sie seine Mutter davon abhalten, ihn zu sehen?"

Sie fuhren aus dem Wald auf eine große Lichtung und vor ihnen umgab ein hoher Maschendrahtzaun ein großes Lager. Ein riesiges Schild mit blinkenden Lichtern stand auf beiden Seiten eines Tores. Hinter dem Tor standen wieder in Dienst gestellte Militärfahrzeuge auf einem Parkplatz und zwei Gebäudereihen, die sich zum hinteren Zaunabschnitt erstreckten. Eine einzelne gestreifte Schranke versperrte den Weg, ein Sicherheitswachmann in einer schwarzen Uniform stand an der Seite mit einem Klemmbrett in der Hand. Als er sie kommen sah, hielt er die Hand hoch, um ihnen zu signalisieren, dass sie anhalten sollten.

„Nun, die Sicherheitsmaßnahmen scheinen eher lasch zu sein", sagte Shane. „Es dürfte nicht allzu schwierig werden."

„Wir kommen schon hinein", sagte Debra. „Vertrau mir. Mit solchen Hilfssheriffs wie diesem Kerl komme ich klar."

Shane hielt vor der Schranke an und kurbelte sein Fenster herunter, als der uniformierte Mann näher kam. Auf dem Klemmbrett in seiner Hand befand sich ein Stapel Papiere.

„Kann ich Ihnen helfen, Sir?", fragte er.

„Ich bin nicht sicher, was –"

Debra lehnte sich über Shane, griff nach dem Türrahmen und unterbrach ihn. „Sir, ich bin hier, um meinen Sohn zu sehen. Er wurde letzte Woche vom Gericht hierher geschickt."

„Wie heißt er?", fragte der Soldat.

„Corbin Graves", sagte sie.

Der Soldat blätterte durch die Papiere auf seinem Klemmbrett, stoppte nach ein paar Seiten und bewegte seinen Finger einen Absatz in kleiner Schrift herunter. Er las einen Moment lang irgendetwas, sein Mund bewegte sich leise, dann schüttelte er den Kopf.

„Tut mir leid, gute Frau", sagte er mit angespannter Stimme. „Er darf derzeit keine Besucher empfangen. Sie müssen ihr Fahrzeug wieder umdrehen."

„Aber er ist hier", sagte sie. Es war keine Frage, bemerkte Shane. „Mein Sohn ist hier."

„Gute Frau, Besucher sind für Neuzugänge im Lager nicht gestattet", sagte der Soldat. „Sie müssen jetzt umdrehen und wegfahren. Es tut mir leid. Sie können später im Büro anrufen, um einen Besuchstermin zu machen, sofern die Telefone wieder funktionieren."

„Ich bin seine *Mutter*", sagte sie mit scharfer Stimme. „Wie können Sie mich davon abhalten, mein eigenes Kind zu sehen? Können Sie ihn wenigstens zum Zaun bringen, damit ich mit ihm sprechen kann?"

„Sie müssen jetzt verschwinden", sagte der Wachmann laut und deutlich und zeigte mit einem Finger in ihre Richtung. „Ich sage Ihnen, er darf im Moment keine Besucher empfangen."

„In Ordnung, setz dich zurück", sagte Shane zu Debra und versuchte, sie sanft wieder auf Distanz zu ihm zu befördern. „Er lässt uns nicht durch."

„Nein, sie halten mich nicht davon ab, zu meinem Sohn zu gehen", sagte sie mit schriller Stimme. „Das können sie nicht tun. Die ganze Welt bricht zusammen. Ich *verdiene* es zu wissen, ob es ihm gut geht."

„Dad, lass uns einfach wegfahren", sagte Violet. „Dreh einfach um und fahr."

Bevor Shane reagieren konnte, hob Debra blitzschnell ihre andere Hand, hielt ihre Waffe aus dem Fenster und richtete sie auf den Soldaten. Es war ein 44er-Magnum-Revolver und er schien wenige Zentimeter vor Shanes Gesicht riesengroß. Shane griff Debra am Unterarm und versuchte, ihn zurückzuziehen, aber sie war überraschend stark.

„Öffnen Sie die verdammte Schranke", schrie sie. „Jetzt! Sofort. Stell mich nicht auf die Probe, Bulle."

Der Soldat sah die Waffe, stolperte rückwärts und hob das Klemmbrett wie einen Schild vor sein Gesicht. Shane kämpfte noch immer mit Debra, als sich ein Schuss aus dem Revolver löste. Der Ton war so laut, dass es ihm im Schädel stach. Jedes andere Geräusch verschwand vollkommen und zurückblieb nur eine surrende Welt. Der Geruch von Schießpulver erfüllte seine Nase.

Fassungslos sah Shane den Soldaten nach hinten stürzen, während er sich mit beiden Händen die Brust hielt. Das Klemmbrett fiel auf die Straße, die Papiere lösten und verteilten sich im Wind. Ein entfernter Schrei brach durch das Surren. Er merkte, dass er von seiner Tochter kam.

„Was hast du getan?", fragte er. „Warum hast du das getan?"

„Fahr durch das Tor", sagte Debra. Sie lehnte sich zurück und aus seiner Reichweite. Er konnte ihre Worte kaum verstehen. „Wir fahren da hinein. Sie werden mich nicht davon abhalten, meinen Sohn zu sehen."

„Nein", sagte er. „Bist du völlig verrückt geworden?"

Als Shane nach seiner Glock griff, drehte Debra ihre Waffe und richtete sie auf Violet. Shanes Tochter hatte sich auf ihrem Sitz zusammengekrümmt und ihre Arme um Ruby geschlungen, die sich wand, um sich aus Violets Griff zu befreien.

„Fahr durch das Tor", schrie Debra und drückte den Lauf der Waffe gegen Violets Hinterkopf. „Jetzt!"

Shane glaubte nicht, dass er seine eigene Waffe rechtzeitig aus dem Holster ziehen konnte, und ganz sicher glaubte er nicht, dass er den Revolver aus Debras Hand schlagen konnte.

„In Ordnung, was auch immer du willst", sagte er. „Tu meiner Tochter nichts."

Mit pochendem Herzen und klingelnden Ohren nickte er und schaltete in den Vorwärtsgang. Dann trat er auf das Gaspedal und machte sich auf den Aufprall gefasst. Sie trafen die Schranke und rissen sie aus ihrer Verankerung. Sie drehte sich über den Bulli und flog auf die Seite, während sie in das Lager rasten.

KAPITEL EINUNDZWANZIG

„Wir sind gerade in ein Militärlager gedonnert", sagte Shane. „Das weißt du, oder?"

„Das ist kein Militärlager", sagte Debra. „Es ist ein dummes Bezirksprojekt für jugendliche Straftäter. Der Typ wollte den großen Zampano spielen und mich nicht zu meinem Sohn lassen; nun, er hat bekommen, was er verdient hat."

„Glaubst du wirklich, dass wir deinen Sohn finden und ihn hier lebend herausholen können?"

„Wenn wir schnell genug handeln", antwortete Debra. Sie klang außer Atem und ihre Lippen waren zu einer animalischen Grimasse zurückgezogen. „Tu einfach, was ich dir sage. Fahr zu dem großen Gebäude da drüben."

Alte Lkws und Jeeps standen willkürlich verteilt auf dem Parkplatz herum. Hinter ihnen sah Shane Rundholzgebäude, die sich in zwei langen Reihen in Richtung des hinteren Zauns erstreckten. Vor ihnen schien ein ähnliches, aber viel größeres Haus das Hauptgebäude des Lagers zu sein.

Zu seiner Überraschung sah Shane zunächst kein Personal. Niemand war in der Nähe des Hauptgebäudes, niemand bewegte sich zwischen den hinteren Gebäudereihen. Als sie jedoch über den Parkplatz rasten, entdeckte er einige Leute in einer hinteren Ecke inmitten von Trainingsgeräten. Es war offenbar ein Hindernis-Parcours.

„Sie haben den Schuss bestimmt gehört", sagte Shane, der damit rang, ruhig zu bleiben, obwohl jeder Nerv in ihm schreien wollte.

„Wir sind hier wieder weg, bevor irgendjemand auch nur daran denkt, die Ursache zu erforschen", sagte Debra.

„Weißt du, wo dein Sohn ist?", fragte Shane.

„Nein, wenn er nicht auf dem Hof ist, dann wird er in einer der Baracken sein", sagte sie. „Ich werde es herausfinden. Park dort." Sie zeigte auf das Hauptgebäude vor ihnen. „Außer Sichtweite auf der Ostseite. Es scheint das Hauptquartier zu sein. Irgendjemand da drinnen wird mir sagen, wo ich ihn finden kann."

„Das ist lächerlich", sagte Shane. „Es muss einen besseren Weg geben – einen sichereren Weg."

„Dafür ist es zu spät", sagte Debra angespannt. „Wir machen das jetzt so." Sie zielte noch immer mit der Waffe auf Violets Hinterkopf, aber hatte sich so weit zurückbewegt, dass Shane sie nicht erreichen konnte. Violet war noch immer über Ruby gebeugt.

Shane steuerte an ein paar Lkws und einem alten Jeep vorbei, versuchte dabei schnell zu fahren, ohne Aufmerksamkeit auf sich zu ziehen, und zog auf die Ostseite des Hauptgebäudes. Dieser Teil des Parkplatzes war praktisch verlassen. Bevor er überhaupt vollständig angehalten hatte, riss Debra die Seitentür des Bullis auf und wedelte mit dem Revolver.

„Violet, steig aus dem Bulli aus", sagte sie mit zusammengebissenen Zähnen. „Du kommst mit mir mit."

„Nein, das kannst du nicht machen", sagte Shane. Er wollte nach ihr ausholen, aber hielt sich zurück.

Violet klammerte sich noch fester an Ruby, die heulte und versuchte, sich aus dem Griff zu befreien.

„Violet, du kommst mit mir mit oder ich fürchte, ich muss mit deinem Vater dasselbe machen, was ich mit diesem Wachmann gemacht habe", sagte Debra. „Los."

„Violet, hör nicht auf sie", sagte Shane.

Doch Violet sprang plötzlich zur Tür, öffnete sie und trat ins Freie.

„Ich muss es tun, Dad", sagte sie. Ihre Stimme war vor Emotionen ganz brüchig. „Sie macht es. Sie erschießt dich!"

„Ich werde keinen von euch beiden erschießen, wenn ihr euch benehmt", sagte Debra.

Sie machte ihre Tür zu und griff Violet am Arm. Ruby versuchte zu folgen und kletterte auf den Beifahrersitz, aber Debra trat die Tür zu. Shane konnte sehen, dass Violet zitterte und ihre Hände vor sich gefaltet hatte. Ruby drückte ihr Gesicht an das Fenster und begann erneut zu heulen.

„Lass den Motor laufen", sagte Debra laut genug, dass er es hören konnte.

Sie streckte die Waffe aus und schwenkte sie wie zur Warnung von einer Seite zur anderen. Dann bewegte sie sich um den Bulli herum und zog Violet mit sich mit. Shane versuchte ihnen im Rückspiegel zu folgen, aber sie waren schnell außer Sichtweite. Ruby rannte in den hinteren Teil des Bullis, aber der Weg zu den Heckscheiben war durch die Behälter blockiert. Sie geriet in Panik, während sie von einer Seite des Bullis auf die andere sprang, winselte und bellte und einen Weg hinaus suchte.

Kochend vor Wut und Angst schlug Shane mit seiner Faust gegen das Lenkrad. Er war versucht, ihnen hinterherzulaufen. Wenn er sich von hinten an Debra heranschlich, würde er vielleicht freie Schussbahn haben, aber der Gedanke, Violet mitten in eine Schießerei zu bringen, war zu viel.

Wenn ich nur besser schießen könnte, dachte er. *Wenn sich mein Schusstraining doch nicht auf drei Minuten mit Landon in der Eingangshalle auf der Arbeit beschränkt hätte.*

Er schlug das Lenkrad erneut. In der Entfernung hörte er das Geräusch einer Tür, deren Angeln nicht geölt waren und die zunächst geöffnet und dann geschlossen wurde. Ruby kam zurück nach vorn, warf dabei Debras Behälter um und winselte in Shanes Gesicht.

„Warte", sagte er. „Wir können nichts tun, Mädchen."

Ich hätte trotzdem auf sie schießen sollen, dachte er. *Es wäre riskant gewesen, aber es war ein größeres Risiko, dass sie Violet in das Gebäude gezogen hatte.*

Er verfluchte sich selbst und schob Ruby sanft von seinem Gesicht.

„Du kannst nicht nach draußen", sagte er.

Plötzlich hörte er Schreie. Es schien aus dem Gebäude zu kommen – mindestens zwei Stimmen. Die Schreie schwollen an und endeten dann auf einmal, als Schüsse die dünnen Metallwände des Gebäudes beben ließen. Panik brannte in Shanes Kehle. Er legte den Vorwärtsgang des Bullis ein, aber ließ seinen Fuß auf der Bremse.

Einen Moment später hörte er das Scharren von Schuhen auf dem Asphalt. Debra erschien im Seitenspiegel. Sie zog Violet hinter sich her. Violet konnte kaum mithalten und war kurz davor, zu fallen. Sobald Ruby spürte, dass sie kam, sprang sie wieder auf den Beifahrersitz und begann zu bellen. Debra öffnete die Seitentür, kletterte in den Bulli und zog auch Violet hinter sich hinein. Als Ruby sich umdrehte und auf sie zukam, warf Debra einen Arm um Violet und zog sie zwischen sich und die Hündin.

„Ich habe, was ich brauche", sagte Debra. Sie zeigte durch die Windschutzscheibe auf die hinteren Gebäudereihen. „Er ist in den Baracken. Die zweite auf der rechten Seite. Gebäude B. Fahr dahin. Schnell."

„Dad, mach, was sie sagt", sagte Violet, während sie nach Ruby tastete, um sie zurückzuhalten. „Beeil dich."

Shane wartete nicht darauf, dass Debra die Tür schloss. Er nahm den Fuß von der Bremse und fuhr zu den hinteren Gebäuden.

„Hast du noch jemanden erschossen?", fragte er.

Debra schwitzte, ihre Haare waren kraus und nass, die Augen voller Wahnsinn. Sie richtete die Waffe noch immer auf Violet, aber warf ständig Blicke zu allen Seiten.

„Kümmer dich nicht darum, was ich getan habe", sagte Debra. „Beeil dich einfach."

Er fuhr über den Parkplatz und auf den Schotter dahinter. Die Baracken waren dürftige Gebäude, nicht mehr als khakifarbenes Aluminium mit billigen Fenstern an den Seiten. Einige Türen standen offen und Shane erspähte jemanden in einer dunkelblauen Uniform, der wie ein Wachmann aussah und sie beobachtete. Er war offensichtlich beunruhigt, aber unsicher, was er tun sollte. Als der Bulli sich näherte, sagte er etwas nach hinten über seine Schulter.

Shane hielt vor dem zweiten Gebäude an – ein kleines, weißes *B* war an die Ecke gemalt worden – und Debra stieg wieder aus der Seitentür, während sie Violet hinter sich herzog.

„Bleib hier", sagte sie. „Und sei bereit, von hier zu verschwinden, sobald wir wieder zurück sind."

Sie schloss die Tür in Rubys Gesicht. Dann riss sie sich herum und rannte auf den Eingang der Baracke zu. Für einen Moment wandte Debra ihm den Rücken zu und Shane griff nach der Glock und zog sie halb aus dem Holster. Doch er glaubte nicht, dass er sie treffen würde. Außerdem bewegte sie sich zu schnell. Sie verschwand durch die offene Tür ins Gebäude.

Es kam Shane in den Sinn, dass man ihn, wenn man ihn mit gezogener Waffe sah, als größeres Risiko ansehen und auf ihn schießen könnte. Er ließ die Pistole zurück ins Holster gleiten und kauerte sich in seinen Sitz. Der Wachmann in der Tür ein paar Gebäude weiter trat auf den Schotterplatz, während er Handbewegungen in Richtung Bulli machte. Ein zweiter Wachmann tauchte hinter ihm in der Tür auf.

„Na los, du dumme Kuh", murmelte Shane. „Hol deinen Sohn und lass uns von hier verschwinden. Beeil dich."

Ein paar Sekunden später kam Debra aus Gebäude B gerannt. Violet stolperte hinter ihr her. Ein junger Mann war direkt hinter ihnen, ein von Akne befallener Jugendlicher, der ein graues T-Shirt und eine Tarnhose trug. Er verzog sein Gesicht grauenhaft. Debra winkte ihn zuerst in den Bulli. Er kletterte hinein und über umgekippte Behälter. Dabei sah er Shane nur kurz an und sagte nichts, während er sich auf einen freien Platz weiter hinten im Bulli bewegte.

Ruby sprang vom Beifahrersitz zu Boden und wieder zurück auf den Sitz. Shane hatte sie noch nie so außer sich gesehen und war unsicher, was er tun sollte. Debra schubste Violet durch die Seitentür. Shanes Tochter fiel, landete auf dem Boden und ihre Sonnenbrille flog ihr vom Gesicht. Sie begann, nach ihr zu suchen, änderte dann offenbar ihre Meinung und kletterte auf den Beifahrersitz. Ruby hüpfte auf ihren Schoß und leckte ihr durch das Gesicht.

„Es geht mir gut. Alles gut", sagte Violet zu der Hündin.

„Fahr los", rief Debra und wedelte mit dem Revolver in Shanes Richtung. „Zurück durch das Tor. So schnell wie möglich."

Sie hatte einen Fuß auf das Trittbrett gesetzt, als sie von irgendwo hinter ihnen Rufe hörten.

„Stehen bleiben!"

Viele Leute strömten jetzt aus den Gebäuden und bewegten sich in ihre Richtung. Debra zog sich in den Bulli. In diesem Moment sah Shane, wie der Wachmann seine Pistole zückte und auf sie schoss. Debra schrie auf und fiel in den Bulli.

„Fahr los, du Idiot", rief sie.

Shane nahm seinen Fuß von der Bremse, trat auf das Gaspedal und brach in einem großen Bogen durch den Schotter. Währenddessen griff Debra hinter sich und schloss die Tür. Der junge Mann, der ihr gefolgt war – vermutlich ihr Sohn – begann, sich zu ihr zu bewegen, aber sie winkte ihn verärgert zurück.

„Bleib unten", knurrte sie. „Sie schießen auf uns."

Ein zweiter Schuss erklang und Shane hörte ein unverkennbares *Ping*-Geräusch, als eine Kugel die Seite des Bullis traf. Er drückte das Gaspedal durch und polterte über den Parkplatz. Eine weitere Wache stand an der Ecke des Hauptgebäudes, schrie sie mit gezogener Waffe an und zielte auf sie.

„Violet, bück dich", sagte Shane. „Halte deinen Kopf unter der Konsole."

Sie beugte sich so weit hinunter, wie sie es in ihrem Sitz konnte, und schlang ihre Arme um Ruby. Eine dritte Kugel traf den Rahmen der Windschutzscheibe, sodass kleine, spinnennetzförmige Risse in der Ecke über dem Beifahrersitz entstanden.

„Los. Los", sagte Debra. „Zurück durch das Tor."

Shane richtete den Rückspiegel, um sie anzusehen. Sie lehnte zusammengesackt gegen die Seitentür, mit der linken Hand hielt sie sich die Hüfte. Er sah dunkles Blut zwischen ihren Fingern hervortreten. Noch immer hielt sie den Revolver und zielte auf ihn, der Lauf zitterte leicht. Während Shane sie betrachtete, bewegte sie ihre linke Hand und ein Loch in ihrem Shirt wurde sichtbar. Es sah aus, als wäre sie direkt unter den Rippen getroffen worden. Ein gefährlicher Ort für eine Kugel.

Verblute einfach und lass uns in Ruhe, dachte er.

„Bring uns hier heraus und wir werden alle zusammen überleben", sagte Debra, als sie seinen Blick im Spiegel traf.

Shane raste hinter das Gebäude und durch das offene Tor. Ein letzter Schuss verfolgte sie, als sie nach Osten und Richtung Highway abbogen.

„Mom, was hast du getan?", fragte der junge Mann.

„Was ich tun musste", antwortete sie.

KAPITEL ZWEIUNDZWANZIG

Als sie den äußersten Rand von Augusta erreicht hatten, hatte sich auf dem Highway eine Massenwanderung aus der Stadt heraus gebildet. Die meisten Menschen waren zu Fuß oder auf Fahrrädern unterwegs. Einige fuhren Motorräder oder Quads, aber der Verkehrsstillstand auf dem Highway war so schlimm, dass es praktisch unpassierbar für größere Fahrzeuge war. Zahlreiche Wracks blockierten die Spuren, sodass Leute entweder umkehren oder ihre Fahrzeuge zurücklassen mussten. Ganze Familien marschierten mit Rucksäcken, Taschen und Kinderwagen die Straße entlang.

Für das großräumige Fahrradtaxi stellte dies eine kleine Herausforderung dar. Manchmal war Jodi gezwungen zu warten, bis Leute aus dem Weg gingen. Hin und wieder musste sie sich entschuldigen, wenn sie sich vor jemanden setzte. Innerhalb von drei Stunden war sie von mindestens einem Dutzend Menschen beschimpft worden. Alle waren mit den Nerven am Ende.

Schließlich kam sie an eine Stelle, wo alle vier Spuren blockiert waren und eine große Familie sich im Schneckentempo auf dem Seitenstreifen bewegte. Sie drehte sich in ihrem Sitz zu Mike um, als Owen neben ihr anhielt.

„All diese Leute machen mich nervös", sagte sie. „Ich wünschte, wir könnten den Highway verlassen. Was denkt ihr? Mike, du kennst dich am besten aus."

„Es würde helfen, wenn ich eine Karte hätte", erwiderte er. Er hatte sich an das Gepäck geschmiegt, ein Arm war um den Stapel geschwungen, damit nichts hinten herunterfiel. „Wir können den Highway jederzeit verlassen und Nebenstraßen verwenden, aber ich weiß nicht, ob das so viel besser wäre – wir könnten uns verirren, wenn wir ohne Karte durch diese kleinen Dörfer fahren."

„In Ordnung, halten wir unsere Augen nach einem Geschäft auf, wo wir vielleicht eine Karte kaufen können", sagte Jodi.

Sie radelte weiter, auch wenn sie ein paar Sekunden brauchte, um Geschwindigkeit aufzunehmen. Das Gewicht des Rücksitzes begann, sie zu ermüden, und das Fahrradtaxi war nicht sehr wendig. Dennoch war sie entschlossen, bis zum Zusammenbruch durchzuhalten. Sie wollte bis zum Einbruch der Nacht weit von Augusta entfernt sein.

Schließlich erspähte sie eine kleine, heruntergekommene Tankstelle. Recht viele Menschen hatten sich auf dem Parkplatz versammelt. Sie wirkten alle rastlos und gereizt. Eine ältere Frau wackelte mit dem Finger vor dem Gesicht eines Kindes und schimpfte mit ihm. Als sie näher kam, bemerkte Jodi, dass die Tankstelle geschlossen war. Ein Poster mit den rot geschriebenen Worten „Für unbestimmte Zeit geschlossen" klebte an der Innenseite der Glastür. Ein Riss lief von einer Ecke des Glases zu einer anderen. Vielleicht hatte jemand das Schild gelesen und versucht, seine Frustration daran herauszulassen.

„So viel zu der Idee", sagte Jodi.

„Es gibt bestimmt andere Geschäfte", sagte Mike. „Irgendein schlauer Kapitalist wird einen Weg finden, ein Geschäft ohne Strom zum Laufen zu bringen. Sogar wenn die Kunden nervös sind, kann man immer noch Geld machen. Und wenn Geld gemacht werden kann, finden die Leute einen Weg."

„Du hast sicherlich recht, Mikey", sagte Jodi.

Nach einigen Meilen bemerkten sie einen Tumult vor sich. Es klang, als ob jemand schrie. Eine Gruppe von Leuten bewegte sich mitten auf der Straße vor und zurück, als ob eine Schlägerei ausgebrochen war. Jodi sah einen älteren Herrn in einer Weste, der so schnell wie möglich den Seitenstreifen entlanglief und dabei die Arme um den Kopf geworfen hatte, als ob er sich vor etwas schützen wollte. Plötzlich hechtete er mit einem Schrei in den Graben, landete in einer Pfütze aus matschigem Wasser und begann, durch das Gras zu kriechen. Auch andere sammelten sich jetzt auf dem Seitenstreifen, schubsten und stießen sich gegenseitig, um aneinander vorbeizukommen.

„Was ist denn da vorn los?", fragte Jodi sich laut.

„Sie kämpfen wegen irgendetwas", sagte Mike. „Das ist der neue amerikanische Zeitvertreib, Schwesterherz. Wir sollten sie meiden wie Karies."

Die linke Spur war frei, also steuerte Jodi das Fahrradtaxi vom Seitenstreifen an einem verlassenen Sattelschlepper vorbei auf die freie Spur. Als sie das tat, fühlte sie einen plötzlichen, scharfen Stich in ihrem rechten Arm. Sie hielt es für eine Biene oder Wespe, wischte sich über die Stelle und ihre Finger fuhren durch etwas Feuchtes.

Sie sah, wie Blut aus einem kleinen Loch in ihrem Unterarm heraussickerte. Der anfängliche Stich verwandelte sich schnell in eine schmerzhafte Hitze, die ihren Arm hochströmte und ein Kribbeln in ihren Fingerkuppen verursachte.

„Was …?" Ein plötzlicher Schwindel überkam sie, also fuhr sie auf den inneren Seitenstreifen und hielt an. „Was war das? Mike, hat mich etwas getroffen?"

„Jodi, sieh dir den Typen da an", sagte Mike. Er schien ihren Arm nicht bemerkt zu haben. Stattdessen starrte er auf die Straße vor ihnen und zeigte auf etwas. „Siehst du ihn?"

Jetzt nahm Jodi eine einzelne Person wahr, die aus voller Lunge schrie, und während die Menge vor ihnen sich verstreute, sah sie ihn auch. Er hatte wildes Haar, das in schmierigen Knäueln abstand, eine alte Surplus-Armeejacke, die mindestens zwei Nummern zu groß war und um seine Schultern hing, und schwarze Stiefel. Während er auf der linken Spur Richtung Osten lief, schrie er alle in Sichtweite an. Obwohl sie seine Worte nicht ausmachen konnte, sah sie eine silberne Pistole in seiner Hand glänzen. Mitten in seiner Tirade hob er die Waffe hoch und gab einen ziellosen Schuss ab. Dann wandte er sich an eine Gruppe von Leuten, die sich auf der anderen Seite der Straße an ihm vorbeibewegte, und schoss auch auf sie.

Ihr gesamter Arm fühlte sich inzwischen an, als ob er brannte, aber Jodi ließ sich vom Sitz fallen, landete auf dem warmen Asphalt und kroch zum nächsten Fahrzeug. Mike folgte ihr und stieß dabei das Gepäck um. Er griff nach dem JanSport-Rucksack und warf ihn um seine Schultern. Das Fahrzeug war ein stehengebliebener

Camry, der seitlich in einen 70er-Jahre Kombi gefahren und selbst in der Seite eingebeult war. Jodi drückte sich in die Ecke, wo die beiden Fahrzeuge sich getroffen hatten. Ihr rechter Arm lag auf ihrem Schoß. Sie hinterließ eine schlangenförmige Blutspur hinter sich.

„Mom, wurdest du *angeschossen*?", fragte Owen, der neben sie kroch. „Ach du meine Güte, Mom, du blutest wie verrückt!"

Obwohl es schmerzte, hob sie den Arm und untersuchte ihn, indem sie ihn hin und her bewegte. Da war ein Loch auf beiden Seiten, die Kugel war also durchgegangen. Sie war erstaunt, wie klein die Löcher waren. Eigentlich hätte sie gedacht, dass eine Schusswunde größer wäre. Die Hitze machte langsam reinem Schmerz Platz, sodass sie den Arm wieder auf den Schoß legte.

„Du musst wegen der Blutung irgendetwas tun", sagte Mike, der hinter Owen an sie herankroch und bereits außer Atem war. Er hielt eine Hand auf dem Verband an seinem Hals. „Tut es weh?"

„Nicht so sehr, wie man denken könnte", sagte sie.

Wenigstens war keine Kugel in ihr. Aus irgendeinem Grund fühlte sie sich dadurch etwas besser. Ihre Handtasche hing noch immer von ihrer Schulter, aber jetzt ließ sie sie fallen. Mit ihrer linken Hand wühlte sie darin herum und holte ein Taschentuch heraus, das sie auf die Austrittswunde drückte, die schlimmer zu bluten schien.

Der Schütze war jetzt nahe genug, dass sie ihn hören konnten. Er klang, als ob er gleichzeitig beten und schimpfen würde, sprach abwechselnd zu Gott und jedem, der zuhörte. Seine Stimme begann bereits, heiser zu werden, als ob er das hier schon eine ganze Weile machte.

„Versteht ihr nicht?", rief er. Offenbar weinte er. „Es ist die Entrückung! Sie haben uns gewarnt! Die Heiligen haben uns gewarnt! Wir haben sie alle verlassen. Wir wurden zurückgelassen! Gott, warum hast du sie von mir genommen? Sie ist fort. Wie all die anderen wurde sie genommen und wir wurden zurückgelassen. Oh, Gott, hilf mir! Ich kann hier nicht mehr sein. Ich will hier nicht mehr sein. So töte mich doch jemand! Na los. Jemand soll mich töten! Es gibt keine Hoffnung mehr für niemanden von uns."

Und damit schoss er erneut. Eine Frau schrie und die Panik in der Menge wurde größer.

„Ich muss hier verschwinden", rief er. „Ich muss bei ihr sein! Gott nahm all die guten Menschen und ließ nur den Abschaum zurück. Fegte sie mit seiner mächtigen Hand von der Welt. Warum sollte man noch hier bleiben? Tötet mich! Jemand soll mich töten. Na los, ihr Feiglinge!"

Als er lauter wurde, wurde ihnen klar, dass er an den Fahrzeugen vorbeilaufen würde, hinter denen sie sich versteckten.

„Mom, was sollen wir tun?", fragte Owen. „Er kommt näher."

„Nun, offensichtlich kann man mit ihm nicht vernünftig reden", antwortete sie. Sie sah sich nach einem Ausweg um. Konnten sie über den Mittelstreifen kriechen, ohne bemerkt zu werden? Sie glaubte es nicht.

„Nein, nicht mich. Bitte nicht mich." Eine Frau flehte um ihr Leben. „Ich habe nichts getan."

Ihre Stimme verstummte mit einem weiteren Schuss.

„Willst du in dieser Welt bleiben?", schimpfte der Mann. „Diese Welt gehört jetzt dem Teufel. Gott hat uns verlassen! Verstehst du das nicht? Versteht es niemand hier? Wir sind Müll, den er verbrennen will!"

Er war jetzt sehr nahe, direkt auf der anderen Seite des Autos und zu Jodis Entsetzen klang es, als ob er um den Kombi herum und zur Vorderseite lief. Sie gestikulierte Owen, dass er unter den Camry kriechen sollte, aber er schüttelte den Kopf.

„Da passe ich nicht drunter", sagte er.

Der Verrückte stand fast neben ihnen und schoss ein weiteres Mal. „Blut und Tränen. Das ist alles, was du uns gelassen hast, Gott! Blut und Tränen! Warum tötet mich niemand? Ihr ekelhaften Feiglinge! Ich hasse euch alle!"

„So, das reicht", sagte Mike plötzlich. Er ließ den Rucksack auf die Straße fallen, öffnete ihn und steckte seine Hand tief hinein.

„Mike, tu nichts Unüberlegtes", sagte Jodi. „Versteck dich einfach. Versuch, dich so niedrig wie möglich zu halten. Vielleicht sieht er uns nicht, wenn er vorbeigeht."

„Nein", erwiderte Mike. „Jemand muss diesen Verlierer aufhalten."

Als er seine Hand aus dem Rucksack zog, hielt er einen Revolver. Er spannte den Hahn und erhob sich. Jodi rang nach Luft, als er mit seinen wackligen Beinen aufstand. In diesem Moment tauchte der Fremde auf der Haube des Kombis auf. Er war auf das Auto gesprungen und sah jetzt zu ihnen herunter.

„Versteht ihr nicht?", rief er zähnefletschend. Sein schmieriges Haar stand in allen möglichen Richtungen vom Kopf ab. Er hatte Blutspritzer auf seiner rechten Wange und Schläfe. „Das ist das Ende! Das ist das Ende! Für euch, für mich, für alle."

Als er seine Pistole auf sie richtete, hob Mike seinen Revolver und feuerte. Ein einzelner Schuss, der den Verrückten direkt über dem rechten Auge traf. Jodi sah plötzlich ein dunkles Loch in der Stirn des Mannes, dann fiel er nach hinten um und seine Worte waren nicht mehr als ein kurzzeitiges Gurgeln. Sie hörte, wie er gegen die Motorhaube des Kombis knallte und dann mit einem dumpfen Schlag auf die Straße auf der anderen Seite fiel.

Dann verstummte er.

„Wow, Onkel Mike, du hast ihn erwischt", sagte Owen schwer atmend.

„Mike, woher hast du die Waffe?", fragte Jodi.

Mike sackte auf der Straße in sich zusammen und verzog das Gesicht. „Das ist meine", sagte er außer Atem. „Ich habe sie vor einem Monat gekauft. Du kennst die Gegend, in der ich wohne."

„Das hast du mir nie erzählt", sagte sie. „Ich dachte immer, du seist so stark für Waffenkontrolle."

„Ich wollte nichts sagen." Er wischte sich den Schweiß von der Stirn und den Wangen. „Irgendein Dreckskerl hat mich nach meiner zweiten Chemo-Behandlung auf dem Weg nach Hause ausgeraubt, also habe ich dafür gesorgt, dass mir das nicht noch einmal passiert."

„Ist er ... tot?", fragte Owen.

„Wenn nicht jetzt, dann bald", sagte Mike. „Ich höre ihn jedenfalls nicht mehr herumbrüllen."

Als ob er ihm antworten wollte, atmete der Verrückte ein letztes Mal zittrig ein. Trotz seiner flapsigen Worte schien Mike sehr aufgewühlt. Er steckte die Waffe zurück in den Rucksack und schloss den Reißverschluss.

Jodi war schlecht und hatte ihren Arm für eine Sekunde vollkommen vergessen. Sie begann aufzustehen, aber dann fühlte sie die Blutstropfen an ihren Fingern. Stöhnend setzte sie sich wieder hin.

„Was machen wir jetzt?", fragte Mike. „Sieh dich nur an, Jodi. Du bist schwer getroffen."

Sie hob das Taschentuch vom Boden auf, aber es war blutgetränkt.

„Ich kann Ihnen helfen."

Die neue Stimme kam vom hinteren Ende des Camry. Eine Gruppe von Leuten war dort aufgetaucht. Eine Frau trat vor. Sie war klein, aber kräftig, ihre Haare ganz kurz geschnitten.

„Sie haben gerade einer Menge Leute das Leben gerettet", sagte sie. „Lassen Sie mich Ihnen helfen."

Sie kam näher, kniete sich neben Jodi und hob sachte den verletzten rechten Arm.

„Wer sind Sie?", fragte Jodi.

„Ich war Sanitäterin in Afghanistan", sagte sie. „Ich wünschte, ich hätte einen Erste-Hilfe-Kasten bei mir."

„Wir haben so viele medizinische Vorräte", sagte Jodi lachend. „Ich hätte nicht gedacht, dass wir sie so bald brauchen würden. Owen, hol den Koffer."

Er nickte, rannte zum Fahrradtaxi und kam kurz darauf mit dem Koffer zurück. Als er ihn öffnete, fielen Verbände, Medizinflaschen und Spritzen heraus.

„Ausgezeichnet", sagte die Sanitäterin. „Haben wir Wasser?"

Mike zog eine Flasche aus seinem Rucksack und reichte sie ihr. Sie säuberte die Eintritts- und die Austrittswunde, was höllisch stach. Jodi biss sich auf die Lippe, um nicht zu schreien.

„Nun, wenigstens ist die Kugel direkt durchgegangen", sagte die Sanitäterin. „Es sieht so aus, als ob sie zwischen den Knochen hindurchgeschossen wurde. Sie hatten unglaubliches Glück. Sie ist nicht mehr im Arm."

Sie reinigte die Wunden, desinfizierte sie und verband sie schließlich großzügig mit einer großen Anzahl an Schmetterlingspflastern.

„Halten Sie die Wunde sauber", sagte sie und stand auf. „Wechseln Sie die Pflaster regelmäßig und es sollte gut verheilen."

„Danke", sagte Jodi.

Die Sanitäterin nickte kurz. „Ich helfe lieber noch anderen. Ich habe gesehen, wie einige angeschossen wurden."

Sie bedankte sich noch einmal, schnappte sich ohne viel Aufhebens eine Handvoll gewickelter Verbände und Desinfektionsmittel und ging davon. Jodi hielt sie nicht auf. Sie konnten die Vorräte nicht horten, wenn Leute dringende medizinische Hilfe benötigten. Als die Sanitäterin fort war, stopfte Owen alles wieder zurück in den Koffer und schloss ihn.

Der arme, schwitzende Mike hatte sich grünlich gefärbt. Ihrem Sohn stand der bittere Schrecken im Gesicht.

„Keine Zeit darüber zu sinnieren, dass wir fast gestorben wären", sagte sie. „Wir müssen zurück auf unsere Fahrräder."

Weder Mike noch Owen regten sich.

„Es tut mir leid, Leute", sagte sie. „Trotz allem müssen wir uns auf den Weg machen. Wir müssen noch viele Meilen schaffen, bevor die Nacht anbricht."

„Bist du sicher, dass du mit deinem Arm fahren kannst?", fragte Owen. „Mom, du wurdest im wahrsten Sinne des Wortes angeschossen."

„Ich kann, weil ich es muss", sagte sie und kämpfte sich auf die Füße. „Ich muss es *im wahrsten Sinne des Wortes*. Mein Sohn, du wärst überrascht, was man alles machen kann, wenn man es muss."

KAPITEL DREIUNDZWANZIG

Sie nahmen schließlich einen langen Umweg um Sandy Springs herum. Obwohl Debra gegen die Tür gesackt war und ihre Augen glanzlos und glasig waren, hielt sie den Revolver noch immer fest in ihrer Hand. Shane bezweifelte, dass sie damit viel anstellen konnte, aber er wollte keine unnötigen Risiken eingehen.

„Es tut mir leid, Shane", sagte sie nach einigen Meilen der Stille. Sie hatten die andere Seite von Sandy Springs erreicht, wo die I-285 einen südlichen Bogen um Atlanta herum machte. „Ich hatte wirklich nicht vor, deiner Tochter etwas anzutun. Sie haben mich zur Verzweiflung getrieben, das ist alles. Ich habe überreagiert, gebe ich zu."

Shane wusste darauf nichts Nettes zu antworten, also biss er die Zähne zusammen und fuhr weiter. Im Rückspiegel sah er Debras Sohn Corbin, der sich hinten im Bulli gegen die Behälterstapel drückte. Er wirkte vollkommen aufgelöst.

„Du kannst jetzt anhalten", sagte Debra. „Wir sind weit genug von Sandy Springs entfernt und ich bezweifle, dass sie wissen, wohin wir fahren."

Er sah sie im Spiegel an. Ihr Gesicht war furchtbar gelblich angelaufen und als sie ihre rechte Hand hob, bemerkte er, dass sie voller Blut war.

„Halt bitte an", sagte sie wieder.

„Wir sollten weiterfahren", sagte Shane. „Je weiter wir uns von dem Lager entfernen, desto besser."

„Bitte." Dieses Mal kam es als langes Stöhnen heraus.

Er lehnte sich zurück, um sie besser betrachten zu können, und stellte fest, dass überall Blut war. Es war durch ihr Shirt gedrungen und floss ihre Jeans herunter.

„In Ordnung, wir halten an", sagte Shane.

Violet drehte sich zu ihm und es wirkte, als ob sie etwas sagen wollte, doch dann schüttelte sie ihren Kopf und schwieg. Shane nahm die nächste Ausfahrt und fuhr auf den Seitenstreifen der Zufahrtsstraße. Er zog den Schlüssel aus der Zündung, stieg aus und lief um den Bulli herum zur Seitentür. Als er sie öffnete, fiel Debra rückwärts in seine Arme.

„Corbin, hilf mir", sagte er, als er sie umklammerte. „Wir müssen die Blutung stoppen oder sie wird es nicht schaffen."

Corbin krabbelte vorwärts und griff nach Debras Beinen, hob sie hoch und half Shane dabei, sie aus dem Bulli zu tragen. Sie fanden einen weichen Ort neben der Straße, wo sie sie hinlegten. Während Corbin die Wunde untersuchte, ging Shane zum Bulli zurück und nahm einen der Behälter, auf dem „Erste Hilfe" stand. Er öffnete ihn und zog ein Bündel Verbände sowie eine kleine Schachtel mit Desinfektionstüchern heraus.

Corbin hatte Debras Shirt hochgehoben, sodass ein kleines Loch in ihrer Hüfte zum Vorschein kam. Er wischte das Blut mit der Hand weg, aber direkt rann mehr heraus. Shane riss eine der Schachteln mit Desinfektionstüchern auf, beugte sich über Debra und begann, die Wundumgebung zu reinigen.

„Es tut mir leid", sagte Debra. Endlich ließ sie die Waffe los, die auf den Schotter neben ihr schepperte. „Es tut mir leid, was ich getan habe. Sag Violet, dass ich ihr keine Angst machen wollte."

„In Ordnung", sagte Shane. Er öffnete einen der Verbände und drückte ihn auf die Wunde, doch Blut sickerte fast sofort hindurch. „Wir alle haben schreckliche Entscheidungen getroffen, seit diese ganze Sache begann. Es ist sinnlos, jetzt darüber zu reden. Bleib still liegen und lass mich sehen, was ich tun kann."

„Bitte … bitte …" Ihre Augen waren unfokussiert und fanden sein Gesicht nicht. „Lass Corbin nicht zurück. Gib ihm nicht die Schuld dafür, was ich getan habe. Er ist … er ist ein guter Junge. Er ist immer ein guter Junge gewesen und ich habe ihn nicht verdient."

„Mom, hör auf", sagte Corbin, dem die Tränen das Gesicht herunterliefen. „Du kommst mit uns mit."

Shane drückte einen frischen Verband auf die Wunde. Das Blut sah dunkel aus, fast schwarz. Er wusste, dass das ein Hinweis darauf sein konnte, dass die Kugel ihre Leber durchbohrt hatte. In diesem Fall gab es nur wenig, was sie für sie tun konnten. Selbst wenn sie sie in ein Krankenhaus brachten, waren ihre Chancen gering.

Als er den dritten Verband verwendete, neigte Debra ihren Kopf zur Seite, als ob sie etwas suchte. Ihre Hand ging hoch, suchte in der Luft weiter und fand Corbins T-Shirt.

„Ich will, dass du weiterhin ein guter Junge bleibst", sagte sie. „Ich weiß, dass du nicht in Schwierigkeiten geraten wolltest. Es war einfach eine schlechte Entscheidung. Ich habe viele gemacht, aber du musst jetzt gute Entscheidungen treffen. Hör auf, nur zu nehmen. Sei ein Helfer."

„Hör auf, so zu reden", sagte Corbin. Er weinte, sein Gesicht war vor Trauer verzerrt. „Du kommst mit uns mit. Das habe ich dir doch gesagt."

„Ich hätte für dich da sein sollen." Debras Stimme war nun kaum noch ein Flüstern. „Hätte der Flasche schon vor langer Zeit abschwören sollen. Als du klein warst. Du bist ein so guter Mann geworden. Wie dein Vater. Ich bin stolz auf dich. Auch wenn ich damit sicherlich nichts zu tun hatte, aber …"

Ihre Hand rutschte von seinem T-Shirt und hinterließ einen dunklen Blutfleck.

„Können Sie ihr nicht helfen?", fragte Corbin Shane.

„Ich wünschte, ich könnte." Er legte den dritten Verband, der vollkommen durchtränkt war, neben die anderen.

„Als die Dinge aus dem Ruder liefen, musste ich dich sehen", flüsterte Debra, während sich ihre Augen langsam schlossen. „Ich habe es vergeigt. Oh, Corbin, kannst du mir verzeihen?"

„Natürlich", wimmerte er. „Hör auf, solche Sachen zu sagen, Mom."

„Wenigstens bin ich jetzt bei dir, oder? Wenigstens bin ich … bin ich …"

Ihre Worte verklangen, wurden zu einem letzten Atemzug und dann war sie fort.

„Mom?"

Corbin verhüllte sein Gesicht und brach bitterlich weinend zusammen. Shane klopfte ihm sanft auf die Schulter, erhob sich und wischte sich seine Hände an einem frischen Verband ab. Der Geruch von Blut in seiner Nase war so stark, dass er dachte, dass er sich übergeben musste. Als er zurücktrat und Corbin in Ruhe trauern ließ, bemerkte er, dass Violet außerhalb des Bullis stand.

„Sie hat auf Leute geschossen", sagte sie leise. „Unschuldige Leute. Sie sind jetzt vielleicht tot."

„Ich weiß", erwiderte Shane, „aber es war seine Mutter. Lass ihn trauern."

„Da war ein Mann hinter einem Schreibtisch in dem Gebäude", sagte Violet. „Als er ihr nicht erzählen wollte, wo ihr Sohn war, hat sie einfach auf ihn geschossen." Violet schnippte mit den Fingern. „Einfach so. Als ob er ein Nichts war. Ich habe ihn auf dem Boden stöhnen gehört und sie hat ihn da liegen lassen. Ich weiß, dass sie mir an der Tankstelle geholfen hat, aber sie war eine böse Frau."

„Ich weiß." Er umarmte seine Tochter. „Und jetzt ist sie fort."

Er bezweifelte, dass Corbin ihn hörte. Der junge Mann schien völlig verloren, beugte sich über seine Mutter und heulte, während er vor und zurück schaukelte. Shane bückte sich, hob Debras Revolver auf und verstaute ihn unter dem Beifahrersitz des Bullis.

Es war die perfekte Zeit, um zu verschwinden. Corbin war so sehr von seiner Trauer eingenommen, dass er es wahrscheinlich nicht bemerken würde, bis sie lange weg waren. Vielleicht war es das

Richtige. Das letzte Mal, als Shane einer fremden Person vertraut hatte, wären sie alle fast getötet worden. Er wusste nichts über Corbin. Wollte er seine Tochter wirklich erneut gefährden?

Shane lehnte sich nahe zu Violet und sprach dann so leise, dass nur sie es hören konnte: „Steig wieder in den Bulli. Schnall dich an."

Violet riss sich von ihm los, als ob es sie entsetzte, was er gesagt hatte. „Du willst ihn zurücklassen? Was seine Mutter gemacht hat, ist nicht seine Schuld."

Statt zu antworten, drehte Shane sie sanft zur Beifahrertür. Sie zögerte einen Moment, stieg dann schließlich ein und zog Ruby auf ihren Schoß. Shane schloss die Tür hinter ihr. Dann griff er nach der Seitentür und schob sie zu, wobei er versuchte, so wenige Geräusche wie möglich zu machen.

Corbin hatte mit seinem lauten Schluchzen aufgehört. Als Shane ihn ansah – eigentlich in der Absicht, einen letzten Blick auf ihn zu werfen, bevor er davonfuhr –, sah er, wie der junge Mann seine Wange auf den Bauch seiner Mutter legte. Debras Mund stand weit offen, ihr Kopf war zurückgekippt, ihre Augen halb geschlossen. Ihre rechte Hand lag auf dem Boden in einer Lache aus ihrem eigenen Blut.

Sie ist eine Mörderin, dachte Shane. *Sie hat sich das selbst eingebrockt. Sie hat es ihnen beiden eingebrockt. Ich schulde keinem von ihnen irgendetwas, nicht nach allem, was sie getan hat.*

Er war kurz davor, zu gehen. Der erste Schritt war leicht. Was schuldete er diesem jungen Mann? Corbin konnte per Anhalter fahren oder die Wachleute des Lagers würden kommen und ihn abholen.

Doch Shane zögerte. Corbin hielt die blutleere linke Hand seiner Mutter und streichelte sie.

„Ich kannte sie kaum", sagte er schniefend, „und jetzt ist sie tot."

Er wischte sich über die Wangen und sah zu Shane hinauf.

„Ich weiß, dass sie kein guter Mensch war", sagte er. Sein Gesicht war vom Weinen fleckig und rot. „Sie hat eine Menge schlimmer Dinge getan. Sie hat viele Leute verletzt, auch meinen Vater. Mein ganzes Leben lang war sie wie ein Geist, der irgendwo in der Welt da draußen herumflog. Plötzlich taucht sie in dem Lager auf … und jetzt das. Ich sollte nicht einmal so traurig sein, aber ich kann es nicht ändern. Was ist los mit mir?"

Shane hatte keine Antwort für ihn. Der Junge hatte nicht die Härte in seinen Augen, die seine Mutter gehabt hatte. Er war ein praktisch unschuldiger Mensch und noch dazu ein angeschlagener unschuldiger Mensch. Als Corbin sich wieder über den Körper beugte, kam Shane zu ihm und legte ihm eine Hand auf die Schulter.

„Corbin, es ist Zeit zu fahren", sagte er. „Komm."

KAPITEL VIERUNDZWANZIG

Shane öffnete die Seitentür und winkte Corbin herbei, damit er einstieg, aber der junge Mann kniete noch immer mit gefalteten Händen neben seiner Mutter.

„Wir können sie nicht mitnehmen", sagte Shane. „Das verstehst du hoffentlich. Es tut mir leid, Junge."

Corbin rieb sich mit den Händen durch sein Gesicht.

„Ich kann sie nicht einfach hier am Straßenrand zurücklassen", sagte er. „Auch wenn sie schlimme Dinge getan hat, sollten wir sie wenigstens begraben, oder?"

„Es gibt hier keinen Ort, wo wir sie begraben könnten", sagte Shane, „und wir können den Körper nicht im Bulli transportieren. Das Beste, was wir tun können, ist, sie in eine Decke zu wickeln und etwas zur Identifikation bei ihr zu lassen. Hinter dem Fahrersitz ist eine alte Decke, die wir benutzen können. Jemand wird irgendwann hier vorbeikommen."

Corbin schien darüber nachzudenken, schüttelte dann aber den Kopf. „Nein, das ist nicht richtig. Das möchte ich nicht tun, ihren Körper wie ein überfahrenes Tier auf dem Boden liegen lassen. Sogar in eine Decke eingewickelt scheint es mir nicht richtig zu sein. Ich denke, ich muss hier bleiben und auf sie aufpassen. Das ist das Richtige." Er erhob sich und stand in Habachtstellung, als ob dies sein neuer Posten war.

Shane war versucht, ihn mit seiner selbst gegebenen Aufgabe zurückzulassen. Es war schließlich das, was Corbin wollte. Warum sollte Shane es ihm ausreden? Er hatte genug, worum er sich sorgen musste, und offen gesagt war er noch immer verärgert über den Angriff im Lager. Dennoch tat ihm der Junge leid. Corbin war schließlich nicht seine Mutter.

„Hör mal, Corbin. Ich lasse dich nicht hier", sagte Shane. „Das hat deine Mutter nicht gewollt. Eigentlich waren ihre letzten Worte an mich, dass ich dich mitnehmen soll. Glaubst du wirklich, dass sie es gut finden würde, wenn du hier bleibst, um über ihre Leiche zu wachen?"

Corbin dachte offenbar darüber nach und seine Haltung fiel ein. „Ich weiß nicht, warum Sie wollen, dass ich mitkomme. Nach allem, was meine Mutter dort gemacht hat, verdiene ich es, zurückgelassen zu werden."

„Du bist nicht deine Mutter", sagte Shane.

„Na gut … das ist wahr." Er blickte auf seine blutverschmierten Hände. „In Ordnung, Sie haben recht. Ich kann hier nicht bleiben. Das hat keinen Sinn. Was passiert ist, ist passiert." Damit drehte er sich um, ging zum Bulli und schleifte dabei mit den Schuhen über den Schotter. Als er in den Bulli kletterte, drehte sich Ruby zu ihm um, aber sie bellte und knurrte nicht. Sie schnüffelte in seinem

Gesicht, an seinem T-Shirt und an seiner Hand, dann legte sie sich wieder auf den Boden. Er fand einen Platz weiter hinten und setzte sich. Seine Augen waren rot unterlaufen und er sah unglücklich aus.

Landons Decke steckte noch immer zusammengerollt hinter dem Fahrersitz. Shane zog sie heraus und breitete sie aus. Es war ein handgewebtes grünes Tuch, wie man es sonst nur in Souvenirläden in mexikanischen Touristenstädten sah. Shane wusste nicht, wo oder wann Landon sie gekauft hatte, aber er hoffte, dass sie keinen sentimentalen Wert für ihn besaß. Die Decke war nicht groß genug, um Debras Körper vollständig zu bedecken, sodass ihre Schuhe unter einem Ende hervorragten.

Bevor er sie bedeckte, durchsuchte er ihre Taschen und fand ihren Führerschein, der an einer Kreditkarte hing, sowie ein großes Bündel Bargeld. Er nahm das Geld und die Karte und steckte den Führerschein zurück in die Tasche. In der anderen Tasche stieß er auf eine kleine Flasche Advil und Kaugummi. Er nahm das Advil, dann legte er die Decke über sie und ging zum Bulli.

„Corbin, ich denke, dass du das hier nehmen solltest", sagte er und reichte ihm die Kreditkarte und das Bargeld.

Corbin betrachtete das Geld und schüttelte den Kopf. „Ich will es nicht. Wer weiß, wie sie an das Geld gekommen ist? Vielleicht hat sie jemanden ausgeraubt, wer weiß das schon? Benutzen Sie es zum Tanken oder so."

„Bist du sicher?"

Er nickte energisch. „Ganz sicher."

„In Ordnung", sagte Shane und steckte das Geld ein.

Er griff unter den Beifahrersitz, nahm Debras Revolver und legte ihn mitsamt der Kreditkarte in das Handschuhfach. Obwohl er hoffte, dass sie keine weitere Waffe brauchen würden, schien es verschwenderisch, ihn zurückzulassen. Bevor er die Tür schloss, umarmte er Violet noch einmal.

„Geht es dir gut?", fragte er.

„Es wird schon wieder", antwortete sie. „Es ist gut, dass wir ihn nicht hierlassen. Es ist das Richtige."

„Ja, ich glaube, du hast recht."

Er setzte sich hinter das Lenkrad, startete den Bulli und fuhr los. Während er zurücksetzte, warf er im Rückspiegel einen Blick auf Corbin. Der junge Mann kauerte zwischen den Behältern und sah vollkommen verloren aus.

Nicht viel, was ich für ihn tun kann, dachte Shane.

Er wandte sich wieder dem Highway zu. Ihr momentaner Weg führte sie am Rand von Atlanta entlang, und als sie der Stadt näher kamen, wurden die Bedingungen auf der Straße immer schlechter. Ein riesiger Auffahrunfall sperrte die Spuren Richtung Norden für mehrere Meilen. Viele hundert Fahrzeuge standen verlassen hinter den Trümmern. Einige Leute hielten sich noch in der Gegend auf, einschließlich einer Familie, die ein kleines Zelt am Straßenrand aufgebaut hatte.

Während der Nachmittag voranschritt, sagte Corbin kein Wort. Er bewegte sich nicht vom Fleck, kauerte sich noch mehr zusammen und war in sich gekehrt. Schließlich begann Violet zu sprechen und Shane brauchte eine Sekunde, bevor er verstand, dass sie mit Corbin redete, um ihn aus seiner furchtbaren Stille herauszuholen.

„Mochtest du es in dem Lager?", fragte sie.

Corbin zuckte, als ob sie ihn erschreckt hatte. „Was? Was ist los?"

„Mochtest du es in dem Lager?", fragte sie erneut.

„Oh, klar", sagte er verbittert. „Es war super. Um fünf aufstehen und eine halbe Stunde lang Hampelmänner machen, während so ein Typ dich anbrüllt. Besser als im Gefängnis, schätze ich. Sie haben mich nur dahin geschickt, weil meine Noten gut sind. Der Richter meinte, ich bräuchte Hilfe."

„Was hast du angestellt?", fragte Violet.

„Es ist wirklich nicht wert, darüber zu sprechen", sagte er, sprach aber trotzdem weiter. „Ich habe mir das Auto von meinem Nachbarn ausgeliehen, ohne zu fragen. Er hatte einen '52er Chevy und vor einiger Zeit hatte er einmal gesagt, dass ich ihn fahren könnte, aber dann hat er sein Wort nicht gehalten. Ich glaube, da bin ich durchgedreht. Es war dumm. Er hat die Schlüssel stecken lassen und ich bin nur um den Block gefahren, aber ich habe die Kontrolle verloren und bin gegen das Schaufenster von einem Baumarkt gefahren. So blöd." Er schlug sich mit der Hand seitlich gegen seinen Kopf. „Meinem Dad war das so peinlich. Das war das Schlimmste, weil er der Einzige war, der jemals auf meiner Seite stand. Ich wünschte, ich hätte es niemals getan. Es war einfach ein dummer Drang und es war das Letzte, was mein Dad jemals von mir mitbekommen hat. Er hatte einen Herzinfarkt, als ich auf meinen Gerichtstermin gewartet habe."

Es war nicht das schlimmste Verbrechen aller Zeiten und ganz sicher nicht so schlimm, wie Shane befürchtet hatte. Corbin wirkte nicht wie ein hoffnungsloser Fall. Verärgert, ja, und wahrscheinlich zutiefst verletzt, aber er war kein Schwerverbrecher.

„Corbin, wo möchtest du denn hin?", fragte Shane. „Wenn du zurück nach Sandy Springs willst, kann ich dich in der Nähe herauslassen und du kannst per Anhalter zum Lager zurückfahren."

„Nein", erwiderte Corbin. Nach einem Moment fügte er hinzu: „Ich will nie wieder dahin zurück. Sie haben meine Mom ermordet. Ich weiß, dass sie sie provoziert hat, aber ich will lieber in Jugendhaft als zurück an diesen Ort. Ich bin damit fertig und ich werde alles dafür tun, dass ich nie wieder an so einen Ort komme."

„Wo willst du dann hin?", fragte Shane.

„Kann ich … kann ich nicht mit euch mitkommen?", fragte er.

Während Shane noch mit einer Antwort zögerte, sprach Violet.

„Natürlich kannst du das", sagte sie. „Es gibt für alle genug Essen und Vorräte, wo wir hinfahren."

Er wollte seiner Tochter nicht widersprechen, also ließ Shane das Angebot bestehen. Er vertraute Corbin nicht völlig. Ehrlich gesagt kannte er ihn immer noch nicht genug. Trotzdem hatte er ausreichend gehört und gesehen, dass er sich vor ihm nicht fürchtete.

„Danke", sagte Corbin und klang so, als ob er gleich wieder weinen würde. „Ich falle euch nicht zur Last, ich verspreche es."

Shane musste die Interstate schließlich aufgrund eines riesigen Unfalls auf den Spuren gen Süden an der Stadt Northlake verlassen. Er bog Richtung Tucker ab und hielt sich südlich. Das verlangsamte ihre Fahrt und der Nachmittag bewegte sich langsam auf den Abend zu. Sie würden es nicht bis nach Macon schaffen, das war ihm bewusst. Verzögerungen, Probleme und Wahnsinn hatten sie wieder aufgehalten. Shane unterdrückte seinen Ärger. Es gab niemanden, an dem er ihn gerade auslassen konnte, und es hatte keinen Zweck, schlechte Laune zu haben.

Als sie für eine Pause anhielten, damit sie alle auf die Toilette gehen konnten, und dafür nacheinander kurz hinter einer leeren Lagerhalle verschwanden, hörte Shane Violet gähnen. Er sah zu ihr hinüber und bemerkte, dass sie sich kaum noch auf ihren Beinen halten konnte.

„Ich denke, wir sollten bald anhalten, um die Nacht irgendwo zu verbringen", sagte er.

Die Sonne brannte ein Dutzend Orangetöne auf den Horizont. Shane suchte nach den Nordlichtern, aber sah sie nicht. Vielleicht kamen sie später.

„Gibt es hier ein Motel in der Nähe?", fragte Violet. „Ich könnte ein echtes Bett gebrauchen. Sogar wenn die Matratze hart ist, wäre es gut, ein Kissen und eine Decke zu haben."

„Es tut mir leid, Schatz, ich glaube nicht, dass wir ein Motel benutzen sollten", sagte Shane. „Ich möchte den Bulli nicht unbewacht lassen. Ich habe Angst, dass jemand einbricht, während wir im Zimmer sind. Funktionierende Fahrzeuge sind sicherlich vorrangige Ziele."

„Na gut", sagte Violet traurig. „Ich verstehe. Zu blöd, dass wir den Bulli nicht in ein Motelzimmer fahren können, wie du es beim Kraftwerk gemacht hast."

„So große Motelzimmer gibt es nicht", sagte Shane.

Er umarmte sie. Nachdem Corbin sich erleichtert hatte und wieder um die Ecke gekommen war, teilte ihm Shane seinen Plan mit.

„Wir werden einen ruhigen Ort zum Parken finden", sagte er. „Corbin, du kannst hinten schlafen. Violet und ich klappen unsere Sitze zurück und wir machen das Beste aus der Situation."

„Klingt nicht sicher", sagte Corbin. „Was ist, wenn jemand versucht uns auszurauben? Es gibt eine Menge schlechter Menschen da draußen. Wir wären leichte Beute."

Shane klopfte auf sein Holster. „Diese Beute ist bewaffnet. Ich habe einen leichten Schlaf und bin beim kleinsten Laut wach. Natürlich ist es ein Risiko, aber es ist besser, als in einem Motelzimmer aufzuwachen, nur damit wir einen leeren Parkplatz vorfinden und unsere Vorräte gestohlen sind."

„Auch wieder wahr", sagte Corbin. „Ich schlafe nach heute wahrscheinlich sowieso nicht viel."

„Also ich werde schlafen", sagte Violet und unterdrückte ein Gähnen. „Ich werde wahnsinnig fest schlafen."

Sie stiegen wieder in den Bulli und fuhren, bis sie einen abgeschiedenen Parkplatz neben einem leeren Einkaufszentrum am Rande einer kleinen Stadt fanden. Sie hielten an und machten sich für den Abend fertig. Shane öffnete einen der Vorratsbehälter und fand aufbereitetes Wasser und Feldrationen als Abendessen. Er öffnete Rubys Hundefutterbeutel und schüttete ihr einen kleinen Haufen auf den Boden. Außerdem nahm er die zusätzliche Waffe aus dem Handschuhfach und steckte sie in das Ablagefach der Fahrertür.

Tatsächlich hatte er nicht vor zu schlafen, solange Corbin wach war. Er wirkte nicht wie ein Problem, aber noch hatte er sich nicht als vertrauenswürdig erwiesen. Shane würde nicht noch einmal so naiv sein. Er hatte Debra blind vertraut und damit seine Tochter gefährdet, eine Lektion, die er so schnell nicht vergessen würde.

Als es Zeit war zu schlafen, lehnte sich Violet in ihrem Sitz ganz weit zurück. Ruby arbeitete sich in den Fußraum unterhalb ihres Sitzes und rollte sich zu einer kleinen Kugel auf der gepolsterten Matte zusammen. Corbin legte sich hinten hin, seine Hände stützten seinen Hinterkopf.

„Ist es euch bequem genug?", fragte Shane.

„Mir geht es gut", antwortete Violet. „Ich bin zu müde, als dass es eine Rolle spielt."

„Es ist in Ordnung", sagte Corbin. „Die Kojen im Lager waren auch nicht viel besser als das hier. Wenigstens sind hier nicht noch zwanzig andere Typen im Raum, die schnarchen, furzen und sich herumwälzen."

Violet kicherte.

Shane stellte den Motor ab, steckte den Schlüssel tief in seine Hosentasche und öffnete das Fenster einen Spalt, sodass genug Frischluft hereinkam. Er versuchte, ganz beiläufig den Rückspiegel zu richten, damit er Corbin sehen konnte. Dann klappte er seinen Sitz zurück, um seine Arme zu verschränken.

Die Stadt war dunkel, zu dunkel, wie ein tiefer Brunnen einer bodenlosen Nacht, aber die Insekten und nachtaktiven Tiere klangen doppelt so laut wie gewöhnlich. Frösche und Grillen und alle möglichen Dinge begannen, laut genug zu zirpen, zu quaken und zu jaulen, um Tote aufzuwecken.

Vielleicht haben sie sich dazu entschieden, dass sie jetzt die Möglichkeit haben, die Erde zu übernehmen, dachte Shane.

Trotz Corbins Vorhersage, dass er nicht viel schlafen würde, schnarchte er bereits nach einigen Minuten leise. Im blassen

Mondlicht, das durch die Windschutzscheibe schien, sah Shane, dass der junge Mann die Augen geschlossen hatte. Violet schlief kurz danach ein. Sie hatte sich auf die Seite gedreht, ihre Sonnenbrille lag vergessen auf dem Boden.

Shane machte sich auf eine sehr lange, einsame Nacht gefasst.

KAPITEL FÜNFUNDZWANZIG

Von Zeit zu Zeit, wenn Mike der Erschöpfung nahe war, spürte er ein heftiges Flattern und schreckte aus dem Halbschlaf auf, nur um zu bemerken, dass Jodi damit kämpfte, die Spuren zu wechseln. Ihr rechter Arm war vom Ellbogen bis zum Handgelenk mit Pflastern übersät und sie hielt ihn nahe am Körper, was das Lenken erschwerte.

Ich bin so froh, dass ich den Revolver gekauft habe, dachte er. *Es hätte deutlich schlimmer ausgehen können.*

Eine Waffe zu kaufen, war keine einfache Entscheidung gewesen. Mike fühlte sich in der Nähe von Schusswaffen unwohl. So war es immer gewesen. Tatsächlich war er ein überzeugter Gegner von ihnen gewesen, bis er zwei Blocks von seiner Wohnung entfernt ausgeraubt worden war. Schließlich hatte ihn blanke, tierische Angst dazu gezwungen, seine politischen Ansichten zu verraten und den Revolver zu kaufen. Und jetzt hatte er ihnen das Leben gerettet.

Die Ironie war ihm nicht entgangen. Während sie weiterradelten, griff er in den Rucksack und holte ihn heraus. Der Revolver war noch immer warm und Mike konnte einen Hauch von Schießpulver riechen. Ohne besonderen Grund – außer, dass er das Gefühl mochte – drehte er den Zylinder, klappte ihn heraus und wieder hinein und drehte ihn erneut. Dann steckte er die Waffe auf den Sitz neben sich unter den Koffer, damit sie leicht zu erreichen war.

Er war so müde, dass er kaum klar denken konnte, obwohl er weniger geschuftet hatte als Jodi oder Owen und nicht mit einer Schusswunde fertigwerden musste. Dennoch fühlte er sich immer mehr wie am Rande eines Zusammenbruchs und darüber hinaus war sein Hintern wund, weil er auf dem Sitz neben dem Gepäckstapel gezwängt war. So konnte er sich nicht bewegen oder seine Sitzposition verändern.

Als Jodi schließlich nach ein paar zermürbenden Meilen immer langsamer radelte, fuhr Owen neben sie und bat darum, dass sie tauschten.

„Mom, du musst eine Pause machen. Du ziehst eine schwere Last", sagte er. „Lass mich das übernehmen."

Sie widersprach nicht und Mike wusste, dass das nicht zu ihrer Persönlichkeit passte. Wortlos kletterte sie von dem Fahrradtaxi und nahm Owens Fahrrad. Mike fühlte sich dadurch ziemlich elend und unruhig. Er sollte eigentlich Jodi helfen, die Last zu tragen, statt die Last zu *sein*. Warum sollten seine verletzte Schwester oder sein jugendlicher Neffe ihn wie Schlachtvieh durch die Gegend schleppen?

Er war kurz davor, sich selbst zu bemitleiden, und begann, in das dunkle, kleine Loch zu versinken, das er nach seiner Krebsdiagnose entdeckt hatte.

Kumpel, vergiss nicht, dass du gerade eine Amoksituation beendet hast, erinnerte er sich. *Da warst du alles andere als nutzlos.*

Dadurch fühlte er sich zwar besser, aber nur unwesentlich. Die Erkenntnis, dass er ein Menschenleben genommen hatte, bereitete ihm ein flaues Gefühl, und das Bild der Kugel, die den Mann über dem Auge traf, war fest in sein Gedächtnis eingebrannt.

Es musste getan werden, ermahnte er sich. *Es war sein Leben oder das Leben deiner Lieben.*

Sie verließen den Highway in Blythe, als die Massenauswanderung zu viel wurde. Jodi wirkte besorgt, dass sie weitere Irre in der Menge treffen könnten. Während sie sich durch die Landschaft schlängelten, Bauernhöfe, verstreute Häuser und kleine Dörfer passierten, trafen sie auf deutlich weniger Menschen.

Schließlich machte der Nachmittag dem Abend Platz und sie kamen in ein Dorf namens Keysville. Owen zeigte auf einen kleinen Gemischtwarenladen mit Tankstelle neben der Straße. Auf dem Vordach über den Zapfsäulen prangte ein Schild, auf dem ‚Mom and Pop's Country Store' stand. Überraschenderweise schien das Geschäft offen zu sein, die Lampen flackerten durch die kleinen Fenster auf beiden Seiten der Tür.

„Halt an", rief Jodi von hinten.

Owen blieb unter dem großen Dach vor der Tür stehen und auch Jodi hielt neben ihm an. Als sie vom Fahrrad stieg, verzog sie vor Schmerzen ihr Gesicht.

„Tut es sehr weh, Jodi?", fragte Mike.

„Es ist schlimmer geworden", sagte sie. „Ich muss ein paar Schmerzmittel aus den Vorräten holen. Ich wünschte, wir hätten etwas Stärkeres als Ibuprofen. Wir hätten Erica dazu bringen sollen, uns irgendwie in die Pharmazie zu lassen."

Bei der Erwähnung der attraktiven Krankenschwester fühlte sich Mike für einen Moment wehmütig.

„Warum versuchen wir nicht, ein echtes Fahrzeug zu finden?", fragte Mike. „Du brauchst eine Pause. Dieses Fahrradfahren ist zu viel."

„Ja, ich denke, du hast recht", sagte sie und hielt ihren verletzten Arm gegen den Bauch. „Aber es muss groß genug sein, um die Fahrräder zu transportieren. Ich will sie nicht zurücklassen. Wir brauchen sie vielleicht noch einmal."

Owen öffnete die Tür zum Geschäft und hielt sie für Jodi auf.

„Soll ich hier draußen bleiben und unser Zeug bewachen?", fragte Mike.

Jodi schüttelte den Kopf. „Du suchst eine Karte. Ich bleibe in der Nähe der Tür und werfe ein Auge auf die Sachen."

In Wahrheit interessierte sie es offenbar nicht allzu sehr, ob ihre Sachen gestohlen wurden oder nicht. Sie sah wirklich erbärmlich aus und wirkte so, als sei sie nur halb bei Bewusstsein. Als Mike aufstand, um ihr zu folgen, zog er seinen Revolver unter dem Gepäck hervor und steckte ihn in seinen Rucksack. Dann schwang er ihn auf seine Schultern und ging in den Laden.

Mom und Pops Dorfladen bot nicht viel. Zwei Gänge liefen der Länge nach durch das kleine Gebäude, Kühlregale befanden sich im hinteren Teil und eine Kasse auf einem Glastresen rechts. Eine Handvoll Kunden schlenderten durch die Reihen. Ein älteres Paar – wahrscheinlich Mom und Pop – hockten hinter der Kasse. Der alte Mann trug eine Brille mit dicken Gläsern und einen hellroten Pullover, die Frau ein altmodisches Schürzenkleid mit Blumenmuster. Aus einer Petroleumlampe neben der Kasse kam schwaches Licht, in dem Mike einen alten manuellen Kreditkartenleser auf dem Tresen entdeckte. Er machte Jodi darauf aufmerksam.

„Akzeptieren Sie Kreditkarten?", fragte sie den alten Mann.

Pop grinste breit und nickte. „Anscheinend ist die altmodische Art und Weise die beste. Ich akzeptiere Mastercard und Visa."

„Fantastisch", sagte Jodi und wandte sich dann an Mike. „Ich wollte nicht unser ganzes Bargeld ausgeben. Man weiß ja nie, wann wir es im Notfall noch einmal brauchen."

„Wir haben den Wert der Bestechung ja bereits in die Arme geschlossen", sagte Mike. „Und Bestechungen sind immer bar."

Jodi warf ihm einen genervten Blick zu und schickte ihn mit wedelnden Händen den Gang hinunter. „Versuch eine Karte zu finden, irgendetwas, was regional genug ist, damit Nebenstraßen verzeichnet sind." Dann gestikulierte sie in Richtung ihres Sohnes. „Owen, hol uns etwas Essen und Wasser und was auch immer du denkst, was wir sonst in den nächsten Tagen noch gebrauchen könnten."

Mike trottete den leeren Gang hinunter bis zum hinteren Teil des Ladens. Seine Daumen steckten unter den Trägern seines Rucksacks. Schließlich entdeckte er dort hinten einen Ständer mit Straßenkarten neben einem nicht funktionierenden Geldautomaten. Der Ständer war so gut wie leer geräumt, doch er fand weit unten eine einzelne übrig gebliebene Karte von Georgia. Er musste ein paar Minuten vorsichtig das Gleichgewicht halten, um sich vorzubeugen, damit er sie greifen konnte, und als er sie endlich hatte, fühlte es sich wie eine ziemliche Errungenschaft an. Es war eine großformatige Papierkarte und er machte den Fehler sie auseinanderzufalten. Es dauerte eine Weile, bis er sie wieder zusammengefaltet hatte.

Im zweiten Gang fand er Owen, der Konservendosen und Wasserflaschen in seiner Armbeuge balancierte.

„Brauchst du Hilfe, Junge?", fragte Mike.

„Nein, es geht schon", antwortete Owen. „Du solltest dich wieder hinsetzen, Onkel Mike."

„Ich humple schon relativ gut", sagte Mike. „Ich habe bestimmt noch zwölf vernünftige Schritte in mir."

Langsam ging er zum vorderen Teil des Ladens und wich einigen Kunden aus, die sich durch die Regale wühlten. Als er dort ankam, sah er Jodi mit dem Paar hinter der Kasse reden.

„Es war ein harter Tag", sagte Pop. „Schlimmer als erwartet. Wir dachten, dass wir einen wunderbaren Dienst bereitstellen, indem wir heute offen bleiben, aber alle sind so verdammt ungehobelt. Manche Leute behandeln uns, als ob der Stromausfall unsere Schuld sei, und sie streiten beim kleinsten Anlass miteinander. Ich dachte vorhin, dass sich ein paar Herren prügeln würden. Was glauben Sie, worum sie sich gestritten haben? Den letzten Kasten Bier."

„Wir überlegen, ob wir morgen vielleicht nicht öffnen", sagte Mom. „Es ist so ein Theater."

„Warum sollten wir uns so ein unfreundliches Verhalten gefallen lassen?", fragte der alte Mann. „Ich muss mich nicht beleidigen lassen, wenn ich nur versuche, meine Kunden zu bedienen."

„Ich bin sehr froh, dass sie noch offen haben", sagte Jodi. „Aber um ehrlich zu sein, halte ich es für eine gute Idee, den Laden zu schließen und das, was Sie auf Lager haben, für sich selbst aufzubewahren. Ich habe von einer ziemlich fachkundigen Person gehört, dass es Jahre dauern könnte, bis das Stromnetz wieder läuft."

„Jahre?", fragte die Frau. „Das kann nicht Ihr Ernst sein."

„Denken wir nicht gleich das Schlimmste", sagte Pop. „Zumindest noch nicht."

Mike erkannte durch die Blicke, die das alte Paar sich zuwarf, dass sie Jodi nicht ganz glaubten. Sie dachten, dass sie eine Panikmacherin wäre. Er konnte es ihnen nicht verübeln. Es war nicht leicht, zu akzeptieren, dass die gemeinsamen Maßnahmen der Geschäftswelt, der Regierung, des Militärs und der Freiwilligen den Wiederaufbau nicht irgendwie schnell erledigen und alles wieder funktionstüchtig machen konnten. Doch dieses arme Paar würde für ihren Optimismus leiden. Jetzt war Zeit für Realität und für die Vorbereitung auf das Schlimmste. Wenn Mike etwas gelernt hatte, dann das.

„Sie müssen sich um sich selbst kümmern", sagte Jodi. „Das ist alles, was ich sage."

„Ich hasse es, Leute im Regen stehen zu lassen", sagte Pop. „Unsere Stammkunden verlassen sich auf uns. Wir sind der einzige Laden im Dorf. Aber wir werden darüber nachdenken, was Sie gesagt haben."

„Wir könnten ein paar Dinge zurücklegen, denke ich", sagte Mom in einem Ton, der verriet, dass sie nicht vorhatte, etwas Derartiges zu tun.

Dann kam Owen zurück und ließ einen Haufen Artikel auf den Tresen fallen. Mike legte die Landkarte dazu und der Geschäftsinhaber rechnete alles zusammen. Als Jodi ihm die Kreditkarte zum Bezahlen gab, benutzte der alte Mann den manuellen Kreditkartenleser, um einen Abdruck der Karte auf einer zweifachen Rechnung zu machen. Er nahm die oberste Kopie und reichte Jodi die untere. Mike bewunderte die Prozedur. Er hatte so ein simples Gerät das letzte Mal in seiner Kindheit gesehen.

„Es ist, wie wenn jemand eine antike Maschine in einem Museum vorstellt", sagte er. „Hätten Sie doch nur ein altes Kinetoskop und einen dieser alten Liebestester."

„Ich habe meinen Kreditkartenleser immer unter dem Tresen gelassen", sagte Pop und gab Jodi ihre Kreditkarte zurück. „Ich dachte, dass ich sie eines Tages noch einmal gebrauchen könnte."

„Bleiben Sie drei heute Nacht im Dorf?", fragte Mom.

„Darüber haben wir ehrlich gesagt noch nicht nachgedacht", sagte Jodi. „Ich denke, wir werden irgendwo in einem Feld halten."

„Es gibt einen Park im südlichen Teil des Dorfes", sagte Mom. „Er ist etwa eine Meile von hier entfernt. Es ist ein recht sicherer Ort. Zumindest war er das einmal. Man kann natürlich nicht sagen, wie es dort jetzt aussieht. Die Leute sind heute so anders. Ich verstehe es einfach nicht. Wenn sie wie ich weit draußen auf dem Land geboren worden wären, wäre das alles wahrscheinlich kein so großes Problem."

Während sie sprach, packte sie ihre Waren in einer Papiertüte ein. Sie hielt sie zunächst Jodi hin, bemerkte dann ihren lädierten Arm und reichte sie stattdessen Owen.

„Ist mit Ihnen alles in Ordnung?", fragte Pop. „Sieht aus, als wären Sie gefallen."

„Mir geht es gut", sagte Jodi kurz.

„Sie sehen nicht aus, als ob es Ihnen gut geht. Es sieht nach sehr viel Blut und vielen Pflastern aus."

„So ist es", sagte Jodi, „aber es geht mir gut. Danke, dass Sie fragen."

Mike lehnte sich auf das kalte Glas des Tresens. Er fühlte sich von der langen Fahrt hinten im Fahrradtaxi steif und wund an und eine leichte Übelkeit begann, in seinem Bauch zu rumoren.

„Hey, ihr netten Leute kennt nicht zufällig jemanden, der uns seinen Transporter verkaufen würde, oder?", fragte er.

Das Paar schien über die Frage nachzudenken und der alte Mann wollte gerade antworten. Doch bevor er ein Wort herausbekam, schwang die Tür auf und knallte gegen die Wand. Mike hörte schwere Stiefel in den Raum treten und drehte sich um. Vier Männer schlenderten in den Laden, allesamt große, kräftige Kerle in Lederjacken. Sie trugen Stiefel und zerlumpte Jeans und einer von ihnen hatte ein großes Spinnentattoo auf der linken Wange. Ihre Jacken hatten Totenkopfaufnäher auf der linken Brustseite.

Als sie den Laden betraten, verteilten sie sich und sahen sich um, als ob sie den Ort begutachteten. Der größte der Männer war ein riesiges, grauhaariges Wesen mit Wangen wie eine Bulldogge und hasserfüllten, wachsamen Augen. Er sah Mike an, verzog seine Lippen, sodass durch Zigaretten verfärbte Zähne zum Vorschein kamen. Der Mann hob seine Hand und griff mit ihr tief in die Tasche seiner Lederjacke.

KAPITEL SECHSUNDZWANZIG

Der grauhaarige Mann zog eine Handfeuerwaffe heraus und zog am Schlitten. Als ob das ein Signal war, zogen die anderen Männer ebenfalls Pistolen aus ihren Taschen. Er machte einen Schritt vorwärts und richtete die Pistole in Richtung des Tresens. Jodi und Mike gingen aus dem Weg, aber der Pistolenlauf zeigte nicht auf sie.

„Hallo, Pop", sagte der grauhaarige Mann und zielte auf den alten Mann hinter dem Tresen. Er hatte eine raue Stimme wie Sand und Kies. Mike bemerkte, dass seine Knöchel mit alten und neuen Narben übersät und seine Fingernägel bis zum Nagelbett abgekaut waren. Offensichtlich hatte er ein hartes Leben.

„Wer sind Sie?", fragte Pop weitaus mehr verärgert als verängstigt. „Wie können Sie es wagen, hier hereinzukommen und mit Pistolen herumzufuchteln."

Der grauhaarige Mann schüttelte seinen Kopf, wobei fettige, schwarze Haarsträhnen sich hinter den riesigen, roten Ohren lösten. „Fangen wir doch nicht gleich schlecht an. Wir machen es ganz einfach. Wir sind gekommen, um uns zu nehmen, was auch immer wir wollen, und Sie werden nichts dagegen unternehmen. Ist das klar?"

„Sie sind ja verrückt", sagte Pop. „Wir sind ein kleines Geschäft. Wir haben nicht viel Bargeld."

Statt zu antworten, gab der grauhaarige Mann seinen Kameraden Handzeichen.

„Snake, nimm den linken Gang", sagte er. „Kade, du den rechten. Nehmt alles, was von Wert ist. Räumt diese Landeier leer."

„Alles klar, Big Bill", sagte Snake.

Snake hatte dünnes, straßenköterblondes Haar, das von der hohen, sonnenverbrannten Stirn nach hinten gekämmt war. Er schüttelte die Ärmel seiner Jacke und streifte durch den linken Gang, wo er drei Kunden dabei entdeckte, wie sie die Regale durchsahen. Ein Mann und zwei Frauen, alle Ende fünfzig, erstarrten und blickten Snake erschrocken wie Rehe im Scheinwerferlicht an.

„Taschen leeren", sagte er und wedelte mit der Waffe. „Schnell. Verschwendet nicht meine Zeit."

Der Mann krempelte seine Hosentaschen zuerst nach außen und ließ einen Schlüsselbund, ein Bündel Geldscheine und einige Münzen auf den Boden fallen. Eine der Frauen trug eine kleine Lederhandtasche. Sie warf sie auf den Gang, sodass sie vor Snakes Füße rutschte. Die andere Frau holte Schlüssel und ein paar Kreditkarten aus einer Jackentasche und warf sie von sich, als ob sie glühende Kohlen wären.

„So ist es gut", sagte Snake. „Sehr gut."

Er bückte sich und hob die Handtasche auf, ohne seine Augen von den dreien zu lassen. Dann öffnete er sie mit seinen Zähnen und kippte sie aus, sodass alles auf den Boden fiel. Lippenstift, Fotos, Schlüssel, Taschentücher, irgendwelche verschiedene Zettel und etwa dreißig andere undefinierbare Dinge regneten heraus.

Kade, der Mann mit dem Spinnentattoo, ging den rechten Gang hinunter. Er hatte einen drahtigen Bart unter einer recht großen Nase und es schien, als ob er dauerhaft Sonnenbrand hatte, die Haut um seine Augen herum war heller, als ob er häufig eine große Sonnenbrille trug. Eine einzelne Kundin stand in der Mitte des Ganges und trat zurück, als er näher kam. Es war eine junge Frau, klein und schüchtern, und bückte sich wie eine in die Ecke getriebene Maus.

„Tun Sie mir nichts", sagte sie. „Bitte, nehmen Sie, was Sie wollen."

Er stellte sich über sie und hielt ihr die Waffe von oben auf den Kopf. „Dann zeigst du mir besser etwas Gutes. Ich will Schmuck, Geld, Kreditkarten, irgendetwas."

Während Snake und Kade die Kunden in den Gängen ausraubten, kümmerten sich die anderen beiden Räuber um die Leute im vorderen Teil des Ladens. Mike spürte, wie ihre hasserfüllten und hämischen Blicke über ihn glitten.

„Ich will, dass ihr euch alle auf den Boden legt", sagte der grauhaarige Anführer. „Ich mache es euch so einfach wie möglich, damit ihr nur das tut, was ich euch sage. Macht keinen Ärger und wir müssen nicht alle hier umbringen. Wie klingt das?" Mit seiner freien Hand haute er dem vierten Räuber, der in Spitzen abstehende, schwarze Haare hatte, auf die Brust. „Behalte sie gut im

Auge, Dale. Wenn irgendjemand sich wehrt, kümmere dich darum. Verstanden?"

Dale nickte. „Und ob, Big Bill. Was ist? Seid ihr taub? Er hat gesagt, runter auf den Boden!"

Jodi deutete Owen an, dass er sich auf den Boden legen sollte, und tat es dann ebenfalls. Sie legten sich flach hin und streckten die Arme und Beine aus. Mike blickte zu den Ladenbesitzern. Die alte Frau ging zu Boden und verschwand hinter dem Tresen. Pop tat dasselbe, aber er bewegte sich unheimlich langsam. Während er dabei war, sich hinzulegen, sah Mike, wie er in ein Regal hinter dem Tresen griff und eine kleine Schachtel aus dem Weg schob, sodass der Schaft einer Schrotflinte zum Vorschein kam.

Tu es nicht, Pop, dachte Mike, als er sich auch langsam auf den Boden begab. *Spiel nicht den Helden.*

Sobald Big Bill sich abgewandt hatte, schnappte sich Pop die Schrotflinte aus dem hinteren Regal, drehte sich ruckartig um und knallte dabei gegen die Ecke des Glastresens. Dale, der Mann mit den spitzen, schwarzen Haaren, der neben Bill stand, war der kleinste der vier, hatte ledrige Haut und wirkte wild. Er bemerkte Pops Waffe zuerst und zielte auf ihn.

„Nein, das tust du nicht, alter Mann", sagte er. „Ich sehe dich."

Pop war den Bruchteil einer Sekunde zu langsam. Vielleicht war der Abzug ein wenig zu schwer für ihn. Mike sah, wie er sich plagte und seine mit Altersflecken gespickte Hand vor Anstrengung zitterte. Dann schoss der spitzhaarige Gangster mit seiner Pistole. Pop trat einen Schritt zurück und drehte sich, ließ die Schrotflinte fallen und hob die Hände vor sein Gesicht, als ob er sich damit schützen wollte. Seine Frau schrie, als er neben sie hinter den Tresen fiel. Mom sprang verzweifelt auf und versuchte, zu entkommen, trat über den Körper und rannte zu einer offenen Tür am Ende des Tresens.

„Schlechte Idee", sagte Big Bill. Er folgte ihr mit seiner Pistole und schoss ihr zweimal in den Rücken. Beim ersten Schuss rannte sie noch weiter. Beim zweten fiel sie, traf den Türrahmen und verschwand. Bill lächelte und gab seinem Freund einen herzlichen Schlag auf den Arm. „Gut aufgepasst, Dale. Der alte Pop dachte, er wäre clever."

„Die Arthritis des alten Pop hat ihn überwältigt", sagte Dale. „Du hast ihn gewarnt, aber er hat trotzdem etwas versucht."

Snake, Kade, Big Bill und Dale, dachte Mike. *Was für eine Gruppe von Gewinnern. Ich wünschte, ich käme an meine Waffe.*

Leider hatten sie die Oberhand. Mike legte sich neben Jodi und drückte seine Hände auf den kalten Linoleumboden. Es dauerte ein paar Sekunden, weil die Bewegung dafür sorgte, dass der Schnitt in seinem Hals schmerzte. Er hob seine Hand an den Verband, um ihn zu berühren und sicherzugehen, dass er nicht mit Blut vollgesaugt war. Doch er fühlte sich noch trocken an.

„Also, versucht Pops Beispiel nicht zu folgen", sagte Big Bill zu den restlichen Leuten im Raum. Er schwenkte seine Waffe in Owens, Jodis und Mikes Richtung. „Ich habe eine Kugel für jeden, der irgendetwas Cleveres machen will. Was ist mit euch drei? Wollt ihr eine Nummer abziehen wie der alte Pop?"

Jodi und Owen hielten ihre Köpfe unten, wofür Mike dankbar war. Doch er bemerkte, dass Owen sich vor seine Mutter gelegt hatte, als ob er sie mit seinem Körper schützen wollte.

Guter Junge, dachte er.

Die vier Räuber gingen durch den Laden und schnappten sich alles, was sie wollten. Big Bill trat hinter den Tresen und leerte die Kasse. Mike konnte das Gewicht des Revolvers in seinem Rucksack praktisch fühlen, aber er wusste, dass es nicht möglich war, ihn schnell genug herauszuholen, ohne erschossen zu werden. In seinem derzeitigen Zustand war er nicht viel schneller als der arme alte Pop. Stattdessen folgte er Owens Beispiel, bewegte sich vorsichtig zu Jodi und legte seinen Körper leicht über ihren.

„Dale, räum die Taschen der drei aus", sagte Big Bill hinter der Kasse. „Beeil dich."

Mike erstarrte, als der spitzhaarige Räuber Dale näher kam und sich hinter sie kniete. Er begann bei Owen und griff nacheinander in seine Hosentaschen. Er fand nicht viel: ein paar Münzen, einen zerknüllten Fünfdollarschein, Fussel und einen Schülerausweis. Er behielt das Geld und warf den Ausweis auf den Boden.

„Erbärmlich", sagte er.

Owen schien die Aussage beleidigt zu haben.

Obwohl Jodi neben ihm lag, übersprang Dale sie und kniete sich hinter Mike. Etwas Kaltes berührte Mikes Nacken. Er zuckte, denn er war sicher, dass es der Lauf der Waffe war.

„Halt einfach still, Cowboy", sagte Dale leise lachend. Er stank nach Zigarettenrauch, Leder und Straßenstaub und Mike musste in seinem gebrechlichen Zustand einen Würgereflex unterdrücken. „Sehen wir mal, was du hier für tolle Sachen für mich hast."

Mike war nervös, als Dale den Rucksack öffnete. Obwohl er versucht war, um die Waffe zu kämpfen, wusste er, dass es zwecklos wäre. Dale konnte sich nehmen, was auch immer er haben wollte, und Mike konnte nichts dagegen tun, ohne eine

Kugel durch den Nacken geschossen zu bekommen. Er fühlte, wie eine Hand im großen Fach des Rucksacks wühlte. Kleidung fiel auf den Boden, gefolgt von einer Wasserflasche, die von Mikes Schulter rollte und in Richtung Tür polterte.

Dale nahm ein paar von Mikes Boxershorts, fluchte leise und warf sie von sich. Dies führte dazu, dass er das große Fach aufgab und stattdessen das kleinere öffnete. Darin fand er nur Mikes Fläschchen mit Tabletten, die Mike nach der Chemo-Behandlung nehmen musste. Dale schüttelte es, dachte offenbar eine Sekunde darüber nach und steckte es dann – zu Mikes Überraschung und Beunruhigung – in seine Jackentasche, als ob er dachte, dass die Tabletten ihn berauschen könnten.

„Eine ganze Menge Nichts", murmelte Dale.

Ohne den Rest von Mikes Rucksack zu leeren – weshalb er auch den Revolver, der am Boden des großen Fachs steckte, nicht fand – erhob er sich und widmete sich Jodi, wobei er den Gestank als wirbelnde Wolke zurückließ. Mike atmete erleichtert auf.

Dale hockte sich über Jodi und setzte sich dann sogar, wobei sein großes Hinterteil sich auf ihr Kreuz drückte. Als er sein Gewicht auf sie lagerte, kniff sie die Augen zu und ließ einen schwachen, verärgerten Ton heraus. Owen blickte den Räuber mit feuriger Wut in den Augen an, aber Jodi griff behutsam nach seinem Handgelenk.

„Was haben wir denn hier?", sagte Dale.

Mike bemerkte, dass Jodis Handtasche nirgendwo zu sehen war. Er nahm an, dass sie sie unter sich versteckt hatte. Dale kam nicht an ihre Hosentaschen, weil er sie mit seinen riesigen Schenkeln abdeckte, aber es wurde schnell deutlich, dass er nicht vorrangig

Interesse an ihren Taschen hatte. Seine schmutzigen Wurstfinger streichelten ihr durch die Haare und Mike sah, wie sie verkrampfte. Der Kerl sah Jodi hungrig an. Seine Augen waren wässrig und die Tränensäcke unter ihnen sahen aus wie fette Satzlammern. Ein paar Sekunden lang strichen seine Finger durch Jodis Haare, dann glitten sie ihren Rücken herunter.

Ich muss das beenden, dachte Mike. *Aber wenn er mich in den Rucksack greifen sieht, bin ich tot.*

Vor Wut kochend, riskierte Mike es, an seinen Rucksack zu fassen. Seine linke Hand schlängelte sich die Seite entlang und berührte den groben Stoff. Seine Schwester knirschte sichtbar mit den Zähnen und versuchte offensichtlich krampfhaft, nicht zu reagieren. Doch Owen war offenbar kurz davor, ihn anzugreifen.

Ich mache besser etwas Dummes, bevor der Junge es tut, dachte Mike.

Er schaffte es, seine Hand in das große Fach zu stecken, doch als er das tat, berührten seine Finger den Reißverschluss, was ein leises aber unverkennbares Geräusch machte. Dale hob seine Pistole.

„Hör auf, an der Tussi herumzufummeln", schrie Big Bill hinter dem Tresen.

Als Dale nicht sofort darauf reagierte, nahm Bill den Kreditkartenleser und warf ihn auf ihn. Die Maschine prallte gegen Dales Rücken und er schrie alarmiert auf. Er zuckte, griff nach hinten und feuerte dabei aus Versehen seine Waffe ab. Die Kugel traf den Boden keine fünfzehn Zentimeter von Jodis Kopf entfernt, spaltete das Linoleum, wurde zum Querschläger und traf die gegenüberliegende Wand.

„Pass auf, du Idiot", sagte Big Bill. „Komm in die Gänge. Schnapp dir alles und lass uns verschwinden. Es gibt genug junge Dinger, die auf der Straße auf uns warten."

Dale murrte laut und offenbar beleidigt und stand auf.

„Ich denke, wir sind hier fertig", sagte Big Bill und kam hinter dem Tresen hervor. Er trug eine Papiertüte, die er viele Male gefaltet hatte. Als er sich bewegte, klimperten in ihr die Münzen und das Bargeld. „Was habt ihr bekommen?"

Snake kam aus dem linken Gang. „Geldbeutel, Uhren, Telefone, Bargeld, Zigaretten, eine ganze Menge gutes Zeug", sagte er.

„Hier dasselbe", fügte Kade hinzu, der aus dem rechten Gang trat, „und einen hübschen Diamantring. Sieh dir das Teil an. Das ist ein richtiger Felsbrocken!" Er hielt einen sehr großen Diamantring hoch und drehte ihn im Licht vor und zurück.

„Lass ihn nicht fallen", sagte Big Bill. „Steck ihn ein und lasst uns von hier verschwinden."

Mike hörte, wie die schüchterne Frau im rechten Gang leise weinte. Hatte Kade ihren Ehering genommen? Er hielt es für wahrscheinlich und das ließ ihn vor Wut fast platzen. Als er in ihre Richtung sah, bemerkte er, dass sie sich mit den Händen vor dem Gesicht ganz klein auf dem Boden zusammengekauert hatte.

O ja, ich würde diese Kerle wirklich gern erschießen, dachte er.

Allerdings glaubte er nicht, dass er dazu eine Gelegenheit haben würde. Wenn man sah, wie Big Bills Augen durch den Raum wanderten, würden stattdessen offenbar die Räuber das Schießen übernehmen. Ein bequemer Weg, um jegliche Zeugen in einer Welt zu eliminieren, in der die Polizei sehr langsam reagieren würde.

Bill winkte seine Männer mit seiner Waffe zur Eingangstür und sie gehorchten trampelnd mit den Armen voller gestohlener Gegenstände. Kade drehte sich noch einmal herum, um den Raum zu begutachten. Sein Spinnentattoo schien sich im flackernden Licht zu bewegen.

„Beseitigen wir sie, Big Bill", sagte er.

Das ist es, dachte Mike. *Das ist der Moment, in dem wir alle sterben werden.*

Selbst jetzt versuchte Mike, seine Hand in seinen Rucksack zu bekommen. Der Winkel war aber falsch. Er konnte die aus dem geöffneten Fach herausstehenden T-Shirts und Socken fühlen, aber sich nicht tief genug hineingraben, um an den Revolver zu kommen.

„Beseitigen wir sie", sagte Kade erneut. „Sie haben es doch verdient. Warum also nicht?"

Big Bill ließ den Lauf der Waffe durch den Raum schweifen und hielt sie eine Sekunde auf Jodi.

„Nee, wir sollten lieber die Munition sparen", sagte er nach einem Moment. Er griff die Klinke der Eingangstür und zog sie auf. „Wir brauchen sie, wenn wir im nächsten Laden sind. Leute, es gibt tausende Ziele da draußen und nicht genug Polizei, als dass sie noch eine Rolle spielt. Das ist unsere Zeit zu glänzen!"

„Dieser Saftladen war lächerlich", sagte Dale. „Lass uns als Nächstes eine Bank überfallen."

„Nee, Banken haben ihre eigenen Sicherheitsleute", sagte Big Bill. „Diese Tankstellen haben gar nichts. Sie sind leichte Beute. Wir können sie einer nach der anderen ausnehmen und niemand wird etwas dagegen tun können."

Snake, Kade und Dale lachten darüber, als ob es der lustigste Witz war, den Bill je erzählt hatte.

Zu den am Boden Liegenden sagte Bill: „Niemand von euch bewegt sich, bis wir unterwegs sind. Es ist euer Glückstag. Ich habe keine Lust, noch jemanden umzubringen, aber eine Bewegung könnte meine Meinung ändern."

Als ob er sie auf die Probe stellen wollte, starrte er sie für einige Sekunden an. Mike erstarrte, seine linke Hand war irgendwie ungelenk nach hinten gebogen und wischte gegen den Rucksack. Dann lachten Bill und seine Freunde und sie verschwanden. Sie gingen gemeinsam aus dem Laden und ließen die Eingangstür zuknallen. Mike wagte es nicht, sich zu bewegen oder zu sprechen. Einige Sekunden später hörte er die hochtourigen Motoren, als Big Bills Bande mit ihren Motorrädern Richtung Norden davonbrauste.

Jodi stand als Erste auf. Sie drückte sich vom Boden und begutachtete im Stehen den Raum. „Sie sind weg", sagte sie laut genug, dass der gesamte Laden es hören konnte. „Sie können aufstehen. Es ist vorbei."

Mike erhob sich, wobei die Hälfte des Inhalts aus seinem Rucksack auf den Boden fiel. Er zog den Revolver heraus, steckte ihn in seinen Gürtel und eilte zum Tresen. Einige der Kunden in den Gängen weinten und versuchten, sich gegenseitig Trost zuzusprechen. Mike lehnte sich über den Tresen und sah Pop in dem schmalen Raum dahinter zusammengerollt auf dem Boden liegen. Er war definitiv tot.

Er glitt hinter den Tresen und suchte die Frau des alten Mannes, die er ausgestreckt in der Tür am Ende des Tresens liegen sah. Als er sich ihr näherte, hörte er sie schwerfällig atmen. Trotz seiner Erschöpfung kniete er sich neben sie. Sie war zweimal im Rücken getroffen worden – er sah die Eintrittswunden unter ihrem durchschossenen Baumwollkleid.

„Leben Sie noch?"

Er versuchte sie zu drehen, aber sie stöhnte vor Schmerzen.

„Ist er tot?", fragte sie leise. Das Blut tropfte ihr aus dem Mundwinkel. „Mein Mann Harold, haben sie ihn umgebracht?"

„Es tut mir so leid", sagte Mike. „Ich glaube nicht, dass er es geschafft hat."

Sie gab ein leichtes Raunen von sich. „Jetzt ist es auch egal. Nehmen Sie den Schlüssel … aus seiner Hosentasche." Sie zuckte vor Schmerzen zusammen.

„Was kann ich tun, um Ihnen zu helfen?", fragte Mike.

„Nichts", antwortete sie. „Nehmen Sie den Pick-up. Er parkt hinten neben dem Wohnwagen. Nehmen Sie ihn und fahren Sie. Verschwinden Sie, bevor die Männer wiederkommen."

„Ich will nicht Ihre Sachen nehmen", sagte Mike. „Sie brauchen einen Arzt."

„Nein …" Sie atmete tief und gequält ein. „Ich brauche nichts mehr. Nehmen Sie ihn und verschwinden Sie, … solange Sie es noch können." Dann atmete sie langsam aus.

Jodi stellte sich neben ihn, ihr verletzter Arm hielt ihren Bauch.

„Hol den Schlüssel", sagte sie zu Mike. „Lass mich sehen, was ich für sie tun kann."

Mike ging zum Tresen zurück und beugte sich über Pop. Bei dem Geruch von Blut und Schießpulver wurde ihm übel. Mit einer Hand hielt er sich die Nase zu. Mit der anderen grub er in Pops rechter Tasche und fand einen enormen Schlüsselbund mit einem kleinen, silbernen Anhänger. Dabei bekam er Blut auf seine Hand und verzog angewidert das Gesicht.

„Tut mir leid, Pop", sagte er. „Ich wünschte, ich könnte etwas für Sie tun. Sie waren offensichtlich ein guter Kerl."

Als er aufstand, sah er, wie sowohl Jodi als auch Owen versuchten, der Frau des Mannes zu helfen. Jodi hatte einen Verband aus ihrer Handtasche gezogen und versuchte, die Blutung zu stillen, doch es war zwecklos.

„Sie ist tot", sagte Jodi nach einem Moment und warf den blutigen Verband zur Seite. „Erschossen ohne irgendeinen verdammten Grund." Mit Abscheu in den Augen blickte sie Owen an, der traurig nickte.

Mike klimperte mit dem Schlüsselbund und sie drehten sich beide zu ihm um. Die anderen Kunden waren derweil dabei, zu verschwinden. Mike hörte, wie sich die Tür zweimal öffnete und wieder schloss. Eine weinende Frau floh in Tränen.

„Was machen wir mit den Leichen?", fragte Owen.

„Hinter dem Haus vergraben, denke ich", sagte Mike. „Das erscheint mir am zivilisiertesten."

„Nein", erwiderte Jodi müde. „Es ist zu spät am Abend. Wir

können nicht hierbleiben. Zwei Gräber zu schaufeln, würde zu lange dauern. Wir decken sie ab. Mehr können wir nicht tun."

„Es ist irgendwie bedauerlich", sagte Mike.

„Das ist es", erwiderte Jodi. „Es ist bedauerlich."

Schließlich deckten sie die Leichname mit Rettungsdecken ab, die sie in einem der Gänge auf dem Boden liegend gefunden hatten. Sie waren von einem Kunden aus dem Regal genommen, aber nach dem Raubüberfall zurückgelassen worden. Kurz diskutierten sie darüber, etwas von den Vorräten von den Ladenregalen zu nehmen, doch hatten am Ende gegenüber den armen Besitzern ein zu schlechtes Gewissen. Es war nicht richtig, etwas zu nehmen. Mike fühlte große Traurigkeit, als sie die Petroleumlampen löschten und den Laden verließen, während Pop und Mom tot auf dem Boden ihres eigenen Geschäftes lagen und nur von dünnen metallischen Folien bedeckt waren.

„Es ist nicht richtig", sagte er. „Ich würde diese vier Drecksäcke gern aufspüren und durchlöchern."

„Das kann ich gut verstehen", sagte Jodi. „Aber sei einfach froh, dass überhaupt jemand lebend dort herauskam."

Sie schoben das Fahrradtaxi und das Fahrrad hinter die Tankstelle, wo sie einen Pick-up fanden. Mike glaubte, dass es sich um einen '85er Chevy Silverado handelte. Die zweifarbige Lackierung war hässlich: gelb im unteren Teil und ein widerliches Flockenblumengold oben. Doch offenbar befand er sich in einem guten Zustand.

Mike und Jodi arbeiteten zusammen, um das Fahrrad auf die Ladefläche zu heben. Während sie das taten, versuchte Owen herauszufinden, wie man das Fahrradtaxi zusammenklappte.

„Hier an der Seite ist ein kleiner Hebel", sagte Owen, als er das zusammengeklappte Fahrradtaxi hochhob und es ebenfalls hinten auf den Pick-up lud.

„Wow, gutes Auge, Junge", sagte Mike. „Ich hätte das niemals gesehen. Ich wollte schon vorschlagen, ein Abschleppseil zu besorgen und das Ding hinter uns herzuziehen."

Sie stopften ihr Gepäck in die Lücken, nur den Rucksack brachte Mike nach vorn in die Fahrerkabine. Als Jodi den Pick-up startete und auf die Straße fuhr, war er nervös, zog den Revolver aus seinem Gürtel und richtete ihn auf den Boden. Er rechnete damit, dass die Motorradfahrer irgendwo in der Nähe entlang der Straße lauerten, doch während sie von der Tankstelle wegfuhren, sah er nichts als eine meilenweite Landstraße, die sich vor ihnen erstreckte.

Sie rasten an dem kleinen Park vorbei, den die alte Frau erwähnt hatte, und fuhren weiter durch die Nacht in Richtung Süden. Mike steckte die Waffe schließlich wieder zurück in den Rucksack.

KAPITEL SIEBENUNDZWANZIG

Das Geräusch drang in ihre Träume ein. Sie versuchte verzweifelt, die Wolfsspinnen, die die Größe von Hauskatzen hatten, aus ihrem Garten zu vertreiben, indem sie die Schaufel hin und her schwang. Die Tiere kamen im Zickzackkurs von allen Seiten auf sie zu und wichen ihren Schlägen aus. Als die Schaufel schließlich eine von ihnen traf, zerbrach das Werkzeug und machte dabei ein Geräusch, als ob ein Fenster mit einem Stein eingeworfen wurde, und zersplitterte in funkelnde Einzelteile.

Beth öffnete ihre Augen in der Dunkelheit und begriff, dass das Geräusch ihr aus dem Schlaf heraus gefolgt war. Während sie die tiefen Schatten auf ihrer Zimmerdecke betrachtete, hörte sie Glas auf eine Granitfläche klimpern. Sie rieb sich die Augen, setzte sich auf und warf ihre Decke zurück. Fast hätte sie nach Kaylee gerufen, aber dann besann sie sich eines Besseren und biss sich auf die Zunge.

So leise wie möglich griff sie hinter ihr Nachtschränkchen und nahm die zweiläufige Schrotflinte aus der Ecke. Es war eine Fox Model B, ein mächtiges Gerät aus Metall und Holz, und Beth mochte das Gefühl, die Waffe in der Hand zu halten. Sie war praktisch antik, da sie noch ihrem Vater gehört hatte. Glücklicherweise hatte sie daran gedacht, sie zu laden, bevor sie ins Bett gegangen war. Sie wusste, dass sie der Nacht in Krisenzeiten nicht vertrauen durfte.

Vorsichtig öffnete sie ihre Zimmertür und trat in den Flur, wo sie ein schwaches Licht aus Richtung des Esszimmers kommen sah. Beth hielt die Schrotflinte fester, legte den Kolben gegen ihre Schulter und bewegte sich leise durch den Flur. Wenn es Eindringlinge waren, wollte sie sie überrumpeln, bevor sie reagieren konnten. Ironischerweise war Bauer zwar nicht sofort aufgewacht, als das Glas zerbrochen wurde, begann aber jetzt wütend zu bellen, während Beth an Kaylees Zimmer vorbeiging.

Als sie in Sichtweite des Esszimmers kam, sah sie niemanden, doch hörte dann Geräusche aus der Küche. Gedämpfte Stimmen, das Klappern von Dosen, die bewegt wurden. Bauer drehte durch und versuchte durch Kaylees Zimmertür zu kommen, indem er immer wieder dagegen sprang.

Beth eilte in das Esszimmer, drehte sich zur hinteren Ecke der Küche und zielte mit der Schrotflinte.

„Keine Bewegung", rief sie.

Zwei Gestalten hatten sich über ihre offene Speisekammer gebeugt. Eine von ihnen trug eine Jeansjacke, die andere ein dreckiges, beflecktes T-Shirt. Sie richteten sich gleichzeitig auf und sahen sie an. Trotz der Waffe in Beths Händen, wirkten sie eher genervt als verängstigt.

„Greg. Travis", sagte sie. „Was zum Kuckuck macht ihr beide denn hier?"

Glasscherben waren auf der Arbeitsfläche verteilt. Sie waren durch das Fenster über der Spüle gestiegen, hatten es einfach mit dem Betonengel aus Mrs. Eddies Skulpturengarten eingeworfen. Der Engel lag neben dem Toaster auf der Seite. Greg schüttelte seine Jeansjacke aus, als ob er eine Fliege entfernen wollte, und stellte ein paar Dosen zurück in die Speisekammer.

„Was macht ihr hier?", fragte Beth erneut.

„Hey, ganz ruhig", sagte Greg und winkte mit einer Hand in ihre Richtung. „Nehmen Sie die Waffe runter, gute Frau. Es gibt keinen Grund für Feindseligkeiten. Wir leihen uns nur etwas Essen aus. Die Speisekammer unserer Grandma ist ziemlich leer. Es sieht so aus, als ob sie sich in den letzten paar Tagen nur von Schmalzfleisch und Brot ernährt hat."

„Das Essen in ihrem Kühlschrank riecht schon schlecht", fügte Travis hinzu, der mit beiden Händen ein Glas mit gepökeltem Hackfleisch umklammerte, als ob es ein Schatz war. „Wir sind seit ein paar Tagen unterwegs. Wir haben Hunger!"

Beth senkte die Schrotflinte, sodass sie nicht mehr direkt auf die beiden gerichtet war, doch sie hielt sie weiterhin fest im Griff, der Finger lag in der Nähe des Abzugs. „Wenn ihr Essen wolltet, hättet ihr auch *fragen* können", sagte sie. „Aber in diesem Fall würde ich es begrüßen, wenn ihr mein Haus verlasst. Das kaputte Fenster finde ich gar nicht gut."

„Es tut mir leid, dass Sie –"

Greg hörte mitten im Satz auf zu sprechen und stürmte auf sie zu. Sie hob die Schrotflinte und legte ihren Finger auf den Abzug, aber

Greg war überraschend schnell. Mit drei Schritten hatte er das Esszimmer erreicht, seinen Arm geschwungen und die Schrotflinte zur Seite geschlagen. Beth ließ sie fast fallen, verlor den festen Griff, sodass er die Waffe mit beiden Händen fassen und ihr entreißen konnte. Beth wurde dabei zu ihm gezogen, doch er rammte sie mit einer Schulter zurück gegen den Esszimmertisch.

Bauer rastete in Kaylees Zimmer völlig aus, scharrte an der Tür und bellte sich heiser.

„Hinsetzen", sagte Greg und deutete auf den nächststehenden Stuhl.

Travis stellte sich neben ihn und grinste. Er hielt das Glas mit dem gepökelten Hackfleisch noch immer in der Hand. Beth zog den Stuhl vom Tisch, setzte sich und überlegte verzweifelt, wie sie ihre Waffe zurückbekommen sollte. Ihr Schlüsselbein schmerzte, wo Greg sie getroffen hatte.

„Jungs, dafür gibt es keinen Grund", sagte sie. „Ich habe Essen übrig. Ihr hättet doch nur fragen müssen."

„Klappe halten", sagte Greg. „Muss ich diesen dummen Hund abknallen?"

„Er ist hinter einer Tür", sagte Beth. Sie wusste keinen Ausweg aus dieser Situation, außer sich zu fügen, den Männern das zu geben, was sie haben wollten, und zu hoffen, dass sie verschwanden. „Er wird euch nichts tun. Alles, was er tut, ist bellen, er beißt nicht."

„Was ist mit Ihnen?", fragte Greg. „Muss ich Sie erschießen oder arbeiten Sie mit uns zusammen?"

„Nehmt euch einfach, was ihr wollt, und geht wieder", sagte Beth. Sie wollte nicht, dass Kaylee etwas passierte. Dafür hätte sie all ihre Vorräte gegeben. Außerdem hatte sie immer noch ihr verstecktes Lager im Keller, wenn sie die gesamte Küche plünderten. Das würde reichen.

Greg und Travis starrten sich für ein paar angespannte Sekunden an und lachten dann. Travis stieß Greg mit dem Ellbogen in die Rippen.

„Wir gehen nirgendwohin", sagte Greg und ging an ihr vorbei. Dabei rammte er sie absichtlich mit seinem Ellbogen. Sie gingen ins Wohnzimmer und ließen sich auf die Couch fallen. Travis schwang eines seiner Beine über die gepolsterte Lehne.

„Wir können uns hier häuslich einrichten", sagte Travis. „Hier riecht es jedenfalls deutlich besser."

„Jepp", stimmte Greg zu und hielt den Lauf der Schrotflinte in Richtung Esszimmer. „Ich glaube, ich rieche einen Hauch Lavendel und vielleicht Pine-Sol-Putzmittel? Sehr nett."

Das ließ Travis grinsen.

„Ich sage Ihnen was, alte Dame", sagte Greg. „Warum holen Sie uns nicht ein Bier? Helfen Sie uns dabei, betrunken zu werden, und wir denken darüber nach, ob wir weiterziehen."

Beth seufzte. „Ich habe kein Bier. Ich trinke keinen Alkohol."

„Hast du das gehört?", sagte Greg zu Travis. „Sie hat kein Bier. Was hältst du davon?"

„Das finde ich nicht gut", sagte Travis mit einem finsteren Blick.

„Zeig mir mal, wie wenig gut du das findest."

Travis stand auf, ließ seine Knöchel knacken und kam zum Tisch herüber.

„Es tut mir leid, Jungs", sagte Beth. „Ich trinke nicht. Vielleicht mal ein Glas Wein zu besonderen Anlässen, aber das war es auch."

Sie sah den Schlag nicht kommen. Ihr Kopf flog nach hinten und sie sah Sterne. Ein plötzliches Taubheitsgefühl und Kribbeln breitete sich von ihren Lippen in ihren Kiefer aus, dann erst begriff sie, dass Travis sie geschlagen hatte. Noch schlimmer war, dass sie eine Sekunde später Kaylee schreien hörte.

„Aber, aber", sagte Greg. „Brich der Dame doch nicht den Kiefer."

Mit Tränen in den Augen sah Beth Kaylee in ihrem Schlafanzug im Flur stehen. Instinktiv erhob Beth sich, eilte zu ihr und hoffte, dass sie dafür nicht erschossen wurde. Greg folgte ihr mit der Schrotflinte, als sie ihren Körper vor Kaylee platzierte.

„Oh, oh! Das Kind ist aufgeregt", sagte Travis. „Wenn sie anfängt zu heulen, weckt sie die Nachbarn."

„Sie hat nur Angst", sagte Beth. Ihre Lippen begannen zu stechen und sie war ziemlich sicher, dass sie anschwollen. „Beruhigt euch, Jungs." Sie drehte sich zu ihrer Enkelin und wischte ihr mit den Daumen die Tränen von den Wangen.

„Grammy", sagte Kaylee. „Was ist passiert?"

„Geh zurück in dein Zimmer", sagte Beth. „Ist Bauer noch da?"

„Er wollte herausrennen", sagte Kaylee. „Ich habe ihn nicht gelassen."

„Lass ihn im Zimmer. Na los. Es ist alles gut."

„Grammy, nein."

Beth fasste sie an den Schultern und zog sie nahe an sich heran. „Es ist in Ordnung, Mäuschen. Ich verbringe nur etwas Zeit mit den Nachbarn. Wir müssen uns über einige Dinge unterhalten, aber alles ist gut. Geh sofort in dein Zimmer zurück."

„Teilen wir mit ihnen?", fragte Kaylee. „Du hast gesagt, wir müssen den Leuten helfen."

„Das habe ich gesagt", erwiderte Beth. „Ja, wir teilen. Ich kümmer mich darum."

„Aber Grammy, es klang, als ob ihr gestritten habt."

„Es war nur ein Missverständnis, das ist alles. Jetzt geh sofort wieder in dein Bett. Hör auf deine Grammy."

Mit Schmollmund trabte Kaylee den Flur hinunter in ihr Zimmer. Beth erhaschte einen kurzen Blick auf Bauer, der versuchte, an ihr vorbeizukommen, doch Kaylee schob den Hund mit dem Fuß sanft in das Zimmer zurück und schloss die Tür hinter sich.

Sobald sie die Tür geschlossen hatte, ging Beth zurück ins Wohnzimmer und kämpfte damit, ihren Schmerz, den sie in ihren Lippen und ihrem Kiefer spürte, nicht zu zeigen. Die Männer lungerten noch immer auf der Couch, Greg balancierte die Schrotflinte in seiner Armbeuge.

„In Ordnung, Jungs, wir machen das so", sagte Beth. „Ich hole einen Karton und packe euch etwas Essen aus meiner Speisekammer ein. Ich habe kein Bier, aber Wasserflaschen, genug Dosenfleisch, Gemüse, Früchte und Stapel mit Mehl und Reis."

Greg verzog sein Gesicht und schüttelte den Kopf. „Alte Dame, Sie verstehen es offenbar nicht. Wir verschwinden nicht."

„Wir brauchen keine Kiste mit Essen", fügte Travis hinzu. „All das Essen, das wir brauchen, ist doch hier. Es gibt keinen Grund, es nach nebenan in dieses staubige, alte Haus zu bringen. Ich habe es ohnehin nie gemocht."

„Gemüsedosen interessiere mich auch nicht", sagte Greg. „Es ist lange her, dass wir ein echtes selbst gemachtes Essen hatten und jetzt, wo Grandma fort ist, wer verwöhnt uns da? Selbst mit dem Röhrchen in ihrer Nase hätte sie uns schöne Abendessen gemacht und uns Getränke eingeschenkt. Sie war eine liebe, alte Dame."

„Betrachten Sie uns einfach als adoptiert", sagte Travis. „Wir nennen *Sie* ab jetzt einfach Grandma."

„Das finde ich gut", sagte Greg.

Beth hörte ihnen mit wachsender Beunruhigung zu. Sie waren nicht hier, um die Speisekammer zu plündern. Sie waren hier, um einzuziehen. Und dennoch dachte Beth, stur und einfallsreich, wie sie nun einmal war, dass es einen Weg geben musste, um sie loszuwerden.

„Ich sehe, wie Sie etwas ausbrüten", sagte Greg und tippte sich mit der freien Hand auf die Stirn. „Aber Sie werden uns nicht los. Und wenn Sie nicht wollen, dass ihrem Kind etwas passiert, werden Sie auch nichts versuchen. Ist das klar?"

Als Beth nicht sofort antwortete, sagte er es noch einmal, lauter und schriller als zuvor.

„Ist das klar? Beschütz das Kind und benimm dich, Grandma."

Beth nickte. Zum ersten Mal ließ ihr kluger Kopf sie im Stich. Wenn sie sie nicht irgendwie überlistete, um an ihre Schrotflinte zu kommen, sah sie keinen Ausweg aus dieser Situation. Alles, worauf sie ihre Hoffnung setzen konnte, war, dass ihre Familie bald ankam und bemerkte, dass es ein Problem gab.

KAPITEL ACHTUNDZWANZIG

Shane hätte nicht gedacht, dass er einschlafen würde. Er war ein Nervenbündel, saß mindestens ein paar Stunden hellwach auf seinem Platz und starrte aus der Windschutzscheibe in die dunkle Landschaft. Ruby, Violet und Corbin schnarchten alle leise in einer Art seltsamer, unharmonischer Sinfonie und diese Geräusche machten es nur noch unwahrscheinlicher, dass er einschlafen würde.

Als es dann aber passierte, war es ganz plötzlich. In einem Moment beobachtete er noch den Halbmond durch die Scheibe, im nächsten wachte er auf und hatte die Wange gegen das kalte Glas des Fensters der Fahrertür gedrückt. Er fühlte frische Morgenluft durch das offene Fenster hereinkommen, als er die Augen öffnete. Während er sich aufrichtete, schrie sein steifer Rücken demonstrativ auf. Dem Sonnenstand nach zu urteilen, war es bereits später Morgen. Er hatte viel länger geschlafen, als er vorgehabt hatte.

Ein plötzlicher *Knall* durchschnitt die stille Morgenluft. Shane kannte dieses Geräusch mittlerweile nur zu gut. Jede Spur von Schlaf fiel von ihm wie ein Umhang, der abgeworfen wurde, und er setzte sich aufrecht hin, hellwach und auf der Stelle alarmiert. Er drehte sich zum Beifahrersitz. Violet war nicht da und auch von Ruby fehlte jede Spur. Er schlug seinen Arm um die Lehne und sah in den hinteren Teil des Bullis. Kein Corbin.

Eine Sekunde später hörte er eine Stimme. Obwohl er die Worte nicht ausmachen konnte, wusste er, dass es Violet war. Mit rasendem Herzen öffnete er die Fahrertür. Als er aus dem Bulli stieg, zog er unbeholfen die Glock und fummelte einige Momente ungeschickt daran herum, bevor er einen festen Griff hatte. Vor ihm erspähte er den leeren Parkplatz. Ein baufälliger Zaun führte den Rand entlang, aber er hatte so viele Lücken, dass Shane die überwucherte Wiese dahinter sehen konnte. Dort war niemand. Zu seiner rechten war das leere Einkaufszentrum. „Zu verkaufen"-Schilder hingen in den Fenstern.

Er hörte einen zweiten Schuss und dieses Mal erkannte er, dass der Knall aus der anderen Richtung auf der anderen Seite des Bullis kam. Er eilte um den vorderen Teil des Fahrzeugs herum und sah Corbin und Violet mit dem Gesicht von ihm weggedreht nebeneinander stehen. Corbin hielt die Waffe seiner Mutter, die Shane vorm Schlafen in das Ablagefach der Fahrertür gelegt hatte. Er zielte auf den Zaun hinter dem Gebäude, wo ein simpler Kreis in Kreide auf das trockene Holz gemalt worden war. Ruby lag neben Violets Füßen und obwohl sie aufgrund des Lärms nervös wirkte, blieb sie auf der Stelle liegen.

„Leg sie auf den Boden", sagte Shane, der die Glock auf den Boden richtete. „Leg sie sofort auf den Boden."

Corbin warf einen verwirrten Blick über seine Schulter. Er zögerte einen Moment, beugte sich dann vor und legte den Revolver hin.

„Ich habe Violet nur gezeigt, wie man schießt", sagte er. „Ich dachte, das wäre ganz praktisch, wenn wir auf dem Weg Probleme bekommen."

Shane steckte seine Waffe ins Holster zurück, unterdrückte den Drang, den Jungen wüst zu beschimpfen und kam näher. „Du bringst ihr bei, wie man schießt? Corbin, sie ist sehbehindert."

„Er hat mir gezeigt, wie man die Waffe nach Gefühl geradeaus ausrichtet", sagte Violet. „Ich bin nicht nutzlos, Dad."

„Das habe ich nicht gesagt, Violet. Ich würde so etwas niemals sagen."

Sie machte ein finsteres Gesicht. „Er hat mir gezeigt, wie man sie sichert und entsichert, wie man die Waffe vernünftig hält und wie man den Abzug zieht. Außerdem hat er gesagt, dass ich den Kreis genau in der Mitte getroffen habe."

Shane bückte sich und hob Debras Revolver auf. „Na gut, ich verstehe", sagte er. „Es hat mich nur erschreckt, das ist alles. Wo hast du gelernt zu schießen, Corbin?"

Corbin zuckte mit den Achseln. „Ich bin oft mit meinem Dad zum Jagen gegangen, bevor er gestorben ist. Mir hat es nicht so gut gefallen wie ihm, aber so haben wir miteinander Zeit verbracht. Ich habe gelernt, mit Gewehren, Pistolen, Schrotflinten und sogar Compoundbögen umzugehen."

Sein Ausraster war ihm peinlich, weshalb Shane Corbin die Waffe wieder zurückgab. „Zeig mir, was du kannst."

Nickend nahm Corbin die Waffe, zog den Hahn und zielte auf den Zaun. Shane bemerkte, dass er einen perfekten Griff hatte, genau wie Landon es ihm versucht hatte beizubringen, doch Shane bekam es nicht ganz richtig hin. Corbin feuerte zweimal auf den Zaun und der Knall echote jeweils in einiger Entfernung. Die Kugeln trafen den aufgemalten Kreis genau in der Mitte.

Der Junge nickte, als ob er zufrieden war, und senkte die Waffe. Dann sah er Shane an.

„Du bist gut", gab Shane zu. „Du kannst es mir nicht zufällig beibringen? Ich verstehe die Grundlagen, aber ich komme mir sehr unbeholfen vor."

„Ja, klar", sagte Corbin. „Ziehen Sie ihre Waffe und zeigen Sie mir, wie Sie sie halten."

Shane zog die Glock und richtete sie auf den Kreis auf dem Zaun, wobei er so gut wie möglich versuchte, das nachzuahmen, was Landon ihm gezeigt hatte.

„Nein, das nennt man einen Teetassengriff", sagte Corbin. „Das ist ganz falsch. Hier, lassen Sie mich Ihnen helfen."

Er nahm Shanes Hände und begann damit, sie herumzubewegen.

„Nicht die Daumen überkreuzen", sagte Corbin. „Legen Sie sie so hin. Sie dürfen nicht im Weg sein."

Als er anscheinend zufrieden mit Shanes Griff war, deutete er ihm an, dass er zielen sollte. Shane richtete die Waffe auf den Kreis und fühlte sich sicherer. Er betätigte den Abzug und die Kugel traf das Innere des Kreises, sodass ein Loch ins trockene Zaunbrett gestanzt wurde.

„Nicht schlecht", sagte Corbin. „Sie sind ein besserer Schütze, als Sie ohne Erfahrung sein sollten. Aber Sie sollten noch mehr üben."

„Danke, Corbin. Es tut mir leid wegen eben. Warn mich einfach, wenn du das nächste Mal die Waffe nimmst."

„Mache ich", sagte Corbin.

„Du hast lange geschlafen", sagte Violet. „Uns war langweilig."

Obwohl er sich besser fühlte, legte Shane den Revolver in das Handschuhfach. Violet und Ruby stiegen auf den Beifahrersitz und Corbin setzte sich wieder auf seinen Platz im hinteren Teil des Bullis. Zum Frühstück aßen sie einige Cracker aus den Feldrationen, die am Vorabend übrig geblieben waren. Shane hatte nicht viel Hunger.

Sie wollten sich gerade wieder auf den Weg machen – Shane hatte den Schlüssel schon in der Zündung –, als sein Telefon klingelte. Es erschreckte ihn. Er hatte gedacht, dass der Akku längst leer war, aber als er es aus seiner Hosentasche zog, sah er, dass er noch etwa 20 Prozent übrig hatte.

„Ist es Mom?", fragte Violet.

„Scheint so", sagte Shane.

Er nahm ab. Als sie sprach, konnte er das holprige Rumpeln eines alten Fahrzeugs im Hintergrund hören.

„Jodi, wo seid ihr?", fragte er.

„Auf irgendeiner Landstraße", antwortete sie. „Wir versuchen mehr oder weniger parallel zum State Highway 1 zu bleiben."

„Ist alles in Ordnung?"

Eine Sekunde verging, bevor sie antwortete, und das beantwortete seine Frage bereits. „Heute geht es uns gut. Wir hatten gestern ein paar Probleme auf dem Highway, die uns zu einer Umleitung gezwungen haben."

„Ist jemand verletzt?"

Wieder zögerte sie. „Es gibt ein paar Verletzungen, aber ich erzähle dir alles darüber, wenn wir im Haus meiner Mutter sind."

Wenn sie es mir nicht sagen will, muss es ernst sein, dachte er, aber er wollte sie nicht drängen. Offensichtlich wollte sie nicht darüber nachdenken.

„Wo seid ihr, Shane?", fragte Jodi.

„Irgendwo südlich der I-20", sagte er. „Wir nehmen den kürzesten Weg zur I-75. Zumindest wenn wir eine freie Fahrt haben und uns nichts den Weg versperrt, sollten wir heute Abend oder morgen in Macon ankommen."

„Na gut, dann seid ihr vor uns dort", erwiderte Jodi. „Vielleicht noch einen Tag oder zwei. Es lief bisher sehr langsam und diese Nebenstraßen sind schlecht."

„Habt ihr genug Essen, Wasser und Benzin?", fragte er.

„Ich denke schon. Shane, ich kann meine Mutter nicht erreichen. Ich habe sie heute Morgen schon mehrfach versucht anzurufen, aber sie geht nicht ans Telefon. Vielleicht ist die Verbindung schlecht, aber was ist, wenn es ein Problem gibt? Ich mache mir Sorgen um sie und Kaylee."

Shane fühlte einen Anflug von Nervosität. Er versuchte, nicht vom Schlimmsten auszugehen. „Versuch es einfach weiter", sagte er. „Vielleicht ist Beth beschäftigt."

„Ich hoffe es. Wie geht es Violet? Kann ich sie sprechen?"

Shane reichte Violet das Telefon und tippte ihr an den Arm, damit sie es nahm. Violet schien noch immer über Shanes Ausbruch von vorhin zu grübeln. Er wusste, dass er sie in Verlegenheit gebracht hatte.

„Hey, Mom, wie geht's?"

Jodi war verletzt. Da war sich Shane sicher. Irgendetwas war in ihrer Stimme, in ihrem Zögern. Normalerweise war sie nicht so, dass sie auf kleine Verletzungen reagierte. War es etwas Ernstes? Würde sie es ihm erzählen? Er war sich nicht sicher.

Ich sollte unseren Kurs ändern und sie auf der Straße treffen, dachte Shane. *Sie braucht vielleicht Hilfe. Owen und Mike sind bei ihr. Was ist, wenn sie alle verletzt sind?*

Er versuchte, in seinem Kopf eine Alternativroute auszuarbeiten, die ihn Macon umfahren und Jodi irgendwo auf der anderen Seite neben dem Highway 1 finden ließ.

„Geht es euch gut, Mom?", fragte Violet. „Du klingst, als sei etwas nicht in Ordnung."

Violets Frage bestätigte seine Befürchtung. Seine Tochter war gut darin, verbale Signale aufzunehmen.

Wenn wir Glück haben und kein ernsthaftes Hindernis im Weg ist, könnten wir etwas schneller fahren, dachte er, *und Jodi irgendwo östlich von Macon treffen.*

Der Gedanke an Kaylee stoppte ihn. Selbst wenn Jodi verletzt war, war es ja offensichtlich nicht so schlimm, dass es sie am Sprechen hinderte. Kaylees Verfassung allerdings lag im Dunkeln. Er konnte nicht um Macon herumfahren, ohne nach ihr zu sehen. Es gab nur schreckliche Entscheidungen, aber er wusste, dass Jodi meistens gut auf sich selbst aufpassen konnte.

„Tschüss Mom, sei vorsichtig heute", sagte Violet. „Ich habe dich auch lieb."

Sie gab Shane das Telefon zurück. Als er Jodi noch etwas sagen wollte, bemerkte er, dass sie schon aufgelegt hatte. Er stopfte das Telefon wieder in seine Hosentasche und ließ den Bulli an.

„Haben Kaylee und Grandma Schwierigkeiten?", fragte Violet. „Mom kann sie nicht erreichen."

„Es ist bestimmt nur das Telefon", sagte Shane. „Vielleicht ist der Akku leer. Wir sollten dort heute oder morgen ankommen, je nachdem, wie es auf dem Highway aussieht."

An diesem Morgen wagte er es, ein wenig schneller zu fahren, und bremste nur ab, wenn sie sich Kurven näherten. Als sie die Interstate erreichten, war es schlimmer, als er gedacht hatte. Liegengebliebene Fahrzeuge und Wracks verstopften die Spuren und Leute zelteten überall auf dem Seitenstreifen. Sie fuhren mittlerweile Richtung Südosten und folgten einer geraden Route nach Macon, doch Shane konnte kaum schneller als 20 Meilen pro Stunde fahren, weil er Angst hatte, dass er mit jemandem oder etwas zusammenstieß.

Auch der Treibstoff war eine Sorge. Die Hälfte der Tankanzeige war fast erreicht. Der Diesel wurde schneller verbraucht, als er erwartet hatte. Das Gewicht der Vorräte hatte sicherlich etwas damit zu tun. Trotzdem wollte er ihr Glück nicht überstrapazieren. Sobald sie tanken konnten, hatte er vor, es zu tun. Schließlich mussten sie, wenn sie an ein großes Hindernis kamen, auf Nebenstraßen ausweichen.

An jeder Ausfahrt verlangsamte er auf Schneckentempo und suchte nach einer offenen Tankstelle, doch fast alle Geschäfte waren geschlossen. Die meisten Tankstellen hatten große Schilder, auf denen stand, dass sie keinen Treibstoff mehr hätten.

Scheint, als ob die Wirtschaft zum Erliegen gekommen ist, dachte er.

Am späten Nachmittag war der Tank des Bullis nur noch etwas weniger als ein Viertel gefüllt. Shane begann, wahre Panik zu verspüren. Er nahm die Ausfahrt in Forsyth. Es war offenbar eine recht große Stadt. Er konnte Leute auf dem Parkplatz eines großen Walmarts herumschlendern sehen. Bestimmt hatte jemand hier irgendwo Diesel. Als sie in die Stadt hineinfuhren, sahen sie eine lange Straße mit vielen Fast-Food-Restaurants. Keines von ihnen war offen, aber als sie an eine Kreuzung kamen, bemerkte er einen Polizisten, der an der Ecke eines McDonald's-Parkplatzes stand.

Shane bat Violet, das Fenster herunterzulassen, als er neben ihm anhielt.

„Hallo, Officer, wissen Sie vielleicht, ob hier irgendwo jemand Diesel verkauft?"

„Geradeaus", sagte der Officer. Er war jung und ganz offensichtlich unfassbar erschöpft. Wahrscheinlich hatte er ein paar harte Tage hinter sich, in denen er versucht hatte, die Ordnung in dieser Stadt aufrechtzuerhalten. „Fahren Sie an der Railroad Avenue links und am Museum vorbei. Da sehen Sie eine kleine Tankstelle auf der rechten Seite. Ich bin ziemlich sicher, dass sie heute offen haben."

„Danke."

Shane folgte der Wegbeschreibung, doch am Ende war es weiter, als er erwartet hatte. Als der Zeiger der Tankanzeige schon deutlich links der Null tanzte, kamen sie schließlich in Sichtweite einer kleinen Tankstelle in der Nähe einer Highschool. Erst als er auf den Parkplatz fuhr, sah er das Schild im Fenster: „Geöffnet von 10 bis 16 Uhr."

Er konnte es ihnen nicht verübeln, dass sie vor Anbruch des Abends schließen wollten, doch es brachte ihn in eine missliche Lage. Er fuhr vor das Gebäude und hielt an.

„Dad, was ist los?", fragte Violet. „Stecken wir schon wieder fest?"

„Nein, wir stecken nicht fest", sagte er. „Aber ich denke, dass wir für heute genug gefahren sind. Wir müssen tanken und das können wir erst morgen." *Sofern die Besitzer auftauchen.*

„Werden wir jemals in Macon ankommen?", fragte Violet und lehnte ihren Kopf zurück.

„Natürlich."

Aber ihre Frage klang in seinem Kopf nach.

KAPITEL NEUNUNDZWANZIG

Stöhnend fiel Mike auf die Seite und rutschte auf Owens Brust, bevor er mit dem Gesicht gegen das Beifahrerfenster knallte. Das ließ Jodi zusammenschrecken und sie verriss aus Versehen das Lenkrad. Einen Moment lang grub sich das hintere rechte Rad in die Erde auf dem Seitenstreifen. Sie lenkte wieder zurück auf ihre Spur, während sie das Tempo drosselte.

„Onkel Mike, geht es dir gut?", fragte Owen.

Mike richtete sich auf und fasste sich an die Stirn. „Die Reisekrankheit bringt mich um. Die Chemo macht es zwar noch schlimmer, aber diese verfluchten kurvigen Straßen sind schrecklich. Wenn ich irgendetwas in meinem Magen hätte, würde es hochkommen. Wir können nicht zufällig eine kleine Pause machen, oder? Ein paar Minuten lang still zu sitzen, würde meinen Bauch beruhigen."

Jodi blickte ihn an. „In Ordnung, ich finde uns einen Ort. Ehrlich gesagt würde ich auch gern meine Beine ausstrecken. Es wird langsam etwas eng in diesem Pick-up und das ganze Fahrradfahren gestern setzt mir noch immer zu. Ich habe letzte Nacht kaum geschlafen, während wir in dem Feld geparkt haben."

„Ja, das war vielleicht die schlimmste Nacht seit … jemals", sagte Mike.

Sie sah eine kleine, schmutzige Wendefahrbahn neben einer Gruppe Kiefern, also bog sie ab. Sie holperten über den unebenen Untergrund und kamen hinter den Bäumen außer Sichtweite für entgegenkommende Fahrzeuge zum Stehen.

„Mom, ich kann eine Weile fahren, wenn du eine Pause brauchst", sagte Owen.

„Nein, es geht schon", sagte Jodi und öffnete ihre Tür. Sie stieg aus und streckte ihre Arme über ihrem Kopf aus.

„Ich habe meinen Lernführerschein", erinnerte Owen sie, „und Dad hat mir beigebracht, wie man fährt. Er hat mich sogar letzte Woche zum Einkaufen fahren lassen."

„Jetzt ist nicht die Zeit für Fahrübungen", sagte Jodi. „Der Zustand der Straßen ist unvorhersehbar. Außerdem ist es eine manuelle Schaltung. Du hast nur mit Automatik geübt. Ihr bleibt hier. Ich bin gleich zurück."

Bevor Owen weiter argumentieren konnte, war sie hinter den Bäumen verschwunden und hatte ihr Telefon aus der Handtasche gezogen. Zuerst versuchte sie noch einmal Shane anzurufen, aber dieses Mal kam sie nicht durch. Das Netz war schlechter geworden und ihr Akku wurde langsam leer. Als Shane nicht antwortete, versuchte sie, ihre Mutter zu erreichen. Es war vielleicht das fünfzehnte Mal, dass sie heute Morgen versuchte, bei ihr anzurufen. Es hätte sie weniger besorgt, wenn sie eine „Keine Verbindung"-

Nachricht bekommen hätte. Doch stattdessen klingelte es unaufhörlich. Warum ging ihre Mutter nicht ans Telefon?

Sie legte auf und stand für eine Minute nur da, während das Elend sie durchdrang. Sie fühlte sich vollkommen allein und fehl am Platze. Plötzlich schien es so, als ob sie es nie nach Macon schaffen würden, und wenn doch, war es vielleicht schon zu spät.

Hör auf, so zu denken, schimpfte sie mit sich selbst.

Sie wollte ihre Mutter gerade noch einmal anrufen, als sie das unverkennbare Geräusch eines schleifenden Getriebes von der anderen Seite der Bäume hörte. Also stopfte sie das Telefon wieder in ihre Handtasche, eilte zum Pick-up zurück und drückte sich durch die Zweige. Owen saß hinter dem Steuer des Silverado, während Mike neben ihm saß und ihm anscheinend Anweisungen gab. Der Pick-up machte einen unbeholfenen Kreis auf der Wendefahrbahn und kam zitterig neben Jodi zum Stehen. Owen strahlte sie durch die Windschutzscheibe an und grinste sogar noch, als Jodi zur Fahrertür stürmte.

Sie schwang die Tür auf, lehnte sich hinein und war kurz davor ihn auszuschimpfen, doch Mike sprach zuerst. „Es war meine Idee, Schwesterherz. Schrei den Jungen nicht an. Er ist ziemlich gut. Er hat die Gänge gewechselt und alles."

Jodi trat zurück und murmelte leise.

„Sieh mal, du kannst doch nicht die komplette Strecke fahren", sagte Mike. „Du bist erschöpft, du bist verwundet und ich sehe, dass du dich quälst. Es ist nicht gut, die Gänge mit einem blutigen Arm zu wechseln. Gib dem Jungen eine Chance. Du kannst dich ausruhen und es ein paar Stunden lang entspannt angehen."

Jodi blickte auf ihren bandagierten Arm. Sie hatte die Pflaster am Morgen gewechselt, aber er tat noch immer sehr weh. Die Schmerzen hielten an und schlugen bis zur Schulter hoch.

In einem Moment der Schwäche erhob sie kapitulierend ihre Arme. „In Ordnung, gut. Owen kann eine Weile fahren."

Owen gab einen aufgeregten Ruf von sich und hopste auf seinem Sitz, während Jodi um den Pick-up herumging. Sie stieg auf den Beifahrersitz, quetschte sich neben Mike und schnallte sich an.

„Mike, du musst ihn navigieren, während er fährt", sagte sie. „Ich schaffe das nicht."

„Ich habe das im Griff", erwiderte Mike. „Entspann dich. Du hast auf dieser schrecklichen Reise bereits genug auf dich geladen."

Das wollte sie nicht bestreiten, also lehnte sie sich in die Ecke zurück, wo ihr Sitz die Tür traf, und legte ihren verwundeten Arm auf ihre Handtasche. Owen rief begeistert: „Juchhu!" Dann schaltete er in den ersten Gang. Er gab ein bisschen zu viel Gas, sodass der Pick-up einen heftigen Satz vorwärts machte, als er die Kupplung losließ. Owen warf seiner Mutter ein schüchternes Lächeln zu.

„Du schaffst das, Junge", sagte Mike. „Denk nur daran, was ich dir erzählt habe."

Jodi hielt sich am Türgriff fest und betete, dass die arme Kupplung lang genug aushalten würde, um sie zum Haus ihrer Mutter zu bringen. Als sie wieder auf der Straße waren, machte Owen seine Sache gut. Tatsächlich fuhr er trotz der kurvenreichen Nebenstraßen überraschend sanft.

„Siehst du, dein Junge macht das ordentlich", sagte Mike, nachdem sie ein paar Meilen geschafft hatten.

„Ja, gute Arbeit, Owen", sagte Jodi.

„Danke, Mom."

Jodi litt so sehr an Schlafentzug, dass sie hätte einschlafen können, wenn sie nicht so besorgt gewesen wäre. Doch unter den gegebenen Umständen konnte sie nicht aufhören, über ihre Mutter nachzudenken. Das versetzte sie in einen Zustand nahe eines Deliriums, als sie sich gegen das Beifahrerfenster lehnte und in die vorbeirauschende Landschaft starrte. Owen ging es langsam an, was ihre Nervosität nur noch verstärkte. Von Zeit zu Zeit faltete Mike die Landkarte auseinander, um ihren Fortschritt zu überprüfen, und jedes Mal war Jodi enttäuscht, wie weit sie noch zu fahren hatten. Diese Nebenstraßen waren ebenfalls nicht frei von Hindernissen, sodass sie ab und zu fast bis zum kompletten Stillstand abbremsen mussten, um um stehengebliebenen oder verlassenen Fahrzeugen oder irgendwelchen anderen Straßentrümmer herumzusteuern.

Schließlich wurde ihnen klar, dass sie zum Übernachten irgendwo anhalten mussten. Obwohl sie an ein paar Häusern vorbeigefahren waren, wollte Jodi keine fremden Menschen ansprechen, um nach einer Unterkunft zu fragen. Als die Sonne unterging, fuhren sie um eine Kurve und entdeckten eine einsame, rote Scheune, die etwas von der Straße entfernt war.

„Das wird reichen", sagte Jodi. „Fahr da hinein."

Owen fuhr von der Straße auf eine überwachsene, nicht asphaltierte Einfahrt und in die Scheune hinein. Das Dach war größtenteils fort und eine der Wände war zusammengefallen. Doch es stand noch genug des Baus, um sie vor Blicken von der Straße zu verbergen.

Es war ein langer, ruhiger Tag gewesen und Jodi war nervös. Am Morgen mit Shane und Violet zu reden, hatte ihr geholfen, aber sie hatte es seitdem nicht mehr geschafft, sie noch ein weiteres Mal zu erreichen. Sie wollte wirklich etwas von ihrer Mutter hören.

Owen und sie tauschten die Plätze. Er machte es sich für die Nacht auf dem Beifahrersitz bequem. Als sie unter den Sitz griff, um ihn zurückzuklappen, hielt sie inne.

Nur noch ein Versuch, dachte sie.

Sie wühlte nach ihrem Telefon und sah, dass sie noch fünf Prozent Akku übrig hatte. Am kommenden Morgen würde das Telefon tot sein, wenn sie es nicht ausstellte. Aber das bedeutete auch, dass sie einen Anruf verpassen könnte. Sie wählte die Nummer ihrer Mutter und hielt das Telefon an ihr Ohr.

Beim zweiten Klingeln nahm Beth ab.

„Hallo? Hallo?"

Jodi war so überrascht, dass ihre Mutter geantwortet hatte, dass sie eine Sekunde lang stotterte, bevor sie sprach. „M–Mom … Mom, da bist du ja!"

„Ach du meine Güte, Jodi", sagte Beth. „Es ist gut, von dir zu hören. Ich habe gerade an die Zeit gedacht, als Michael uns zum Strand auf Marco Island mitgenommen hat. Erinnerst du dich?"

„Michael?" Sie kannte den Namen nicht. Jodis Vater hatte Mitch geheißen. Wie konnte Beth sich im Namen irren?

Schädeltrauma. Das war Jodis erster Gedanke.

„Weißt du noch, als wir am Strand spazierten", sprach Beth weiter, „und diesen schrecklichen Carrigan-Brüdern begegnet sind? Die haben sich wirklich schlecht benommen. Wir wussten nicht, was wir tun sollten und sie wollten uns nicht in Ruhe lassen." Und dann lachte sie merkwürdigerweise, aber es klang gezwungen.

„Die Carrigan-Brüder? Michael? Mom, wovon redest du?"

„Oh, sie waren ziemlich anstrengend." Ihre Stimmlage war ganz seltsam. „Wir haben es nicht geschafft, dass sie den Strand verlassen."

„Mom, wie geht es Kaylee?", fragte Jodi.

„Kaylee schläft. Mach dir um sie keine Sorgen. Absolut keine."

Irgendetwas stimmte definitiv nicht und es war kein Schädeltrauma. Da war sich Jodi sicher. Sie hörte einen ängstlichen Unterton, ein leichtes Zittern am Ende jedes Wortes.

„Ist alles in Ordnung, Mom?"

Beth zögerte nur eine Sekunde, bevor sie in einer viel zu aufgeregten Stimme sagte: „Oh, alles ist *großartig*."

„Na gut, in Ordnung. Wenn sie nicht auf Schwierigkeiten stoßen, sollten Shane und Violet mo–"

Beth unterbrach sie und sprach laut über sie hinweg. „Ich habe dich lieb, Schatz, und wir sehen uns in ein paar Tagen. Ich muss jetzt los. Ich bin sehr müde. Gute Nacht."

Und dann war die Leitung tot.

Jodi drehte sich zu Mike und Owen. Ihr Sohn hatte seinen Sitz schon zurückgeklappt und schlief entweder schon oder war kurz davor. Seine Hände steckten in seinen Hosentaschen. Aber Mike war hellwach und beobachtete sie.

„Was ist los?", fragte er.

Jodi blickte wieder auf ihr Telefon. Am liebsten hätte sie zurückgerufen. „Mom klang verwirrt. Sie hat falsche Namen verwendet und … ich weiß nicht. Sie hat unseren Vater Michael genannt und nicht Mitch, und sie hat irgendetwas von der Zeit erzählt, als wir nach Marco Island gefahren sind, als wir klein waren, und dort die Carrigan-Brüder getroffen haben. Sagt dir der Name etwas?"

„Nein", antwortete Mike, „aber ich erinnere mich daran, dass wir auf Marco Island einigen Spinnern begegnet sind, die nicht aufgehört haben, uns zu belästigen. Sie waren betrunken, wenn ich mich recht erinnere. Aber sie haben uns ganz bestimmt nicht ihre Namen gesagt."

„Warum redet sie davon?", fragte Jodi.

„Keine Ahnung", antwortete Mike. „Aber es ist ein Warnsignal, dass sie unseren Vater beim falschen Namen nennt. Sie hat den alten Herrn über die Jahre so einige Dinge genannt, aber sie hat nie seinen Namen vergessen. Ich würde sagen, dass sie langsam den Verstand verliert, aber Demenz stellt sich nicht über Nacht ein. Es war wahrscheinlich Absicht."

„Vielleicht hat sie sich den Kopf gestoßen", sagte Jodi. „Was ist, wenn sie ausgerutscht und hingefallen ist, als sie die Vorräte aus ihrem Keller herausgetragen hat?"

„Das kann schon sein", sagte Mike.

„Shane wird vor uns dort sein." Sie öffnete ihre Telefonkontakte und suchte Shanes Namen. „Ich warne ihn besser."

Sie wählte seine Nummer und ließ es klingeln, aber niemand antwortete. Also versuchte sie es noch einmal und bekam die automatische Nachricht: „Alle Netze sind gerade überlastet. Bitte versuchen Sie es später noch einmal." Nach ein paar weiteren Versuchen gab sie auf, öffnete stattdessen ihre Nachrichten und tippte einen kurzen Text: „Etwas stimmt mit Mom nicht. Sie ist vielleicht verletzt, krank oder in Gefahr."

Sie schickte die Nachricht ab und steckte dann ihr Telefon zurück in die Tasche. Das musste reichen.

KAPITEL DREISSIG

Shane schlief besser in dieser Nacht. Hauptsächlich, weil er erschöpfter war, aber teilweise auch, weil er angefangen hatte, sich in Corbins Nähe wohler zu fühlen. Das machte es nur noch schlimmer, als er unsanft durch ein scharfes *Klopf-klopf-klopf* an der Fensterscheibe aus dem Schlaf gerissen wurde. In seinem entkräfteten Zustand klang es, als ob jemand den Lauf einer Waffe gegen das Fenster hämmerte, also tastete er nach seiner Glock, während er sich aufrichtete. Er bekam sie jedoch nicht heraus, sodass er seine Augen öffnete und aus dem Fenster sah.

Ein unfreundliches Gesicht starrte ihn finster an. Es war ein ungepflegter, älterer Herr mit einem kurzen, grau melierten Bart. Er bedeutete Shane, das Fenster herunterzurollen, aber Shane hielt den Pistolengriff fest in der Hand und sprach durch die Scheibe.

„Was wollen Sie?", fragte er.

„Was wollen *Sie*?", erwiderte der Mann zweimal so laut und klopfte erneut an das Fenster. Shane sah, dass ein Ehering für das laute Geräusch verantwortlich war. „Sie übernachten auf meinem Grundstück, Kumpel. Ich habe Ihnen nicht die Erlaubnis gegeben, hier zu schlafen."

Shane rieb sein Gesicht und versuchte, sich vom benebelnden Restschlaf, der seinen Verstand noch kontrollierte, wachzurütteln. Als er seine Hände sinken ließ, betrachtete ihn der bärtige Kerl noch immer mit seinen unfreundlichen, grünen Augen. Violet schlief weiter auf ihrem Sitz und schnarchte leicht.

„Wir brauchen Diesel für den Bulli", sagte Shane. „Ihre Tankstelle scheint eine der wenigen zu sein, die noch geöffnet haben."

Der Mann signalisierte ihm, dass er aussteigen sollte. Als Shane nicht sofort reagierte, schnippte er mit den Fingern und signalisierte es ihm erneut. Schließlich entriegelte Shane seine Tür, öffnete sie langsam und der Fremde ging einen Schritt zurück. Shanes rechte Hand schwebte nervös über dem Holster, als er ausstieg.

In dem Versuch, die Situation zu entspannen, streckte er die linke Hand aus und stellte sich vor. „Shane", sagte er. „Es tut mir leid, dass wir an Ihrem Gebäude parken. Wir haben kaum noch Diesel und ich dachte, wir erwischen Sie am besten gleich am frühen Morgen."

Der Fremde starrte ihn eine Sekunde lang an, nickte dann und schüttelte seine Hand. „Ich bin Andy. Mir gehört der Ort hier. Hören Sie, ich habe Diesel, aber Sie müssen es selbst von Hand pumpen."

„Wie viel verlangen Sie?", fragte Shane und machte sich auf schlechte Nachrichten gefasst.

„Ich habe den Preis stetig erhöht und die Leute kamen trotzdem weiter", antwortete Andy mit einem Lächeln, das sich in den Mundwinkeln andeutete. „Als ich bei etwa acht Dollar pro Liter angekommen bin, habe ich irgendwie aufgehört."

„Acht ..." Shane schnürte es bei dem Wort fast die Kehle zu.

„Tut mir leid, so ist das Wesen von Angebot und Nachfrage", sage Andy. „Sie verstehen das sicher. Wenn ich die Preise nicht erhöht hätte, hätte ich sehr schnell nichts mehr gehabt."

Nickend nahm Shane seinen Geldbeutel aus seiner hinteren Hosentasche und holte die Kreditkarte heraus. Als er sie dem Tankstellenbesitzer in die Hand drücken wollte, winkte der Mann ab.

„Nein, danke. Das bringt mir nichts", sagte er.

„Sie akzeptieren keine Kreditkarte?"

„Ich kann sie nicht akzeptieren", sagte Andy und verschränkte seine Arme vor der Brust. „Aber Geld ist mittlerweile ziemlich wertlos. Die Leute haben gestern Wucherpreise gezahlt. Was soll ich mit all dem Bargeld machen? Es sind kaum Geschäfte offen. Die Lebensmittelläden sind leer geräumt."

Shane hatte dafür keine Argumente, also steckte er die Kreditkarte zurück in seinen Geldbeutel. „Na gut, was halten Sie in dem Fall von einem Tauschhandel?"

„Das würde mir gefallen", sagte Andy. „Was haben Sie denn?"

„Essen", sagte Shane.

„Was für Essen? Zeigen Sie es mir."

Shane ging zum Heck des Bullis, öffnete die Tür und zog zwei Behälter von den Vorratsstapeln herunter. In dem einen befanden sich hauptsächlich Feldrationen, in dem anderen Dosenfleisch. Er brachte sie zurück und stellte sie vor Andys Füße auf den Boden.

„Wie viel Diesel bekomme ich dafür?", fragte er.

Andy öffnete die Deckel nacheinander und sah in die Behälter. Er nahm einige Feldrationen und las die Etiketten, dann ließ er sie zurück in den Behälter fallen.

„Etwa 19 Liter", sagte er.

„Das ist alles?"

Andy stand nur mit verschränkten Armen da. Shane wollte ihm nur ungern mehr geben. Schließlich wusste er nicht, wie viel Nahrung Beth auf Lager hatte. Was war, wenn sie all diese Behälter brauchten? Er war versucht, ein wenig aggressiver zu feilschen, aber der Tankstellenbesitzer war deutlich im Vorteil.

Shane hörte, wie die Beifahrertür zufiel, und einen Moment später stellten sich Violet und Corbin neben ihn. Er legte seinen Arm um Violet.

„Wissen Sie", sagte Andy mit verengten Augen. „Ich habe auch *andere* Bedürfnisse." Seine Augen flitzten zwischen Shane und Violet hin und her.

„Sie sind ja widerlich", sagte Shane und kämpfte mit dem Drang, auf ihn loszugehen, während er sich vor Violet stellte.

Andy riss seine Augen auf. „Was denn?" Er schlug sich auf die Stirn. „Ich habe doch nicht von ihrer Tochter geredet, Sie Idiot. Was zum Henker ist denn mit Ihnen los, dass Sie so etwas denken?" Er warf Shane einen vernichtenden Blick des Ekels zu. „Ich baue einen Erdkeller hinter dem Geschäft, aber meine Schulter bringt mich um. Ich kann nicht mehr graben. Wenn Sie und der Junge da den Rest für mich ausgraben, dann gebe ich Ihnen einen vollen Tank und einen 35-Liter-Kanister als Reserve."

Beschämt trat Shane beiseite und drehte sich zu Corbin.

„Was denkst du, Corbin?"

„Klar, warum nicht?", sagte Corbin. „Ich habe mit meinem Dad schon Graben und so ausgehoben. Es ist nicht so schwer."

„In Ordnung", sagte Shane. „Wir machen es."

Wie es sich herausstellte, war Andys Haus eine kleine Hütte hinter der Tankstelle. Sie sah aus, als wäre sie ein hundert Jahre altes Shotgun House mit einem verunkrauteten Garten auf der Rückseite. Andy führte sie an eine Stelle, wo er begonnen hatte, den Erdkeller zu graben. Es war flach, vielleicht 60 Zentimeter tief und eineinhalb Meter lang. Der Boden darunter wirkte hart und fest.

„Ich habe nur eine Schaufel", sagte Andy. „Wenn Sie und der Junge sich abwechseln, dauert es aber bestimmt nicht allzu lange."

Er reichte Shane eine rostige, alte Schaufel und zeigte auf das Loch.

„Bringen wir das hinter uns", murmelte Shane.

Wie der Mann vorgeschlagen hatte, wechselten sich Shane und Corbin ab. Sogar Ruby half ab und zu, indem sie in das Loch hüpfte und mit ihren Pfoten im harten Boden grub. Violet trug die Eimer mit Erde weg und warf sie in ein Feld hinter einem Zaun. Die Arbeit war zermürbend und Shane fühlte eine wachsende Frustration, als die Stunden verstrichen. So viel verschwendete Zeit. Er wollte nur noch auf die Straße zurück.

„Wie tief muss es denn sein?", fragte Shane.

Es war etwa Mittagszeit und er war voller Erde und schweißnass. Ruby hatte aufgehört, ihnen zu helfen, als das Loch zu tief für sie wurde, um leicht herauszuspringen. Jetzt stand sie nur noch pflichtbewusst neben Violet und hechelte.

„Ich dachte, etwa drei Meter", sagte Andy.

„Drei Meter?", wiederholte Shane und unterdrückte ein Stöhnen. Er betrachtete das Loch, das sie gegraben hatten. Wenn sie Glück hatten, war es vielleicht eineinhalb Meter tief.

„Es dauert nicht so lange", sagte Corbin, der ihm die Schaufel abnahm. „Der Hof meines Dads bestand nur aus hartem Lehm. Dort war das Graben viel schwerer als hier."

Corbin hatte offenbar noch immer genug Energie und definitiv eine viel bessere Einstellung. Er stellte Shane in den Schatten, sodass der es sich verkniff, weitere Beschwerden zu äußern. Während Corbin weitergrub, reichte Shane die Eimer an Violet. Sie waren gezwungen, regelmäßige Trinkpausen einzulegen, und aßen ein schnelles Mahl am frühen Nachmittag, obwohl Shane das Essen so schnell wie möglich herunterschlang.

„Es geht voran, Jungs", sagte Andy, der am Rand des immer tiefer werdenden Lochs hin und her ging. „Das wird mir ganz schön viel nützen. Ein paar Zentimeter noch, denke ich. Es sollte nicht viel länger dauern."

Sie brauchten noch bis mitten am Nachmittag, bis sie tief genug kamen und Andy zufrieden war. Inzwischen war auch Corbin missmutig und sein graues T-Shirt war durch den Schweiß etwa zwei Töne dunkler geworden. Andy half Shane aus dem Loch, dann half Shane Corbin. Als sie sich umdrehten, um ihre Arbeit zu begutachten, massierte Shane seinen schmerzenden rechten Arm.

„Das ist eine ausgezeichnete Arbeit, meine Herren", sagte Andy. „Es hätte mich mindestens eine Woche gekostet, das zu erreichen, und mein Rücken hätte sich nie erholt."

Indem sie sich mit der Schaufel abgewechselt hatten, hatten sie es geschafft, ein etwa zwei mal zwei Meter großes Loch zu graben. Wenn es nicht drei Meter tief war, dann zumindest fast. Shane erinnerte es unweigerlich an ein großes Grab. Er gab Andy die Schaufel zurück.

„Ihr habt euch euren Diesel verdient, Jungs", sagte Andy. „Kommt mit."

Shane gab sich alle Mühe, den Dreck von seinen Händen, Ärmeln und Hosenbeinen zu klopfen. Doch es war ein aussichtsloses Unterfangen. Er leerte eine komplette Wasserflasche, während Andy den Diesel von Hand pumpte. Als der Tank des Bullis voll war, füllte ihnen der nun freundliche Tankstellenbesitzer auch noch einen alten Kanister aus Metall.

„Jetzt seid ihr bereit", sagte Andy. „Ein ehrlicher Arbeitstag für einen vollen Tank. Das klingt für mich wie ein fairer Handel."

„Viel Spaß mit Ihrem Erdkeller", sagte Shane, der versuchte, seine Verbitterung nicht zu zeigen.

„Oh, ich werde ihn gut nutzen", sagte Andy. „Vielleicht können mir die nächsten Kunden, die vorbeikommen, Wände und ein Dach bauen."

„Viel Glück damit", sagte Shane.

Er schleppte die Essensbehälter wieder in den Bulli zurück. Eigentlich erwartete er, dass Andy etwas einwenden würde, und er hatte bereits eine Antwort parat. *Sie haben fast einen ganzen Tag Arbeit von uns bekommen. Das genügt. Wir behalten das Essen.* Doch Andy sagte nichts. Er lächelte nur weiter wie ein Idiot, als er zusah, wie Shane die Behälter auflud.

Als Shane auf den Fahrersitz stieg, schüttelte Andy ihm noch einmal herzlich die Hände, als ob sie irgendwie die besten Freunde geworden waren. Shane zwang sich im Gegenzug zu lächeln.

„Das war seltsam", sagte Violet, als sie auf den Beifahrersitz kletterte.

„Ja", stimmte Shane zu.

„Funktioniert so eine Tauschwirtschaft?", fragte sie. Ruby hüpfte auf ihren Schoß und sprang dann auf den Boden.

„Ich schätze schon."

„Das ist ein bisschen ätzend", sagte Violet.

„Jepp." Shane schloss seine Tür.

„Hätte schlimmer sein können", sagte Corbin, der sich auf seinen Platz im hinteren Teil des Bullis setzte. „Er hätte sich weigern können, uns Diesel zu geben. Dann hätten wir laufen müssen."

„Da ist was dran", sagte Shane.

„Er kann nur froh sein, dass wir nette Leute sind", sagte Corbin. „Wir hätten uns den Diesel auch einfach nehmen können, wenn wir das gewollt hätten. Wir sind bewaffnet und in der Überzahl."

„So etwas machen wir nicht", sagte Shane.

„Ich weiß. Darum sage ich das ja. Wir hätten es tun können."

Wäre das wirklich so falsch gewesen? Shane spielte nur für eine

Sekunde mit dem Gedanken und fühlte sich deswegen bereits schlecht.

Jedes Gelenk knackte, jedes Glied pochte und seine Lunge brannte. Er war von mehreren Schweißschichten eingehüllt. Ohne ein weiteres Wort zu seinem neuen Freund startete Shane den Motor und setzte schnell aus der Tankstelle zurück. Er warf einen letzten Blick auf Andy, der vor den Tanksäulen stand und grinste, als hätte er ihnen gerade den lustigsten Streich der Welt gespielt.

Shane fuhr davon, betrachtete die sinkende Sonne und fluchte leise. Sie hatten so viele Stunden verschwendet. Als er zurück zur Interstate fuhr, hörte er ein leises Piepen aus seiner Hosentasche. Es überraschte ihn. Wie hatte das Handy so lange durchhalten können? Er zog es heraus und hob es hoch. Ein Prozent vom Akku war noch übrig. In seinen letzten Momenten hatte das Telefon sich dazu entschieden, noch einmal Mal zu funktionieren. Shane sah, dass er eine Textnachricht von seiner Frau bekommen hatte.

Er entsperrte den Bildschirm und öffnete seine Textnachrichten, aber in diesem Moment gab sein Telefon den Geist auf.

„War das Mom?", fragte Violet.

„Ja, aber ich konnte die Nachricht nicht lesen, bevor der Akku leer war", erwiderte er. „Hoffentlich ist alles in Ordnung."

Er steckte das Telefon zurück in seine Hosentasche. Dank ihres kleinen Grabungsprojektes würden sie es heute nicht mehr nach Macon schaffen. Er wollte einfach nicht nachts fahren – zu viele Gefahren waren auf der Straße. Hoffentlich kam Jodi zuerst dort an.

KAPITEL EINUNDDREISSIG

Beth fasste sich ins Gesicht. Tränen quollen in ihren Augen. Ihre Wange fühlte sich an, als ob sie brannte. Greg ließ seinen Teller mit Essen auf den Rand des Grills fallen und hob seine Hand, als ob er sie ein zweites Mal ohrfeigen wollte. Beth schaffte es, nicht zu zucken. Sie würde sie beherbergen, aber nicht den Kopf einziehen.

„Während ich damit beschäftigt war, dich anzuschreien, weil die Vorbereitung des Frühstücks zu lange dauerte", sagte Greg, „ist mein Essen wieder kalt geworden. Mach es wieder warm und steh dieses Mal nicht herum wie eine dumme Kuh."

„Du wolltest Gebäck und Soße", sagte sie. „Ich muss es mit dem Gasgrill zubereiten. Das braucht Zeit."

„Es ist mir egal, was es braucht", sagte er. „Beeil dich oder ich schlag dich noch ein bisschen mehr. Ich bin mit schlechter Laune aufgewacht, Grandma. Provozier mich nicht."

Er schlug sie auf den Hinterkopf und schubste sie gegen den Grill, bevor er wieder hinein und ins Esszimmer trat. Beth öffnete den Grill und warf das Essen in die gusseiserne Pfanne.

„Ehrlich gesagt denke ich manchmal, dass du geschlagen werden willst", sagte Greg. „Du machst Dinge, *nur* um mich auf die Palme zu bringen, und ich dachte, dass wir einen relativ guten Morgen haben würden. Unsere erste Grandma kannte ihren Platz in der Familie. Sogar als sie sich nicht gut fühlte, schleifte sie sich aus dem Bett und machte ihre Arbeit. Das Essen wurde immer sofort und heiß serviert. Verstanden?" Als sie nicht antwortete, sagte er es lauter. „Verstanden?"

„Ja, ja", erwiderte Beth. „Ich werde mich bessern."

„Wenn wir nicht essen, isst deine Enkelin auch nicht", sagte Greg. „So ist die Regel."

Genau dann stolperte Travis aus dem Wohnzimmer ins Esszimmer, gähnte laut und kratzte sich am Bauch.

„Hey, ich will auch etwas essen", sagte er. „Warum bekommt *er* alles? Hättest du mich nicht wenigstens wecken können, um zu fragen, was ich will?"

„In Ordnung", sagte Beth. „Nur eine Sekunde."

Sie erhitzte Gregs Gebäckstücke und Soße wieder, bis die Soße einen gelblich verbrannten Rand bekam, dann schöpfte sie alles zurück auf seinen Teller. Ihre Gedanken wanderten zu den Tabletten in ihrem Medizinschränkchen. Sie hatte irgendwo darin eine Flasche mit Coumadin. Es wurde verwendet, um Blutgerinnsel zu verhindern, aber sie wusste, dass der darin enthaltene Wirkstoff Warfarin auch als Rattengift eingesetzt wurde. Wahrscheinlich war eine Überdosis tödlich. Sie stellte sich vor, wie sie ein paar Tabletten zerbröselte und das Pulver in die Soße rührte. Würden Greg und Travis den Unterschied erkennen? Obwohl sie nicht wusste, wie viele Tabletten sie benötigte, damit sie lebensgefährlich waren, bezweifelte sie, dass sie die Tabletten unauffällig beschaffen oder gar zu Pulver verarbeiten und ihnen heimlich in ihr Essen mischen konnte.

Travis schlug mit den Enden seiner Gabel und seines Löffels gegen den Tisch. Beth ließ etwas von dem gegrillten Gebäck und der verkochten Soße auf einen zweiten Teller plumpsen, dann brachte sie beide Teller in das Esszimmer. Sie stellte das aufgewärmte Essen vor Greg und er zog es ihr aus der Hand, bevor sie losgelassen hatte.

„Das wurde auch Zeit", sagte er. „Du musst dir ein bisschen mehr Mühe geben, Grandma. Wir haben deine Einstellung satt. Du würdest nicht so viele Schläge kassieren, wenn du ein bisschen besser aufpassen würdest."

„Sie würde nicht so viele Schläge kassieren, wenn es in diesem Haus etwas Alkohol gäbe", fügte Travis hinzu. „Das ist das echte Problem hier. Es macht mich reizbar."

Beth stellte den zweiten Teller vor Travis. Dadurch dass er das Besteck gegen ihren hübschen Esstisch geschlagen hatte, waren etwa zwanzig kleine Einkerbungen im polierten Holz entstanden. Schäumend vor Wut kämpfte Beth damit, ihren Mund zu halten. Den Tisch zu ruinieren, erschien ihr wie unnötige Grausamkeit. Aus irgendeinem Grund störte sie das mehr, als selbst geschlagen zu werden.

„Diese Soße sieht dünn aus", sagte Travis, der ihre Hand vom Teller wischte. „Das beeindruckt mich nicht. Du kannst nicht einmal halb so gut kochen wie unsere andere Grandma."

Vielleicht hatte Jodi gespürt, dass etwas nicht stimmte. Beth hätte mehr gesagt, wenn ihre Geiselnehmer nicht über den Lautsprecher mitgehört hätten. Alles, womit sie davonkommen konnte, waren unterschwellige Hinweise.

Und wo ist Sheriff Cooley?, fragte sie sich. *Er hat doch gesagt, dass er vorbeikommt.*

„Ich brauche mehr Kaffee", sagte Greg. „Hör auf, da wie eine Idiotin zu stehen und pass auf. Kannst du nicht sehen, dass meine Tasse leer ist?"

„Sei eine gute Grandma", sagte Travis. „Gute Grandmas werden nicht verprügelt. Was muss man denn machen, um dich vernünftig zu erziehen?"

Sie griff nach Gregs Kaffeetasse und nahm sie auf die hintere Veranda mit, wo ein bisschen schwacher Kaffee auf dem Grill brühte. Dort füllte sie seine Tasse auf, rührte reichlich Zucker hinein und brachte sie ihm zurück.

„Schmeckt wie Wasser aus einer verstopften Spüle", sagte Greg nach dem ersten Schluck. „Du musst an deinen Alte-Dame-Fähigkeiten arbeiten. Unsere erste Grandma hat großartigen Kaffee gemacht."

„Und gute Soße", sagte Travis. „Nicht so ein Teigwasser."

Er schnippte einen Löffel voll Soße auf sie. Sie landete auf dem Ärmel ihres Shirts. Beth nahm eine Serviette und versuchte den Fleck wegzuwischen, doch machte ihn dabei nur noch größer.

„Ich habe nicht getroffen", sagte Travis. „Eigentlich habe ich auf dein Gesicht gezielt."

„Hör auf damit, uns dazu zu bringen, gemein zu dir zu sein", sagte Greg. „Mach es einfach richtig."

„Hast du keinen Speck?", fragte Travis. „Ich jedenfalls mag Speck zu meinem Gebäck und der Soße."

„Wir haben den ganzen Speck gestern gegessen", sagte Beth. „Er wäre sonst verdorben. Die Soße ist dünn, weil wir keine Milch haben. Ich hatte nur Wasser."

„Ausreden", sagte Travis. „Unsere andere Grandma hätte einen Weg gefunden. Wenn wir sie um etwas baten, haben wir es immer bekommen."

„Das stimmt", sagte Greg. „Wir haben sie sehr gut erzogen. Sie hat ihren Sauerstofftank in die Küche gezerrt und alles gemacht, um das wir sie baten."

„Diese hier hat noch einen langen Weg vor sich", sagte Travis. „Sie besteht nur noch aus blauen Flecken, wenn sie da irgendwann einmal ankommt."

„Damit kann ich leben."

In diesem Moment hörte Beth das Geräusch eines Motors, der draußen aufheulte. Es schien von der Einfahrt zu kommen. Sie bat nicht auf Erlaubnis und eilte zur Eingangstür. Bauer bellte weiterhin wütend in Kaylees Zimmer.

Sheriff, das bist hoffentlich du, dachte Beth. *Du hast gesagt, du kommst vorbei. Du bist zwei Tage zu spät, aber besser spät als nie.*

Sie ging zum kleinen Fenster neben der Eingangstür und zog vorsichtig den Vorhang zur Seite. Die Einfahrt war direkt links neben der Tür, sodass nur der Rand sichtbar war, doch sie sah dort einen fremden Bulli parken. Es war ein frühes 70er-Jahre Modell eines Volkswagen-Bullis, in denen Hippies und Surfer in Beths Kindheit herumgefahren sind. Definitiv nicht der Sheriff. Dann öffnete sich die Fahrertür und Shane, ihr Schwiegersohn, stieg aus. Beths Herz raste. Sie erhaschte einen kurzen Blick auf Violet auf dem Beifahrersitz.

O nein, ich muss sie warnen, dachte sie. *Sie können nicht hereinkommen.*

Bevor sie darüber nachdenken konnte, was sie tun sollte, fühlte sie etwas, dass sich wie ein Schraubstock um ihren Arm klammerte. Vor Schmerz aufschreiend, riss sie sich von Travis los und wich von ihm zurück. Kurz bevor der Vorhang wieder zugefallen war, sah Beth, wie Shane erstarrte, als ob er sie gehört hatte.

„Wer ist das?", fragte Travis. Er hatte die Schrotflinte in seiner rechten Hand. Sie überlegte kurz, ob sie versuchen sollte, sie ihm zu entreißen, aber er hatte sich bereits als viel stärker als sie erwiesen.

„Nur ein … Freund", sagte sie. Die Lüge kam nicht schnell genug.

„Familie wahrscheinlich", sagte Greg aus dem Esszimmer. „Sorg dafür, dass sie sie loswird."

Travis schubste sie zur Eingangstür. „Finde einen Weg, sie loszuwerden. Versuch keinen Verdacht zu erwecken oder deine Enkelin *und* dein dummer Hund werden es zu spüren bekommen. Du sagst, was auch immer du sagen musst. Stell mich nicht auf die Probe, Grandma."

Greg eilte durch das Wohnzimmer und bewegte sich den Flur zu Kaylees Zimmer herunter, während Travis außer Sichtweite zur Eingangstür ging und die Schrotflinte hob. Sie hatten Kaylee und Bauer seit der vorherigen Nacht im Zimmer am Ende des Flurs gesperrt und ihr nur erlaubt herauszukommen, wenn sie ins Badezimmer musste. Sie mussten dort drinnen essen, und selbst wenn Kaylee weinte und darum bettelte, dass ihre Grammy sie holte, ließen sie Beth nicht mit ihr sprechen.

Als Shane die Veranda betrat, öffnete Beth die Eingangstür und stellte sich so hin, dass er nicht hineinsehen konnte. Er stand eine Sekunde mit erhobenen Augenbrauen da.

„Oh, Steve, es ist so schön, dich zu sehen", sagte Beth. „Es ist schon so lange her. Mensch, ich glaube das letzte Mal, dass wir uns begegnet sind, war das Firmenpicknick, als du für meinen Ehemann Michael gearbeitet hast."

Shane sah über seine Schulter zum Bulli. Dort bemerkte Beth, wie zwei Leute zurückblickten: Violet und ein ihr unbekannter junger Mann. Als Shane sich wieder zu ihr drehte, begann er etwas zu sagen, aber sie unterbrach ihn schnell wieder.

„Es tut mir leid, dass du den ganzen Weg gekommen bist", sagte sie. „Es ist eine schlechte Zeit für einen Besuch. Ich habe nicht viel, was Essen oder Vorräte angeht."

Im Augenwinkel sah sie Travis mit der Schrotflinte winken und er deutete ihr an, dass sie sich beeilen sollte. Falls Shane das hörte, reagierte er jedenfalls nicht. Er stand nur am Ende der Veranda und warf Beth einen untersuchenden Blick zu.

Na los, Shane, dachte Beth. *Bitte verstehe nur dieses eine Mal, was ich wirklich versuche, dir zu sagen. Tu nichts Dummes.*

„Wenn du hergekommen bist, damit ich dir helfe, kann ich dir leider nichts geben", sagte Beth mit scharfem Ton. „Du musst gehen. Es tut mir leid. So ist es leider. Bestell deiner lieben Frau Margaret einen lieben Gruß von mir. Auf Wiedersehen."

Sie weitete ihre Augen, damit er es verstand. Dann ging sie wieder hinein, knallte die Tür in sein Gesicht und schloss den Riegel. Sie lehnte sich gegen die Tür und betete, dass er nichts sagen oder tun würde, um sie zu verraten.

„Das reicht", sagte Travis.

Er trat vor, packte sie am Arm, wobei sich seine Finger an die Stelle klammerten, wo er bereits einen blauen Fleck hinterlassen hatte. Sie biss sich auf die Lippe, um nicht vor Schmerz laut aufzuschreien, während er sie von der Eingangstür weg und zurück durch das Wohnzimmer zerrte. Er schubste sie gegen den Esszimmertisch, wodurch sie einen der Teller traf und überall auf der Tischfläche Soße verteilte. Bevor sie sich wieder berappeln konnte, fasste er sie am Kragen ihres Shirts und zog sie in die Küche.

„Bleib hier und sei still", sagte er. Damit setzte er seinen Fuß auf ihren Rücken und stieß sie gegen die Spüle. „Du solltest hoffen, dass sie wegfahren. Drück jeden deiner Daumen und sprich alle Gebete."

Sie stolperte, ruderte mit den Armen und fing sich an der Kante der Arbeitsplatte. An ihrem kleinen Finger fühlte sie einen scharfen Stich, und als sie ihre Hand umdrehte, sah sie, dass sie sich an einem Glassplitter geschnitten hatte. Sie drückte ein Knäuel Papiertücher gegen die Wunde und wartete, bis sie Travis zurück ins Wohnzimmer gehen hörte.

Als er weg war, wischte sie mit dem Ärmel etwas von dem Glas aus dem Weg und lehnte sich zum kaputten Fenster über der Spüle. Aus diesem Winkel konnte sie das hintere Ende der Einfahrt sehen. Sie wartete, hielt den Atem an und ein paar Sekunden später hörte sie, wie der Motor des Bullis wieder startete. Er fuhr von der Einfahrt und drehte, und sie konnte kurz Shane und Violet durch die Windschutzscheibe sehen. Sie sprachen miteinander und wirkten beide besorgt.

Verschwindet einfach, dachte Beth. *Kommt nicht zurück.*

Als sie schließlich davongefahren waren, atmete sie erleichtert auf. Wenigstens waren sie nicht verletzt worden.

Aber du kommst hier niemals heraus, dachte sie. *Greg und Travis haben nicht die Absicht zu verschwinden.*

KAPITEL ZWEIUNDDREISSIG

Shane schlängelte sich durch die Nachbarschaft, bog willkürlich in Straßen ab, weil er unsicher war, wohin er fahren sollte. Einige Leute, die sich in ihren Vorgärten aufhielten, warfen ihnen seltsame Blicke zu. Schließlich kam er nach ein paar Meilen in eine Sackgasse und hielt an. Er saß eine Minute nur da und ließ den Motor laufen. Violet hatte sich zu ihm umgedreht und ihren Kopf zur Seite gelegt, wie sie es immer tat, wenn sie aufmerksam zuhörte.

„Sagst du es mir jetzt, Dad?", fragte Violet. „Was ist bei Grandmas Haus passiert?"

„Irgendetwas stimmt nicht", sagte er. War es das, was Jodi ihm versucht hatte zu sagen? Jetzt wünschte er sich verzweifelt, dass er eine Möglichkeit gehabt hätte, ihre Nachricht zu lesen. Er zog sogar noch einmal sein Telefon heraus und versuchte, es anzustellen, in der unwirklichen Hoffnung, dass der Akku sich vielleicht irgendwie etwas aufgeladen hatte. Es war tot. Genervt warf er es auf den Boden.

„Was ist denn?", fragte Violet.

Shane drehte sich in seinem Sitz, sodass er Corbin hinten sehen konnte. Der junge Mann hatte sich auf seine Knie aufgerichtet, als ob er jederzeit bereit war, aus dem Bulli zu springen.

„Ich glaube nicht, dass Grandma und Kaylee allein im Haus waren", sagte Shane. „Jemand ist bei ihnen. Sie handelte unter Zwang."

„Glaubst du, dass sie jemand als Geisel hält?"

„Vielleicht", sagte Shane. „Sie hat so getan, als ob ich jemand anderes bin, ein Freund ihres Mannes, aber sie hat einen anderen Namen verwendet. Also hat sie entweder einen Schlaganfall erlitten oder sie hat versucht, uns vor etwas zu warnen. Ich glaube, Letzteres ist wahrscheinlicher. Beth ist ziemlich scharfsinnig. Selbst wenn jemand eine Waffe an ihren Kopf hielte, würde sie eine Möglichkeit finden, um Hilfe zu rufen."

Violet atmete tief ein. „Was machen wir nur?"

Corbin bewegte sich nach vorn und hielt sich an ihren Sitzen fest. Ruby blickte ihn neugierig, aber nicht besorgt an. In der kurzen Zeit, die er bei ihnen war, hatte die Labrador-Hündin Vertrauen zu ihm gefasst.

„Wir müssen sie retten", sagte er. „Wir sollten Folgendes tun. Fahren Sie mit dem Bulli zur Eingangstür und drücken Sie das Gaspedal durch. Rammen Sie die Tür und dann springen wir mit geladenen Waffen heraus. Sie werden es nicht erwarten und wahrscheinlich keine Gelegenheit haben zu reagieren. Wir sind wie

Kommandosoldaten – die bösen Jungs umbringen und die Geiseln befreien, bevor irgendjemand weiß, was los ist."

Shane fragte sich, ob der Junge Witze machte. „Ich glaube, das ist ein bisschen extrem. Die Sache ist: Wir sind *keine* Kommandosoldaten. Zu viele Dinge könnten schiefgehen."

„Du musst die Polizei rufen", sagte Violet.

Ihr Vorschlag war weitaus vernünftiger. Der einzige örtliche Polizist, den Shane kannte, war der Bezirkssheriff. Sheriff Cooley war vernarrt in Beth, und wenn er erfuhr, dass sie in Schwierigkeiten war, würde er bestimmt helfen.

„Ich denke, du hast recht, Violet", sagte er. „Wir müssen die Polizei hinzuziehen."

Er wendete in der Sackgasse und fuhr aus der Nachbarschaft heraus.

„Die Polizei wird zu beschäftigt sein, um uns zu helfen", sagte Corbin. „Sie werden fragen, woher Sie wissen, dass sie als Geiseln gehalten werden, und was sagen Sie dann? ‚Sie wirkte verwirrt. Sie hat ihren Ehemann beim falschen Namen genannt.' Sie werden nicht helfen."

„Du hast wahrscheinlich recht", sagte Shane, „aber es ist die sichere Vorgehensweise."

„Sie wissen alles, was Sie wissen müssen, um diese Waffe zu benutzen, Sir." Corbin deutete auf die Glock. „Sie sind ein guter Schütze. Alles, was Sie tun müssen, ist, hineinzustürmen, Ihr Ziel auszuwählen und zu schießen. Was ist daran so schwierig? Es ist innerhalb von zehn Sekunden vorbei."

„Es *könnte* innerhalb von zehn Sekunden vorbei sein", erwiderte Shane. „Aber es gibt keine Garantie dafür, dass wir dann nicht alle tot sind. Wir haben keine Ahnung, womit wir es zu tun haben."

Shane arbeitete sich zurück zum Highway und fuhr in die Stadt hinein. Die Polizeiwache war ein kleines, gelbes Gebäude gegenüber einer Werkstatt. Es war nicht weit, aber jede Meile ließ ihn nervöser werden. Was war, wenn es zu spät war für Beth und Kaylee. Was war, wenn Corbin recht hatte und ihre einzige Möglichkeit, um sie zu retten, war, mit gezogenen Waffen in das Haus zu stürmen?

„Dad, was ist mit Kaylee?", fragte Violet. „Hast du sie gesehen, als du zur Tür gegangen bist?"

„Nein, habe ich nicht", antwortete er.

„Sie würden doch einem kleinen Kind nichts tun, oder?"

„Ich weiß es nicht, Schatz. Ich weiß nicht, mit wem wir es zu tun haben. Ich weiß nicht, ob wir es überhaupt mit jemandem zu tun haben."

Als sie die Polizeiwache erreichten, war er enttäuscht, dass auf dem Parkplatz keine Autos standen. Er entschied sich dennoch dazu, dort zu halten. Vielleicht war der Sheriff gezwungen gewesen, sein Auto irgendwo an der Straße zurückzulassen, und war zur Wache gelaufen. Er parkte vor dem Gebäude und öffnete seine Tür.

„Bleibt hier, Leute", sagte er. „Ich bin gleich zurück."

„Seien Sie vorsichtig da drinnen", sagte Corbin. „Man weiß ja nie."

Shane nickte ihm zu und stieg aus dem Bulli. Als er sich der Eingangstür näherte, lag seine Hand auf dem Griff der Glock, sodass er bereit war, sie zu ziehen. Überrascht stellte er fest, dass die Tür nicht verschlossen war. Er begab sich in das Haus und betrat die stickige Wärme eines Gebäudes ohne Klimaanlage und Belüftung.

„Hallo?", rief er. „Ist hier jemand?"

Er befand sich in einem kleinen und unscheinbaren Vorraum. Ein Schiebefenster gab den Blick auf einen Empfangsschalter und ein schmales Büro dahinter frei. Als er sich dem Fenster näherte, sah er auf dem Schalter ein Telefon auf einem dreiteiligen Schild, auf dem stand: „Um ein Problem zu melden, rufen Sie die Zentrale an. Ein Beamter wird so bald wie möglich zu Ihnen kommen."

Ein kleiner Zettel mit dem Wort ZENTRALE in fettem Rot war unter eine der Schnellwahltasten des Telefons geklebt worden. Shane hob das Telefon ab und drückte die Taste. Doch nach einem Klicken meldete sich direkt die Mailbox.

„Bitte hinterlassen Sie eine Nachricht. Wir melden uns bei Ihnen, sobald es möglich ist. Vielen Dank."

Er legte auf und stand für eine Sekunde betäubt vor Unentschlossenheit da.

Ich muss etwas tun, dachte er. *Niemand ist da, der uns helfen kann.*

Er drehte sich um und sah Corbin mit den Händen in die Hüfte gestemmt in der Tür stehen.

„Keiner da?", fragte er.

Shane schüttelte den Kopf.

„Das überrascht mich nicht", sagte Corbin und warf Shane einen ernsten Blick zu. Unter anderen Umständen hätte Shane den Ernst des Jungen amüsant gefunden. Er war so jung und wirkte doch so, als wäre er absolut bereit, in den Krieg zu ziehen. „Die Polizei kann uns jetzt nicht mehr helfen. Wir müssen das selbst erledigen."

Shane konnte ihm nicht widersprechen. Was hatten sie für eine Wahl? Er winkte den Jungen zum Bulli zurück und folgte ihm. Violet und Ruby warteten nervös.

„Es ist ein leeres Gebäude", sagte Shane. „Keine Spur vom Sheriff."

Violet hielt ihre Hand vor den Mund. Corbin stieg in den Bulli und drückte sich hinter die Vordersitze.

„Also, was ist der Plan?", fragte er.

„Wir fahren nicht durch die Eingangstür", sagte Shane. „Das kann ich dir sagen."

„Ihr solltet euch nachts hineinschleichen", schlug Violet vor. „Wartet, bis sie schlafen, dann schleicht ihr durch die Hintertür. Sogar böse Leute müssen irgendwann schlafen."

„Keine schlechte Idee", sagte Corbin. „Weiß hier jemand, wie man ein Schloss knackt?"

„Das brauchen wir nicht", sagte Shane. „Ich weiß, wo Beth einen Ersatzschlüssel für die Hintertür versteckt."

Es war auf jeden Fall ein besserer Plan, aber er fühlte sich nicht gut damit. Ganz im Gegenteil hatte er ein tief sitzendes Gefühl der Angst. Sie waren normale Menschen, nicht irgendeine bunt gemischte Sondereinsatztruppe. Niemand von Ihnen hatte jemals ein Gefecht erlebt. Corbins Zeit in dem Erziehungslager für Jugendliche zählte jedenfalls nicht.

„In Ordnung, Corbin, wir gehen zusammen hinein", sagte Shane. „Durch die hintere Glasschiebetür. Wir müssen die Situation schnell einschätzen. Sei auf alles gefasst, aber schieß nur, wenn du sicher bist, dass du keine alte Frau oder ein Kind triffst."

„Ich schaffe das schon", sagte Corbin. „Ich habe scharfe Augen."

Shane griff an Violet vorbei und öffnete das Handschuhfach. Er wühlte darin herum, bis er Debras Revolver fand, zog ihn heraus und reichte ihn Corbin.

„Sei vorsichtig damit", sagte er.

„Bin ich", erwiderte Corbin. Er öffnete den Zylinder und entfernte die leeren Hülsen. „Nur noch drei Schüsse. Haben Sie dafür Munition?"

„Ich glaube nicht", sagte Shane. „Das ist ein 44er-Magnum-Revolver."

„Na gut", sagte Corbin. „Dann wähle ich meine Ziele sorgfältig aus."

„Dad, ich möchte helfen", sagte Violet.

Der Gedanke, Violet in das Haus zu bringen, hätte Shane fast zu barsch reagieren lassen. Er überdachte seine Worte sorgfältig.

„Wir können Ruby nicht mit uns hineinbringen", sagte er. „Es ist nicht sicher für sie und sie wird es nicht mögen, allein im Bulli zurückzubleiben. Ich denke, dass es das Beste ist, wenn du bei ihr bleibst und sie ruhig hältst. Wenn sie bellt, werden sie vielleicht auf uns aufmerksam."

„Ich kann schießen", sagte sie. „Corbin hat mir gezeigt, wie man zielt. Ich will nicht im Bulli bleiben. Lass mich helfen, die bösen Leute auszuschalten."

Shane sah sie erstaunt an. Erwartete sie wirklich, dass er dem zustimmte? Sie griff sich ins Gesicht, als ob sie ihre Sonnenbrille auf ihre Nasenwurzel schieben würde, aber sie trug keine. Sie hatte sie im hinteren Teil des Bullis verloren und sich nie die Mühe gemacht, sie wieder aufzuheben.

„Ich weiß, dass du schießen kannst", sagte er. „Aber wir haben nur zwei Waffen."

„Du hast Gewehre im versteckten Fach", sagte sie. „Du nimmst ein Gewehr und ich kann die Handfeuerwaffe nehmen. Ich bin eine bessere Schützin als du. Das hat Corbin gesagt."

„Sicher bist du das, aber trotzdem ..." Shane warf den Kopf nach hinten.

„Violet, du bist eine hervorragende Schützin", sagte Corbin sanft. „Aber ich musste dir helfen, damit du wusstest, wo das Ziel war. Erinnerst du dich? Ich sage das nicht, um gemein zu sein, aber so ist es. Wenn wir in das Haus gehen, müssen wir schnell sein. Ich kann dir da nicht helfen."

Violet runzelte die Stirn und schien den Tränen nahe. Nach einem Moment nickte sie. „Du hast recht. Ich bleibe im Bulli."

Shane streckte seine Hand aus und klopfte ihr auf den Rücken, aber sie wich zurück. In Wahrheit störte es ihn, dass sie Corbins Worten mehr Gehör schenkte als seinen. Er zweifelte nicht daran, dass sie weiterhin argumentiert hätte, wenn Corbin sich nicht eingemischt hätte. Wenigstens hatte sie zugestimmt zu bleiben. Shane wollte Corbin ebenfalls darum bitten zurückzubleiben. Er fühlte sich nicht wohl bei dem Gedanken, diesen Jugendlichen in eine Schießerei zu bringen. Doch Corbin war der bessere Schütze. Er konnte es sich nicht leisten, ihn nicht mitzunehmen.

Die Jugendphase ist wahrscheinlich sowieso ein verschwindendes Konzept in dieser schönen neuen Welt, dachte er. *Wir müssen alle Fähigkeiten nutzen, die wir haben, egal, wer wir sind. Kinder werden viel zu früh erwachsen werden müssen.*

„In Ordnung, wir haben einen Plan", sagte Shane und legte den Rückwärtsgang ein. „Ein etwas weniger dummer Plan."

„Sie müssen nur mutig sein", sagte Corbin. „Denken Sie nicht zu viel nach. Wir stürmen hinein und tun es. Das ist der einzige Weg."

Das war bestimmt die Einstellung, die dir dabei geholfen hat, das Auto zu stehlen, dachte Shane.

„Wir parken etwas weiter die Straße hinunter", sagte Shane und fuhr los. „Dann schleichen wir uns in den hinteren Garten und vergewissern uns, dass alle schlafen."

„Seien Sie einfach bereit zu reagieren", sagte Corbin. „Sie dürfen in dem Moment keine Angst haben. Sie müssen einfach nur ihre Pistole ziehen, zielen und das tun, was Sie tun müssen."

„Ja, ich habe das schon verstanden, Junge. Ich habe es verstanden."

Er wischte mit einer zitternden Hand eine neue Schweißspur von seiner Stirn, bog Richtung Westen ab und steuerte auf Beths Nachbarschaft zu. Es waren noch Stunden bis zum Sonnenuntergang. Er hatte keine Ahnung, wie er die Zeit totschlagen sollte. Er fühlte sich wie ein Nervenbündel.

Vielleicht haben wir unrecht, dachte er. *Vielleicht werden sie nicht als Geiseln gehalten. Vielleicht hat sie sich den Kopf gestoßen.*

Er wollte es glauben, aber er wusste, dass es nicht der Wahrheit entsprach.

KAPITEL DREIUNDDREISSIG

Sie fanden eine ruhige und leere Straße ein paar Blocks von Beths Haus entfernt, sodass Shane, ohne übermäßig Aufsehen zu verursachen, hin und her gehen konnte. Er war mit den Nerven am Ende. Corbin schlug vor, dass er noch einmal üben sollte, die Glock zu ziehen und zu zielen, also tat er es. Das Ergebnis war nicht vielversprechend. Beim ersten Mal ließ er die Waffe fallen und sie fiel klappernd auf die Straße.

Kann ich überhaupt jemanden erschießen? Werde ich im entscheidenden Moment zögern?

Er war nicht überzeugt von seinen Fähigkeiten. Obwohl Corbin ihm versicherte, dass er die Pistole richtig hielt, empfand er es nicht so. Alles fühlte sich unbeholfen und unsicher an. Violet schmollte im Bulli, aber Shane wusste nicht, was er sagen sollte, damit sie sich besser fühlte. Irgendwann ging sie mit Ruby in einen Garten und Shane kam auf sie zu.

„Mit ein bisschen Glück ist das alles bald zu Ende", sagte er.

„Ich weiß", erwiderte sie. „Ich wünschte nur, ich könnte helfen."

Er umarmte sie. „Du wirst noch genug Gelegenheiten bekommen, bei denen du in Zukunft helfen kannst."

„Lass dich einfach nicht erschießen", sagte sie. „Erinner dich daran, was Corbin und Landon dir gezeigt haben."

„Das werde ich."

Inzwischen war die Sonne dabei unterzugehen und der gesamte Himmel hatte einen unheilvollen violetten Farbton angenommen. Shane bildete sich ein, dass er die Nordlichter über dem Horizont tanzen sah. Corbin blickte ihn bedeutungsvoll an und Shane nickte.

„Es ist so weit", sagte er und ging zum Bulli zurück.

„Zögern Sie nicht, wenn der Moment kommt", sagte Corbin. „Zweifeln Sie nicht an sich selbst. Zielen Sie einfach und drücken Sie ab. Sie können sich dann später schlecht fühlen."

„Ich werde mich nicht schlecht fühlen, wenn wir die richtigen Leute erschießen", sagte Shane. „Pass auf dich auf, Corbin. Mach nichts Leichtsinniges."

Darüber konnte Corbin nur lächeln.

Sie stiegen wieder in den Bulli und Shane schlich durch die Nachbarschaft zurück zu Beths Haus. Er fuhr langsam genug, dass es vollkommen dunkel war, als sie ihre Straße erreicht hatten. Ein wachsendes Gefühl der Angst stieg in ihm auf. Sie hatten keine Ahnung, was sie erwartete. Nur aufgrund Beths seltsamen Verhaltens hatten sie eine Menge Vermutungen geäußert.

Aber die Weichen waren nun gestellt.

Shane schaltete die Scheinwerfer aus und benutzte die Parklichter, als sie sich die Straße entlang bewegten. Er kam ein paar Häuser entfernt zum Stehen und schaltete den Motor aus. In der darauffolgenden Stille hörte er Corbins langsame, tiefe und bewusste Atemzüge.

Er ist nicht so zuversichtlich, wie er vorgibt, dachte Shane.

„Violet, verschließ die Türen", sagte Shane. „Hilf Ruby dabei ruhig zu bleiben. Wenn sie bellt, könnte es uns verraten."

Violet zog Ruby auf ihren Schoß und schlang ihre Arme um die Hündin. „Dad, sei vorsichtig. Bitte pass auf, dass dir nichts passiert."

„Wir tun unser Bestes", erwiderte Shane.

„Keine Sorge", sagte Corbin. „Wir kriegen das hin."

Shane öffnete die Tür so leise wie möglich und stieg aus. Er hörte das sanfte Aufgleiten der Seitentür, als Corbin ihm folgte. Der Junge kam um den Wagen herum und nickte ihm zu. Er wirkte, als ob er vor Eifer brannte, vielleicht ein wenig zu sehr.

Shane versicherte sich, dass die Bullitüren verriegelt waren. Dann ging er die Straße hinunter und bewegte sich leise, ohne sich auffällig zu verhalten, falls irgendwelche Nachbarn zufällig aus dem Fenster sahen. Corbin versuchte voranzugehen, aber Shane schnappte sich eine Falte seines T-Shirts und zog ihn sanft zurück.

„Folge mir", sagte er.

Sie bewegten sich durch den Vorgarten des Nachbarn diagonal auf Beths Zaun zu. Das Haus lag in kompletter Dunkelheit und Stille. Alle Vorhänge waren zugezogen. Wenn Shane es nicht besser gewusst hätte, hätte er angenommen, dass es verlassen war. Als er das Tor erreichte, scheute er sich davor, es zu öffnen. Er wusste aus Erfahrung, dass diese schwerfälligen Metallriegel laut waren, also entschied er sich stattdessen dafür, hinüberzuklettern. Er steckte die Pistole zurück ins Holster, sprang und fasste die Oberseite des nächsten Pfostens. Das Holz knarrte, als er seine Beine erst hinauf- und dann hinüberschwang.

Er landete im Gras des hinteren Gartens und presste sich gegen die Ziegelsteinwand des Hauses. Corbin folgte ihm einen Moment später, wobei er kein Geräusch machte, als er wie eine Katze in das hohe Gras sprang. Shane schob sich die Wand entlang zur Ecke und spähte um die Kante. Er sah Beths großen Gasgrill, der offen stand, als ob sie ihn benutzt hatte. Ein Tablett und eine Emaille-Kaffeekanne standen auf dem Regal daneben.

Er zog seine Glock, korrigierte seinen Griff, bis er sich richtig anfühlte, und schlich zur Glasschiebetür. Corbin blieb auf seiner Höhe, wobei der Lauf des 44er-Magnum-Revolvers vorausging. Shane musste zugeben, dass der Junge in diesem Moment tatsächlich ein wenig wie ein Kommandosoldat aussah.

Er kniete sich neben einen großen Blumentopf auf der Veranda. Mit seiner Schulter hob er ihn an und fühlte darunter. Seine Finger durchdrangen Spinnweben, bis er das kalte Metall des Ersatzhausschlüssels gefunden hatte. Er zog ihn heraus, erhob sich, ging um den Grill herum und näherte sich der Hintertür. Der Lamellenvorhang war offen und er erkannte das Esszimmer auf der anderen Seite. Schmutziges Geschirr war überall auf dem Tisch verteilt und das Essen klebte auf der Oberfläche, als ob eine Essensschlacht ausgebrochen worden war.

Beth würde in ihrem Haus niemals so ein Chaos hinterlassen, dachte Shane. *Nicht, wenn sie eine Wahl hatte.*

Er tastete nach dem Schlüsselloch. Der dunkle Rahmen der Glastür machte das ein bisschen schwierig, und als er den Schlüssel hineinsteckte, machte er recht laute Kratzgeräusche. Corbin legte einen Finger an seine Lippen und Shane nickte. Als er die Tür öffnete, machte es ein hörbares wischendes Geräusch, obwohl er sich schmerzlich langsam bewegte.

Corbin zog seinen Kopf ein, hob seinen Arm und schlüpfte zuerst schnell und leise durch die Tür. Shane betrat hinter ihm das Haus, drehte sich zum Wohnzimmer, hob die Glock und zielte in die Dunkelheit. Im Haus roch es stark nach einer Mischung aus Putzmitteln, altem Essen und wahrscheinlich Körpergeruch. Als Shane am Esszimmertisch vorbeiging, schlitterte seine Schuhsohle auf etwas Nassem. Er rutschte aus, fing sich an der Wand und sein Fuß knallte gegen die Bodenleiste. Von der anderen Seite des Tisches tippte Corbin seinen Finger verzweifelt gegen die Lippen.

Shane eilte zum Ende des Esszimmers und ging hinter einem Stuhl in Deckung, während er wartete und horchte, ob er jemanden im Haus aufgeweckt hatte. Jedes Zimmer schien den Atem anzuhalten. Er kam gerade noch rechtzeitig hinter dem Stuhl hervor, um zu sehen, wie Corbin mit der nach vorn gehaltenen Magnum um die Ecke ins Wohnzimmer ging.

Die Kissen der Couch waren durcheinander, einige von ihnen auf dem Fußboden, und auf dem beigen Teppich befand sich eine umgekippte Tasse neben einem großen Fleck. Shane signalisierte Corbin, dass er warten sollte, doch der Junge sah es nicht. Stattdessen betrat er geduckt das Wohnzimmer und schwenkte mit der Waffe von einer Seite zur anderen. Shane folgte ihm und näherte sich der Couch. Der Zustand der Kissen ergab keinen Sinn. Hatte jemand auf der Couch gelegen, war plötzlich aufgestanden und hatte sie dabei verteilt? Das würde doch niemand tun, außer wenn –

Er hörte einen einzelnen Schritt und ein leichtes Ausatmen. Es kam aus der dunklen Ecke näher zur Vorderseite des Hauses. Als Shane sich dahin umdrehte, sah er, wie sich die undeutliche Form eines Gegenstandes bogenförmig durch die Luft drehte und auf Corbin zuflog. Der Junge sah es nicht kommen. Er hatte sich dem Eingangsbereich und dem dahinterliegenden Flur zugewandt.

„Vorsicht –", war alles, was Shane aussprechen konnte.

Der kleine Gegenstand traf Corbin mit einem dumpfen Schlag an der rechten Schulter, was darauf hindeutete, dass er sehr schwer war. Der Junge schrie auf, drehte sich und schoss ziellos. Dem Mündungsfeuer nach zu urteilen, sah es aus, als ob der Revolver auf die Decke gerichtet war. Putz fiel herunter.

Was auch immer ihn getroffen hatte, rollte auf Shane zu. Er hatte den Bruchteil einer Sekunde Zeit, um zu erkennen, was es war.

Ein Engel?

Dann stürzte ein Mann aus der dunklen Ecke, verkürzte den Abstand zu Corbin mit zwei großen Schritten, griff nach seinen Armen und drückte sie nach oben über seinen Kopf.

„Greg! Greg, Hilfe!", rief der Fremde. „Komm hierher!"

Völlig überrumpelt wurde Corbin aus dem Gleichgewicht gebracht und fiel in Richtung Couch. Der Fremde landete auf ihm. Shane zielte mit der Pistole auf sie, aber er sie waren nur ein Knäuel aus Formen. Nur durch den Unterschied der Farben ihrer T-Shirts konnte er sie auseinanderhalten. Corbins war grau, während der Fremde irgendeine hellere Farbe trug.

„Greg! Beeil dich!"

Aus dem Flur hörte Shane eine Toilettenspülung.

Was ist, wenn ich den Jungen treffe?, dachte er, während er weiterhin auf die ringenden Gestalten zielte.

Er hörte, wie eine Tür aufflog. Nur eine Sekunde Reaktionszeit, bevor jemand anderes sich dem Kampf anschließt.

Denk einfach daran, was der Junge dir beigebracht hat, dachte Shane.

Er festigte seinen Griff, achtete darauf, dass seine Daumen sich nicht überkreuzten und hielt seinen Arm ruhig. Während er auf die hellere Farbe zielte, biss er die Zähne zusammen und drückte ab. Weniger als eine Sekunde lang füllte ein scharfes, gelbes Licht das Wohnzimmer. Er sah, wie zwei Körper auf der Couch kämpften, die Zähne zeigten und ächzten. Er feuerte erneut und ein Stöhnen wurde zu einem Schmerzschrei.

Plötzlich flog der Fremde hoch. Corbin hatte seinen Fuß unter den Mann gesetzt und trat ihn von sich. Der Fremde stolperte rückwärts, stöhnte laut und landete auf dem Teppich, wo er eine seltsame Rolle machte und auf der Seite liegenblieb. Selbst im trüben Licht konnte Shane sehen, wie sich das Blut schnell auf der Rückseite des T-Shirts ausbreitete.

Shane hatte keine Zeit, darüber nachzudenken. Er hörte einen zweiten Mann den Flur herunterkommen, duckte sich und bewegte sich zur Couch. In diesem Moment füllte ein gewaltiges *Bumm* die gesamte Welt, lauter und gewaltiger als irgendeine der Handfeuerwaffen. Direkt danach hörte Shane Glas und Holz splittern. Er erkannte eine schattenhafte Form, die aus dem Flur kam, und sah ein kurzes Glänzen des Mondscheins auf einer zweiläufigen Schrotflinte.

Er verfolgte es mit der Glock und feuerte. In dem kurzen, hellen Mündungsfeuer sah er eine bedrohliche Gestalt mit einer Schrotflinte in der Hand und einer Jeansjacke auf den Schultern vor ihm stehen. Der zweite Eindringling stolperte rückwärts, als Shane schoss, und wankte zurück zum Flur. Shane hörte auf zu schießen, weil er fürchtete, dass eine verirrte Kugel in eines der Schlafzimmer quer schlug. Er duckte sich hinter die Couch, um einem weiteren Schrotflintenschuss aus dem Weg zu gehen.

„Wir haben eure Familie", rief der zweite Eindringling mit einer rauen und brüchigen Stimme. „Hört ihr mich? Wir haben eure Familie, und wenn ihr nicht verschwindet, bringen wir sie alle um."

„Lassen Sie sie gehen und wir verschonen Ihr Leben", antwortete Shane. Er versuchte zäh zu klingen, aber die Worte kamen fast quiekend heraus.

„Nein, du Idiot, so funktioniert das nicht", sagte der Mann. „Ihr geht *selbst* und dann lasse ich eure Leute am Leben. Das ist die Abmachung."

Unsicher erstarrte Shane. Er richtete die Waffe noch immer in die Richtung der Stimme. Wie konnte er den Mann aus dem Zimmer locken, um ein freies Schussfeld zu bekommen. Er wusste es nicht, aber während er darüber nachdachte, setzte sich Corbin auf und krabbelte über die Couch.

„Keine Spielchen, Mann", sagte der zweite Eindringling. So wie es klang, war er etwa in der Mitte des Flurs neben dem Gästezimmer.

„Ich gebe euch zehn Sekunden, um von hier zu verschwinden, bevor ich anfange, Geiseln zu töten."

Als Corbin das Ende der Couch erreichte, blickte er über seine Schulter zu Shane, zeigte auf den Flur und nickte. Shane brauchte eine Sekunde, um zu verstehen, was er plante. Er versuchte abzuwinken, aber Corbin ignorierte ihn und kletterte über die Lehne der Couch. Da er nur wenig Zeit hatte, um zu reagieren, tat Shane das Einzige, das ihm in den Sinn kam.

„In Ordnung, wir gehen", sagte er. „Wir verlassen jetzt das Haus. Versprechen Sie mir nur, dass Sie niemandem etwas tun."

„Ich werde gar nichts versprechen", sagte der Eindringling. „Sobald ihr weg seid, lasse ich eure Leute gehen. So läuft das. Ihr habt noch etwa drei Sekunden."

Corbin hob den Revolver, hielt ihn vor sich und stürmte um die Ecke. Shane bewegte sich in Sichtweite des Flurs, um ihm zu helfen. Als er das tat, sah er den Eindringling direkt vor dem Badezimmer stehen. Sein Körper war gegen den Türrahmen gedrückt. Er hatte fettiges, schwarzes Haar, das auf einem langen Gesicht saß. Die Schrotflinte war noch immer im Anschlag, aber Corbin gab ihm keine Zeit zu reagieren. Er stürzte geduckt vor und schoss. Der Junge hatte zwei Kugeln übrig und feuerte sie beide aus einem niedrigen Winkel.

Der Eindringling drehte sich ins Badezimmer hinein. Als er das tat, feuerte er versehentlich mit der Schrotflinte, aber schoss nur ein Loch in die Decke des Flurs. Shane drückte sich an Corbin vorbei und eilte zur Badezimmertür. Er fand den Mann ausgestreckt vor dem Waschbecken liegen. Eine Kugel hatte ihn unter dem Kinn getroffen, die zweite in der Brust. Der Eindringling war bereits tot, die Schrotflinte lag auf seinem Bauch.

Mit klingelnden Ohren beugte sich Shane herunter und hob die Schrotflinte auf. Das heiße Metall verbrannte ihm beinahe die Finger. Er legte sie auf den Absatz.

Wie viele Eindringlinge gibt es?, fragte er sich.

In diesem Moment ging irgendwo im Flur Licht an, ein Taschenlampenstrahl, der sich an den Wänden entlangbewegte. Shane hörte zwei bekannte Geräusche jenseits des Klingelns in seinen Ohren: das Bellen eines Hundes und seine Schwiegermutter, die seinen Namen rief.

„Beth, wir sind hier", sagte er. „Es geht uns gut. Sind alle sicher?"

„Alle sind sicher", antwortete sie. „Ihr habt sie beide erwischt."

Shane atmete tief und erleichtert auf und setzte sich auf den Rand des Absatzes, während er die Glock zurück ins Holster steckte. Dann kam Corbin ins Badezimmer und starrte auf den Toten am Boden. Der Junge war außer Atem, sein Mund stand offen. Shane streckte die Hand aus und klopfte ihm mit dem Handrücken auf die Brust.

„Wir haben es geschafft, Junge. Wir haben es geschafft."

Der Kerl in der Jeansjacke war viel schwerer, als er aussah. Die Tatsache, dass Shane fast einen ganzen Tag damit verbracht hatte, einen Erdkeller auszuheben, half jedenfalls nicht. Er hielt den Toten an den Füßen und kämpfte damit, ihn den Flur hinunter und durch das Wohnzimmer zu befördern.

„Das ist, wie einen gestrandeten Wal zurück in den Ozean zu ziehen", sagte Shane durch zusammengebissene Zähne.

„Er hat sich seit gestern Abend mit meinem Essen vollgestopft", sagte Beth. Sie stand an der Tür, umarmte Kaylee mit einer Hand, damit sie die Leichen nicht sah, und hielt Bauer mit der anderen am Halsband. „Aber ich habe dafür gesorgt, dass das Essen nicht lecker war. Er hat nur Schweinefutter verdient, also hat er Schweinefutter bekommen. Seine Enttäuschung war es wert, ein paarmal geschlagen zu werden."

„Das klingt nach einem gefährlichen Spiel", sagte Shane.

„Ich konnte nicht anders", sagte Beth. „Ich habe es aber nicht übertrieben. Glaub mir, ich war verleitet, mich viel gravierender auszuleben, aber ich habe mich Kaylee zuliebe zurückgehalten."

Corbin hatte offenbar viel weniger Probleme damit, den anderen Mann zu ziehen, aber als der Körper sich über den Boden bewegte, wurde das schäbige T-Shirt hochgezogen. Shane sah die Einschusslöcher in seinem Rücken.

„Beth, Violet sitzt noch im Bulli die Straße hinunter", sagte Shane atemlos, als er den Körper durch das Esszimmer zog. Kannst du zu ihr gehen und sie hereinbringen? Sie muss die Schüsse gehört haben und dreht bestimmt durch."

„Ich kann es kaum glauben", sagte Beth. „Wie habt ihr sie überrumpelt?"

„Ich habe einen jungen Kommandosoldaten bei mir", sagte Shane und deutete mit seinem Kopf in Corbins Richtung. „Er hat mir geholfen."

„Ich bin froh, dass er das getan hat", sagte Beth, „aber wo hast du diesen jungen Mann gefunden?"

Shane und Corbin tauschten einen Blick aus.

„Das ist eine lange Geschichte", sagte Shane.

Sie zerrten die Körper aus dem Esszimmer und durch den Garten zu Mrs. Eddies Haus. Auf dem Weg musste Shane ein paar Mal pausieren, um Luft zu holen.

„Wie geht es deiner Schulter, Junge?", fragte er Corbin.

„Tut weh", erwiderte der Junge. „Aber es nichts gebrochen. Es wird wahrscheinlich nur ein großer blauer Fleck."

Als sie sich der Eingangstür von Mrs. Eddies Haus näherten, sah Shane die Fußmatte zwischen den kleinen Statuen im Vorgarten liegen – ein seltsames Detail, das keinen Sinn ergab. Als er die Eingangstür mit einem Schlüssel öffnen wollte, den sie bei einem der toten Männer gefunden hatten, bemerkte er, dass sie bereits aufgeschlossen war. Er öffnete sie, zog eine kleine Taschenlampe aus Beths Haus aus seiner Hosentasche und leuchtete damit hinein. Das Haus war eine Ruine. Die Möbel waren umgekippt, Schubladen geleert, Bücher und Kleider lagen überall verteilt.

„Sie müssen das ganze Haus nach Wertsachen durchsucht haben", sagte Shane und zog die Leiche durch die offene Tür.

„Das ist das Haus ihrer Grandma?", fragte Corbin. „Mann, diese Typen waren echt Nieten."

Sie schleppten die Körper in das Wohnzimmer und machten zwischen all dem Müll und umgekippten Möbeln Platz. Shane fand eine Tischdecke, faltete sie aus und legte sie über ihre Körper.

„Leute, die nicht bereit sind, sich zu verteidigen, werden eine große Überraschung erleben", sagte Corbin. „Solche Typen gehen einfach in die Häuser und übernehmen sie. Sie gehen von Haus zu Haus wie bei den Wikingerraubzügen, bis sie jemand aufhält."

„Ich fürchte, da hast du wahrscheinlich recht", erwiderte Shane. „Ich bin froh, dass wir vorbereitet waren."

Während er sprach, hörte er etwas von irgendwo aus dem Haus. Es war eine Stimme, dachte er, aber sie machte ein komisches Geräusch, fast wie ein Tierlaut. Corbin sah ihn mit hoch gezogenen Augenbrauen an.

„Noch einer", sagte Corbin. Er zog den 44er-Magnum-Revolver aus seinem Gürtel und erhob sich. Dann hielt er inne. Er rollte den Zylinder und sagte: „Ich habe vergessen, dass ich keine Munition mehr habe."

Shane stand auf. Er hatte nicht mehr genug Kraft einem weiteren Angreifer entgegenzutreten. Das ganze Adrenalin hatte ihn verlassen, aber er zwang sich trotzdem, sich zu erheben, und ging durch den Flur. Als er das tat, zog er wieder die Glock und holte das Magazin heraus, um sich zu vergewissern, dass er noch Kugeln hatte.

„In Ordnung, Corbin, bleib hinter mir", sagte er und schob das Magazin wieder in den Griff. „Tu nichts Unüberlegtes."

Als sie den Flur hinuntergingen, hörte Shane den Eindringling erneut und dieses Mal war er sich sicher, dass es aus dem Schlafzimmer am Ende des Ganges kam. Die Tür war angelehnt. Er konnte ein kleines Stück einer gelben Tapete und etwas Schutt auf dem Teppich sehen. Ein strenger Geruch lag in der Luft – ein ekelerregender Moder. Shane korrigierte seinen Griff und näherte sich dem Zimmer.

Warum stöhnte der Eindringling? Hatte er Schmerzen? Er konnte es nicht genau ausmachen, aber es war ein seltsames Geräusch. Ein tiefer, unmenschlicher Laut.

„Ist das ein Hund oder so?", fragte Corbin leise von hinten.

Als er näher kam, hörte Shane angestrengtes Atmen. Definitiv hatte jemand Schmerzen. Er senkte seine Waffe und rief:

„Hey, ist da jemand? Sind Sie verletzt?"

Er drückte sich gegen die Wand, schob langsam die Tür auf und spähte am Rahmen vorbei in das Zimmer.

„Ist jemand hier?", rief er.

Als Antwort erhielt er nur ein kratziges Atmen. Zuerst sah er nur ein Bett in der Ecke, auf dem der Körper einer alten Frau in einem Nachthemd auf der Matratze lag. Er leuchte mit der Taschenlampe auf sie und stellte schnell fest, dass sie tot war – mindestens seit ein paar Tagen.

Dann fand sein Lichtschein eine zweite Person. Ein kräftiger Herr mit einem sauber geschnittenen Kinnbart. Er lag mit den Händen hinter seinem Rücken zusammengerollt in der Ecke. Auf dem linken Ärmel seines khakifarbenen, kurzärmligen Hemdes befand sich ein Sheriffabzeichen.

„Sheriff Cooley", sagte Shane und eilte zu ihm. „Was machen Sie denn hier?"

Der Sheriff hatte eine große Wunde an der Kopfseite und eine getrocknete Blutspur führte vom Ohr die Wange herunter. Als Shane ihn anstupste, stöhnte er wieder und seine Augen zuckten. Es sah aus, als hätte er hier mindestens ein paar Tagen gelegen.

„Sie haben ihn erwischt", sagte Corbin. „Es klingt, als ob er im Sterben liegt."

„Nein, er lebt", sagte Shane, „aber wahrscheinlich hat er eine ziemlich schwere Gehirnerschütterung. Corbin, bringen wir ihn hinüber zu Beth."

Sie trugen den Sheriff in Beths Haus. Er wog viel mehr als Greg, und Shane war kurz davor ohnmächtig zu werden, als sie durch die Glasschiebetür kamen. Im Wohnzimmer trafen sie auf Beth, Violet, Kaylee und den Hund.

„Ach du meine Güte", sagte Beth. „Der arme James. Was haben Sie ihm angetan? Bringt ihn in das Gästezimmer. Es macht nichts, wenn Blut auf die Bettwäsche kommt. Ich wasche sie später."

Sie legten den Sheriff auf das Bett im Gästezimmer, machten eine Kerze an, damit er Licht hatte, und begutachteten seine Wunde. Leider hatte niemand von ihnen mehr als grundlegende medizinische Kenntnisse. Beth reinigte die Wunde und versuchte, ihm einige Schmerzmittel zu geben, doch er konnte oder wollte sie nicht herunterschlucken.

„Der arme Sheriff Cooley", sagte sie. „Ich habe ihn dahin geschickt, damit er sich diese Kerle ansieht. Hätte ich gewusst, wie gefährlich sie waren, hätte ich ihn gewarnt."

„Er kann von Glück reden, dass er überlebt hat", sagte Shane.

„Wird er wieder gesund, Grandma?", fragte Violet.

„Die Zeit wird es zeigen", antwortete Beth. „Es gibt nicht viel, was wir tun können."

Sie ließen den Sheriff im Gästezimmer ausruhen und saßen schließlich gemeinsam am Esszimmertisch. Kaylee war still und offensichtlich verstört durch die Erfahrungen mit ihren Geiselnehmern und bestand darauf, auf Violets Schoß zu sitzen. Zunächst hatte Violet ihren Kopf auf dem Tisch liegen, doch sie ließ sich erweichen, setzte sich aufrecht hin und legte ihre Arme um ihre kleine Schwester, während Kaylee einen Apfelsaft schlürfte. Ruby und Bauer rollten sich zusammen in eine Ecke, als ob sie die gegenseitige Nähe beruhigte. Beth untersuchte den hässlichen blauen Fleck auf Corbins Schulter.

„Zum Glück seid ihr rechtzeitig gekommen", sagte Beth. „Sie wurden immer bösartiger. Ihnen fehlten Alkohol, Drogen und *was auch immer* und das machte sie brutal."

„Es tut mir leid, dass wir nicht schon gestern gekommen sind", sagte Shane. „So ein Idiot wollte, dass wir ihm für einen vollen Tank einen Erdkeller in seinem Garten graben."

„So weit ist es in unserer Welt schon gekommen", sagte Beth.

Sie gab Corbin ein paar Aspirin-Tabletten und ein Glas Wasser.

„Beth, du hast nicht zufällig noch genug Akku-Laufzeit in deinem Handy?", fragte Shane.

„Ich weiß es nicht", sagte Beth. Sie zog ihr Telefon aus der Hosentasche, entsperrte den Bildschirm und gab es Shane. „Vielleicht reicht es für einen Anruf."

Er öffnete ihre Kontakte und suchte nach Jodis Nummer.

„Rufst du Jodi an?", fragte Beth. „Irgendeine Ahnung, wo sie ist? Ich habe nichts von ihr gehört."

Shane schüttelte den Kopf, als er die Nummer wählte. Er drückte das Telefon an sein Ohr.

„Alle Netze sind gerade überlastet. Bitte versuchen Sie es später noch einmal."

Er seufzte, legte auf und gab Beth das Handy zurück. „Ich schätze, wir haben unser Glück überstrapaziert, was die Handyverbindungen angeht."

„Mom und die anderen sind irgendwo da draußen", sagte Violet. „Glaubst du, es geht ihnen gut?"

„Ich hoffe es", antwortete Shane und fügte dann hinzu: „Bestimmt."

Violet runzelte die Stirn. Offensichtlich hatte sie den kleinen Zweifel in seiner Stimme gehört.

Jodi ist verletzt, dachte Shane. *Sie ist irgendwo da draußen und ich kann nicht mit ihr reden. Und weil sie die Nebenstraßen verwendet, kann ich nicht losfahren und sie suchen. Was sollen wir jetzt nur tun?*

Das war eine Frage für einen anderen Tag. Er war noch nie in seinem Leben so erschöpft gewesen. Alles, was er jetzt brauchte, war eine Nacht voller Schlaf – ohne Unterbrechungen –, und er dachte, dass er es dann vielleicht, nur vielleicht, schaffen könnte.

ENDE VON BRÖCKELNDE WELT
ÜBERLEBENDE DES UNTERGANGS BUCH 1

VIELEN DANK!

Danke, dass du „*Bröckelnde Welt* (Buch 1 der Das Ende Überleben)" gekauft hast.

Sei immer auf dem Laufenden! Melde dich bei meinem Newsletter an, um über zukünftige Veröffentlichungen informiert zu werden: www.GraceHamiltonBooks.com.

Hat dir dieses Buch gefallen? Teile es mit einem Freund, www.GraceHamiltonBooks.com/books

ÜBER GRACE HAMILTON

Grace Hamilton war nicht immer eine Prepperin. Doch nachdem sie aufgrund einer Überschwemmung 6 Tage lang in einer Berghütte festgesessen hatte, entschied sie, dass sie sich niemals wieder so machtlos fühlen, oder ihre Kinder hungrig ins Bett schicken wollte. Jetzt lebt sie als Prepperin und weiß, dass sie bereit sein wird, ihre Familie zu schützen und zu versorgen, wenn es drauf ankommt oder wenn die Welt, wie wir sie kennen, zusammenbricht.

Wenn man diese Mentalität der Überlebenskünstler mit einer lebhaften Fantasie (sowie der leicht ungesunden Gewohnheit, Tagträumen nachzuhängen) kombiniert, erhält man eine Prepper-Roman-Autorin. Grace verbringt ihre Tage damit, über die denkbar schlechtesten Überlebenssituationen nachzudenken, in die eine Person geworfen werden kann. Dann wirft sie ihre Charaktere in diese Albträume, während sie sich fragt: „Was SOLLTE man in dieser Situation tun?"

Sie hofft, dass man durch ihre Charaktere Erfahrung sammeln kann, wie das Leben sein wird, und dass man grundsätzlich von ihren Fehlern und Erfahrungen lernt.

Grace ist die stolze Mutter von vier Kindern und die Ehefrau eines wunderbaren Ehemanns.

Du findest Grace auf:

Lovelybooks: www.lovelybooks.de/autor/Grace-Hamilton

KLAPPENTEXT

Die Familie ist alles, was zählt, wenn Freunde zu Feinden werden – und das Überleben auf dem Spiel steht

Die Welt ist für Shane McDonald und seine Familie zu einem gefährlichen Ort geworden, seit der Sonnensturm das Stromnetz ausgelöscht hat. Die Spannungen nehmen zu, als klar wird, dass die Situation noch länger andauern wird und die meisten schlecht vorbereitet sind. Sogar die freundliche Kleinstadt seiner Schwiegermutter, einer Prepperin, erregt unerwünschte Aufmerksamkeit, als sich herumspricht, dass sie ihre Vorräte mit anderen teilt.

Schon bald beginnen Fremde, die einst friedliche Gemeinde in Georgia zu infiltrieren.

Shane kann nur daran denken, wo seine Frau und sein Sohn in all dem Chaos gelandet sind, während sich die Stunden zu Tagen ausdehnen, seit sie das letzte Mal miteinander gesprochen haben. Jodi ist viel zu vertrauensselig, ihr Wunsch, den Schwachen zu helfen, ist eine gefährliche Eigenschaft unter verzweifelten und zunehmend feindseligen Menschen.

Aber Jodi kann sich auch wehren, wenn es hart auf hart kommt. Als ihr Sohn und ihr krebskranker Bruder angegriffen werden, findet sie die Kraft, das Nötige zu tun, um ihre Sicherheit zu gewährleisten – und zieht damit ungewollt die Aufmerksamkeit einer bedrohlichen Bande auf sich.

Jetzt müssen sie ihren Verfolgern immer einen Schritt voraus sein, um ihre Familie wieder zu finden.

Bevor die Hölle über sie hereinbricht.

Hole dir deine Ausgabe von *Gefallene Welt*
Erhältlich am November 27, 2024
(Jetzt vorbestellbar!)
www.gracehamiltonbooks.com

EXKLUSIVER AUSZUG

Kapitel Eins

Die Schmerzen in Jodis rechtem Unterarm machten einen tiefen Schlaf unmöglich. Schließlich setzte sie sich auf, rieb sich die Augen und kurbelte das Fenster herunter, um frische Luft zu schnappen. Sie überprüfte den Verband an ihrem Arm. Auf beiden Seiten war Blut ausgetreten. Ihre Finger fühlten sich etwas steif an, als sie sie bewegte, und der Schmerz fuhr ihr bis in die Schulter.

Angeschossen werden ist scheiße, dachte sie. Tatsächlich hatte sie gemerkt, dass es viel schlimmer war, *angeschossen worden zu sein*, als *angeschossen zu werden*. Der Moment selbst hatte sich wie ein Bienenstich angefühlt. Der eigentliche Schmerz kam erst im Anschluss und hielt sich hartnäckig.

Die Luft war still und abgestanden, also öffnete sie die Wagentür und trat hinaus. Sie hatten außer Sichtweite der Straße in einer verfallenen großen Scheune geparkt. Mike und Owen saßen immer noch zusammengekauert auf dem Vordersitz. Irgendwie hatten die beiden es geschafft, die ganze Nacht durchzuschlafen, obwohl es in dem Silverado so eng war wie in einer Sardinendose.

Jodi ging zum hinteren Teil des Pick-ups und kroch auf die Ladefläche zwischen das Fahrrad und dem zusammengeklappten Fahrradtaxi. Sie öffnete den Reißverschluss des Koffers und holte frisches Verbandsmaterial und Desinfektionsmittel heraus. Während sie sich an die Seite des Pick-ups lehnte, schaffte sie es mit einer Hand, die alten Verbände von ihrem Arm zu entfernen, sie zusammenzufalten und in eine Seitentasche des Koffers zu stopfen. Die Wunden waren hässlich und feucht, aber nicht besonders groß. Dafür waren die Schmerzen umso größer. Die Haut war furchtbar rot.

Bitte, keine Infektion, dachte sie, während sie die Eintritts- und Austrittswunde säuberte. Dann legte sie sich behutsam einen neuen Verband an.

Jodi wollte einfach nur noch zum Haus ihrer Mutter. Sie hatte keine Lust mehr auf die Straße, denn sie war müde, verletzt und frustriert. Mit einer Hand vor den Augen kämpfte sie gegen die Tränen an. Owen sollte seine Mutter nicht weinen sehen. Nachdem sie sich wieder einigermaßen unter Kontrolle hatte, drehte sie sich zum Wagen zurück, um die anderen beiden zu wecken.

„Jungs, ich glaube, es ist Zeit aufzustehen", sagte sie. „Komm schon, Mikey. Es ist Morgen. Wir sollten uns auf den Weg machen."

Mike regte sich zuerst. Mit einem Stöhnen setzte er sich auf und fuhr sich mit den Händen durch sein lichtes Haar. Der große Verband an seinem Hals war verrutscht, sodass Jodi einen Blick auf den chirurgischen Schnitt werfen konnte. Er schob ihn wieder an seinen Platz, während er sich ihr zuwandte.

„Hast du mich gerade Mikey genannt?", krächzte er. Seine Augen waren eingefallen und sein Gesicht war blass und geschwitzt. „O Gott, das musst du dir abgewöhnen. Ich bin nicht mehr zwölf. Sind wir schon da?"

„Du hast doch die Karte", erinnerte ihn Jodi.

„Ich habe sie zu weit unter den Sitz geschoben", sagte er. „Und ich bin noch nicht wach genug, um sie zu holen."

„Wir haben sicher noch ein wenig vor uns", sagte Jodi. „Drück die Daumen, dass die Straße frei ist."

Mike rüttelte Owen wach. „Steh auf, Junge. Wir müssen noch weiterfahren."

Owen schnaubte, beugte sich vor und drückte seine Stirn gegen das Lenkrad. „Ich bin ja schon wach." Er wischte sich mit den Händen über das Gesicht und sah sich um. Rote Flecken auf seiner Wange und Schläfe zeigten, wo er sich im Schlaf gegen die Autowand gedrückt hatte. „Ist es schon Morgen? Mom, es ist doch noch gar nicht richtig hell. Wie spät ist es denn? Bestimmt noch nicht mal sechs."

„Ich weiß nicht, wie spät es ist. Wir haben keine Uhr, die geht", sagte Jodi, „aber es ist Zeit, dass wir uns auf den Weg machen."

„Kann ich eine Weile fahren?", fragte Owen. „Dann vergeht die Zeit schneller. Es ist so langweilig, nur dazusitzen und aus dem Fenster zu starren. Ich habe das doch gestern ziemlich gut gemacht, oder nicht?"

Jodi dachte darüber nach. Ja, er hatte die Hindernisse auf der Straße am Vortag besser als erwartet gemeistert. Sie selbst fühlte sich nicht wohl genug und glaubte nicht, dass es eine gute Idee war, wenn sie fuhr. „Ja, das ist in Ordnung. Du kannst fahren. Wie viel Benzin haben wir noch?"

„Der Tank ist noch mehr als halb voll", sagte Owen. „Nicht ganz drei Viertel."

„Gut." Jodi stieg zurück in den Wagen und schloss die Tür. Fast hätte sie das Fenster hochgekurbelt, aber dann überlegte sie es sich anders. Der Fahrtwind half ihr vielleicht. „Das sollte reichen, um nach Hause zu kommen. Aber wenn du zufällig eine offene Tankstelle siehst, halte an."

„Okay", antwortete er. „Hoffen wir nur, dass sie nicht ausgeraubt wird, während wir dort sind."

„Sprich nicht davon", sagte Jodi. „Wir hatten wirklich Glück, dass wir den Überfall überlebt haben"

Sie gab Owen ein Zeichen, loszufahren, und er startete den Wagen. Der Motor brummte. Owen legte den Rückwärtsgang ein, fuhr aus der Scheune und bahnte sich seinen Weg durch das hohe Gras zurück zur Straße. Je näher sie Macon gekommen waren, desto schlechter waren die Nebenstraßen geworden. Die Zahl der liegengebliebenen Fahrzeuge hatte nun noch mehr zugenommen, sodass Owen schließlich auf den Seitenstreifen auswich, um sie zu umfahren, was allerdings bedeutete, dass er meist auf Schotter fuhr. Jodi ermunterte ihn, langsam und gleichmäßig zu fahren. Er wirkte zuversichtlich auf sie. Tatsächlich musste sie zugeben, dass er sich als sehr guter Fahrer erwiese, sogar mit manueller Schaltung. Er führte das Fahrzeug, als ob er das schon seit Jahren getan hatte.

Die aufgehende Sonne warf lange Schatten, die sich vor ihnen ausbreiteten. Jodi erspähte immer wieder Menschen, die in den Autos schliefen. Einige hatten sich dort offenbar niedergelassen, als ob ihre funktionslosen Fahrzeuge ihr neues Zuhause geworden waren. Sie kamen an einem Minivan vorbei, der am Straßenrand stand und dessen hintere Seitentüren beide offenstanden. Eine Familie, die sich in und um das Fahrzeug herum versammelt hatte, kochte eine Mahlzeit auf einem Lagerfeuer. Im hinteren Teil des Wagens hatten sie eine Art Unterschlupf aus Decken und Ästen errichtet.

„Es wird immer schlimmer", stellte sie fest.

„Die Welt?", entgegnete Mike.

„Ja ... na ja, die Zivilisation", sagte sie. „Werden diese Autofriedhöfe zu dauerhaften Siedlungen? Es scheint, als hätten einige der Gestrandeten es einfach aufgegeben, nach Hause zu kommen. Werden das jetzt Zeltstädte?"

„Das ist vielleicht besser für die Umwelt", sagte Mike. „Weniger Abfall. Mehr so ein Stammesleben, wie in alten Zeiten. Eine Rückkehr zu einer primitiven Welt, wie es eigentlich sein sollte. Ich will damit nicht sagen, dass ich mich darauf freue. Ich betrachte es nur aus einer anderen Perspektive."

„Ich glaube, du siehst primitives Leben zu romantisch", sagte Jodi. „Ja, vielleicht gibt es weniger Umweltschäden, aber es bedeutet auch, dass es kein sauberes Wasser und keine Nahrungsmittel gibt. Und auch keine Polizei oder Feuerwehr, zumindest vorläufig. Und was ist einer zuverlässigen medizinischen Versorgung? Das macht mir wirklich große Sorgen." Sie warf einen Blick auf Mikes Verband und wandte ihn dann wieder ab. „Ich denke, bevor sich die Lage bessert, wird sie viel Leid hervorrufen, was zu immer brutaleren Verzweiflungstaten führen könnte, während die Menschen versuchen zu überleben."

Mike seufzte. „Ich habe nur versucht, die Dinge positiv zu sehen, Schwesterherz. Das lasse ich in Zukunft besser."

„Schon gut", sagte Jodi. „Ich habe nur meine rosarote Brille verloren. Die Zukunft sieht für mich ziemlich düster aus."

„Mom!"

Owens plötzlicher Aufschrei ließ sie aufschrecken. Er zeigte hektisch nach vorne. Als sie dorthin sah, entdeckte sie einen Mann auf dem Seitenstreifen neben einer alten Limousine, die beide Fahrspuren blockierte. Der Mann wedelte mit beiden Händen über dem Kopf. Er war jung, trug ein schmutziges T-Shirt und eine kurze Hose. Sein Gesicht war schweißnass.

„Fahr einfach weiter", sagte Mike. „Er wird schon aus dem Weg gehen."

Owen nickte und fuhr weiter, doch eine Sekunde später überlegte er es sich anders und trat auf die Bremse. Jodi wurde gegen ihren Sicherheitsgurt gedrückt. Mike hatte nur einen Beckengurt und hielt sich am Armaturenbrett fest, um nicht mit dem Kopf dagegen zu stoßen.

„Ich kann doch nicht einfach jemanden überfahren", sagte Owen.

Der Mann hatte einen verzweifelten Gesichtsausdruck. Er schien sogar den Tränen nahe zu sein. Als der Pick-up anhielt, näherte er sich zögernd, als fürchtete er um seine eigene Sicherheit.

„Wir müssen ihm zeigen, dass wir wehrhaft sind", sagte Mike. „Wenn der Kerl irgendeinen Blödsinn vorhat, wird er es bereuen."

Er öffnete seinen Rucksack und kramte darin herum, während Jodi dem Fremden mit einer Geste zu verstehen gab, dass er sich der Beifahrertür nähern sollte. Als der Mann an das offene Fenster trat, zog Mike den Revolver heraus und hielt ihn hoch, damit der Fremde sie sehen konnte. Der junge Mann hielt kurz inne, als er die Waffe sah und zog eine Grimasse

„Es tut mir leid", sagte er. „Ich wollte euch nicht erschrecken." Er war außer Atem und keuchte.

„Wir hätten ich fast überfahren", sagte Mike. „Wenn das dein Ziel war, dann hast du alles richtig gemacht, Kollege."

Jodi hob eine Hand, um Mike zum Schweigen zu bringen. „Was ist los? Bist du verletzt?"

Der Fremde streckte seine Hände aus, als wollte er zeigen, dass unbewaffnet war. „Es tut mir leid. Ich will keinen Ärger machen, aber niemand hat angehalten, und ich wusste nicht, was ich sonst tun sollte. Es geht um meine Frau." Er gestikulierte in Richtung eines kleinen Schuppens direkt an der Straße. Ein ziemlich neuer Toyota Camry parkte daneben. Die Beifahrertür war weit geöffnet. „Sie ist da drüben im Auto."

„Mama, soll ich wegfahren?", fragte Owen.

„Ja", sagte Mike. „Das klingt nach einer Falle."

Jodi gab Owen zu verstehen, dass er warten sollte. Der Fremde sah wirklich verängstigt aus. In seinen Augen schimmerte blankes Entsetzen. Konnte jemand so etwas vortäuschen? Sie glaubte es nicht. Jodi glaubte, ziemlich gute Menschenkenntnis zu besitzen, die in den letzten Tagen nur noch besser geworden war. Nein, das war *echte* Angst.

„Meine Frau ... sie bekommt ein Kind", sagte der Mann. „Wirklich, das Baby kommt jetzt gerade. Ich sagte, dass sie warten soll, aber sie meinte, sie habe keine Kontrolle darüber. Ich weiß nicht das Geringste darüber, wie man ein Baby zur Welt bringt. Könnt ihr mir bitte helfen? Es ist unser erstes Kind. Bitte!"

Jodi sah zu Owen und Mike. Sie glaubten ihm offensichtlich kein Wort. Owen schüttelte sogar den Kopf.

„Lass uns einfach fahren", sagte Mike. „Selbst wenn er die Wahrheit sagt, wie können wir ihm schon helfen?"

„Eine von uns hat immerhin drei Kinder geboren", erinnerte ihn Jodi.

„Aber ist das wirklich unser Problem?", fragte Mike. „Lass uns von hier verschwinden."

Jodi konnte es nicht. Der Mann war verängstigt. Wie konnte sie ihn im Stich lassen?

„Ich sehe mir das mal an", sagte sie. „Ihr bleibt hier."

„Komm schon, Schwesterherz. Du musst das nicht tun."

„Er sieht verängstigt aus", sagte sie. „Ich muss es mir wenigstens ansehen."

Mike wollte ihr die Waffe geben, aber sie winkte ab. „Wenn es Ärger gibt, wirst du sie brauchen. Du kannst mit dem Ding gut umgehen."

Sie öffnete ihre Tür und stieg aus.

„Keine Tricks", sagte Mike zu dem Fremden. „Ich behalte dich im Auge. Mit Kerlen wie dir hatte ich schon öfter zu tun."

„Danke", sagte der Fremde zu Jodi und faltete seine Hände dankbar. „Ich hatte solche Angst, und niemand wollte anhalten. Ein Typ hat sogar auf mich geschossen. Zum Glück hat er nicht getroffen."

Jodi streckte ihm ihre Hand entgegen. „Ich bin Jodi." Sie wollte wenigstens einen Namen von ihm. Dann würde sie sich in dieser Situation besser fühlen.

„Andy", sagte er und schüttelte ihre Hand. „Wir müssen uns beeilen. Das Baby kommt."

Er drehte sich um und ging in Richtung des Schuppens. Als Jodi ihm folgte, bemerkte sie, dass er einen großen Schweißfleck auf seinem Rücken hatte.

„Hast du gesagt, du hättest schon bei Geburten geholfen?", fragte er über die Schulter.

„Nein, ich habe drei Kinder geboren", sagte Jodi.

Andy lachte unbeholfen. „Oh, da habe ich mich wohl verhört. Nun, dann hast du immer noch größeres Fachwissen als ich."

Als sie den hinteren Teil des Toyotas erreichten, machte er eine Handbewegung und ließ sie vor.

„Sieh es dir an und sag mir, was du denkst", sagte er. „Sieht es so aus, als würde das Baby richtig herauskommen? Ist alles in Ordnung? Da ist eine Menge Blut."

Jodi näherte sich der offenen Beifahrertür. Als sie sich hinunterbeugte, um einen Blick ins Innere zu werfen, war ihr letzter Gedanke: *Für eine Frau, die gerade ein Kind gebärt, ist sie aber furchtbar leise.* Der zweite Fremde hatte sich auf dem Beifahrersitz zusammengerollt, aber sobald Jodi hineinsah, erhob er sich lautlos wie eine Schlange und hielt ihr eine Pistole vor die Nase. Sie erkannte weder die Marke noch das Modell der Waffe, aber das brauchte sie auch nicht. Eine tödliche Kugel war trotzdem eine tödliche Kugel."

„Halt sie fest", sagte er. Er war ein gemein aussehender Kerl mit zurückgekämmtem Haar.

Jodi hatte kaum Zeit zu reagieren. Sie stolperte rückwärts, aber ihre beiden Arme wurden gepackt und hinter sie gezogen. Andys rasender Atem kitzelte sie im Nacken, doch als sie versuchte, sich loszureißen, hielt er sie noch fester. Der Schmerz in ihrem verletzten rechten Arm wurde so stark, dass ihre Sicht verschwamm.

„Ich wollte doch nur helfen", sagte sie.

„Ja, genau das hatte ich gehofft", antwortete Andy. „Gute Arbeit, Kenny."

**Hole dir deine Ausgabe von *Gefallene Welt*
Erhältlich am November 27, 2024
(Jetzt vorbestellbar!)
www.gracehamiltonbooks.com**